LEISA RAYVEN

Dr. Love

LEISA RAYVEN

Dr. Love

Tradução
Sofia Soter

Copyright © 2022 by Leisa Rayven
Copyright da tradução © 2023 by Editora Globo S.A.

Todos os direitos reservados. Nenhuma parte desta edição pode ser utilizada ou reproduzida — em qualquer meio ou forma, seja mecânico ou eletrônico, fotocópia, gravação etc. — nem apropriada ou estocada em sistema de banco de dados sem a expressa autorização da editora.

Título original: *Doctor Love*

Editora responsável **Paula Drummond**
Assistente editorial **Agatha Machado**
Preparação de texto **Catarina Notaroberto**
Diagramação **Renata Zucchini**
Projeto gráfico original **Laboratório Secreto**
Revisão **Luiza Miceli**
Capa **Renata Zucchini**
Foto de capa **Shutterstock**

Texto fixado conforme as regras do Acordo Ortográfico da Língua Portuguesa (Decreto Legislativo nº 54, de 1995).

CIP-BRASIL. CATALOGAÇÃO NA FONTE
SINDICATO NACIONAL DOS EDITORES DE LIVROS, RJ

R217d

    Rayven, Leisa
        Dr. Love / Leisa Rayven ; tradução Sofia Soter. - 1. ed. - Rio de Janeiro : Globo Alt, 2023. (Masters of love ; 3)

        Tradução de: Doctor love
        ISBN 978-65-88131-76-3

        1. Romance australiano. I. Soter, Sofia. II. Título. III. Série.

22-81428   CDD:828.99343
                                     CDU: 82-31(94)

Meri Gleice Rodrigues de Souza - Bibliotecária - CRB-7/6439

1ª edição, 2023

Direitos de edição em língua portuguesa para o Brasil adquiridos por Editora Globo S.A.
R. Marquês de Pombal, 25
20.230-240 – Rio de Janeiro – RJ – Brasil
www.globolivros.com.br

Nota da autora & dedicatória

Para novos leitores da série Masters of Love: é importante saber que, apesar de ser possível ler apenas este livro, ele contém GRANDES SPOILERS dos outros dois livros da série: *Mr. Romance* e *Professor Feelgood*. Se isso for importante para você, leia-os antes de voltar para este.

Para quem está continuando a série, *Dr. Love* se passa em parte *durante* os acontecimentos de *Professor Feelgood*, mas começa *antes* dele, só para vocês entenderem como funciona.

Como sempre, este livro é dedicado à minha maravilhosa família, que aguenta muita coisa para me permitir essa loucura de ser escritora, e aos meus pais maravilhosos, que passaram por tanto ultimamente. Amo vocês com todo o meu coração.

Agora, leitores queridos, avante! Nos vemos no final.

Capítulo um
Tobias

Todo mundo quer ser lembrado por um feito grandioso. Quer deixar sua marca no mundo, para que as pessoas brindem em sua homenagem, digam coisas do tipo "Viva Bob. Ele era um cara daqueles", ou "Lembra o Bob? Eu lembro bem, porque ele era incríííííível".

Eu sempre achei que estivesse destinado à grandeza. Afinal, fui orador da formatura da escola, recebi uma bolsa integral para estudar ciência da computação no MIT, perdi a virgindade antes de todos os meus amigos nerds e me formei com um CR perfeito. Ainda assim, cá estou... nada grandioso. Tenho certeza de que algumas almas generosas discordariam, mas contra fatos não há argumentos.

Minha *Lista de Motivos Para a Grandiosidade me Escapar* ainda está em progresso, mas eis os favoritos do momento:

> 1. Não fui capaz de atingir meu verdadeiro potencial. Você pode até pensar "Não é esse o caso de todo mundo?", mas sejamos sinceros: quando me formei na faculdade, estava no auge. Ofertas de emprego das maiores multinacionais do mundo, e, sim, até da NASA. Mas recusei tudo. Trabalhar para o FBI ou programar sondas que — sem exagero — mapeariam a galáxia não faria bem para minha fama? Claro que sim. Sou um nerd, e estou vivo. No entanto, logo antes de me formar na faculdade, meu pai sofreu um acidente grave que o deixou parcialmente imobilizado, e o "normal" acabou.

Eu me despedi dos meus sonhos e, com minha mãe e minha irmã mais nova, me dediquei ao trabalho da sobrevivência. Um ano depois, quando me ofereceram um emprego em uma revista digital, na qual escrevo sobre videogames e tecnologia de ponta, eu aceitei. Não, não ia mudar o mundo, mas era fácil e, depois de passar tantos anos em trabalhos de arrancar o couro e de assumir o papel de líder da família, facilidade me parecia uma mudança das boas.

2. Tenho a tendência a confiar nas pessoas erradas. Do tanto de namoradas que tive ao longo dos anos, só uma não me traiu. Não sei por que sou incapaz de enxergar a capacidade de alguém de mentir na cara dura, mas isso sempre acaba me ferrando. Estou me esforçando para mudar esse fato.

3. Sou bonzinho. Não é exatamente um defeito, mas, para ser bem-sucedido, é necessário certo grau de babaquice, e sou mais do tipo se-eu-puder--vou-ajudar-ou-morrer-tentando. Provavelmente é um dos motivos para eu viver exausto para caralho, mas logo voltaremos a essa questão.

É claro que tenho algumas boas qualidades para equilibrar os defeitos: tenho um senso de humor decente; trato bem os animais; consigo solucionar dois cubos mágicos, um em cada mão, em menos de um minuto; posso hackear basicamente qualquer rede de computadores do planeta; e, se alguém machucar as pessoas que amo, caço o responsável até o fim do mundo para meter um tapão de proporções épicas.

Ah, também tenho uma coleção maneira de cardigãs.

Apesar disso tudo, achei mesmo que, aos vinte e cinco anos, estaria vivendo a vida perfeita, mas, nitidamente, não aconteceu. Em vez disso, estou em um bar no Brooklyn em uma noite de sábado, entre a cruz e a caldeirinha. A cruz é a quantidade absurda de trabalho que ainda preciso acabar antes de poder relaxar, e a caldeirinha, um corpo feminino atraente e muito macio.

— Toby, fala sééério. Vamos embora daqui. Minha colega de apartamento saiu, a casa tá vazia pra gente.

Há braços ao meu redor e peitos pressionados contra mim, e, apesar de eu normalmente não reclamar de nenhuma dessas coisas, a pessoa que está me abraçando é alguém que ando tentando evitar.

— Jackie... — digo, abaixando os braços dela com calma. — Já conversamos sobre isso.

— É, falamos de não namorar, e estou totalmente de boa com isso.

Ela avança e, considerando o hálito e o jeito como está me agarrando, tomou uns três drinques a mais do que devia.

— Só estou sugerindo irmos para minha casa e... — diz, descendo os dedos pelo meu peito até roçar o mamilo sob a camisa — ver o que rola.

Estremeço involuntariamente. É a última coisa de que preciso hoje.

Não é necessário ser um gênio para entender o que Jackie quer. A gente começou a ficar porque ela vibra de tesão quando bebe, mas nosso acordo inicial era de sexo sem compromisso. No fim, acabou que tinha compromisso, sim. E muito. Sem aviso prévio, ela foi do zero ao vamos-passar-todo-segundo-juntos-e-quem-sabe-adotar-um-gato em menos de um mês. Agora não sei mais de quantos jeitos posso dizer que não quero ser namorado dela, a não ser que eu aprenda outras línguas.

— Jackie... — digo, pegando as mãos dela para impedi-las de vagar pelo meu corpo sem permissão. — Tenho bastante certeza de que você não está mais interessada em sexo sem compromisso, e fui sincero quando disse que não posso oferecer nada além disso.

— Então vamos só transar — diz ela, choramingando. — Você é tão bom de cama, Toby, e os outros caras com quem transei recentemente foram péssimos — explica, antes de abaixar a voz. — Preciso de um Tobygasmo. Por favor. Estou tão tensa que poderia usar meus músculos como reforço para a ponte Golden Gate. Me dá só mais uma noite e eu te deixo em paz.

— Você falou a mesma coisa na semana passada, e na semana anterior também; mas cá estamos de novo.

— É, mas dessa vez é de *verdade*. Prometo.

Ela volta a tentar se grudar em mim, mas dou um passo para trás e empurro um banquinho entre nós. Parece que essa mulher desenvolve braços a mais quando bebe, como pode isso?

Faço um gesto para o bartender, Joe, trazer um pouco de água para ela.

Cacete, quando vou aprender? Eu sabia que transar com alguém do trabalho era má ideia, e, pior, sabia perfeitamente que Jackie era do tipo que dá trabalho antes mesmo de ficarmos pela primeira vez. Ela é colunista de fofoca da *Pulse*, a revista digital para a qual trabalhamos, e isso já deveria ter sido o suficiente para me fazer pensar duas vezes. O motivo para ser tão boa em transformar o mínimo olhar entre duas celebridades em uma ópera de três atos é que ela vive pelo drama. O que descobri, da pior maneira, quando falei que a gente não deveria mais se encontrar. Achei que eu tinha sido gentil. Ela me dera a impressão de que entendia e se sentia da mesma forma. Contudo, algumas horas depois, quando voltei do almoço, encontrei todo o material da minha mesa enfiado no mictório, acompanhado de um bilhete que dizia "Vai se ferrar, babaca!". Foi aí que notei que ela talvez estivesse um pouco mais chateada do que indicara.

Preciso acabar com isso de uma vez por todas hoje. Essa situação já está se arrastando há tempo demais.

Do outro lado do bar, vejo minha melhor amiga, Eden Tate, me olhando com preocupação. Inclino a cabeça e ela murmura:

— Coloca um ponto final nisso logo, otário.

Mostro o dedo do meio para ela enquanto conduzo Jackie, que está cambaleando, para sentar no banquinho.

— Não quero sentar, Toby — diz, antes de se aproximar mais. — Só se for na sua cara — sussurra.

Abro um sorriso paciente. Por mais que os conselhos constantes e não solicitados de Eden sejam irritantes, eu deveria tê-la escutado. Quando me viu flertando com Jackie, ela me advertiu que eu estava cometendo um erro, mas a ignorei. Eu estava excitado e solitário, e, às vezes, intimidade com a pessoa errada é melhor do que a espera teimosa pela pessoa certa.

Já que não há nem sinal de alma gêmea no meu horizonte romântico, conexões físicas breves ajudam a afastar a certeza apavorante e arrastada de que vou morrer sozinho. Agora estou pagando o pato pela minha necessidade patética de contato humano. Se eu pudesse voltar e fazer diferente, voltaria, em parte para evitar ter que me desvencilhar do abraço grudento de Jackie, mas principalmente porque, por mais solitário que eu esteja, dá para notar que Jackie também está. Talvez ainda mais do que eu. É por isso que rejeitá-la toda vez faz eu me sentir um escroto de marca maior.

— Escuta, Jackie — digo, tirando o celular da mão dela. — Você merece mais do que eu tenho a oferecer, e tem uma coisa que pode te ajudar.

Digito no browser dela uma URL e baixo a versão beta mais recente do app no qual ando trabalhando.

— O que você está fazendo? — pergunta Jackie, se debruçando para enxergar melhor a tela.

— Você lembra que eu estou fazendo um bico de gerente de TI na Central do Romance, né?

Ela pestaneja.

— Sei. É aquele negócio de pagar por experiências românticas maravilhosamente irreais com pessoas que são dez vezes mais areia do que seu caminhãozinho aguenta, né?

Sorrio. Não é a descrição mais louvável, mas está definitivamente correta.

— Isso aí.

— É do namorado da Eden — acrescenta, apontando para o homem ridiculamente bonito ao lado de Eden. — Como é que chamam ele mesmo? Major Romance?

Tento não rir.

— Pode até ser que Eden chame ele assim na cama, mas não. Chamavam ele de Mr. Romance, mas o nome dele de verdade é Max.

Por anos, Mr. Romance foi considerado uma lenda urbana da alta sociedade de Nova York. Quando Eden descobriu que a criatura lendária que cobrava milhares de dólares para marcar encontros maravilhosos com mulheres solitárias era um homem de verdade, seu instinto de jornalista investigativa entrou na ativa, e ela foi atrás dele com o foco determinado de um Schnauzer farejando um quilo de linguiça. Apesar de estar decidida a expô-lo como o golpista safado que ela acreditava que ele era, Eden acabou se apaixonando por ele. É claro.

Depois disso, Max passou a se relacionar apenas com Eden e criou a Central do Romance, uma central para pessoas que necessitam de companhia comprarem encontros perfeitos, mas que não incluem sexo. Quando Max me convidou para fazer um bico de guru tecnológico, foi impossível recusar. A verdade é que, por mais que eu fique ofendido por ele ser bonito, engraçado, inteligente e por ter roubado minha melhor amiga, Max também é uma pessoa bem decente, e acredito na missão dele de espalhar romance para o povo.

Estico o braço para mostrar a Jackie o que abri no celular.

— É nisso que ando trabalhando para Max. Um app de namoro.

Jackie aperta o olhar.

— Tipo o Tinder?

Quase engasgo de nojo.

— Não, não é tipo o Tinder. Esse programa não tem um pingo de elegância. Porra, é o app mais preguiçoso que já vi. Até um animal conseguiria programar um app que deixa a gente passar o dedo por perfis de pessoas vagamente atraentes nos arredores. Quer dar sem pagar pelo táxi? Tá, vai pro Tinder. Mas se quiser encontrar mais significado, use meu app.

Jackie pega o celular e analisa a tela de abertura.

— Se chama FPS?

— É a sigla de Felizes Para Sempre. Olha aqui — digo, clicando na tela. — Esse questionário vai analisar tudo a seu respeito. Sexualidade, o que procura em parceiros, o que te excita na cama, gostos, desgostos, hobbies, música, livros, filmes, política, religião, comidas favoritas. Todas essas informações são processadas pelo meu algoritmo de ponta, que vai te conectar aos caras mais compatíveis com você. Caras que querem te *namorar*, não só transar.

Ela dá uma olhada nas perguntas.

— Nossa, essa lista de perguntas é muito grande.

— É maior que a lista do Papai Noel. São mais de trezentas perguntas. Mas é por isso que os *matches* são tão precisos. Quando acabar de preencher, o app vai te conhecer melhor do que você mesma.

É esse o objetivo.

Procurar um namorado é um pesadelo. Não é minha opinião pessoal, mas sim a mais pura verdade. A intrínseca compulsão humana por formar conexões significativas é um dos traços evolutivos mais ridículos que existem. Que outra porcaria de espécie se tortura com a tarefa impossível de procurar sua cara-metade perfeita? Sim, outras criaturas também encontram parceiros para a vida inteira, mas a gente não vê nenhum bicho brigando aos gritos porque alguém está de olho no vizinho pinguim gostosão que você adicionou no Facebook, nem desejando a amiga lagosta flexível e sensual que segue no Instagram. A capacidade de desconfiança e autossabotagem natural dos seres humanos é de dimensão impressionante.

É aí que entra o FPS.

Minha teoria é que esse processo seria menos insuportável se a gente soubesse a probabilidade de um relacionamento dar certo antes de começar. Você duvidaria do seu parceiro o tempo todo se soubesse que ele é, estatisticamente, seu par perfeito? Por outro lado, desperdiçaria tempo se agarrando a um relacionamento que já sabia que não tinha chance alguma de dar certo?

— Diferente da merda do Tinder — digo —, o FPS é para quem quer pular as baboseiras superficiais da paquera e simplesmente encontrar alguém para amar.

Mexo no aplicativo para mostrar como funciona.

— Analisei milhares de questionários de casais em longos relacionamentos de sucesso — explico —, então formulei um algoritmo preditivo que dá uma porcentagem de compatibilidade realista. Se a porcentagem for baixa, você já sabe que o relacionamento não vai vingar, então não precisa perder tempo. Se for alta…

Deixo ela concluir a frase, e, pela mudança em sua expressão, noto que conquistei seu interesse.

Aponto para a multidão no bar.

— Todas essas pessoas que estão aqui hoje? — continuo. — São nosso grupo de teste atual do app. Posso te incluir na lista do próximo evento, se quiser. Nunca se sabe. Talvez você conheça seu verdadeiro amor.

Jackie me olha antes de analisar os rostos na multidão.

— É muita gente gata.

Ela não está errada. Entre as pessoas mais atraentes do grupo de teste, noto a coleção espetacular de funcionários da Central do Romance. No desdobramento da ideia inicial de Max, de vender encontros dignos de fantasia, ele contratou umas vinte pessoas, todas diferentes em origem, cor de pele e orientação sexual. Algumas universitárias, outras, atores e atrizes. Todas parecem ter saído de um laboratório especializado em perfeição genética. Jackie também é linda, então vai se dar bem nesse grupo.

Devolvo o celular e a encorajo a se levantar.

— Vamos lá. Você pode preencher o questionário quando chegar em casa, aí a gente te inclui no banco de dados.

Talvez meu encorajamento gentil seja o empurrão necessário para ela direcionar seu interesse para um cara mais adequado do que eu.

— Mas, primeiro — digo —, que tal eu chamar um táxi para você?

Passo o braço pelos ombros dela e vou levando-a para a saída, do lado oposto do bar.

— Espera aí — diz ela, apontando para os caras pelos quais passamos. — Não posso levar para casa nenhum desses homens bonitões *nem* você hoje?

Quando saímos para a rua, espero que o ar fresco da noite a ajude a ficar um pouco mais sóbria.

— Jackie, você bebeu demais hoje para tomar boas decisões. Que tal ir para casa descansar? Amanhã a gente pode conversar mais sobre o FPS.

Ela olha para o meu peito e assente.

— Você está tentando se livrar de mim.

Levo a mão ao rosto dela, e o inclino para cima.

— Não é isso. Não sou a pessoa certa para você, mas prometo que vou te ajudar a encontrar alguém que seja, tá?

Os olhos dela ficam marejados, e, por um momento, acho que sou um babaca por magoá-la. Até que ela abre um sorriso trêmulo e me puxa para um beijo suave.

— Toby Jenner, você é um homem muito legal, sabia? Por que não pode gostar de mim como eu gosto de você?

E aí está. Por mais que meu algoritmo envolva muito cálculo avançado, a única equação que importa em questão de namoro é que um mais zero ainda é um. Se você gosta de alguém, é um. Se não gostam de você de volta, é zero. Qualquer que seja o lado do zero, o resultado é que alguém fica sozinho, mesmo sem querer estar. Já perdi a conta de quantas vezes fui o um do zero de outras, então odeio ser o zero de Jackie.

Quando ela entra no táxi, eu observo o carro seguir até desaparecer em meio ao trânsito implacável de Nova York.

Tá, apaguei um incêndio. Falta só uma centena de outros.

— E aí, Tobias, meu amigo.

Eu me viro e vejo meu assistente de TI, Raj, segurando a porta aberta do bar.

— Acabou seu drama, mano? — pergunta ele.

Como eu, Raj trabalha na *Pulse* e na Central do Romance. Diferente de mim, ele acredita ser um rapper da pesada no corpo de um homenzinho indiano. Ele consegue ser mais apaixonado por conjuntos de moletom largos do que eu sou por cardigãs. Dá sempre a impressão de que ele foi atacado por um raio do encolhimento que não afetou suas roupas.

— E aíííí — diz Raj, apontando a direção na qual o táxi de Jackie desapareceu. — Se você já largou de molhar o biscoito com a morena gostosa, tudo bem se eu…?

Levanto uma das mãos para interrompê-lo.

— Cara, o que eu te disse a respeito de falar sobre as mulheres assim? Não me obrigue a entrar numa briga com você.

Passo por ele e entro no bar.

— De boa, de boa. Saquei. Tá numa boa.

Ele vem atrás de mim, e seguimos para os fundos do bar, onde Raj montou meu notebook em um escritório improvisado. Abro a lista mais recente de erros e dou uma olhada rápida.

— Mas, só para esclarecer — diz ele, se aproximando um pouco. — Acabou entre vocês, né?

— É.

— Maneiro, maneiro. É que ela faz meu tipo, saca? Perna comprida, peito bom de enfiar a cara e um rabo de dar inveja até na Beyoncé.

Eu suspiro e dou um tapão na cabeça dele.

— Ai! Porra, mano!

— Puta que pariu, Raj. Mulheres não são uma coleção de atributos físicos. Que tal o fato de que ela se formou na NYU em jornalismo e administração ao mesmo tempo? Ou que todo mês faz trabalho voluntário em um abrigo para pessoas em situação de vulnerabilidade? Ou que consegue escalar a parede mais difícil do centro de escalada e é mais rápida que a maioria dos homens?

— Porra, Tobias, se você acha que ela é tudo isso, por que terminou o lance de vocês, cacete?

Analiso os primeiros erros, e os conserto em segundos.

— Não terminei nada. A gente nunca chegou a namorar.

— Mas achei que você quisesse uma namorada.

— Quero. Só que a gente não combinava.

— Não é isso que ela estava espalhando para as amigas na hora do cafezinho outro dia. De acordo com ela, você tem um pau de tora que usa muito bem.

Esfrego os olhos.

— Raj, sei que você tem dificuldade de entender, mas o que eu quero em uma namorada vai além de sexo. Quero alguém que me estimule mentalmente, além de fisicamente. Quero alguém que bote fogo no meu mundo inteiro.

— E não sentiu isso com Jackie?

— Não.

Ele franze a testa por um segundo, completamente perplexo.

— Mas ela é de parar o trânsito. Gostosa desse jeito, como ela não botava fogo em você que nem um incêndio florestal?

Tenho vontade de bater com a cabeça no bar de mogno, mas provavelmente seria mais útil se eu batesse a cabeça de Raj. Quando se trata de entender mulheres, parece que o cérebro dele é feito de titânio e que todos os conselhos que dou a respeito de como tratá-las são apenas um montinho de chumaços molhados de algodão que grudam na consciência dele por poucos segundos antes de escorregar.

— Puta que pariu, Raj, relacionamentos são com *pessoas*, não *corpos*. Ele se debruça no bar.

— É, bom, a Jackie pode se relacionar com meu corpo quando quiser.

Ranjo os dentes e digito com mais força.

— Legal. Bom papo. Agora, a não ser que você tenha coisa melhor a fazer, vamos dar o fora desse evento, tá? Vá trabalhar com Ming-Lee no suporte técnico de *mobile* e garantir que os usuários de teste entendam a funcionalidade completa do app.

Ele faz um sinal de joinha.

— Tá suave igual o rebolado daquela gostosa — diz, e eu o fulmino com o olhar. — Merda. Foi mal, cara. Tá tranquilo. Vou mandar ver.

Quando ele vai embora, acabo de corrigir os últimos detalhes do sistema operacional e salvo a versão mais recente do aplicativo no servidor.

Parece que acabei bem no laço, porque vejo Ming-Lee juntar o grupo todo para apresentar Max e explicar como correrá a noite.

Viro o finzinho da minha cerveja light nojenta, solto um arroto baixo e aperto as mãos com tanta força que estalo os dedos.

Tá bom, Toby. Lá vamos nós. Hora de fazer todo mundo se apaixonar, menos você.

Uma hora depois, estou pulando de janela em janela com tanta rapidez que comecei a ficar com câimbra nos dedos. Conforme os casais se conhecem e dão *feedbacks* sobre sua compatibilidade no app, os bancos de dados do outro lado da tela continuam a atualizar e se transformar. Escrevo equações no improviso, decidido a analisar e incorporar o máximo de informação possível na hora. Infelizmente, há uma sequência de novos relatórios de erro piscando no topo da tela, e tentar dar conta de tudo faz meu olho esquerdo arder.

Estou sóbrio demais para isso.

Como o masoquista que sou, dou um gole na segunda cerveja light da noite e solto um grunhido de nojo. É de outra marca, mas ainda é que nem bater uma no mar: aguada para caralho.

— E aí, dr. Love, qual é o diagnóstico? — Mãos femininas tocam meus ombros, e, ao olhar para cima, vejo Eden sorrir para mim.

— Fala, cupido, vai deixar eles em paz? Seus pobres corações já não aguentam mais?

— Não dá mais, Eden Marigold — digo, voltando a atenção para a tela. — Minha paciência com você já está nas últimas.

Ela me olha com tranquilidade.

— Ora, não chegou nem perto de responder minha pergunta.

Aceno com a cabeça para o barman, indicando que ele deve servir a bebida de sempre para Eden, o que já é mais do que ela merece no momento.

— O diagnóstico é que, se você insistir em usar essa merda de apelido horroroso, minha pressão vai subir tanto que as veias dos meus olhos vão estourar.

— Como assim, dr. Looooove? — pergunta, inocente. — Por que um doutor do amor como o senhor não gostaria de ser chamado de dr. Love? Sério. É um apelido carinhoso.

O sorriso dela aumenta. Meu olhar de raiva também.

— Se isso pegar, você sabe muito bem que vou hacker todas as suas redes sociais e postar a carta de amor que você escreveu para o Justin Timberlake quando tinha treze anos.

Ela fica lívida.

— Ah, não.

— Ah, sim — falo, pigarreando, antes de impersonar minha voz de Eden adolescente mais ridícula. — "Querido Justin, você é um pão! Não quero namorado, mas, se quisesse, seria você. Sempre que você dança, meu coração fica mais feliz."

O rosto dela fica rosa-choque.

— Ele é um dançarino excelente, tá? Muita gente concordaria comigo.

Eu rio e ela se senta no banco ao meu lado.

— Enfim — continua —, mesmo que eu parasse de te chamar de dr. Love, já era. Tomou vida própria, não tem volta.

O barman passa uma taça de vinho tinto para ela, que bebe um gole.

— Além do mais — acrescenta —, do que mais a gente chamaria você?

— Toby? Ou sr. Jenner, se quiser ousar?

— Pfft. Não tem graça. A gente precisa de um nome mais emocionante para o homem que desenvolveu o aplicativo de relacionamentos de maior sucesso do mundo.

— Com *potencial* de maior sucesso — digo, analisando as estatísticas. — Se eu não resolver todas essas anomalias de funcionalidade, vai ser o app mais bugado do mundo, isso sim. No momento está mais atravancado que o trânsito na hora do rush.

Ajeito uma linha de código que já reescrevi seis vezes só hoje. Minha determinação em acertá-lo é feroz e mesquinha.

— Toby, tem só uns bugs pequenos. Você vai resolver a tempo do lançamento.

— Talvez. Além do mais, preciso dar um jeito de considerar o valor completamente aleatório e imprevisível do tesão. Diferente da compatibilidade de personalidade, não posso prever atração física, então vou precisar começar a pensar em soluções criativas. Quer dizer, se eu...

Eden abana uma das mãos na frente da tela.

— Tá, você tem mesmo certo trabalho pela frente. Mas está olhando para essa tela há horas. Precisa de um intervalo.

— Eden...

— Um intervalo *rápido* — insiste. — Joga fora essa água sabor cerveja e bebe alguma coisa de verdade comigo. Depois vou deixar você voltar a ser a única pessoa sem se divertir aqui. A gente mal conversa há semanas por causa desse app.

— É, bom, então fala com o seu namorado sobre os prazos de produção dele, que é quem deseja que isso fique pronto em tempo recorde.

Por isso eu ando trabalhando dezoito horas por dia, mas, pelo menos, me distrai da minha solidão patética.

— Fala sério, Toby — diz Eden, puxando a manga do meu cardigã. — Tira um momento para admirar a sua conquista.

Eu a ignoro, e ela pega meu rosto e me força a ver o que acontece ao nosso redor.

— Olha essa gente toda — diz. — Está todo mundo aqui por sua causa. Conversando, rindo e paquerando por conta do que você fez. Várias dessas pessoas provavelmente vão transar hoje *por sua causa*, dr. Love.

Com um grunhido frustrado, eu me viro e observo as dezenas de rituais de acasalamento ocorrendo pelo bar.

— Você não acha que as pessoas ficariam horrorizadas de saber que o arquiteto por trás de seus encontros perfeitos é inútil na busca da própria metade?

Eden inclina a cabeça.

— Ah, fala sério. Você está exagerando.

— Impossível exagerar. No diagrama da minha história amorosa, tem um círculo para as mulheres de quem gosto, um círculo inteiramente separado para as que gostam de mim, e, vou te contar, nem um ponto de interseção entre os dois.

— Então você *nunca* teve um relacionamento com atração mútua equilibrada?

— Nunca. Minha vida amorosa é que nem brincar de jogo da memória, mas com as cartas pegando fogo, a mesa pegando fogo e todo mundo no inferno. Por isso não vou desperdiçar mais tempo com paquera até encontrar uma mulher com quem meu nível de compatibilidade seja sensacional.

Os olhos de Eden brilham.

— Aaaah, saquei. Então suponho que você já tenha dado uma olhada no banco de dados do FPS e anotado seus melhores resultados. Resume aí a lista.

— Não tem lista.

Volto a atenção para a tela.

— Ah, anda, Tobes, faz uma lista. Quero ver você feliz com alguém.

— Não — digo —, não tem lista porque não sou compatível com *nenhuma* mulher no banco de dados do FPS.

Ela franze a testa.

— Como assim? Já deve ter umas cinquenta mil mulheres cadastradas.

Digito uma fórmula no campo adequado.

— Ontem, eram sessenta e seis mil, e o melhor resultado que tive foi vinte e oito por cento — digo, batendo na tecla enter com mais força do que planejava. — *Vinte e oito por cento*, Eden, cacete. Cães e gatos são mais compatíveis do que isso. Glúten e millennials se dão melhor. O Super-Homem e a kryptonita têm um relacionamento mais harmônico do que eu e a maioria das mulheres solteiras deste estado.

— Tobes, isso tem que estar errado.

Olho para ela, seco.

— Você acabou de falar que meu app é ótimo. Não pode mudar de discurso só para melhorar meu humor.

Ela parece prestes a protestar, mas muda de ideia.

— Mas eu quero.

Minha principal motivação para fazer a melhor versão possível desse app de namoro é o fato de que pode ajudar as pessoas a deixar de sentir que qualquer trajeto romântico que tomam dá em um beco sem saída. Quando a questão é amor, minha única especialidade é rejeição. Já perdi a conta de quantas vezes ouvi o discurso de "não é você, sou eu". A parada é que, depois de ouvir isso vezes o suficiente, não dá para deixar de acreditar que, sim, é você. Que, se fosse mais inteligente, bonito e engraçado, não estaria sozinho. Quando se vive de rejeição, você aprende a não desejar nada de mais, porque se sabe, sem dúvida, que vai ser impossível.

— Então qual é a solução? — pergunta Eden. — Quando o app entrar no ar, vai ter mulheres do mundo todo. Pode ajudar.

— Pode, mas, considerando a minha sorte, minha mulher perfeita deve morar na Sibéria.

Eden faz uma careta para me indicar que acredita que estou sendo pessimista demais, mas eu vi as estatísticas. Sei que não estou.

— Enfim — digo —, vou pensar em namoro quando esse lançamento passar. E, mesmo então, não vou perder tempo com ninguém abaixo de setenta e cinco. Cansei de me meter em conexões confusas que não levam a nada.

— Que nem a Jackie?

— Exatamente como a Jackie.

Faço uma anotação mental para conferir minha compatibilidade com Jackie quando ela preencher o questionário. Eu ficaria interessado em saber como é baixa.

Eden me vê tentar digitar uma linha de código, mas, de tão cansado, acabo errando várias vezes seguidas. Quando começo a xingar o teclado, ela solta um barulho de impaciência e puxa minhas mãos.

— Tá, isso nem é mais um pedido, é uma intervenção. Seus olhos estão tão fundos de encarar a tela que parece que passou lápis de olho. Uma bebida. Sem discussão. Eu pego.

Esfrego os olhos e suspiro. Não posso negar estar exausto. Entre o emprego diurno na *Pulse*, o trabalho no app nas horas livres e o poço gigantesco de areia movediça ao redor da minha vida íntima, sinto que estou sempre a três segundos do desastre total. Por mais que goste de acreditar que sou super-humano, capaz de fazer malabarismo com uma quantidade infinita de bolas de boliche, sei que, em algum momento próximo, tudo vai desabar com estrondo.

— Tá — digo, com um suspiro resignado. — Uma bebida.

— Excelente! — diz Eden, sorridente, e chama o barman. — Joe! Me vê uma dose do seu uísque mais caro.

Joe faz uma careta e aponta para uma garrafa chique na prateleira mais alta.

— É Royal Solute. O copo sai por cinquenta dólares.

O sorriso de Eden murcha.

— Hum, então tá — diz, pegando a carteira e contando um monte de notas amarrotadas. — Nesse caso, me vê seu copo de uísque que custe o mais perto de dezoito dólares.

Joe concorda com a cabeça.

— Vejo, sim, esbanjadora.

— Você está me mimando — digo para Eden, e me levanto para dar uma alongada.

Fiquei tanto tempo sentado que minha bunda está dormente.
Ela me dá um tapinha no braço.

— Nada além do mais medíocre para meu melhor amigo.

Estico o pescoço e me recosto no bar, e Eden se encosta em mim. Ficamos ali em silêncio, vendo a ação que nos cerca.

Minha barriga dá um nó quando vejo todas as conexões sendo feitas. Ultimamente, ando me sentindo cada vez mais isolado, e nada aumenta essa sensação como ver pessoas sentirem o tipo de química intensa que parece me escapar.

Joe entrega meu uísque e vejo uma moça morena bonitinha bater papo com um cara loiro de óculos. Ao ver a facilidade da interação dos dois, sinto uma pontada de inveja. Não sou fácil com garotas. Quer dizer, sou fácil no sentido de que aceito sexo quando me oferecem, mas, em termos de relacionamento, costumo pensar demais e arranjar jeitos novos e impressionantes de fazer merda.

O tipo de relacionamento confortável que tenho com Eden é um comparativo para minha futura namorada. Talvez seja por isso que eu esteja um pouco a fim da irmã dela, Asha. Ash é parecida com Eden, mas também completamente diferente. Infelizmente, ela é mais uma na longa lista de mulheres que não me desejam como eu as desejo.

— Como vai Ash? — pergunto.

Posso ter desistido da esperança de ela sair comigo, mas ainda me importo.

Eden dá de ombros.

— Tudo bem. Trabalhando sem parar, contando os dias até ser promovida a editora.

— Ainda está namorando aquele cara que conheceu na França?

— Sim, mas estamos chegando bem perto do término. Se ela não conseguiu ficar com o lindo e perfeito Peter que morava a quatro quadras dela, não tem a mínima chance de dar certo com um cara que mora em Paris — diz ela, com um suspiro. — Droga, agora me lembrei do quanto eu gostava do Peter.

— Por que ela terminou com ele mesmo?

— Ele exagerava na depilação.

Concordo com a cabeça.

— Saquei. Compreensível.

Nunca me acusaram de exagerar na depilação. Faz cinco anos que deixo a barba crescer, aparando às vezes, e corto meu próprio cabelo desde a escola, por isso ele cai em cachos desgrenhados em volta do rosto. Não tenho muito pelo no peito e na barriga, e o que tenho é quase invisível. Eu certamente não entendo por que alguns caras cortam o cabelo todo mês e depilam a virilha à cera até parecerem adolescentes. Fora a aparência bizarra, deve doer para caralho. Sinto muito pela covardice, mas de jeito nenhum que vou deixar cera quente chegar perto do meu saco. É uma tortura especial, reservada para loucos e masoquistas.

Bebo um pouco mais. Não é nada mal, para um uísque de dezoito dólares.

Quando me viro para Eden, vejo que o olhar dela está vidrado. Eu o acompanho até o outro lado do ambiente, onde o namorado dela está conversando com um dos casais do teste. Como se sentisse o olhar dela, Max se vira, e a expressão dele me faz sacudir a cabeça. Tenho bastante certeza de que nunca olhei assim para uma mulher, mas adoraria.

Eu me pergunto como deve ser estar apaixonado desse jeito. O jeito como eles se olham... a química é tão pesada, quase dá para ver cintilar no ar. Parece que não tem ninguém além deles nesse lugar inteiro. Sempre que testemunho a paixão entre Eden e Max, me pergunto se esse tipo de profundidade de emoção é reservada para poucos sortudos. Será que todo mundo tem a oportunidade de sentir algo tão poderoso? Ou é uma espécie de loteria cósmica que a maioria de nós nunca vai ganhar?

— Por curiosidade — digo —, você e Max preencheram o questionário de compatibilidade?

Eden desvia a atenção do namorado e se apoia no bar em um cotovelo.

— Claro. Max queria confirmar que o algoritmo funcionava.

— E qual foi o resultado de vocês?

Ela abre um sorriso arrogante.

— Noventa e dois.

Quase engasgo com a saliva.

— Puta que pariu, tá de sacanagem?

Ela fica confusa.

— Não. Por quê?

Eu me endireito.

— Nunca vi um resultado tão alto. É o novo recorde.

Até então, o mais alto tinha sido oitenta e seis, de um dos casais da pesquisa, que estava junto há trinta anos.

— Deve ser bom saber que escolheu certo — acrescento.

Ela abre um sorriso carinhoso, bebendo o vinho.

— Não preciso de um número para me dizer que Max é minha alma gêmea. Quem sabe, sabe.

Alongo o pescoço de novo, para tentar aliviar a tensão nos ombros.

— É o que me dizem.

Ela toca meu braço, e sinto a compaixão que emana.

— Toby, você é um gênio, bonitão de um jeito desgrenhado, muito gostoso, e ainda mede um e noventa e cinco. Não tenho a menor dúvida de que vai encontrar seu par perfeito em um futuro próximo.

Dou de ombros.

— Não estou preocupado.

Que mentira. Quero uma alma gêmea tanto quanto qualquer um. Só duvido que um dia a encontrarei. Eden franze a testa por um segundo, antes de se virar para mim com uma expressão animada.

— Ah, que boba, por que não pensei nisso antes? Tenho uma amiga solteira que seria perfeita para você.

Ê, Jesus, lá vamos nós.

— Melhor não.

— Me escuta. Ela é linda, inteligente, cheia de graça…

— Eden, sou eu o profissional aqui. Que tal a gente deixar possíveis encontros para o especialista, em vez de me juntar com uma garota aleatória qualquer que você conhece?

— Não é aleatória. É a melhor amiga da Asha.

Faço uma careta.

— Está falando daquela tal de Joanna que mencionou séculos atrás? A que te contou do Mr. Romance? Você não me disse que ela é uma mentirosa compulsiva?

— Isso foi antes de conhecê-la. Na real ela é muito maneira.

— Tenho certeza de que sim. Ainda não tenho interesse. Além do mais, já deixei claro que, até este app bater as asinhas, não tenho tempo nem pra me coçar, quem dirá namorar.

Ela faz um gesto com a cabeça, como se entendesse, mas, conhecendo Eden, não vai esquecer desse assunto tão cedo.

— Tá. Saquei. Entendi. Mas saiba que, um dia, você vai encontrar uma pessoa maravilhosa e esquecer completamente como está ocupado. Quando sua alma gêmea aparecer, você pode até tentar negá-la, ou ignorá-la, mas não vai conseguir. Ela vai forçar caminho na sua vida, quer você queira ou não. Acredite, eu sei.

Eu viro o fim do uísque e deixo o copo vazio no bar. Amo Eden como uma irmã, e fico agradecido por ela cuidar de mim, mas realmente não estou no clima dessa conversa hoje. Ela está se baseando na suposição de que há um par para todo mundo, mas, quanto mais analiso os números, mais certeza tenho de que a maioria de nós está destinado a ir de um relacionamento ruim para outro, até morrer miserável e só.

— Bom, valeu pela bebida — digo, com um tapinha no ombro dela. — Agora preciso voltar a trabalhar.

Sem esperar permissão, volto a me sentar na frente do notebook e o abro.

Ela acaricia minhas costas.

— Tá legal, dr. Love. Vai juntar esses coraçõezinhos. Tenho que voltar para casa e acabar uma matéria, mas a gente se vê no escritório segunda, tá?

— Tá legal, até lá.

Quando ela vai dar um beijo de despedida em Max, os observo por alguns segundos antes de respirar fundo e mergulhar de novo no labirinto vertiginoso de código na tela à minha frente.

Capítulo dois
O destino não espera ninguém

Esfrego o rosto e bocejo. Cheguei oficialmente à parte da noite em que, de tão exausto, mal consigo enxergar. Tudo que eu queria era abaixar a cabeça no bar e tirar um cochilo, mas ainda vai demorar algumas horas para eu poder analisar minhas pálpebras por dentro.

Levo um susto quando um copo generoso de uísque surge à minha frente. Quando ergo o rosto, encontro Joe, o barman.

— Por conta da casa. Faz um tempão que não vejo alguém que precisa encher a cara mais do que você.

— Estou com uma cara tão feia assim?

— Feio não, acabado. Se fosse uma bateria de celular, estaria no um por cento.

É por aí mesmo.

Agradeço com um gesto de cabeça e viro metade do copo. A ardência ajuda a me acordar um pouco.

Olho ao redor e coço a barba. As coisas definitivamente progrediram para alguns casais. A pista está cheia de gente rebolando ao som da batida lenta e hipnótica, e distingo pelo menos três casais se agarrando pelos cantos mais escuros do bar.

Missão cumprida, ao que parece. Mandou bem, dr. Love.

Merda, agora eu também estou usando esse apelido? Inaceitável.

Empurro o notebook para longe, me levanto e chamo Raj, que está parado por perto.

— Preciso mijar. Fica de olho nisso aqui para mim.

— Pode deixar, chefe.

Quando ele me libera, levantando os polegares, atravesso a pista, em meio aos casais agarrados, para chegar ao banheiro nos fundos do bar.

Empurro a porta e me olho no espelho. Estou com cara de doido. Meu cabelo está uma zona, minha barba, comprida e desgrenhada, e há um ar maníaco e exausto nos meus olhos. Também estou o mais magro que já estive em anos.

Quando criança, passei muito tempo pagando o pato no isolamento social devido à minha aparência. Acho que é o efeito de algum DNA latente bizarro de Viking, que ativa um pico de crescimento rápido e absurdo. Dos onze aos treze anos, fui de uma criança de tamanho normal a um garoto esquisito de quase dois metros, que parecia ter acabado de sair de uma história em quadrinhos sobre um menino elástico misterioso. Pra piorar, a mudança brusca de altura me fez passar de um peso normal a muito magrelo. Nem lembro quando as outras crianças começaram a me chamar de Varapau, mas o apelido durou anos. Mesmo quando comecei a comer que nem um cavalo e malhar dia e noite para ganhar volume, os apelidos continuaram.

Hoje em dia, estou mais para leão-de-chácara do que varapau, mas, se diminuir as calorias ou esquecer a academia por alguns dias, é assustadora a velocidade com que perco peso. Manter a massa muscular exige vigilância constante. É, parte disso é vaidade, mas, principalmente, a questão é que apanhei de tantos babacas na escola por ser diferente que me recuso a permitir que a situação se repita. A próxima pessoa que tentar me bater vai receber noventa quilos de raiva adolescente residual.

Além de não estar no auge da forma física, minhas situações financeira e habitacional também são o que eu chamaria de "abaixo do ideal", mas não tenho tempo de me preocupar com isso hoje.

Suspiro e vou até o mictório. Quando acabo, lavo as mãos e as apoio na pia, abaixando a cabeça. Respiro fundo algumas vezes, em uma tentativa de liberar a tensão. O uísque embaçou tudo, mas não suavizou nada.

Ouço um baque à esquerda. Quando viro o rosto, a porta se escancara, e a mulher mais atraente que já vi entra correndo. Ela fecha a porta e se recosta nela.

Quando a observo, toda a ansiedade e a apatia do meu corpo se esvai, e sou jogado em um estado de hiperatenção que nunca senti. Parece que o tempo desacelera quando a admiro. Do nada, meu coração falha e volta a acelerar, me dando a sensação de que fui espetado com uma injeção de adrenalina.

Meu Deus. Que porra é essa?

Certo, ela é linda, mas passei a noite cercado por mulheres bonitas. Nenhuma delas teve esse efeito.

Franzo a testa ao olhá-la, tentando decifrar por que estou sendo bombardeado por uma onda inexplicável de hormônios.

A gata me olha, ofegante.

— Oi. Como vai aí? Tá ocupado? Quer me dar uma ajudinha?

— Você sabe que está no banheiro masculino, né?

— Sei. Estava na esperança de encontrar um cara grande e fortão, e, por sorte, aí está você. Posso pegar você emprestado por um segundo?

Ela me chama, e eu hesito apenas porque, se alguém bonito assim quer alguma coisa de mim, é implicitamente garantido que vou me meter em encrenca. Mesmo assim, me endireito e ando até ela. Quando ela nota minha altura de perto, arregala os olhos.

— Uau. Você é grandalhão mesmo. Tá, excelente.

Ela segura meu braço e me gira, invertendo nossa posição e me fazendo encostar na porta.

— Me faz um favor e fica encostado aí, tá?

Ela leva a mão ao meu peito e me empurra de leve. Perco o fôlego quando meu corpo todo se eletriza ao seu toque. Não sei o que ela está sentindo, mas algo também brilha em seus olhos e, quando volta a me olhar, está surpresa. Por alguns momentos, simplesmente nos encaramos em silêncio, sem jeito, até que cedo à pressão no peito e me encosto na porta.

— Valeu. Você é perfeito — diz ela, com a voz rouca, e sacode a cabeça ao reparar. — Quis dizer que a sua posição está perfeita. Não se mexa.

Estou prestes a perguntar o que está rolando, quando alguém esmurra a porta.

— *Liza, fala sério. Foi brincadeira. Não surta. Vamos voltar a dançar.*

Olho, questionador, para a deusa.

— Amigo seu?

— Tá mais para conhecido. Só nos conhecemos hoje.

— Você está testando o app no evento da Central do Romance?

Ela dá de ombros, como se dissesse "nem acredito que estou aqui".

— Vim de favor para uma amiga, e agora cá estou, escondida no banheiro masculino para escapar da mão boba de um babaca bêbado. Então, tudo está indo como o esperado.

— *Liza!* — grita o cara, batendo com tanta força que a porta vibra nas minhas costas. — *Para de ser ridícula! Me deixa entrar, por favor!*

Sinto uma pontada de raiva e aponto para a porta.

— Tem certeza de que não quer que eu deixe o cara entrar? Ele até pediu por favor.

— Ah, claro — diz ela, com um sorriso amargo. — Ele foi supereducado até a hora em que apertou minha bunda enquanto a gente dançava, e aí disse que era minha culpa, porque, com esse vestido, eu estava "praticamente implorando".

Saber disso acende um fogo feroz na parte de mim que é reservada para os escrotos que dão má reputação para todos os homens. Como ele ousa passar a mão nojenta de babaca nesse anjo?

— Ele te agarrou? — pergunto, tentando soar menos maníaco do que me sinto. — Você está bem?

Ela concorda com a cabeça, mas não deixo de notar sua expressão.

— Eu já deveria ter me acostumado com esse tipo de coisa — diz, tentando sorrir. — Mas, toda vez que acontece, fico surpresa e decepcionada de novo.

Ela aponta a porta.

— Ele está bêbado — continua —, nitidamente indisposto a aceitar qualquer rejeição, daí vim me esconder aqui. Imagino que ele vá perder a paciência logo e deixar para lá. Conheço bem o tipinho.

Eu também conheço. Sei exatamente o tipo de "homem" que ele é, e isso faz meu sangue ferver.

Mais batidas.

— *Porra, Liza, abre a porta! Larga de ser metida, sua vaca. Já pedi desculpas, o que mais você quer?*

No segundo em que ele chama ela de vaca, algo estoura dentro de mim. Passei a vida toda lidando com babacas assim. O tipo de homem que machuca outras pessoas e depois acha que a vítima é ele. Na escola, era esse o tipo de cara que me espancava todo dia. Esses homens acham que podem tratar as pessoas como quiserem e sair impunes. Bem, se depender de mim, não podem, nem fodendo.

Puxo a maçaneta e encontro o babaca em questão com a mão levantada, prestes a esmurrar a madeira de novo. Ele é alto, mas não tanto quanto eu, e me olha, surpreso, enquanto o analiso.

— Tá olhando o quê, compridão? — pergunta, e depois olha para Liza atrás de mim. — O que você tá fazendo, Liza? Vem cá pra gente conversar.

Ele tenta passar por mim, mas dou um passo para o lado e bloqueio o caminho.

— Se você não sacou a dica dela de se esconder no banheiro masculino, ela não quer falar com você, babaca. Então que tal pedir desculpas por mexer com ela e vazar daqui?

— E quem é você?

— O cara que teve uma noite espetacularmente ruim e está doido para fazer uma besteira.

Ele avança com a bravata de alguém bêbado demais para notar que sou mais de uma cabeça mais alto e trinta quilos mais pesado.

— Ah, é? Bom, manda ver, mano.

Ele pontua o "mano" com um cutucão no meu peito. Eu aperto o maxilar e cerro os punhos. Ele não entende o erro monumental de me enfrentar hoje. Acho que nunca me senti tão tenso. Além da ansiedade geral do meu cotidiano, tenho uma necessidade feroz de defender a integridade de uma mulher que acabei de conhecer, e essas duas coisas juntas fazem com que eu esteja a meio segundo de dar uma de John Cena.

— Esse é um hábito seu, por acaso? — pergunto, me inclinando o suficiente para falar junto ao rosto dele. — Passar a mão numa mulher e ficar puto porque foi rejeitado? Eu preciso te explicar como funciona consentimento?

Talvez ele consinta com eu passar minha mão na cara dele em um belo soco.

— Acha que um cuzão de casaquinho me intimida? Fala sério. Vou destruir você.

O que ele não sabe é que, por causa dos babacas que me batiam na escola, treino MMA desde os catorze anos.

— Você pode tentar.

— Tá bom, gente — diz Liza atrás de mim, e um choque elétrico percorre minha coluna quando sinto a mão dela na minha lombar. — Não há necessidade disso. Henry, vai para casa. Você fica inconveniente e brigão quando está bêbado e nunca mais quero te ver. E, no futuro, quando estiver tentando convencer uma mulher a se arriscar a sair com você, talvez seja melhor não tratá-la como um pedaço de carne. Esse é o principal motivo para você ainda estar solteiro.

Ele bufa em desdém e revira os olhos, e, cacete, quero enfiar as mãos nos olhos dele e apertar um tiquinho.

— E você está solteira porque é uma piranha metida do caralho sem senso de humor — diz, apontando para Liza.

Não tomo a decisão de me mexer conscientemente, mas, antes mesmo de notar, estou agarrando a camisa dele e quase o levantei do chão.

— Pronto. Acabamos por aqui.

Ele sacode as pernas, se debatendo, e eu o arrasto pelo corredor até o salão, onde vejo Dyson, melhor amigo de Max. Ele é quase do meu tamanho, e está como segurança hoje.

— Dyson!

Henry tenta se desvencilhar enquanto continuo a puxá-lo e, bem antes de Dyson chegar, o idiota bêbado ataca.

— Filho da puta!

O soco dele atinge minha boca e eu rosno de raiva quando sinto gosto de sangue do lábio estourado. A expressão que ele vê em mim o paralisa imediatamente e, graças a Deus, Dyson o arrasta para longe de mim, porque, se não fosse isso, eu não faço ideia de como eu agiria. Parte de mim está doida por uma briga. Decido imediatamente ir à academia amanhã para uma aula de luta, para dissipar a tensão que ameaça transbordar de formas menos construtivas.

Antes que a situação piore, Dyson segura com força a parte de trás do pescoço de Henry com sua mão gigantesca, e dois outros caras da Central do Romance aparecem para ajudá-lo a "escoltar" o cara para fora.

Sacudo as mãos para me livrar da tensão e alongo o pescoço. Eu daria qualquer coisa para voltar ao meu antigo apartamento, me largar no feio sofá de veludo cotelê e comer uma bandeja de brownies terapêuticos, mas, visto que fui despejado mês passado e não tenho endereço fixo, a opção não existe mais.

— Tudo bem?

Seco a boca e me viro, vendo que a diretora do evento, Ming-Lee, me olha com ar de preocupação.

— Tudo certo. Mas pode tirar aquele filho da puta da lista de teste. Ele não vai voltar.

Também decido descobrir o nome completo dele, para encontrá-lo em outros aplicativos de relacionamento. Acho que os perfis do panaca do Henry vão ser todos deletados sem explicação. Ele talvez também faça algumas declarações constrangedoras pelas redes sociais, falando do tamanho minúsculo do próprio pau e explicando que sua mania de inferioridade o levou a tratar mulheres que nem lixo. O grau de destruição que causarei vai depender do quanto vou me acalmar antes de estar de volta ao computador.

Quando volto na direção do banheiro, vejo Liza parada na ponta do corredor, me observando com uma expressão preocupada. Há um toque de pânico em seus olhos, que faz com que eu me arrependa de deixar Henry ir embora sem um tapa na cabeça.

Vou até ela.

— Tudo bem?

Ela olha para minha boca e, sem pensar, passo a língua pelo corte ensanguentado.

— Ele socou você?

Dou de ombros.

— De leve. Não foi grave.

Ela me segura pelo braço e me puxa de volta ao banheiro.

— Deixa eu te ajudar a limpar isso aí.

Ela me empurra até a pia, tira um lencinho impecável da bolsa e o aperta na minha boca.

— Você não precisa...

Ela faz um barulho para me calar e de repente se aproxima tanto que toda minha capacidade de fala desaparece em uma névoa de atração intensa e debilitante. Não sei o que tem nela para me deixar tão atônito, mas sei que nunca senti isso antes. Ela é linda, sim, mas não é isso. Por trás do cabelo loiro e do rosto perfeito, há uma vulnerabilidade que me faz querer implorar para ser seu guarda-costas particular. Será que ela me deixaria segui-la para sempre? Permitiria que eu quebrasse os dedos de qualquer cara que a tocasse sem permissão?

Ela molha o lencinho para limpar o sangue e o leva aos meus lábios de novo.

— Pelo menos parou de sangrar.

Ela analisa minha boca tão de perto que sinto o calor de seu peito se espalhar pelo meu corpo. Fico ali parado, de queixo caído, enquanto ela limpa o corte pela última vez.

— Está doendo?

— Nada está doendo.

Tudo está incrível. Parece que tomei uma dose gigantesca e inebriante de ecstasy e ocitocina.

— E você? Está bem? — pergunto.

Ela confirma com a cabeça e abre um sorriso hesitante.

— Estou. É meio triste e horrível dizer isso, mas estou acostumada com mão boba. Um pouco menos acostumada com os gritos e socos na porta. Aquele cara é perturbado.

— E o app juntou vocês?

Fico perplexo pelo meu algoritmo ter errado tão feio. Talvez minhas equações não sejam tão impecáveis quanto imaginei.

Ela revira os olhos.

— É culpa minha. Eu não deveria ter topado isso. Honestamente, que coisa desesperada, deixar um app escolher um namorado para mim. Fico envergonhada do quanto é ridículo. Você soube que estão chamando o desenvolvedor do app de dr. Love? Fala sério.

Cacete, Eden.

— Hum, é, ouvi. Infelizmente.

— Assim, o apelido é horrível...

Concordo.

— ... mas, além disso, que porra é essa? — continua ela. — Parabéns para a Central do Romance por querer ajudar quem enfrenta desafios com romance, mas prever por quem as pessoas vão se apaixonar é que nem tentar transformar chumbo em ouro. Quem alega ser capaz de fazer isso tem que ser louco ou uma fraude total.

Nossa. É um tapa na cara. Mas não inventei nada disso. Eu pesquisei. Identifiquei os fatores.

— Talvez o cara saiba o que está fazendo — digo, soando mais na defensiva do que planejo. — Quer dizer, se ele estudasse uma amostragem ampla o suficiente de relacionamentos duradouros e identificasse neles características comuns, seria possível prever traços com maior probabilidade de sucesso.

— Uhum. Então você quer dizer que o segredo para se apaixonar por alguém é o quê? Matemática?

Dou de ombros.

— Amor pode ser uma bagunça, mas matemática é simples.

— É, mas como se quantifica um conceito intangível, como o amor, por meio de algo inflexível, como a matemática? A maioria dos relacionamentos é uma bagunça de aleatoriedade e hormônios. Quer dizer, pela *matemática*, Henry Mão-Boba tinha aproximadamente sessenta por cento de chance de ser a minha alma gêmea. Eu diria que é um erro crasso.

Não posso discordar, e fico enjoado de pensar que meu cálculo conectou essa mulher a um otário daqueles. Ainda assim, sabendo a estatística de pessoas que tiveram sucesso com o app, quero provar que ela está enganada.

— Nenhum sistema de previsão é infalível — digo, tentando convencê-la sem parecer investido demais. — E soube que esse app é o mais preciso possível. Talvez você deva considerar Henry uma anomalia e tentar de novo com alguém que tenha probabilidade mais alta.

Ou pode me namorar e resolver tudo.

— E você? — diz ela.

Espera aí, ela leu minha mente?

— Hum... claro, pode ser. Podemos sair.

Ela ri, e me dá calafrios — dos bons. Ela se impulsiona para se sentar na bancada ao lado da pia e cruza as pernas antes de se recostar no espelho.

— Não, quis dizer seu encontro de hoje, como vai? Estou mantendo você afastado da mulher dos seus sonhos?

Só se você for embora.

— Não estou aqui para testar o app. E, honestamente, você invadir este banheiro é a interação mais fascinante que tive com uma mulher em muito tempo.

Ela estreita os olhos.

— Jura?

Tento soar sincero sem demonstrar quão absurdamente fascinado estou por ela.

— Juro.

— Não sei se devo ficar lisonjeada ou sentir pena de você.

Eu sorrio.

— Fique lisonjeada. É menos humilhante para mim assim.

Ela inclina a cabeça.

— Seu sorriso é lindo.

O elogio é tão inesperado que dou uma risada.

— Lindo? — pergunto, com uma careta. — Não quer dizer torto? Ou desajeitado?

Passo a mão pela barba. Preciso aparar. Devo estar com a cara de um caçador avesso a barbeador.

— Não — diz Liza, me analisando de perto. — Quis dizer lindo. Seus olhos se iluminam. Tudo ganha rugas. Tem covinhas escondidas atrás dessa barba toda?

Toco a bochecha.

— Não exatamente escondidas. Só camufladas.

Eu odiava minhas covinhas, porque sempre davam a impressão de eu ser mais jovem do que realmente sou. Faz anos que não as vejo, então não sei se ainda é o caso.

— Enfim — digo, sentindo calor sob o olhar dela. — O que quis dizer é que você não deveria deixar o drama de hoje impedi-la de usar o app. Não tenho dúvidas de que encontrará alguém mais compatível que Henry.

Ela me olha por alguns segundos. Em seguida, abaixa o rosto para encarar as mãos, que repousam no colo.

— Não sei se tenho mais energia para sair assim. Faz um ano que não tentava, não ficou mais fácil. Talvez algumas pessoas simplesmente estejam destinadas a ficar sozinhas.

— Se estiver falando de si mesma, devo discordar. Você definitivamente não deveria ficar sozinha.

Ela inclina a cabeça.

— Você acha que esse FPS poderia me ajudar a quebrar hábitos ruins? — pergunta.

— Que tipo de hábito? Fumar? Roer as unhas? Fantasias de freira baratas?

Sem pensar, me aproximo um pouco, com cuidado para não intimidá-la no espaço pequeno. Ela me fita, e não deixo de notar a forma como analisa meu rosto.

— Que tal me apaixonar por homens que são completamente inadequados para mim?

— Você faz isso?

Ela pestaneja.

— Com regularidade assustadora.

Há algo implícito no tom dela que faz meu coração acelerar.

Tenho um impulso repentino de tocá-la, mas sei que não seria adequado, considerando o que acabou de passar. Em vez disso, ofereço a mão para ela segurar se quiser.

— Acabei de notar que não nos apresentamos direito. Eu me chamo...

Antes que consiga dizer meu nome, ela segura meus dedos e, no segundo em que nos tocamos, meu cérebro entra em curto-circuito. Os calafrios que sobem pelo meu braço me fazem esquecer de como respirar. A pele dela faz a minha explodir em calor e, quando olho para seu rosto, ela parece tão confusa quanto eu com a intensidade do contato.

Eu já vi vários filmes em que o tempo desacelera em momentos importantes. Normalmente, é em uma cena de ação, alguém se joga na frente de uma bala ou escapa de uma explosão. Neste momento, eu não poderia me mexer nem se quisesse, independente de balas ou explosões. O mundo inteiro podia pegar fogo e eu ainda não conseguiria parar de olhá-la nos olhos.

— Jesus.

Nem noto que falei até ouvir minha voz.

Liza acena com a cabeça.

— Prazer, Jesus.

— Não — digo, sacudindo a cabeça, me deleitando no ar quente que nos cerca como névoa. — Isso foi uma interjeição involuntária. Meu nome é...

Sou trazido de volta ao tempo real quando ouço três batidas fortes na porta.

Não pode ser. Não acredito que o babaca do Henry voltou.

Solto a mão de Liza e avanço até a entrada do banheiro.

— Cara, você deveria ter aproveitado a deixa para ir embora, vou te nocautear até a semana que vem.

Quando entreabro a porta, vejo a cara surpresa de Max.

— Hum, tá... Não estou muito a fim de nocaute hoje. Que tal uma conversa rápida?

Franzindo a testa, ando um pouco para o lado, escondendo Liza de Max. Não sei por que faço isso. Talvez ache que Max vai julgá-la por estar comigo no banheiro. Ou talvez ele conte a Eden que eu estava com uma mulher, e ela só largaria o osso depois de organizar um megacasamento e um chá de bebê completo. De qualquer modo, não quero que ele a veja.

— Oi. Foi mal. Achei que fosse outra pessoa.

Max acena com a cabeça.

— Graças a Deus. Estou em forma, mas, com uma porrada sua, tenho certeza de que eu sairia voando pela sala que nem um biscoitinho da sorte.

— Não sabia que biscoitos da sorte voavam.

— Voam, se levam porrada de uma muralha de quase dois metros.

— Saquei — digo, e pigarreio, sabendo que Liza está escutando toda aquela conversa doida. — Então... qual foi, Max? Precisa usar o banheiro? Porque... não dá agora.

— Tá, bizarro, mas ok. Só quis dizer que as coisas estão ficando mais tranquilas por aqui, então vou dar no pé. Tem alguns casais ainda, mas a maioria seguiu para outros lugares. Deixei Ming-Lee responsável por fechar o evento. Você pode ir para casa também. Sei que tem trabalhado sem parar em aperfeiçoar o algoritmo para o teste. Parece sempre ser o primeiro a chegar no escritório e o último a ir embora.

— Hum, é.

É verdade, mas não pelo motivo que ele imagina.

— Enfim, mandou bem. Todo mundo com quem conversei elogiou demais o aplicativo.

Nem todo mundo.

— Parece que o dr. Love arrasou de novo — acrescenta ele.

Decidido: vou matar Eden.

— Amanhã podemos discutir os dados — continua. — Descansa um pouco, tá?

— Pode deixar. Boa noite, Max.

Fecho a porta e encontro Liza me olhando de braços cruzados.

— Então *você* é o dr. Love?

— Na verdade, me chamo Toby. Ou Fraude Total, como você preferir.

— Você me deixou xingar seu app e seu trabalho sem dizer quem era?

— Você estava animada. Seria grosseria interromper.

Ela me encara por alguns segundos e eu a encaro de volta. Sinto que tenho muito a dizer, mas, no momento, não consigo pensar em um assunto sequer.

— Então... — diz, mudando o peso de pé.

— É. Então...

Ela olha para a porta, depois se volta para mim.

— Valeu pela ajuda hoje. Agradeço muito. E desculpa pela...

Ela aponta para a própria boca e eu aceno com a cabeça, vagamente me perguntando qual seria o gosto.

— Não foi nada. Disponha.

Volto a olhá-la nos olhos. Fico surpreso ao notar calor definitivo no olhar dela. É muito raro uma mulher por quem eu sinta atração também estar a fim de mim. Ainda assim, aqui está a criatura mais estonteante que já vi, me despindo em imaginação até os limites da minha vida razoavelmente curta. É emocionante.

Sinto que algo decisivo está prestes a ocorrer entre nós. Que, talvez, hoje seja o início de algo tão profundo que nenhum de nós jamais...

— Merda, isso não pode acontecer de novo.

Em um instante, a postura inteira de Liza muda. Vai de um olhar pesado a uma expressão de pânico. Ela se afasta da bancada e anda até a porta.

— Boa sorte com o app e tudo o mais, Toby. Preciso ir.

Franzo a testa, confuso.

— Espera aí, é o quê? — pergunto, e ela passa por mim. — Liza, espera um segundo.

Ela se vira e suspira, e não sei o que fiz, mas ela parece irritada.

— O que aconteceu? — pergunto. — Te ofendi de alguma forma? Disse alguma coisa errada?

— Não foi nada que você disse. Foi você.

Ela indica meu corpo inteiro, o que não ajuda em nada minha confusão.

— Tá. Minha existência é irritante?

— É. Por aí.

— Quer explicar?

— Só confie em mim, passarmos mais tempo juntos é má ideia.

— Por quê?

— Porque...

Ela olha para a porta, depois para mim. Parece que está dividida entre ir ou ficar e, apesar de não fazer ideia do que está acontecendo, tenho certeza absoluta de que não quero que ela vá.

— Porque...? — insisto.

Ela abaixa a cabeça, mas logo volta a me olhar.

— Você parece ser um cara muito legal. E tenho o hábito de conhecer caras que parecem muito legais, mas que são cem por cento errados para mim. É um dos motivos para eu ter vindo aqui hoje, para tentar romper esse ciclo de merda.

— Tá, entendi.

— Tenho que aprender a fazer o contrário do que meu instinto manda, porque, se eu namoro as pessoas de quem gosto, acabo me ferrando.

Franzo a testa.

— Então você está dizendo que quer namorar gente de que não gosta? E também que quer me namorar?

Ela suspira, como se eu tivesse distorcido o argumento dela a meu favor, o que é bem verdade.

— Estou dizendo — fala, em tom paciente — que foi um prazer conhecê-lo, mas preciso ir embora.

Ela abre a porta e se vira para mim com uma expressão de pesar.

— Espero que tudo dê certo para você, Toby. De verdade. Tenho certeza de que a gente vai se encontrar um dia.

Ela abre um meio sorriso e sai pela porta.

Centenas de justificativas para ela ficar morrem na minha língua quando a porta se fecha. Fico parado por um instante, o estômago contorcido de incômodo, tentando decidir o que quero fazer.

Convide ela para beber alguma coisa.

Algo em mim se encolhe. Senti atração física forte por outras mulheres ao longo dos anos, mas nada semelhante ao que senti por Liza. E meu histórico com mulheres que me fascinam é um horror.

Eu deveria identificar minha atração descontrolada como alerta. Nada de bom vai vir de desejar intensamente alguém que acabei de conhecer. Ainda assim, não consigo me convencer a deixá-la ir. Não dá.

A parte de mim que aguentou o peso de inúmeras rejeições me avisa que estou tomando a decisão errada, mas as dezenas de desculpas que oferece para eu não ir atrás dela são derrubadas que nem pinos de boliche quando abro a porta com força e murmuro:

— Foda-se.

Quando saio do banheiro, Liza já está na metade do caminho para a saída, avançando em boa velocidade.

— Liza!

Ela não desacelera, então me esquivo e costuro pela multidão espalhada, com a elegância de um gorila dançarino, tentando alcançá-la.

Felizmente, Ming-Lee está perto da porta e para na frente dela para fazer uma série de perguntas quanto ao sucesso do evento.

— Olá — diz Ming-Lee, sorrindo. — Antes de ir embora, tem um minutinho para falar sobre sua experiência hoje?

Liza parece hesitante e eu paro de repente ao lado da minha minúscula funcionária.

— Hum, Ming-Lee, oi. Posso cuidar dessa, se quiser.

Ela me olha com curiosidade, mas me passa o iPad mesmo assim.

— Ah, pode ser. Tranquilo.

Ela vai falar com um casal atrás de nós, e eu me aproximo de Liza.

— Sei que você quer ir embora logo e nunca mais me ver, mas essas pesquisas são muito úteis para melhorar o app, entãããão…

Liza me olha com desconfiança.

— Ok, tá bom. Acho que tenho tempo.

— Ótimo — digo, abrindo a tela correta. — Como você avaliaria a experiência de hoje à noite com o aplicativo FPS, em escala de um a dez, um sendo negativo, e dez, positivo?

— A experiência com o app foi um três, mas, no geral, eu daria seis e meio para a noite.

— E qual é o motivo principal para essa nota?

Ela segura um sorriso.

— O banheiro masculino é surpreendentemente agradável.

Faço que sim com a cabeça.

— Concordo. Agora, baseado na experiência dessa noite, qual é a probabilidade de você recomendar o app FPS para seus amigos?

A expressão dela diz tudo, e eu digito a resposta por conta própria.

— Nem... um pouco... provável. E a probabilidade de me dar seu telefone?

Recebo um olhar de pena em resposta.

— Certo. De novo, nada provável — digo, e passo para o campo seguinte. — Considerando que o desenvolvedor do app levou uma porrada na boca ao ajudá-la hoje, que taxa de sucesso ele teria em convencer você, por pena, a tomar uma bebida rápida e barata no bar?

Ela olha para a porta e volta o olhar para mim.

— Toby...

— Não, eu entendo, sério — digo, sentindo mais desespero do que demonstro. — Eu posso ser um erro horrível que você não quer cometer. Mas é só uma bebida. Cinco minutos. — *Ou para sempre.* — Sem pressão.

Ela parece hesitar, e, honestamente, não tenho energia para continuar de joguinho. Largo o iPad no banco ao meu lado.

— Escuta, Liza, a noite foi longa. Gostei de conhecer você, e não me cairia mal fazer uma pausa antes de virar a noite analisando números. É claro que, se você tiver outro compromisso, deve ir. Mas, se estiver de bobeira...

Ela hesita e me olha por alguns segundos, me causando calafrios, antes de declarar:

— Tá. Uma bebida. Eu escolho. E eu pago.

— Combinado.

Sorrimos pelo que parece tempo demais antes de eu me virar e levá-la ao meu lugar no fim do bar. Quando Raj nos vê, levanta uma sobrancelha e vai embora discretamente.

— Então é aqui que a magia acontece? — diz Liza, apontando para meu notebook.

— Se por magia você se refere a dor nos olhos, veias estouradas de frustração e crimes cibernéticos ocasionais, então, sim. É o centro mágico.

Joe, o barman, se aproxima bem quando meu celular toca. Quando o tiro do bolso, vejo o rosto sorridente da minha irmã mais nova na tela.

— Me dá licença por um segundo? — peço. — Preciso atender.

Liza concorda com a cabeça e conversa com Joe enquanto me afasto para atender.

— E aí, Florzinha.

— Saudações, irmãozão. Como anda a vida?

Eu rio baixinho. Essa menina pode ter apenas doze anos, mas é mais dramática que toda a Broadway. É uma das coisas que mais amo nela. Além do mais, ela tem meu senso de humor ridículo.

— Anda decentemente, pequena irmã. E você, como vai? Ligou só para ouvir minha voz? Está com tanta saudade assim do seu irmão?

— Bem, estou. Faz mais de um mês que você não visita. Anda popular demais para se meter com a ralé?

— Bem, considerando que estou trabalhando em um bar enquanto pessoas se agarram ao meu redor, não sei se me chamaria de "popular". Estou mais para ocupado para cacete. Acredite, eu preferia estar curtindo com você.

— Eu também queria que você estivesse aqui.

A tensão na voz dela me preocupa.

— O que aconteceu, baixinha?

Ela para por um instante antes de responder:

— A mamãe recebeu uma carta do plano de saúde do papai hoje. Vão aumentar o preço de novo.

Sinto o estômago despencar.

— Como assim? O preço já subiu seis meses atrás.

— É, bom, quando a única prioridade da empresa é dinheiro, é preciso se esforçar para deixar todo mundo pobre e doente — diz, e noto como ela está furiosa. — A mamãe passou o dia quieta. Sei que está tentando dar um jeito nas coisas sem jogar para você, mas... bom, eu decidi jogar para você.

Suspiro e esfrego os olhos. É a última coisa de que minha mãe precisa agora. A gente tem brigado para manter o plano de saúde do meu pai. Se perdermos a briga, estaremos em um buraco ainda mais fundo do que já estamos. Atualmente, cobrem apenas metade da fisioterapia dele, e os valores são um ultraje.

A voz de April sai mais suave quando diz:

— Acho que ela está seriamente considerando arranjar mais um emprego.

— Não pode ser. Ela já se mata de trabalhar.

— Eu sei, Tobes, mas ela não me escuta. Falei que eu podia arranjar um trabalho...

— Não.

— Me escuta. Acho...

— April, seu trabalho é tirar boas notas e fazer companhia para a mamãe e o papai. Só isso. Eu vou dar um jeito, tá?

Minha voz sai mais alta do que eu pretendia, e apoio a cabeça na mão quando minha irmã se cala.

— Droga, April... Desculpa. Estou estressado com o trabalho — falo, me sentando no banquinho do bar e passando a mão pelo cabelo. — A mamãe desconfia que eu tenho mandado dinheiro?

Escuto um ruído.

— O fato de que ela ainda não ligou para gritar com você indica que não. Mas, mesmo mandando praticamente todo o seu dinheiro, Tobes... — diz, e suspira. — Não sei como vamos sair dessa. E se não der para pagar a cirurgia do papai?

— Vai dar.

— Mas e se não der?

Dr. Love

Aperto meus olhos e os esfrego.

— Vou dar um jeito. Prometo.

Minha irmã fica quieta por um segundo; odeio que ela esteja na linha de frente das pressões financeiras da nossa família. Ela ainda é criança. Deveria estar andando de bicicleta e brincando com os amigos, não considerando arranjar um emprego para pagar as contas.

— Toby, você não tem como mandar mais dinheiro. Resolveu a situação do seu apartamento? Negociou o aluguel com o proprietário?

— Negociei, e ele se apiedou. Tá tudo certo. Não se preocupa.

Odeio mentir para ela, mas do que adiantaria contar a verdade? Ela não precisa saber que fui despejado quatro semanas atrás. Tentei negociar com o proprietário, mas, como a maioria dos proprietários de Nova York, ele estava pouco se fodendo para meus problemas financeiros. Tinha uma lista de espera de quilômetros para aquele apartamento, e eu mal tive tempo de me mudar antes de ele trocar a fechadura e arrumar um inquilino novo.

Quando se trata de arranjar e manter moradia no Brooklyn, é correr ou morrer, e eu, infelizmente, acabei mortinho.

Piscando para desanuviar a cabeça, abro o notebook e entro na minha conta do banco. Tem só algumas centenas de dólares, mas transfiro tudo para a conta que abri para minha irmã. Olho de relance para Liza, que ainda está conversando com Joe. Felizmente, ela parece não ter prestado atenção ao telefonema.

— Acabei de mandar mais dinheiro. É pouca coisa, mas deve cobrir o plano de saúde até eu pensar em outra solução. Cuida da mamãe, tá? Vou visitar vocês em breve.

Não tenho tempo para as cinco horas de viagem até a Pennsylvania, mas não tenho muita escolha. Quando a família precisa da gente, a gente vai.

— Seria ótimo. Estamos todos com saudades.

— Eu também estou. Agora vai acabar sua lição e dormir. Tá tarde.

— Pode deixar, irmãozão — diz, e pausa por um momento. — Te amo — acrescenta, baixinho, e desliga tão rápido que não tenho tempo de responder.

Guardo o celular no bolso e olho para minha conta corrente vazia. Merda. Eu não preciso comer mesmo, né?

Sei que se fosse falar com Max e pedisse um adiantamento do meu pagamento, ele provavelmente aceitaria, mas essa é a última opção. Devo ter algo a fazer além de suplicar por dinheiro. Viver de caridade é humilhante demais.

Olho de relance para o notebook. Geralmente, uso meu talento de hacker para o bem, mas não consigo deixar de pensar como seria fácil manipular o sistema para benefício próprio. Em minutos, poderia hackear uma dezena de instituições financeiras e transferir o dinheiro para minha mãe antes de conseguir dizer "crime federal". Dinheiro ilimitado não resolveria tudo, mas sem dúvida aliviaria a pressão.

— Tudo bem aí?

Levanto o rosto e vejo que Liza me analisa.

— Você parece estressado — acrescenta, e me oferece um copo cheio de uísque. — Talvez isso ajude.

— Obrigado.

Aceito a bebida com gratidão. Afogar as mágoas com uma mulher linda não vai resolver problema nenhum, mas certamente vai ajudar a esquecê-los por um tempo.

— Posso ajudar de algum jeito?

Sacudo a cabeça. Não contei a ninguém o que está acontecendo na minha vida, nem mesmo a Eden, porque a vergonha que vem junto é sufocante. Por enquanto, minha preferência é a negação.

— Não, tá tranquilo — digo. — Só coisa de família.

Sorrio e ela sorri de volta, e, cacete, até essa pequena interação já me faz bem.

— Posso te fazer uma pergunta pessoal? — diz, com uma expressão séria.

— Claro.

Temo que ela tenha escutado meu telefonema, afinal.

Ela se aproxima mais um pouco.

— O que você acha de... humilhação pública?

Franzo a testa.

— Eu... hum... — digo, meu cérebro empacado. — Hum... por quê? Você curte?

Não tenho experiência alguma com fetiche, mas, por ela, estaria disposto a aprender.

Ela abre um sorriso malicioso.

— Na verdade, curto, *sim* — diz, apontando com a cabeça para os fundos do salão e eu acompanho seu olhar. — Você topa?

Concordo com a cabeça, entendendo.

— Aaaah, então é para *eu* humilhar *você*. Tá legal. Prepare-se.

Ela ri e, quando se dirige às mesas no outro canto do bar, eu vou atrás.

— Ah, Toby, Toby, Toby... prepare-se para descobrir exatamente quão errado um ser humano pode estar. Vou arrancar seu belo couro.

Capítulo três
As leis da atração

Tomo um gole do uísque absurdamente caro que Liza comprou e tento não a olhar que nem um tarado quando ela se debruça na mesa de sinuca para arrumar as bolas.

— Você podia ter comprado uma cerveja — digo. — Não precisava investir no uísque de luxo.

Mas, nossa, fico feliz por essa decisão. Se eu já achei o uísque da Eden bom, esse nem se compara. É que nem engolir raios de sol *single-malt*.

Liza tira o triângulo de plástico da mesa e o pendura na parede antes de pegar dois tacos.

— Bom, você sofreu ferimentos físicos defendendo a minha honra. Era o mínimo que eu podia fazer.

Ela me entrega um dos tacos e faz um gesto, me convidando para dar a saída. Eu dou a tacada, me endireito e a olho.

— Bem, de qualquer forma, obrigada. Que comece o arranca-couro.

Ela bebe um gole do drink de vodka com cranberry.

— Como quiser.

Ela abaixa o copo, analisa as bolas em campo e dá a tacada. Com um movimento confiante, faz a bola quicar com destreza na lateral da mesa e a encaçapa do outro lado.

— Ok. O jogo ficou interessante.

Normalmente, quando jogo sinuca, fico entediado, porque minha capacidade de calcular projeções geométricas avançadas de cabeça torna bem fácil matar as bolas. No entanto, quando vejo Liza converter mais duas em sequência, considero que talvez enfrente mesmo um desafio.

— Você já fez isso antes.

Ela abre um sorriso malicioso.

— De vez em quando.

— Imagino que você tenha sido ótima aluna em geometria na escola. Está acertando todos os ângulos.

Ela se debruça na mesa e analisa a próxima tacada. É complicada: a bola está parcialmente bloqueada por outra, então vai precisar rebatê-la várias vezes para acertar.

— Geometria para sinuca é simples — diz, dando a volta na mesa. — Entendendo que a plasticidade da velocidade das bolas é constante, todo o resto se encaixa.

Ainda estou chocado pela declaração quando ela dá a tacada e a bola quica três vezes antes de acertar uma outra vermelha, que cai na caçapa. Se ela continuar falando desse jeito nerd comigo, não vai ter como eu não me apaixonar.

— Bom, agora você está se exibindo.

Ela erra a tacada seguinte. Não sei se foi de propósito para me deixar jogar, mas me aproximo da mesa mesmo assim.

— Então, pela nossa conversa no banheiro — diz ela, passando mais giz na ponta do taco —, posso supor que o homem responsável por acabar com a solteirice em Nova York não tem namorada?

Abro um meio sorriso.

— Não. Nada de namorada.

Gosto que ela perguntou. Quer saber se estou disponível, e, para ela, estou.

— E você? — pergunto. — Falou que parou de namorar por um tempo?

Ela concorda com a cabeça.

— É, eu precisava de uma pausa. Passar um tempo comigo, sei lá.

Analiso a postura dela.

— Saquei. Você tem fadiga de rejeição.

— Você acabou de inventar isso ou...?

— Não, existe mesmo. Quando a pessoa se disponibiliza o tempo todo e sempre dá de cara com a parede... ela cansa.

Eu sei bem como é.

— É um dos muitos motivos para eu criar o FPS — acrescento.

Ela anda até a mesinha alta ao meu lado e toma um gole da bebida.

— Parece que você está falando por experiência própria, mas não pode ser verdade.

— Você não acha que sou rejeitado?

Ela me seca devagar, por um bom tempo, então sacode a cabeça.

— Não quero soar condescendente, mas... você não tem espelho em casa? Você é alto, bonito, muito engraçado, tem um cabelo lindo. Quem rejeitaria alguém espetacular assim?

Nossa, ela me acha bonito? Meu ego explode com a força de um raio de partículas subatômicas no colisor de hádrons.

— Bom, eu posso dizer o mesmo. Não imagino que nenhum homem rejeitaria você.

Ela mexe a bebida com o palito enfiado em um cranberry.

— Os homens acham que têm interesse em mim, mas, assim que me conhecem melhor, saem correndo.

— Bom, você precisa começar a namorar homens de qualidade, o que você descreve é exatamente o motivo para eu ter desenvolvido o app. A maioria das pessoas começa a namorar por sentir uma atração física superficial. O que, claro, é importante. Mas o tesão pode diminuir, e, se vocês não tiverem nada em comum quando isso acontece...

Ela concorda com a cabeça.

— Mesmo com as cortinas mais bonitas da rua, se não tiver nada segurando a estrutura da casa, não tem chance.

— Exatamente — concordo. Tomo um gole de uísque e noto que ela está me olhando. — O que foi?

Ela olha para a própria bebida.

A gente desperdiça tanto tempo com gente que nunca vai encaixar. Assim, eu sei que é parte de ser jovem, de experimentar, e tal. E não posso dizer que não me diverti. Mas... cansei, sabe? Não quero continuar pulando de cara em cara a cada tanto tempo. Quero alguma coisa mais estável. Mais duradoura.

— Então não deixe meu app de lado por causa de uma primeira experiência ruim. Pode ser exatamente o que você está procurando.

Mais especificamente, *eu* posso ser exatamente o que você está procurando.

— Você me mostra como funciona? Talvez, se conhecesse a metodologia, eu confiasse um pouco mais nela. Deus sabe que, se não quiser morrer sozinha, tenho que aceitar a ajuda que vier.

— Claro.

É esquisito compartilhar algo tão pessoal quanto esse app, especialmente com alguém tão interessante quanto ela.

— Deixa só eu acabar isso aqui — acrescento.

Alinho o taco e encaçapo as três últimas bolas na mesa antes de matar a oitava. Ela aplaude educadamente, e eu a conduzo de volta ao bar, onde meu notebook nos espera. Abro a planilha de pesquisa.

— Viu, essas são as estatísticas dos sujeitos da pesquisa. Dá para ver que entrevistamos uma gama enorme de pessoas. Idades, sexualidades, religiões, raças diferentes. E os fatores comuns a todos os relacionamentos bem-sucedidos eram surpreendentemente semelhantes.

Eu a vejo analisar a tela. Nossa senhora, como ela é linda. Tensiono os músculos para resistir ao impulso de acariciar o rosto dela que nem um babaca.

— Parece que você dedicou muito trabalho e tempo a isso.

Ela se vira e fica tão perto que perco o fôlego.

— Pois é. Dediquei.

E, se não provar que eu e você fomos feitos um para o outro, terá sido à toa.

— Talvez eu deva confiar em você no que diz respeito a romance.

— Deve, sim, com certeza.

Além do mais, pode só confiar em mim, porque acho que nós dois nos divertiríamos.

— Estou cansada do circo. Não quero só ficar. Quero me apaixonar, precisar tanto de alguém que não o ter por perto me deixaria doente. Quero minha alma gêmea — diz, mexendo no celular. — Foi por isso que aceitei vir aqui hoje. Para ver o que o app fazia. Sei que estou lidando com probabilidades complicadas. Sou esquisita e preciso de alguém igualmente esquisito para combinar.

— Bom, para ser sincero, a chance de encontrar outro esquisito em um bar no Brooklyn é bem alta. Por exemplo, você me conheceu.

Por alguns segundos, me perco no azul dos olhos dela. São espetaculares; eu poderia admirá-los por horas sem me entediar.

Ela me olha por mais alguns segundos, antes de pigarrear e se afastar.

— É.

Abro outro gráfico, em parte como argumento, mas, principalmente, para ela se aproximar da tela e, portanto, de mim.

— Olha, isso mostra a taxa de sucesso. Se você der uma chance, o app pode te levar ao seu próprio final feliz.

Ela me olha.

— É uma promessa bem exagerada.

— Você está falando como se eu não tivesse dedicado centenas de horas de pesquisa ao tema. Eu dediquei. Toda simulação indica que pessoas com notas de compatibilidade mais baixas terminam mais rápido e pior do que as que têm notas mais altas. A matemática não mente. Hoje, Henry estava no limite da curva. É só namorar alguém com quem você tenha uma nota maior.

Ela se apoia na bancada.

— Então, se você sentisse uma conexão com alguém e a nota de vocês fosse baixa, você não a namoraria?

— Não. Não adianta desperdiçar tempo e energia em um relacionamento fadado ao fracasso.

— Uau. E eu achava que era impiedosa nesse assunto — diz ela, me analisando. — Então, que tal eu e você? Qual você acha que seria nossa nota?

O tempo desacelera mais uma vez quando me concentro no ritmo hipnótico da pulsação em seu pescoço.

— Não sei dar um número exato, mas, considerando nossa... química... eu diria que o número seria bem alto.

Ela se aproxima.

— Sei. Eu acho que seria baixo.

— Certo, porque você tem o hábito de escolher o cara errado?

— Exatamente. Você é alto e gato, com ótimo senso de humor e uma boca fabulosa — diz, olhando para minha boca, que treme em resposta. — É claro que não vai combinar comigo.

— Tá, então quero propor um desafio. Vamos nos conhecer melhor por algumas horas. À meia-noite, nós dois podemos tentar prever nossa compatibilidade e descobrir quem está certo.

— E se formos compatíveis?

Eu me levanto e chego um pouco mais perto, até a proximidade dela fazer meu corpo pegar fogo.

— A gente namora. Você se apaixona. Escreve maravilhas sobre mim no seu diário. Se gaba de mim para suas amigas.

— E se não?

Dou de ombros.

— A gente se despede e pronto, sem questionar.

— O que você considera uma nota baixa?

— Minha pesquisa indica que qualquer coisa abaixo de cinquenta por cento é morte certa.

Sem saber nada sobre essa mulher, não tenho dúvida de que estamos anos-luz acima disso. Na verdade, não me surpreenderia se a nota passasse de oitenta.

— Qual é a nota mais baixa que você já viu em um casal que ficou junto por bastante tempo?

Penso nas minhas anotações.

— Tem um casal que ficou cinco anos junto com trinta e nove. Mas acho que eles não foram felizes pelos últimos três anos. A última notícia que tive era de que estavam em amarga disputa pela guarda do coelho de estimação.

— E os casais mais felizes?

— Os relacionamentos muito duradouros e razoavelmente felizes estavam todos na casa dos setenta e oitenta. Acima de noventa por cento é uma raridade extrema, e duvido que cem por cento exista.

— Uhum. Então — diz ela, mudando o peso de pé —, se nossa noite juntos for incrível, mas nossa compatibilidade for de quarenta e nove por cento, você vai deixar para lá?

Confirmo com a cabeça.

— Sem dúvida. Passei meses com esses cálculos. Sei que estão certos. Tenho fé neles, não tenho mais interesse em desperdiçar meu tempo — falo, e ofereço a mão para ela apertar. — Estamos combinados?

Ela olha minha mão por alguns segundos antes de apertá-la.

— Acho que não tenho nada a perder. Combinado.

Ficamos assim, com as mãos quentes, os dedos apertados, nos encarando.

— Então... — falo, sem querer soltar a mão dela, mesmo sabendo que deveria. — Aonde vamos?

Ela me solta e eu flexiono minha mão, que está pinicando com a memória do contato.

— Estou faminta, e uma amiga é dona de um ótimo restaurante por aqui.

— Ótimo — digo. — Minha roupa está adequada o suficiente?

Ela abre um sorriso irônico.

— Estamos no Brooklyn. Você se misturaria ao ambiente até vestindo uma armadura medieval.

Capítulo quatro
Derrubado

Certas pessoas entram na nossa vida como se fossem destinadas a estar ali. Há certa familiaridade nelas, como se fôssemos melhores amigos de séculos e, ao nos reencontrar nessa outra vida, voltássemos ao trilho confortável do trem da amizade.

Outra pessoas acendem algo tão poderoso em nós que estar com elas quase dói. São tão brilhantes e incandescentes que arde olhar para elas, e o mero contato com sua mão pode instigar uma onda de tesão que quase nos derruba no chão.

Se misturar essas duas sensações em uma coqueteleira e chacoalhar bem, o resultado é a descrição perfeita de passar tempo com Liza.

Estou tentando conter o otimismo, porque ficar envolvido demais antes de saber nossa nota é uma estupidez sem tamanho. No entanto, quando é emocionante assim até andar ao lado de alguém, sei que estou ferrado.

— Obrigada pelo café — diz Liza, indicando o copo de papelão na mão.

Dou de ombros.

— Era o mínimo, depois de você pagar o uísque e a pizza.

Também era o máximo, visto que quase não tenho mais dinheiro na conta.

Depois de comer, seguimos para Manhattan, e agora estamos apenas vagando pelas ruas, tomando café e papeando. Falamos de programas de televisão britânicos obscuros que amamos e discutimos quem tem melhores adaptações cinematográficas, a Marvel ou a DC. Ela ri de todas as minhas piadas, e eu, das dela. Nunca conheci alguém com quem me dei tão bem.

Tudo está tão bem que começo a ficar preocupado.

Depois de um tempo, noto que estou falando mais do que Liza e uma estranha tensão surge na expressão dela. Ela não para de olhar o relógio, e percebo que nosso tempo juntos está acabando.

Paramos na frente da loja Tiffany na Quinta Avenida quando ela dá um suspiro resignado.

— É meia-noite. Acho que é hora de ver se vamos virar abóbora.

Enfio as mãos no bolso.

— Foi o combinado, né?

Ela confirma com a cabeça, mas não me olha.

— Foi. Mesmo que eu já saiba no que vai dar.

Ela parece tão desanimada que me aproximo.

— Liza, nossa noite foi incrível. Você não acha que é bom sinal para nossa compatibilidade?

— Toby, você não entende mesmo minha tendência de escolher caras completamente inadequados para mim. Ao longo dos anos, eu namorei não um, nem dois, mas *três* homens que acabaram na lista de mais procurados do FBI. Você provavelmente nem chega perto de entender minha capacidade de tomar escolhas ruins.

— Viu, é por isso que somos perfeitos juntos. Eu também sempre tomo as decisões erradas. Talvez, nesse caso, dois erros deem em acerto.

— Ou dois erros deem em um erro pior.

Pego o celular.

— Não vai ser o caso. Tenho fé na gente. Prevejo uma nota acima de oitenta e cinco.

— Toby...

— Você acha que vamos bater no limite; eu entendo. Mas não vai ser assim. Estou sentindo que vai dar certo.

Se ela sentir por mim metade da atração que sinto por ela, a nota vai bater recordes.

Dr. Love 57

— Tá, mas, antes disso, você precisa saber que... bom, é o seguinte, quando fiz o teste mais cedo...

— Sim?

— Eu só... — diz, sacudindo a cabeça, com dificuldade de continuar. — Quando respondi as perguntas, eu...

Ela me olha, e não faço ideia do que ela quer dizer, então espero.

Ela solta um suspiro frustrado.

— Tenho um hábito terrível de me esconder daquilo que não quero enfrentar, e isso se encaixa precisamente nessa categoria. Você vai se decepcionar, e odeio pensar em decepcionar você.

Quero tocá-la, mas sinto que, no momento, isso a deixaria ainda mais ansiosa.

— Liza, escuta... Tive uma noite incrível com você. Mesmo que mais nada aconteça, temos isso, tá?

— Tá — diz, e mexe os pés. — Só preciso que saiba que, o que quer que aconteça agora, acho você uma pessoa incrível.

— Viu? — digo, sorrindo. — Concordamos nisso também.

Estendo meu celular.

— Vamos acabar logo com isso, para você parar de se preocupar — falo. — Não pode ser tão ruim quanto você acha.

— Ah, pode sim. Mas vamos nessa.

Ela respira fundo e tira o celular da bolsa, e não deixo de notar como a mão dela treme.

— Hora da verdade.

Abrimos o app nos dois aparelhos e, com empolgação vibrando pelo corpo todo, bato meu celular no dela. Em segundos, ouvimos um apito e um número dourado e cintilante aparece na tela.

Puta que pariu.

Se meu celular fosse uma máquina caça-níquel, estaria piscando, buzinando e cuspindo uma avalanche de dólares.

Noventa e três por cento.

Eu *sabia*, caralho.

Quando olho para Liza, espero ver alegria em seu rosto, ou, no mínimo, alívio. Em vez disso, ela parece estar à beira de lágrimas.

— Ei — digo, botando a mão no ombro dela e massageando o braço. — É boa notícia, né? Quer dizer, nem se tentasse eu poderia estar mais feliz agora.

— Toby...

Porra, não. Não pode ser. Ela vai me dar um fora, mesmo sabendo que somos praticamente perfeitos um para o outro? Como pode negar isso?

— Liza, para.

Seguro o rosto dela e a faço me olhar.

— Qualquer que seja a desculpa que você vá arranjar agora — falo —, por favor... não. Você sabe como isso é certo.

Eu me aproximo e prendo a respiração quando ela segura a frente da minha camisa, me puxando mais.

— Toby... essa nota... Você não entende.

— Entendo. Entendo que você encontrou caras escrotos no passado, mas não deixe que isso estrague o que tem entre nós.

Eu me abaixo, tentando com dificuldade conter a vontade de beijá-la.

— Só... — digo. — Se permita ser feliz. Você é meu par perfeito. Está bem aqui, estampado. A matemática não mente.

Estamos tão próximos que sinto a respiração dela na minha boca. Ela me olha nos olhos, buscando alguma coisa. Queria desesperadamente saber o que é, porque faria tudo que posso para dar a ela.

— Toby...

Ela me olha por alguns segundos, então fica na ponta dos pés e me beija.

Jesus.

Adrenalina explode, correndo pelas minhas veias, deixando tudo mais intenso e elétrico. Sei que só conheci essa mulher hoje, mas parece que passei uma eternidade desejando provar sua boca. Eu aninho sua cabeça na mão e a inclino para um ângulo melhor e retribuo o beijo, devagar e suave de início, saboreando a doçura enquanto um raio toma todos os meus nervos.

— Meu Deus do céu — sussurra ela entre nossas bocas, e eu não poderia concordar mais.

Já beijei várias mulheres, mas nenhuma foi algo assim. Minha boca conhece a forma da dela. Minha língua roça na dela e parece que já fizemos isso um milhão de vezes.

Sendo adepto da lógica, não dou muito crédito para o conceito de amor à primeira vista. Quer dizer, entendo que certas pessoas têm uma química absurda e podem sentir atração instantânea e poderosa, mas amor? Não. Amor demanda tempo.

Mas ao beijar Liza? Eu entendo. Sinto que esperei por esse sentimento a vida inteira. A leve sucção, o gosto doce, tudo me faz querer me algemar ao lado dela, para sempre. Cacete, como pode ser tão bom?

Continuamos a nos beijar e um milhão de pensamentos correm pela minha cabeça. Quero levá-la para casa e fazer amor com ela, mas não tenho lar. Quero comprar flores e chocolates para ela, mas mal tenho centavos no bolso. Quero acordar ao lado dela e apreciar o momento em que ela sai dos sonhos e volta a mim, mas, mesmo que a sensação de beijá-la seja mais certa do que qualquer outra coisa que já vivi, não consigo deixar de desconfiar que ela está me beijando pelos motivos errados.

Nunca desejei alguém como a desejo. Uma inundação de fantasias românticas me toma e, pela primeira vez na vida, quero concretizar toda e cada uma delas.

Com um gemido grave, me viro para pressioná-la no muro do prédio mais próximo e ela me agarra, pedindo mais.

— Liza.

Caramba, como estou rouco; minha voz pesa de tesão e com mais desejo do que jamais senti. Meu corpo grita por ela, rígido e ávido, e me esfregar nela só me faz desejá-la mais.

— Liza... vamos para outro lugar. Qualquer lugar.

Ela se afasta um pouco, ofegante, ainda agarrada a mim com as mãos.

— Não posso. Toby... isso é...

— Incrível. Espetacular. É, eu sei. E não quero que acabe agora, então...

Bem nesse momento, uma buzina soa tão alto ali perto que nós dois nos encolhemos. O som é acompanhado pelo ruído de pneus cantando e de um grito. Quando a solto e me viro para ver o que está acontecendo, vejo um homem no chão na frente de um táxi.

Uma mulher corre para ajudá-lo e grita "Chamem o SAMU!" para a aglomeração que se forma. Eu me afasto de Liza para pegar o celular.

— Merda.

A adrenalina do beijo percorre minhas veias com tanta força que mal consigo discar, mas digito os números e espero a ligação completar. Quando olho para o acidente, o homem está se levantando. Ele cambaleia um pouco antes de acenar para as outras pessoas em volta.

— Estou bem — diz, esfregando o cotovelo. — Foi só um esbarrão. Tudo bem.

Eu e umas outras três pessoas desligamos, e solto um suspiro aliviado ao vê-lo sair da rua com ajuda. Se eu fosse de apostar, chutaria que o cara está bem bêbado e provavelmente por isso se jogou na frente de um táxi.

— Uau. Foi por pouco, né? — digo, guardando o celular. — Mais uma noite novaiorquina.

Eu me viro para ver a reação de Liza, mas não a encontro.

— Liza?

Olho ao redor e ando até a esquina para ver se ela se afastou um pouco, para sair da aglomeração.

— Liza!

Eu me viro para todos os lados, vendo a multidão se dispersar, procurando a silhueta familiar entre as dezenas de pessoas se movimentando por ali.

Mas ela não está ali. Não está em lugar nenhum.

Ela se foi.

Capítulo cinco
Feito de Cinderela

A única coisa pior do que não encontrar sua alma gêmea é encontrá-la e perdê-la, aparentemente sem motivo. De repente, tudo na minha vida fica diferente, mesmo que nada tenha mudado.

Deitado de cueca no sofá da sala de descanso da Central do Romance, olho para o feixe dourado entrando pelas janelas enormes e suspiro. É cedo, talvez cerca de cinco da manhã, mas tenho que me levantar e me mexer antes de o segurança chegar, às seis e meia, para me livrar de qualquer rastro que prove que faz um mês que moro aqui.

Não que eu tenha dormido. Meu padrão de sono REM parece ter me abandonado, então é melhor começar a trabalhar mesmo.

Eu me sento e esfrego o cabelo. Porra, preciso cortar o cabelo. Aparar a barba também. Estou mais peludo que um urso. Eu me levanto e pego a mala de lona perto da porta antes de seguir para o vestiário masculino.

Quando fui despejado do apartamento, meu plano não era dormir na Central do Romance toda noite, mas acabou se revelando a hospedagem perfeita. Tem banheiros enormes com vários chuveiros, uma lavanderia, para quando minhas roupas estão quase andando sozinhas de tão sujas, e um sofá grande o suficiente para comportar meu corpo todo.

É claro que ficaria horrorizado se alguém descobrisse que estou ficando aqui, por isso sempre tomo o cuidado de apagar os rastros da noite muito antes de chegarem ao escritório. Ninguém quer ser visto em situação de tanto desamparo, e, apesar de não me arrepender de mandar todo o dinheiro para a minha família, não vou expor aos meus amigos o quanto estou ferrado. Sei que eles se desdobrariam para tentar me ajudar, e não é o que quero. Vou dar um jeito de sair dessa bagunça sozinho, ou morrer tentando.

Até lá, é só aguentar a estranha pontada que sinto no estômago sempre que noto que me encontro sem teto. Não ter um espaço próprio faz mal psicologicamente. Ainda assim, mesmo que tudo que eu tenha esteja enfiado em caixas no fundo do closet gigante daqui, sei que tenho muito mais sorte do que a maioria das pessoas nessa situação. Pelo menos tenho um abrigo e uma sala de descanso para funcionários estocada com uma variedade de lanches. Ainda estou muito longe de precisar dormir na rua.

Empurro a porta do banheiro masculino e largo a mala em um banco antes de revirá-la em busca de um par de tesouras pequenas e seguir para os espelhos acima das pias.

— Nossa, Jenner. Que cara de merda.

Parado ali de cueca, vejo os sinais dos últimos meses de estresse. Além da minha situação financeira trágica, o que aconteceu com Liza acabou com o meu apetite e vejo músculos demais sem camadas saudáveis de gordura. Pareço um fisiculturista no dia antes de uma competição, depois de toda a água do corpo secar. Não é bom.

Ignorando meu corpo por um momento, puxo a barba e aparo rápido. Em seguida, pego xampu e sabonete e entro no chuveiro.

Solto um gemido quando a água quente atinge minha pele e passo um bom tempo parado debaixo do chuveiro antes de me ensaboar. Depois de me esfregar todo e lavar o cabelo, fecho os olhos e encosto a testa contra os azulejos frios, desamparado diante das imagens de Liza que invadem meu cérebro.

Nas duas semanas desde que ela desapareceu, entendi como o Príncipe Encantado deve ter se sentido quando Cinderela fugiu do baile. Encontramos alguém que parecia perfeita de todos os jeitos, até que, sem motivo aparente, ela desapareceu. Cinderela fugiu para o príncipe não ver que ela era plebeia, mas, considerando as roupas caras que Liza vestia, duvido que ela seja secretamente pobre. Não que fizesse diferença para mim, é claro. Não estou nem aí para o seu extrato bancário. Só quero estar com ela.

Revirei todas as informações que ela me deu quando se inscreveu para o teste, mas nenhum caminho que sigo dá em alguma coisa. O número dela? Uma pizzaria na rua 51. O endereço? O estúdio da NBC. O e-mail? Não existe. Até o nome completo dela, Liza Lotte... *Lies a lot*, "mente muito". Todas as informações são inventadas.

Sinto que fui traído da pior forma possível. Será que ela era apenas uma golpista que, por diversão, me enganou e deu uma voadora no meu coração? O mais chocante é que, mesmo se ela fosse uma penetra oportunista, não acho que mentiu ao falar de querer encontrar uma alma gêmea. E o beijo certamente não foi mentira.

No entanto, por que ela iria embora, sem deixar pistas, no segundo em que nossa conexão foi confirmada cientificamente? Será que é casada? Procurada pela polícia? Deve ter um motivo. Eu só queria saber qual.

Qualquer que seja a intenção, ela agora domina meus pensamentos, dormindo ou acordado. Por muito tempo, acreditei que não existisse ninguém para mim por aí, mas, agora que sei que ela existe, é difícil pensar em mais qualquer coisa. É que nem me mostrar um pedacinho de céu e depois rir da minha cara, trancar o portão e dizer que nunca posso viver lá.

Depois do banho, me visto, guardo minhas coisas, pego uma maçã da tigela da cozinha e sigo para o metrô. O sol está começando a surgir por cima dos prédios do Brooklyn e, se eu não estivesse tão exausto, teria mais energia para admirar o dia, que está bonito para caramba.

Do jeito que estou, só ando que nem um zumbi do trem ao escritório da *Pulse*.

A essa hora, o lugar fica deserto, mas tudo bem. Uso a oportunidade para mergulhar em alguns anúncios de trabalho freelancer de TI. Anoto as possibilidades. Nada grande, mas me daria uma graninha extra para eu, pelo menos, poder comprar comida e pagar a conta do celular. Ainda assim, sei que esses trabalhos são um band-aid para um rasgo ensanguentado. Preciso sair da Central do Romance e arranjar uma casa assim que possível, mas, no momento, sem mais dinheiro, não tenho como alugar nada.

Uma possível solução surge no meu cérebro, mas hesito em considerar. Há algumas portas que, depois de abertas, são difíceis de fechar, e a coisa que pode me tirar dessa bagunça se encaixa bem nessa categoria.

— Não — murmuro. — Não estou tão desesperado assim.

Só que estou. Se um rato quer sair do labirinto, não se incomoda com a cor do trajeto. Às vezes, não temos escolha além de aceitar a rota que nos é oferecida.

Olho ao redor do escritório para garantir que ainda estou sozinho. Estou, é claro. Nem bateu seis e meia ainda. A maioria das pessoas razoáveis ainda está na cama.

Passando a mão no cabelo, frustrado, entro no portal que raramente uso, por medo de cair direto no inferno. Em minutos, estou na latrina de depravação mais nojenta conhecida: a *dark web*. É onde se encontra os piores sujeitos da humanidade. Coisa de pesadelo. Um mercado nojento onde nada é depravado ou tabu.

Também é onde se encontra o fórum *Anjos da Misericórdia*, no qual pessoas desesperadas sem saber a quem recorrer podem entrar em contato com hacktivistas freelancer. É um dos poucos pontos de luz nesse antro de trevas.

— Vamos ver o que temos aqui.

Não entro no fórum há alguns meses, então não é surpresa minha caixa de entrada estar lotada. Aqui, as pessoas me conhecem por Gunnar, e tenho a reputação de conseguir hackear até os sistemas de segurança mais complicados. É por isso que tenho dezenas de ofertas para me juntar a coletivos de hackers que estão tentando derrubar os sites e perfis em redes sociais de grupos de ódio e extremistas violentos. Misturadas a isso, há ofertas de trabalho direto. Essas são menos preto-no-branco.

Uma oferta em específico chama minha atenção pelo assunto: "Ajude a rastrear propinas da Construtora Crest". Interessante. A

Construtora Crest é a empresa que meu pai estava investigando, na função de inspetor de segurança, quando sofreu o acidente. Eles negaram qualquer irregularidade relativa ao acontecido, mas as milhares de reclamações feitas para a prefeitura a respeito do estado de suas obras contam outra história. Ao longo dos anos, ele deu diversas advertências à Crest devido às práticas abaixo do padrão, e, sem surpresa, foi uma parte de seus andaimes notoriamente perigosos que desabou, derrubando meu pai da altura de quatro andares. Até agora, eles atravancaram toda tentativa que fizemos para conseguir a indenização que meu pai merece, então já tentei hackear os servidores deles algumas vezes. Infelizmente, nunca consegui encontrar nada que os incriminasse, mas talvez seja hora de tentar mais uma vez, especialmente considerando que, se tiver sucesso, o pagamento oferecido é de cinco mil dólares. Seria o bastante para me arranjar um novo apartamento, pelo menos por um tempo.

Respondo à mensagem anônima: "Me mande detalhes do que procura e prazo." Analiso os termos de pagamento e, quando clico em "aceitar", o trabalho é indicado como reivindicado.

Saio do portal e dou uma olhada no rascunho do que devo escrever esta semana para a *Pulse*. Além do bico altamente ilegal, tenho que trabalhar no meu emprego de verdade, então minhas aventuras hacker precisam esperar.

Abro um novo documento e o escaneio por alguns minutos, tentando me inspirar para o destaque tecnológico da semana. Sei o que quero escrever, mas as palavras não surgem. Sempre que paro por um instante, Liza volta à minha cabeça. Está começando a me irritar. Já tive paixonites, mas nada se assemelha ao grau em que ela me consome. Para piorar, essa obsessão devoradora chegou no ponto em que não tenho de jeito nenhum capacidade de lidar com mais nada que exija minha atenção.

Eu deveria esquecer que a conheci e seguir em frente. Preciso me concentrar nos meus dois empregos legítimos e na atividade criminosa futura, dedicar todo meu tempo a ajudar minha família... e, claro, esconder o segredo vergonhoso da minha falta de moradia própria. Não tenho tempo nenhum para ficar fascinado por uma mulher que provavelmente bateu recordes de velocidade mundiais ao fugir de mim.

Firmando minha decisão, sacudo a cabeça para me livrar de pensamentos sobre Liza e me concentro no artigo com o foco preciso de um laser Bosch.

O foco dura exatos catorze segundos antes de eu revirar as informações de Liza mais uma vez, na esperança de encontrar alguma coisa que perdi nas mais de dez vezes que tentei antes.

Sem sorte.

Liza é um fantasma, e me deu um perdido definitivo.

— Cacete, Jenner, larga disso, porra. Mesmo se encontrá-la, ela não quer saber de você. Se toca, caralho.

Além de qualquer coisa, estou frustrado. Eu me sinto ingênuo e enganado, e mais do que um pouco furioso por meu par perfeito estar por aí, provavelmente sem sentir qualquer saudade de mim.

Depois de três xícaras de café, finalmente estou colocando palavras na página, quando o escritório começa a se encher da variedade de misantropos que trabalham na *Pulse*. Eu os ignoro enquanto digito com raiva um artigo sobre o crescimento de sistemas de realidade virtual em jogos contemporâneos. O app FPS pode estar ocupando tempo para caralho ultimamente, mas meu emprego ainda tem prazo e o artigo deve ser entregue esta tarde.

— E aí, gato.

Alguém começa a massagear a rocha que meus ombros formaram e, quando levanto o rosto, vejo Jackie, sorrindo.

— Oi.

Sei que deveria pedir para ela parar de enfiar os dedos nos meus músculos doloridos, porque está ultrapassando o limite que desenhamos ao terminar, mas, caramba, como é gostoso. Nem titânio se compara à rigidez da tensão das minhas costas.

— Como foi seu fim de semana? — pergunto.

Ela faz um barulhinho estranhamente alegre.

— Legal. Saí com gente que conheci no FPS.

— Ah, é? E como foi?

Quando comparei nossa compatibilidade, não me surpreendi de ver que nossa nota passava pouco de cinquenta, mas a minha vontade de tentar encontrar um bom par para ela era sincera.

Ela me beija na bochecha.

— Você é um gênio. O cara com quem saí sábado? Tobes, acho que ele é *o* cara. Química incrível. Temos tudo em comum. Eu não queria que o encontro acabasse.

— Ah, é? E foi mútuo?

— Antes de eu chegar em casa, ele já tinha mandado mensagem dizendo que estava com saudade.

Vixe. Parece meio desesperado, mas, visto que eu teria feito o mesmo com Liza se tivesse o número dela, deixo esse detalhe para lá.

— Que fantástico, Jackie. Fico muito feliz por você. Qual foi a compatibilidade de vocês?

— Oitenta e dois. A mais alta até agora, e acho que foi certeira. Só queria agradecer, dr. Love.

Ela me abraça e aperta de leve antes de voltar saltitando para a própria mesa.

— É, de nada — resmungo. — Sempre bom realizar as fantasias românticas de todo mundo. Só sou inútil com a minha própria.

Levo um susto quando um volume de cachos ruivos surge acima da parede do meu cubículo.

— E aí, *gato* — diz Eden, imitando a voz de Jackie, e sacudo a cabeça. — Você é *incrível*, dr. Love. Obrigada por existir.

Ela me passa um café enorme, que aceito com gratidão. Se eu pudesse cheirar cafeína para acabar com a exaustão, é o que faria.

— O que você está fazendo? — pergunta, enquanto eu tomo um gole enorme da bebida energética doce demais.

Abaixo o copo e volto a digitar.

— Oitocentas palavras sobre realidade virtual. E você?

— Só queria saber se ainda está de pé hoje.

Paro de digitar e a olho.

— Hoje?

— Jantar na casa do Max? Para finalizar os detalhes do lançamento do app, lembra? Combinamos semana passada.

Abaixo a cabeça.

— Merda. Foi mal, esqueci.

Ando distraído tentando encontrar a mulher dos meus sonhos e coisa e tal.

Ela dá a volta e se senta na cadeira perto da mesa.

— Ainda está correndo atrás da nossa menina misteriosa? Não acredito que você não a encontrou, mesmo com seus talentos de hacker.

— Não tenho literalmente nada para usar, Eden. Ela preencheu o questionário em um aparelho nosso, então nada de IP. Deu dados falsos. Não tenho nem foto para passar por um software de reconhecimento facial.

— Você tem isso?

— Não, mas o FBI tem.

— Por favor, me diga que não hackeou o FBI.

Estalo o pescoço.

— Não recentemente.

No entanto, pode apostar que, se fosse o único jeito de encontrar Liza, eu hackearia em um segundo.

— E você não lembrar de nada sobre ela além de que era alta, loira e linda? Isso descreve um bando de mulheres de Manhattan. Nada de cicatrizes, marcas?

Bom, tenho bastante certeza de que deixei um chupão no pescoço dela, mas já teria sumido.

Sacudo a cabeça.

— Não sei o que mais tentar, além de vagar pelas ruas do Brooklyn torcendo para encontrá-la.

Eden suspira.

— Mas ela sabe quem você é, né? Poderia entrar em contato?

— Se quiser, mas obviamente não é o caso.

É isso que mais dói. Se ela sentisse pelo menos uma fração do que senti, estaria arrombando a porta para me encontrar. Mas não está. O que me faz pensar que é mais um caso de me apaixonar por uma mulher que só me vê como um desvio excitante no caminho do destino romântico.

— Tate!

Nós dois nos viramos e damos de cara com o chefe, Derek, parado na porta de sua sala.

— Precisamos falar da investigação sobre a Construtora Crest. Minha sala, cinco minutos.

O nome chama minha atenção.

— Você está escrevendo sobre a Construtora Crest?

Eden se aproxima mais um pouco.

— Se depender de Derek, não. Minhas fontes andam cochichando sobre padrões de segurança irregulares nas obras. Também tenho ouvido acusações de propina paga a servidores para escapar de leis de zoneamento. Há até boatos de conexão com a máfia. Tenho o potencial de expor tudo isso.

— De onde vêm esses boatos?

Ela olha ao redor, culpada.

— Ah, sabe como é. Escutei por aí.

— Onde, exatamente?

Ela revira os olhos.

— Na minha caixa de entrada. Recebi uma denúncia anônima por e-mail.

Qual é a probabilidade de boatos sobre a Crest chegarem a ela bem quando me pediram para acabar com a construtora na *dark web*? É pouco provável que sejam ocorrências desconectadas.

— Você sabe que é a empresa que está se recusando a pagar indenização pro meu pai, né?

Eden confirma com a cabeça e olha para a sala de Derek.

— Pode ter sido esse o motivo para eu ter começado a investigar, há mais ou menos um ano. Faz séculos que ouço falar das falcatruas deles, e é hora de alguém agir.

— Vou ajudar como puder, mas temos que tomar cuidado. Marcus Crest tem um dos aparatos de segurança mais implacáveis da cidade, inclusive na cibersegurança.

No mundo hacktivista, entrar nos servidores da Crest é o Santo Graal. Até hoje, ninguém conseguiu, apesar das muitas tentativas.

— Você só saberia disso se tivesse tentado hackear eles antes.

— Tentei, sem sucesso. E, se o sistema deles é sofisticado o bastante para me bloquear, definitivamente é porque estão escondendo alguma coisa.

Marcus Crest é uma figura formidável no mercado imobiliário de Nova York. Ele leva jeito para botar as mãos em propriedades que nem entraram à venda e não tem nenhum respeito por prédios de relevância histórica.

Certa vez, houve uma ordem contra ele derrubar uma das quadras residenciais mais antigas da cidade para construir apartamentos modernos horrorosos. Crest ignorou a ordem judicial e mandou a equipe de demolição derrubar metade das casas na calada da noite. Ele levou uma multa pateticamente baixa, que pagou alegremente, e agora há uma pilha feia de concreto e vidro maculando a paisagem de um bairro agradável. É essa a questão do Marcus Crest. Ele é tão narcisista que acredita que regras e leis não valem para ele. Babaca.

— Derek não quer que você publique?

Eden sacode a cabeça.

— Ele já está imaginando o furacão de processos que nos enterraria se disséssemos qualquer coisinha sobre a Crest. É um dos motivos para eles se safarem com tanto crime. Ninguém tem colhão para denunciar.

— Não estou sugerindo nada, mas você definitivamente tem colhão para isso, e, se precisar de colhão de verdade, sabe que estou aqui por você.

— Aaaah, Tobes. Só um amigo de verdade me ofereceria o saco dele assim. Obrigada.

— O prazer é todo meu. E se Derek mandar você abafar o caso?

Ela faz uma cara confusa.

— Desde quando obedeço o Derek?

— Verdade. Assim que eu acabar minha matéria dou uma investigada sutil para você.

Dessa vez, meus objetivos estão alinhados com o de Eden, então vai ser bom matar dois coelhos com uma enorme cajadada virtual.

— Legal. Quando a gente se encontrar mais tarde, pode me contar o que achou.

Franzo a testa.

— Mais tarde?

— No *jantar*, Tobes. Na casa do Max.

— Porra, tá. Certo.

Ela revira os olhos.

— Nossa, como você anda distraído.

Juro por Deus, o excesso de trabalho e a falta de sono estão matando meus neurônios. Eu me sinto ficando mais burro a cada dia.

— Precisa que eu leve alguma coisa? — pergunto.

Ela me dá um tapinha carinhoso no rosto.

— Só sua carinha bonita. A gente se vê às sete.

Ela se levanta e segue para a sala de Derek, e eu tento ignorar a gritaria enquanto termino de escrever meu artigo.

Capítulo seis
Planos inesperados

Estou arrumando minhas coisas no fim do dia quando meu celular toca, e o enfio entre o ombro e a orelha enquanto guardo o notebook.

— Jenner.

— Querido?

Eu me endireito e seguro o celular com a mão.

— Mãe? Oi. Como vai?

— Ah, tudo bem, querido — diz minha mãe, sua resposta padrão, quer ela esteja bem, quer esteja com um pé na cova gelada. — Mais importante: como vai você?

— Ótimo.

Tal mãe, tal filho. Sei muito bem que minha mãe tem preocupações o suficiente sem precisar pensar no fato do primogênito ser dono da maior e mais destruída casa na Rua da Amargura.

— Estou saindo para jantar com Eden — digo.

— Ainda no escritório?

— Hum... estou, precisava acabar um negócio.

E não tinha mais para onde ir.

— Como vão o papai e a April? — pergunto.

— April está ótima. Ela vai fazer o papel principal na peça da escola, então dá para imaginar como está animada.

Eu sorrio.

— Ela já pediu sua ajuda para ensaiar?

Era meu trabalho quando eu ia para casa, mas April não é exigente. Ela ensaiaria até com o carteiro, se ele parasse tempo o suficiente na frente de casa.

— É claro — diz minha mãe, com um sorriso na voz. — Vão fazer O *mágico de* Oz, então estou treinando vozes ridículas para todos os personagens.

— Imagino.

Sorrio, pensando na cena.

— Enfim, não quero te atrapalhar, meu bem. Sei que você anda ocupado. Só queria dizer que o cirurgião marcou o procedimento do seu pai para o fim do mês que vem.

Eu paro o que estou fazendo e aperto o celular.

— Achei que fosse só no fim do ano.

Arranjar dinheiro para a cirurgia até dezembro já seria difícil, até o fim de setembro, é quase impossível.

— Pois é, mas ele fez novos exames e... não está bem. O tumor está crescendo perto da coluna dele, então querem tirar agora antes que seja arriscado demais.

— Entendi. Claro.

— Não quero que você se preocupe. Ele está bem, só queria avisar.

Troco o celular de orelha.

— Mãe, quanto aos custos...

— Toby, isso não é preocupação sua.

— Claro que é. Precisamos arranjar o dinheiro.

— Está tudo bem. Já estou resolvendo — diz, e, mesmo ao telefone, sei que é mentira. — Você já fez o suficiente.

— Mãe...

— Tobias — interrompe, com sua voz de mãe. — Está tudo sob controle. Só liguei para avisar que a cirurgia foi adiantada. Você pode vir nesta data?

— Sem dúvida.

Não sei como, mas darei um jeito.

— Te amo, querido.

— Também te amo, mãe.

Com isso, nos despedimos, e eu sigo para a estação de metrô, uma coleção de cifrões e interrogações flutuando na minha cabeça.

Acordo de sobressalto quando o freio esganiçado do trem martela meu cérebro. Por um segundo, entro em pânico, porque, nas últimas semanas, já perdi a conta de quantas vezes peguei no sono no metrô e acordei no ponto final. Há algo de hipnótico no ritmo do veículo que minha exaustão atual acha irresistível, por mais curto que seja o trajeto. Hoje não foi tão grave, passei apenas uma parada de onde queria saltar. Depois de sacudir a cabeça para desanuviá-la, me levanto e saio assim que as portas abrem, subindo até o nível da rua. Estou atravessando um cruzamento quando vejo uma mulher loira poucos metros a frente e estanco.

Liza.

De repente, não consigo mais me mexer, como se todo sentimento que tivesse percorrido meu corpo ao beijá-la duas semanas atrás me bombardeasse como um furacão de categoria cinco.

Ignorando o dedão de pânico cutucando meu coração à toda, me acotovelo pela multidão na calçada no horário do rush para alcançá-la.

— Liza!

Não há resposta, então acelero, abrindo caminho o mais educadamente possível, considerando que tudo que quero fazer é pegar as pessoas que estão entre nós e jogá-las para longe.

— Oi, Liza!

Finalmente, chego perto o bastante para esticar meu braço anormalmente comprido e dar um tapinha no ombro dela.

— Ei, oi.

Ela se vira e, quando noto que a mulher que vi não é Liza, todas as células do meu corpo murcham.

— Pois não? — diz a mulher, com uma boa dose de desconfiança.

— Hum, desculpa — falo, abrindo meu sorriso menos ameaçador, apesar de estar muito acima dela, que nem uma sequoia gigantesca e peluda. — Achei que você fosse outra pessoa.

Ela me olha de cima a baixo e dá de ombros.

— Tranquilo. Desculpa pela decepção.

Começo a protestar, mas ela sacode a cabeça e ri.

— Nem adianta negar — diz. — Sua expressão contou a história toda. Espero que você acabe encontrando essa Liza, quem quer que seja.

Murmuro um agradecimento quando ela se vai, e continuo o caminho até a casa de Max.

"Quem quer que seja", ecoa meu cérebro. Eu bem queria saber, mulher desconhecida. Queria mesmo.

Quando viro a esquina e noto o prédio de Max, sinto uma pontada de irritação por Liza ter sumido, especialmente considerando nossa compatibilidade insana. Por que ela teria o trabalho de se inscrever e fazer o questionário se planejava abandonar o encontro perfeito? Não foi uma perda de tempo só para ela, mas para todo mundo da Central do Romance também. Até o Cupido deve estar puto com ela.

Foda-se. Cansei de tentar entender sua motivação, porque, sempre que penso demais nisso, acabo me irritando. Parece que estou passando pelos cinco estágios do luto por perdê-la, e acabei de chegar na raiva.

Suspiro ao subir a escada do prédio de Max. Odeio andar tão insistentemente irritado. Perdi de vista a pessoa razoavelmente feliz que fui um dia. Não é tudo culpa de Liza, claro, mas ela certamente é parte desse quebra-cabeças de merda imenso que compõe minha vida.

Quando chego no alto da escada, vejo que a porta de metal de correr enorme do apartamento de Max está aberta, o som de conversa e música ecoa lá de dentro. A grande mesa de jantar de madeira está cercada de gente, e reconheço a maioria dos convidados da Central do Romance, assim como alguns da *Pulse*.

Assim que Eden me vê, ergue a mão e sorri.

— Tobes! Vem sentar comigo.

Todo mundo murmura cumprimentos quando me largo na cadeira ao lado de Eden e deixo a bolsa no chão.

— Desculpa o atraso — falo, em voz baixa.

Ela me serve uma taça de vinho generosa.

— Pegou no sono no metrô de novo?

— Rapidinho.
— Pelo menos chegou agora — diz, me passando a taça. — Surpreendentemente, você não é o último a chegar.

Tomo um gole caprichado de vinho.

— Parabéns para mim.

Olho para trás e vejo Max andando pela cozinha, com panelas fumegantes e travessas gigantes. É meio irritante saber que, além de todas as outras qualidades, ele também cozinha bem. A única coisa que já fiz com qualquer graça foi brownie de maconha e miojo. Normalmente, o primeiro leva ao segundo. Minha larica é fã de massa.

Max se vira para mim.

— Oi, cara. Você e a Eden podem me ajudar a botar a mesa?
— Claro.

Eden e eu voltamos com travessas e tigelas, e todo mundo na mesa se serve e vai passando a comida em frente.

— Você conhece todo mundo, né? — pergunta Eden, passando uma tigela de salada enorme para Ming-Lee.

— Praticamente — digo.

Olho de relance para Raj, sentado na outra ponta, papeando com Darnell, do marketing. Ele me dá uma piscadela e respondo com um aceno de cabeça.

— Ofereci assistência técnica para todo mundo em algum momento — acrescento.

Eden, Max e eu finalmente nos sentamos e nos servimos. Todo mundo está conversando, bebendo, comendo e rindo, mas estou ocupado enfiando a comida deliciosa de Max na boca e não me integro ao papo. Estou emocionado de comer uma refeição decente, para variar.

— Cara — diz Eden, contendo uma gargalhada. — Não é uma corrida.

— Como assim? — falo, com a boca muito cheia. — Seu homem cozinha muito bem.

Estou no meio de atacar um curry vegetariano incrível, quando Eden olha para trás de mim e acena.

— Jo, finalmente! Vem comer.

Passos se aproximam.

— Desculpa! Jimmy Fallon tentou roubar meu táxi, e a gente entrou em toda uma discussão sobre aquela vez que escrevi um monte de piadas para o programa dele, mas não ganhei crédito. Que cara difícil. Claro que o fato de ele ser basicamente alcoólatra hoje em dia não ajuda em nada.

A voz dela me causa calafrios e, pelo canto do olho, vejo uma mulher loira pegar a cadeira do outro lado da mesa.

De jeito nenhum. Não pode ser.

A comida vira cimento na minha boca.

Eden toca meu braço.

— Toby, acho que você não conhece minha amiga Joanna. Jo, esse é o Toby, nosso gênio residente, o arquiteto do app que vamos lançar.

Parece que me viro em câmera lenta, e, quando meu cérebro registra quem estou vendo, minha garganta se fecha. Da mesma forma, quando ela me vê, seu rosto murcha momentaneamente antes de um sorriso forçado voltar.

— Ah, oi — diz, como se não soubesse que estou simultaneamente tendo um AVC e engasgando na própria língua. — Prazer conhecer você... hum... Toby.

Com o esforço de enfiar titânio em um tubo de pasta de dente, acabo de mastigar e engulo. Meu peito está a mil e, se não tivesse um monte de gente inocente distraidamente conversando e comendo ao meu redor, eu provavelmente aliviaria a caralhada de adrenalina virando a mesa de jantar gigante, com prato e tudo.

— *Joanna*, né?

Minha voz sai rouca e minhas palavras, ácidas. Fico tentado a expor como ela é mentirosa, mas, dentro de mim, uma voz manda eu me acalmar, pelo menos até ter a chance de confrontá-la em particular.

Do outro lado da mesa, a mulher que conheci como Liza empalidece e continua a me olhar. Será que ela sabe como estou furioso? Esse tempo todo, havia apenas um grau de separação entre nós e ela escolheu manter essa informação muito importante para si.

Ainda estou fuzilando a srta. Mentirosa com o olhar quando Eden me dá uma cotovelada.

— Viu? — cochicha. — Falei que ela era linda. Sabia que vocês teriam boa química.

Ah, a gente tem boa química, sim. Se meu olhar fosse ácido sulfúrico, ela estaria derretendo que nem a Bruxa Má do Oeste.

— Agora que a Jo chegou — diz Max —, podemos começar a falar sobre o lançamento do FPS e de como vai ser a noite. O trabalho da Joanna é nos ajudar a montar uma lista de convidados VIP espetacular e garantir que nosso evento seja o mais prestigiado de Nova York. Darnell e Charles vão oferecer assistência técnica nos postos de iPad, Raj vai ser o braço direito de Toby no diagnóstico do app e Ming-Lee vai gerenciar o evento junto de Eden. E, Toby, é claro, fará a maior parte da apresentação sobre o app e suas capacidades.

Estou no meio de me acalmar com um gole de vinho quando registro essa informação e, consequentemente, tusso violentamente quando a bebida desce pelo caminho errado.

— Hum... é o quê? — digo, rouco. — Achei que você fosse fazer o discurso, já que é sua ideia, e tal.

Max confirma com a cabeça.

— Eu vou servir de mestre de cerimônias, mas, quando for hora de falar da especificidade do app e de como ele funciona, precisamos destacar seu *know-how* técnico. Além disso, a imprensa vai fazer um monte de perguntas que eu não vou saber responder.

Eu pigarreio.

— É, mas é que... — tento, e tusso de novo. — Falar em público não é minha praia.

Ainda sou traumatizado pela vez, no primeiro ano do ensino médio, que precisei fazer um discurso improvisado sobre eutanásia e escutei "eu na Ásia". Falei três minutos corridos sobre a cultura Harajuku no Japão antes do professor me corrigir. Os outros alunos passaram o ano me chamando de Toby-San e deixando bichinhos de origami no meu armário. Babacas.

— Vai dar tudo certo — diz Eden, com a mão no meu braço. — A gente vai ajudar você a redigir e ensaiar a apresentação, não vai, Jo?

Joanna nos olha, surpresa.

— Ah, hum... claro. Seria um prazer... ajudar.

Eden se aproxima.

— Ninguém é melhor para ajudar a falar na frente de centenas de pessoas do que a Jo. Ela foi campeã estadual de debate três anos seguidos na adolescência.

— Foi, é? — pergunto, seco, duvidando de qualquer fato sobre aquela mulher.

Na minha experiência, Joanna só vende gato por lebre. Eden disse que estava errada ao achar que ela era mentirosa compulsiva. Pelo que vejo, ela estava errada ao pensar que estava errada.

Durante a hora seguinte, Max avança com a reunião, e todo mundo contribui, decidindo os detalhes do evento e de como será o lançamento. Eden e Darnell fazem uma apresentação de PowerPoint sobre a decoração do salão e o entretenimento planejado, e Raj confirma todos os detalhes técnicos em uma planilha que compartilha com a equipe.

Estou presente e atento, mas, ao mesmo tempo, estou na esquina da Quinta Avenida com a Broadway, preso em um ciclo de Joanna próxima a ponto de eu sentir seu perfume, um cheiro que evocava flores silvestres e sol, a mão apoiada no meu peito.

Tento não olhar para ela, mas é difícil, pois ela está sentada bem ao lado de Max. Mantenho a atenção na tela do notebook, disfarçado pela desculpa de fazer anotações. Na verdade, estou tentando evitar a onda de excitação que meu corpo sente por ver Joanna, apesar de estar indissociavelmente conectada à fúria que circula meu cérebro que nem uma cobra enjaulada. Posso não saber por que ela decidiu me dar um perdido, mas sei que preciso passar o mínimo de tempo possível com ela no planejamento desse evento. Eu me sinto humilhado por ela ter me enganado, e não pretendo dar outra oportunidade.

— Finalmente — diz Max, uma hora depois —, quero confirmar que todo mundo tem roupas adequadas para o evento. É *black-tie*, ou seja, smoking para os homens, vestido longo para as mulheres. É problema para alguém?

Todo mundo sacode a cabeça em negação, e me sinto um idiota sem cultura quando levanto a mão. Cacete, até Raj tem um smoking?

Por quê? Como? Eu não sabia que ele tinha roupa alguma que não fosse de marca esportiva.

— Não tenho smoking — digo, sem deixar de notar o sorrisinho satisfeito de Raj. — Tenho vários cardigãs semiformais, mas suponho que não seja adequado.

Max sorri quando Eden diz, com desdém:

— Gato, não existe cardigã semiformal. Confia em mim.

Fecho a cara e tento me lembrar de mandar a ela uma foto do casaquinho de caxemira risca-de-giz que encontrei no brechó por vinte dólares. É claro que faz um tempo, quando eu tinha uma nota de vinte para gastar à toa em cardigãs divertidos.

Max olha para Joanna.

— Conhece alguém que possa ajudar? Sei que você tem uns amigos na moda, né?

Joanna se endireita na cadeira.

— Ah, sim. Tom Ford me deve uns favores. Tenho certeza de que ele ficaria feliz de nos fornecer uma roupa adequada — diz, olhando para mim por um segundo antes de anotar alguma coisa no caderno. — Vou arranjar um smoking pro Toby.

Max sorri.

— Excelente. Bom, parece que já está tudo resolvido, pelo menos por enquanto — diz, gesticulando para o bar do outro lado da sala. — Se precisarem ir embora, fiquem à vontade, mas estão todos convidados a continuar para drinks e sobremesa. Bom trabalho, Central do Romance.

Há um arroubo de palmas de parabéns e ruído generalizado quando as pessoas empurram as cadeiras para migrar para o bar. Antes de sair, pego dois pãezinhos da cesta na mesa e os enfio nos bolsos do cardigã. Acumular lanche sempre que possível se tornou hábito meu. Nem sempre é possível fazer refeições regulares.

Eu me levanto e guardo o notebook na bolsa.

— Você não vai embora, vai? — pergunta Eden, empilhando os pratos sujos.

Olho para trás, vendo que Raj avançou em Joanna, claro. Apesar do histórico abissal com as moças, Raj localiza a mulher mais bonita de todo ambiente com o foco de um míssil. Mesmo que eu saiba como ele é péssimo na sedução, não consigo conter a pontada de ciúme.

— Ah... é — digo. — Melhor eu ir. Tenho que trabalhar mais um pouco antes de ir para casa.

Considerando que estou morando no escritório, pelo menos o trajeto de volta será curto.

Fecho a bolsa e a penduro atravessada no corpo.

— A gente se vê amanhã, tá? — falo.

— Espera — diz, abaixando a pilha de pratos e me conduzindo ao bar. — Antes de ir, você precisa provar essa tequila que o Max arranjou. Depois de duas doses, você nem vai precisar pegar o metrô, porque vai voltar voando.

Atrás do bar, Max está preparando uma quantidade enorme de drinks e os dispondo na bancada para as pessoas pegarem à vontade. Quando ele vê que nos aproximamos, alinha vários copinhos de dose e enche com algo que sai da coqueteleira. É estranhamente verde.

— Chamo essa bebida de Caco — diz, empurrando os copinhos para a gente. — Cuidado, é melhor não beber mais de duas doses se planeja ficar de pé.

Eden abre um sorriso e cada um de nós pega um copo.

— Teu cu, Jenner.

— É o teu, Tate.

Viramos a bebida e batemos os copos no bar. Aperto os olhos com força e dou um assobio quando o álcool arde do melhor jeito ao descer pela garganta.

— Ai, mamãe! — exclama Eden, sacudindo a cabeça. — Bom demais, né?

Concordo com a cabeça.

— Bom demais.

Não entendo de tequila, mas é delicioso.

Viramos mais uma dose, tão forte quanto a primeira.

— Uau.

Fico um pouco tonto e não me incomodo quando o álcool diminui minha tensão. Quase fico de boa com o fato de que a mulher dos meus sonhos está em uma conversa profunda com uma cantada ambulante. Ela olha ao redor, como se quisesse ser salva. Nossos olhares se cruzam, e, naquele segundo, tudo que desejo é pegar Raj e pendurá-lo no gancho mais alto do cabideiro de ferro de Max. Porém, não é minha responsabilidade salvá-la. Ela deixou isso bem claro.

— Jo! Ei, vem cá um segundo.

Merda. Eden parece decidida a salvá-la, mesmo que eu não.

Quando ela se aproxima, eu faço menção de ir embora.

— Tá, vou vazar...

— Espera — diz Eden, com a mão no meu braço. — Eu quero mesmo que você e Joanna se conheçam. Sei que vocês se dariam bem.

Ah, nos demos mesmo. Pelo menos, foi o que eu achei. Ela talvez discorde.

— É, mas estou muito ocupado hoje, Tate — digo. — Fica para a próxima.

Infelizmente, Eden não me solta, então, por mais que eu fique ansioso com a aproximação de Joanna, não tenho como ir embora educadamente, sem precisar me desvencilhar à força.

Quando ela chega, Eden a abraça.

— Oi. Faz semanas que não te vejo.

— Foi mal — diz Joanna, olhando de relance para mim. — Só ando... ocupada. Sabe, com a vida, e tal.

Claro. Não tem nada a ver com evitar um certo cara como se fosse questão de vida ou morte, com certeza.

— Então — diz Eden. — A gente tem que arranjar uma hora para se reunir e trabalhar no discurso do Toby, né? — pergunta, olhando para mim. — Sei que você está superocupado, mas consegue pensar em alguma data boa ou horário que prefere?

Claro. Que tal nunca? Pode ser?

Eu pigarreio.

— Hum... tenho que olhar minha agenda.

Eden faz uma careta.

— Para de tentar impressionar Joanna com toda essa elegância. Nós dois sabemos que você não usa agenda.

Joanna arregala os olhos.

— Como você lembra tudo que tem para fazer, se não anota?

— Não lembro — digo, ajeitando a bolsa no meu ombro. — Eu esqueço as coisas, porque sou descolado.

Joanna sorri, e, cacete, não. Não é justo. Ficar com raiva dela é essencial, e não é possível se ela sorrir assim. Não sei se existem regras contra esse tipo de coisa na convenção de Genebra, mas, se não tiver, deveria.

— Eden!

Quando nós nos viramos, vemos Max acenando do meio de um grupo que está bebendo.

— Vem cá resolver um dilema entre gim e vodka! — exclama ele.

Ela olha de Joanna para mim.

— Com prazer — diz, e vai embora.

Se eu fosse desconfiado, como sou, acharia que ela e Max estão conspirando para me deixar a sós com Joanna. Amo meus amigos, mas, às vezes, não suporto eles.

— Então... — diz Joanna, parecendo tão desconfortável quanto um gato de rabo comprido em uma sala cheia de cadeiras de balanço.

— É, então...

Ignorando o aviso de Max sobre a tequila, pego mais um copo e viro a dose. Arde que nem as anteriores, mas o efeito relaxante posterior não vem.

— Então, preciso ir.

Deixo o copo no bar, e é então que Joanna toca meu braço.

— Espera, Toby...

Puxo o braço de volta porque, apesar do sorriso tecnicamente não ser tortura, me tocar certamente é.

— Por quê? — exijo, nem um pouco tonto. — Para você mentir pra mim de novo? Para fugir o mais rápido possível assim que eu der as costas?

— Nunca foi essa minha intenção.

— Jura? Porque parecia ser seu plano desde o início, e você agiu como uma profissional.

— Por favor, me deixa explicar.

— Você teve semanas para explicar. Sabia quem eu era e onde eu estaria, então, se quisesse resolver a tensão entre a gente, poderia ter feito isso muito antes.

Eu me viro, mas, de novo, há mãos gentis no meu braço, e parece que elas são de velcro e eu sou um pedaço felpudo gigantesco e fraco que não consegue se soltar.

— Toby...

Eu suspiro, tentando disfarçar a raiva das pessoas ao meu redor. Não duvido que Eden esteja observando a interação e se perguntando o que está rolando.

— Me solta — sussurro, e alongo o pescoço para tentar me livrar da tensão subindo pela coluna. — Daqui para a frente, a regra número um é não encostar em mim. A regra número dois é que vamos passar o mínimo de tempo possível juntos neste projeto, e vamos nos evitar como se fosse esse nosso trabalho. A regra número três é você não mentir mais para mim.

Respiro fundo para me acalmar antes de continuar.

— Toby...

— Chega de *Toby*. Eu deixei bem claro que senti uma conexão com você, mas, se não foi o caso para você, não precisava mentir e fingir interesse. Eu já sou grandinho. Já passei por várias rejeições. A sua seria apenas a mais recente em uma longa lista.

Ela faz uma expressão de dor e até me sinto mal. Não sei por quê. É ela quem está errada, não eu.

— Olha — diz ela, em voz baixa. — Não vou insultar você e dizer que o que fiz foi justo, mas tive meus motivos. Por favor, saiba que eu não fingi estar sentindo aquilo por você. Essa era a única parte verdadeira.

— Então por que todas as outras mentiras? O nome? Desaparecer assim que descobriu que éramos estatisticamente perfeito juntos?

Ela pega um drink cor-de-rosa do bar e toma um longo gole antes de me olhar.

— Usei o nome falso porque Liza é quem sou quando estou tentando filtrar babacas e tarados. Se o nojento do Harold soubesse meu nome, ele poderia me procurar e... ah, sei lá, me perseguir e quem sabe invadir meu apartamento. Já me aconteceu, e foi bem desagradável.

O tremor na voz dela indica que há mais detalhes naquela história, mas, pelo momento, apenas a escuto.

— Idem para o endereço e o e-mail falsos — continua. — Eu tenho dificuldade de confiar em homens, e, até saber que não vão dar uma de Ted Bundy pra cima de mim, escondo minha identidade. Faço isso sempre, é praticamente reflexo.

— Tá, tudo bem, isso posso aceitar.

Há muitos escrotos por aí que tratam mulheres como propriedade e não aceitam não como resposta. Não culpo mulher nenhuma por se proteger.

— Mas você sabia que eu era o melhor amigo da Eden — continuo. — Certamente poderia ter aberto o jogo comigo. E por que desaparecer quando descobriu a compatibilidade? Aquela história toda de procurar sua alma gêmea também era uma enrolação? Porque, de acordo com a matemática, sou eu. Sou o seu par perfeito. Ainda assim, você deu uma de Usain Bolt para fugir de mim.

Ela olha para baixo por um segundo, com arrependimento no rosto.

— De início, achei que você fosse um cara aleatório no banheiro, e, quando descobri quem era de fato, não senti que era boa hora para confessar. Eu me arrependo disso. Quanto a ter fugido...

Ela engole em seco e me olha.

— Lembra que eu falei que tenho o péssimo hábito de escolher os caras errados? — diz. — Bom, eu não parava de pensar naquela máxima de que loucura é fazer a mesma coisa repetidas vezes e esperar resultados diferentes.

— Tá.

— Então, naquela noite, determinada a quebrar esse padrão, decidi que, se quisesse outro resultado, teria que me tornar outra versão de mim mesma.

— Como assim?

Ela fica corada.

— Toda decisão que tomei aquela noite foi propositalmente diferente das que costumo tomar. Se achasse que era para virar à esquerda, eu virava à direita. Se meu cérebro me mandasse escolher o loiro, eu escolhia o moreno... — fala, e respira fundo. — O mesmo valeu para o questionário. Todas as respostas que dei foram o contrário da verdade.

— Você... espera... — digo, e a encaro. — Seu questionário todo era mentira?

Ela confirma com a cabeça.

— Cem por cento. Foi por isso que hesitei tanto em ver o resultado. Eu sabia que não refletiria nossa verdadeira compatibilidade. Eu me senti muito atraída por você, portanto, você automaticamente era o cara errado para mim.

— Não. Não pode ser verdade.

— É, sim, Toby. Pode confiar. Aquele noventa e três por cento é mentira. É nossa versão do mundo bizarro, em que preto é branco e couve não é o espinafre de Satanás.

Sacudo a cabeça.

— Não me interessa quantas perguntas você manipulou, o que a gente *sentiu* é verdade. Você está extrapolando uma teoria sem evidência alguma.

— Eu sabia que você pensaria isso, e que teria que me explicar mais cedo ou mais tarde, então, para provar que estou certa, refiz o questionário com a verdade, toda a verdade, nada além da verdade — responde, pegando o celular e abrindo o FPS. — E, para provar que seu algoritmo funciona, comparei com Raj uns minutos atrás.

Ela me mostra a tela.

— Dezoito por cento — digo, concordando com a cabeça. — É por aí que ficam todas as compatibilidades do Raj até agora.

Tenho certeza de que existe alguém para ele por aí, mas até ele mudar a atitude que tem com as mulheres, vai ser uma bagunça.

— Tá legal — diz Joanna, esticando o celular. — Então, esse é o teste de verdade. A Joanna de verdade, com a nota de verdade. Pronto?

Tiro o celular do bolso e sacudo a cabeça.

— Prepare-se para a prova de que está errada.

— Espero estar, mas duvido.

Estico meu celular, e ela o fita por um segundo.

— Toby, me diz de novo a precisão do seu algoritmo.

Eu suspiro.

— De acordo com o marketing, leia-se, Eden, é o app de compatibilidade mais preciso da história.

— E de acordo com você?

O ar fica pesado quando a olho nos olhos.

— Meus números são exatos. Não existe melhor.

— Ok. Só queria que nós dois lembrássemos disso antes de tentar.

Ela bate o celular no meu, nossas mãos esbarrando de leve. Os dois celulares emitem um bipe baixo e as telas se iluminam com a nota de compatibilidade em um círculo vermelho.

Meu estômago cai.

— É impossível.

Olho para Joanna, esperando ver choque em seu rosto, mas não é o que vejo. A expressão dela está mais para resignação. Como se fosse exatamente o que ela estava esperando.

— Eu sabia — diz, baixinho. — Não queria que fosse verdade, mas é.

Eu pisco para o número na tela.

Sete por cento.

— Porra, você tá de sacanagem? Não tem jeito de ser nossa nota de verdade.

Na noite que nos conhecemos, eu senti que a conhecia por toda a vida. Vi um futuro longo e feliz com ela. Como é possível?

— Foi um erro — digo, tentando convencê-la, ainda mais do que me convencer. — Nunca vi um número baixo assim. *Nunca.* Alguma coisa deu errado. Tem algum bug no sistema que eu preciso...

— Está certo, Toby — diz ela, com a voz baixa que sinto me atingir em cheio. — Eu avisei que esse era meu superpoder. Todo cara que acho fascinante acaba sendo péssimo para mim. Por que seria diferente com você?

— Joanna, isso é ridículo. Vamos apagar o resultado e tentar de novo. Tem que ser um erro no código. Porra, não tem jeito de eu ser menos compatível com você do que o Raj, tá? É impossível.

Ela abre um sorriso triste.

— Eu sabia que tinha alguma coisa errada quando a gente se encostou. Nunca senti nada como aquilo, então é claro que foi com um cara com o qual eu tenho praticamente zero chances de me relacionar.

Pela primeira vez, me encontro sem palavras. Tento analisar uma saída, mas não dá.

Avanço um passo.

— Joanna...

— Toby — diz, me olhando, e o ar entre nós praticamente brilha de calor. — Foi você quem me convenceu de que os números não mentem. É esse o motivo para eu ter fugido de você naquela noite e por eu ter sido covarde demais para falar do assunto. Estava tentando me convencer de que meu pessimismo estava errado, mas não estava. Raramente está.

Eu a encaro, sem saber o que dizer ou fazer para consertar isso. Como posso debater minha própria lógica?

— Ainda podemos tentar — digo, fraco.

— Claro. Podemos ignorar os números, mas a esmagadora probabilidade é de sermos dor garantida juntos. Não sei você, mas já senti dor o bastante pela vida toda. Agora, quero uma coisa que não doa. Uma coisa que dure — diz ela, e me encara. — Mesmo se ignorarmos as chances e nos esforçarmos para manter um relacionamento, com uma nota dessas, qual é a probabilidade de você ser minha alma gêmea?

Eu a olho, sabendo a resposta, sem querer admitir.

— Toby, qual é a probabilidade?

Sacudo a cabeça, me sentindo mais enjoado a cada segundo.

— Baixa. Quase nenhuma.

Joanna concorda com a cabeça e, pela primeira vez desde que a conheci, ela parece verdadeiramente desanimada.

— Viu, enquanto eu te evitava, podia escapar dessa conversa. Desconfiar e saber são coisas diferentes, e saber disso... é uma droga.

Sinto que levei uma porrada. Passei as últimas semanas me lamentando por ter perdido minha alma gêmea, sendo que, na verdade, Joanna é apenas outra mulher que estou fadado a decepcionar.

— É mesmo.

— Ainda assim — diz ela, tentando forçar um pouco de entusiasmo —, acho que o lado bom é que nossos pares perfeitos ainda estão por aí, né? E descobrimos que não combinamos antes de qualquer coisa pior acontecer, então...

Eu a olho.

— Bom, alguma coisa aconteceu, sim.

Ela engole em seco.

— É. Mas foi só um beijo, né? Não é o suficiente para investir em uma... uma causa perdida, né?

Não sei se ela acredita no que diz, mas não é convincente.

— É.

É minha vez de concordar com a cabeça, e faço o que posso para disfarçar que não há uma dor esquisita e sombria no meio do meu peito, crescendo a cada segundo.

— Pelo menos isso — acrescento.

Olho para Max e Eden, que estão de mãos dadas, de vez em quando olhando para a gente.

Foi mal, gente. O que vocês achavam que podia rolar já morreu. Foi com os tempos da discoteca.

Quando Joanna vê que eles observam, se livra da melancolia e volta a se animar, mesmo que não seja um movimento totalmente sincero.

— Tá, enfim. Seria ótimo ser sua amiga. Para ser sincera, não tenho tantos amigos, e, mesmo que não sejamos almas gêmeas destinadas, gostei muito de sair com você.

Ela me olha, cheia de expectativa. Gosto de pensar que sou bom em moderar minhas expectativas perante qualquer situação, mas não sei se ser amigo dela é uma boa ideia. Imagino que posso experimentar e desistir se ficar tudo muito intenso. Uma coisa que faço bem é me ajustar ao fato de que as mulheres que desejo não me desejam de volta. Se eu continuar lembrando que Raj tem mais chances de namorá-la do que eu, sem dúvida meu fervor vai esfriar mais rápido que uma poça na nevasca.

— Claro — digo, tentando um meio sorriso. — Vamos tentar ser amigos.

Com os meus trabalhos, é difícil passarmos muito tempo juntos fora do lançamento do FPS, de qualquer forma, então o compromisso é pouco.

Ela oferece a mão.

— Me dá seu celular. Vou te dar meu número. De verdade, dessa vez.

Entrego o aparelho e bebo um copo d'água que pego no bar enquanto ela digita. Joanna faz a ligação, e o celular dela toca. Então ela desliga e me devolve o meu.

— Pronto. Agora também tenho o seu número — diz, e me olha por alguns segundos de silêncio. — Tá, então... vou te mandar uma mensagem quando marcar a prova do smoking, pode ser?

— Pode ser. Claro.

Ela guarda o celular na bolsa e me olha, a expressão séria.

— Toby... Eu me arrependo muito de como me comportei, e lamento ainda mais no que isso deu, mas não me arrependo de ter conhecido você. Promete que vamos nos falar em breve.

Concordo com a cabeça.

— Claro. Em breve — digo, e ajusto a bolsa no ombro. — Até mais.

Ela também concorda com a cabeça.

— Definitivamente.

Deixar ela para trás me dá uma sensação imensamente errada, mas acho que é bom me acostumar. Acenando rápido para Max e Eden, sigo para a porta. Vejo Eden sorrir para mim e, apesar de saber que ela acha que eu e Joanna trocamos contatos por motivos românticos, não tenho coragem de corrigir a suposição ainda.

Desço a escada até o nível da rua e me arrasto até o metrô. Quando finalmente entro no trem e me largo no assento, pego no sono quase imediatamente.

Capítulo sete
Choque de realidade

— Oi, Tobes.

Alguém está sacudindo meu ombro. Eu gemo e murmuro para pararem.

— Toby...

Meu corpo todo dói, mas dormir é muito gostoso, então eu gostaria de flutuar em seu calor e relaxamento.

— Toby!

Eu me endireito e abro os olhos.

Nossa. Minhas costas. Meu pescoço. Meus braços. Parece que sinto o gosto do meu esqueleto, e tem gosto de dor.

Sacudo a cabeça para desanuviá-la e vejo que Eden me olha de cima.

— Você dormiu aqui?

Pisco e olho ao redor, momentaneamente confuso quanto ao lugar.

— Hum... talvez?

Ah, tá, estou na mesa da Pulse. *Como cheguei aqui?*

Alongo o pescoço de um lado para o outro e faço uma careta quando ele estala com ruído. Dormir sentado foi uma das piores ideias que já tive, incluindo a vez que achei que seria ótimo platinar as pontas do meu cabelo com água oxigenada.

— Hum... — começo, meu cérebro entrando no ritmo devagar. — Cheguei cedo para atacar o trabalho e... acho que peguei no sono.

Não comento que dormi no metrô noite passada e passei umas boas duas horas babando até um guarda me acordar e me mandar embora. Quando saí do trem, estava mais perto daqui do que de Greenpoint, então decidi dormir na *Pulse* em vez de na Central do Romance.

Depois disso, não conseguia parar de pensar na conversa com Joanna. Ainda estou chocado com nossa compatibilidade. A gente se encaixou melhor que uma coleção de Lego. Nossa química foi tão explosiva que levaria um foguete ao planeta mais distante. Como o número pode ser tão abismal?

Incapaz de aceitar o que estava matematicamente explícito, quando cheguei aqui ontem, passei duas horas analisando nossos questionários, basicamente tentando de tudo para melhorar nossa probabilidade. Até refiz todo o meu questionário e mudei umas respostas das quais não tinha certeza. Nossa compatibilidade caiu para cinco por cento. No fim, fechei o notebook, apoiei a coitada da minha cabeça decepcionada e dolorida nos braços, e acho que foi por aí que adormeci.

Má ideia.

Alongo os músculos travados dos braços e dos ombros. Tudo estala, até o que não deveria.

Eden franze a testa.

— Você está com a mesma roupa de ontem. Não passou em casa?

Olho para baixo.

— Hum...

Em um segundo, a carranca de Eden vira um sorriso, e ela me olha com alegria.

— Espera aí... você e a Joanna...? — pergunta, arregalando os olhos. — Meu deus! Finalmente aconteceu! Meus melhores amigos estão se juntando! Que sonho. Vocês ficaram depois da festa? Assim, ela foi embora quase imediatamente depois de você — diz, com um tapa no meu braço. — Que safado, Jenner! Falei que você ia gostar dela! Eu estava certa ou estava certa?

Eu me levanto e estalo as costas antes de me arrastar até a salinha de descanso que nem um pé-grande precisando de massagem. Infelizmente, Eden vem atrás.

Eu deveria contar que Joanna é Liza, mas, honestamente, estou exausto demais para entrar nesse assunto. Se abrir a porta da decepção um pouco que seja, ela vai escancará-la e me interrogar por horas, então é mais seguro não falar nada. Nos melhores dias, já tenho dificuldade de me esquivar do talento especial de intromissão de Eden e hoje definitivamente não é um dos meus melhores dias.

— Por favor, para de entusiasmo, Tate. É bem chato. Além do mais, não rolou nada comigo e com a Joanna.

— Mas eu vi você dar seu número para ela. E vocês pareciam estar tendo uma conversa muito intensa. Dava para sentir o calor de longe.

Pego a jarra limpa da cafeteira e enfio debaixo da torneira para encher de água antes de enfiar um filtro novo na badeja. Em seguida, rasgo um saco de pó e os jogo ali.

— Joanna pegou meu número para organizar o lance do terno. Foi só isso. Não teve calor nenhum.

Nossa, o calor era tanto que eu ia derreter. Eu me senti que nem o anel que Frodo jogou no vulcão. Que nem o coitado do idiota do Anakin Skywalker queimando na lava porque não saiu por cima.

É claro que Eden não precisa saber disso, porque nunca mais ficaria quieta.

No entanto, ela não acredita na minha negação.

— Ah, que baboseira. Tinha tantas faíscas entre vocês que parecia uma convenção de ferreiro. E nem ouse dizer que não está interessado na Joanna, Tobias Matthew, porque sei a cara que você faz quando está a fim de alguém e foi o que vi nitidamente ontem.

Pego a jarra e jogo água na máquina antes de encaixá-la debaixo do filtro e ligar. A máquina vibra e zumbe por alguns segundos antes do café fumegante começar a escorrer.

— Eden, está cedo. Cedo demais para você me encher de fantasias românticas. O que você veio fazer aqui, afinal?

Ela pega duas canecas do armário e as apoia na bancada antes de servir açúcar e leite.

— Tenho umas entrevistas para a matéria sobre a Crest mais tarde e queria me preparar.

— Ah, é? Quem você vai entrevistar?

Minha pergunta é em parte por curiosidade genuína e em parte para distraí-la da conversa indesejada.

— Tem um cara que cuida de um blog que posta reclamações anônimas sobre a Organização Crest e suas práticas mais escusas. Acho que ele pode ser um ex-funcionário revoltado, mas parece ter boas histórias. Só que ele é meio paranoico em vir a Nova York, então preciso me encontrar com ele na Pennsylvania. Vou só pegar meus arquivos e seguir para a locadora de carro. Talvez precise do seu talento hacker mais tarde.

— Beleza.

Abro a geladeira e vejo se tem qualquer coisa para comer. Meu tamanho tem a desvantagem de precisar enfiar combustível no corpo com regularidade irritante, para eu não ficar tonto e esquisito.

— Provavelmente posso fazer umas investigações ilegais hoje — digo.

Pego um pote de iogurte marcado com um post-it: "PROPRIEDADE DO RAJ. ME SOLTA, PIRANHA!". Hesito um momento, porque me sinto mal de roubar comida, mas é desespero. Decidido a recompensá-lo com um banquete quando eu voltar a ter dinheiro, tiro o post-it e o jogo no lixo. Então, fecho a geladeira e pego uma colher.

— Te ligo mais tarde para comparar informações — falo.

Enquanto a máquina faz o café, volto à mesa arrastando os pés, abro a tampa do iogurte e devoro tudo em três colheradas. Noto vagamente que Eden se instalou na cadeira ao meu lado e me observa com a intensidade de uma antropóloga forense estudando um cadáver.

— Toby, o que está rolando com você?

Jogo o pote vazio na lixeira e suspiro.

— Nada. Só estou cansado.

E de luto pela mulher que achei ser tudo para mim. Nada de mais.

Abro o computador e olho meu e-mail. Infelizmente, Eden não acredita na minha pose relaxada.

— Nem tente enganar uma enganadora, Jenner. Faz semanas que você anda esquisito, e sei que está escondendo alguma coisa.

— Não é verdade.

Quer dizer, além de não ter casa, estar apaixonado pela melhor amiga dela e tentar desesperadamente pagar a operação que pode salvar a vida do meu pai sem cometer fraude bancária federal, tenho sido completamente honesto.

— Estou só passando por muita pressão por causa do lançamento do app — insisto.

Ah, é, e ainda tem o lançamento do app.

— Toby.

Tento ignorá-la enquanto apago a maior parte do lixo na minha caixa de entrada, mas sinto o seu olhar queimando meu rosto, então finalmente cedo e me viro.

Ela está me olhando com a expressão que menos gosto: pena.

— Tobes, me diz como te ajudar. Deve ter alguma coisa que eu possa fazer.

Esfrego os olhos. Queria que fosse verdade. No entanto, praticamente todos os problemas da minha vida agora só eu posso resolver. Ainda assim, tenho que dar alguma coisa para ela fazer, senão vou ter que aguentar mais falatório.

— Tá, Eden, você pode me ajudar, mas não me sinto bem de pedir. Preciso que você saiba disso.

Ela se inclina para a frente.

— Toby, fala sério. Você pode me pedir qualquer coisa.

— Você diz isso, mas... — digo, sacudindo a cabeça. — Quero que você saiba o quanto te respeito como mulher e pessoa, tá? Por favor, lembre-se disso.

— Toby... Nossa... Desde que não seja nenhuma bizarrice sexual, pode pedir.

Seguro as mãos dela.

— Tá. Lá vai... — digo, e respiro fundo. — Por favor, pegue um café para mim. Mexa direito, sei que você mexe bem. E, se encontrar mais comida do Raj na geladeira, pode trazer também.

Ela solta um grunhido e puxa as mãos de volta antes de empurrar meu ombro. A indignação me faz rir.

— Você é um babaca — diz, rindo, e seguindo para a cozinha. — Sorte sua ser bonito.

— Cala a boca, mulher, e traz minha cafeína logo! — grito.

Solto um suspiro de alívio por ela ter esquecido todo o meu constrangimento, pelo menos por enquanto.

Ao meio-dia, já acabei de editar meu artigo mais recente, discuti com os funcionários do plano de saúde do meu pai por aproximadamente 45 minutos no suposto telefone de "atendimento" e hackeei discretamente as filiais da Crest em busca de sinais de alerta que possam levar a segredos corporativos significativos para a matéria de Eden e para o meu trabalho na *dark web*. Encontrei um monte de fios para possivelmente acompanhar, e decidi investigar mais à noite, quando o escritório todo não estiver de olho.

Vai ser difícil encontrar qualquer coisa concreta. A Crest já tem muitos anos e é especialista em disfarçar corrupção. Começo a me perguntar se esse é um trabalho que consigo fazer sozinho ou se terei que conversar com meu grupo de amigos hackers. Decido deixar o pensamento de lado por enquanto. Vai ser minha última opção.

Quando o celular vibra, espio a tela. Sinto um aperto no peito ao ver o nome "Joanna".

Suspiro. Passei a manhã tão ocupado que não tive tempo de continuar a missão de refutar meu próprio app. Suponho que, em algum momento, vá precisar aceitar o resultado da compatibilidade, mesmo sem gostar, mas esse momento não vai rolar hoje. Se eu tiver que botar fogo no algoritmo todo e reconstrui-lo do zero só para provar que Joanna não tem 93% de chance de me destruir, é o que farei.

Mesmo se eu aceitar que não devemos ficar juntos, será que consigo desligar os sentimentos a ponto de ser amigo dela? Eu me orgulho da minha lógica, mas não sei se é forte o bastante para derrubar a paixão se for o caso.

Passo a mão pelo cabelo. Tecnicamente, ser amigo dela é possível, mas, ao ver o nome dela enquanto o celular vibra insistentemente na minha mão, um milhão de desastres tomam meu cérebro com a velocidade do maior supercomputador do mundo. A maioria envolve um encontro nosso em que eu desmorono em um redemoinho de uma inundação hormonal.

O celular continua a vibrar.

Passo a mão na barba e hesito com o dedo na tela, tomado pela ansiedade de um técnico antibomba prestes a cortar o fio certo. Antes que eu detone, o celular para e o nome de Joanna desaparece. O alívio que sinto só é igual à decepção intensa.

Merda. Eu não teria como odiar isso mais do que odeio, nem se insultasse minha mãe e chutasse meu cachorro. Quer dizer, nem tenho cachorro, mas, se tivesse, odiaria alguém que o chutasse. Cachorros são uma fofura que só.

Encaro a tela por mais alguns segundos, certo de que Joanna vai me ligar de novo. Como ela não liga, deixo o celular de lado, engulo a decepção e alongo o pescoço. Cara, a primeira coisa que farei quando tiver dinheiro é ir à clínica de massagem e shiatsu na esquina e pedir para os dedos mágicos da sra. Kabushi purgarem as dores que carrego em quase todo músculo. Também decido tentar ir à academia essa semana. Não posso pagar por muitos luxos, mas é melhor aproveitar a vantagem do plano anual que já está pago. Além do mais, malhar é um jeito fácil de dar um impulso na saúde mental. Parabéns, endorfinas.

Apesar da situação com Joanna, fico satisfeito com a produtividade da manhã, então fecho o notebook antes de seguir para a salinha para arranjar comida. Encontro Raj lá dentro, mexendo no que parece ser um cofre com tranca digital.

Ele levanta o rosto ao me ver.

— E aíííííí, chefinho. Como vai?

— Bem. O que é isso aí?

Ele fecha o cofre.

— Algum escroto anda roubando minha comida, então arranjei isso — diz, apontando o teclado eletrônico. — Criptografia de seis dígitos, caralho! Boa sorte para quem quiser roubar meu almoço.

— Uau — digo, impressionado. — Não vejo como alguém abriria isso aí. É um plano incrível, sem defeitos. O que trouxe para almoçar hoje, por sinal?

Ele abre a geladeira e guarda o cofre ali dentro.

— O frango na manteiga da minha mãe, com naan de alho. Passei a manhã com vontade de almoçar. Só tenho que acabar de atualizar o sistema do Derek antes de dar um pulo no parque pra comer.

Ele fecha a geladeira.

— Bom plano.

É bom mesmo. Meu estômago ronca. A mãe de Raj cozinha muito bem, nem me pergunte como eu sei disso.

Ele pega uma garrafa de kombucha da bancada e sai pela porta.

— Até mais tarde, T-zudo!

— Valeu, Raj, até.

Espero uns segundos para garantir que ele foi embora antes de abrir a geladeira e me agachar para examinar a tranca do cofre.

— Tá bom, Raj — cochicho. — Só vou tentar uma vez, então, se você tiver alguma chance de comer seu almoço, vai precisar não ter sido um idiota completo ao decidir o código.

Digito 696969. A tranca abre.

— Ai, ai, Raj, seu coitadinho previsível. Quando vai aprender?

Tiro o pote de comida, fecho a caixa e a geladeira e pego um garfo.

— Vou almoçar — digo para Jackie quando passo pela mesa dela. — Estarei no parque. Se precisar de mim, é só ligar.

Jackie sorri.

Saio pela porta de vidro e desço a escada até o sol.

Capítulo oito
Só amigos

— Meu Deus. Que delícia.

Estico as pernas para a frente e me recosto no banco enquanto meu estômago se regozija na satisfação de um banquete roubado maravilhoso.

— Sra. Chopranka, acho que te amo.

Ponho os óculos de sol e viro o rosto para a luz, fechando os olhos e tentando me concentrar no som da água, e não nas pancadas incessantes da ponte acima de mim.

Alimentado, sentado ao sol. A vida é boa, mesmo que temporariamente.

O celular vibra no bolso. Quando o tiro, não me surpreendo ao ver o nome de Joanna na tela. Inspiro fundo e expiro devagar.

Amigoamigoamigosóamigo. Você consegue.

Minha mão volta a tremer.

Hesito com o dedo na tela e largo a mão no colo.

Talvez eu só precise de mais um tempinho para processar antes de falar com ela. Rejeito a ligação e digito uma mensagem: "Desculpa, não posso falar agora". Culpado, acrescento uma carinha sorridente, na esperança de soar menos grosso. Finalmente, envio.

Largo a cabeça para trás. Desastre evitado. Hora de aproveitar mais alguns minutinhos de relaxamento antes de precisar voltar ao trabalho.

Mal tive tempo de controlar os batimentos cardíacos quando uma sombra me cobre. Não dou bola, até ouvir a voz baixa:

— Oi, Toby.

Abro um olho e vejo um anjo em silhueta contra o sol de meio-dia, o cabelo loiro iluminado por uma auréola dourada.

— Joanna?

Eu endireito a postura, para o sol não me cegar. Infelizmente, assim consigo ver seu rosto perfeito em clareza completa e devastadora.

— Oi. Que dia lindo, né? — pergunta, se sentando ao meu lado e imitando minha posição. — Quase nunca venho a esse parque, mas, quando estou aqui, me repreendo por não vir com mais frequência. — Ela respira fundo. — Dá até gosto de viver, né?

Só tê-la sentada ao meu lado faz meu corpo entrar na última velocidade, de um jeito não inteiramente desagradável. Noto que encaro o rosto lindo dela em silêncio atordoado há três segundos antes de me sacudir e voltar à realidade.

— Hum... o que você está fazendo aqui?

Ela digita no celular.

— Tentei ligar, mas não consegui falar com você. Achei que talvez você estivesse me dando um perdido, porque... pode estar se sentindo meio esquisito com tudo que rolou entre a gente e achar mais confortável me evitar em vez de falar comigo. Foi por isso que não atendeu?

Ela se vira para mim, esperando uma reação.

Meu cérebro tropeça que nem um veadinho recém-nascido dando seus primeiros passos.

— Hum... Bom, é... talvez?

Cacete, Jenner. Você é literalmente um gênio. Por favor, aja de acordo.

— Eu... hum... quando vi você ligar, eu... hum... bom, eu...

Pelo amor de James Taylor! Monte uma frase coerente!

Joanna me olha serenamente enquanto cago na conversa toda.

— Eu diria que estava... sabe, me sentindo... esquisito... e... essa coisa toda de amizade foi... hum... então, em suma... hum... é.

Apesar de eu gaguejar assim, ela abre um sorrisinho.

— Tranquilo. Não espero que as coisas entre nós fluam bem logo de cara, mas acho que seria incrível ser sua amiga. Pelo menos, gostaria de tentar. Se, para isso, precisarmos aguentar um pouco de constrangimento, que seja, né?

— Então... você veio me encontrar porque eu não atendi o telefone e você queria falar da nossa amizade?

É um certo exagero, na minha opinião, mas Joanna parece encarar tudo com muita paixão. Se quiser dirigir a paixão para mim, quem sou eu para recusar?

Joanna sorri.

— Eu vim te encontrar porque Tom Ford quer que seu melhor alfaiate ajuste seu smoking, mas Giovanni vai pegar um avião para Miami ainda hoje, então precisou marcar a prova logo. Como você não atendeu, fui até o seu escritório, e Jackie falou que você estava aqui.

Cacete, Jackie! Dane-se você e seus modos solícitos.

— Ah... legal. Prova de smoking. Ok.

Nunca provei um terno no alfaiate antes. Na verdade, nunca tive um terno, então estou um pouco ansioso com a ideia de ser jogado em um ambiente completamente inédito.

— Onde vai ser a prova? — pergunto.

— Na alfaiataria do Tom, no Garment District. Tem um carro nos esperando.

Ela aponta para a rua, onde vejo um Escalade preto elegante.

— Ah. Claro.

Bom, isso é surreal para caralho.

— Carro maneiro — digo. — Hum... quanto tempo você acha que vai demorar?

— Uns quarenta minutos. Derek disse que você podia demorar mais no almoço, tá tranquilo. Ele é muito simpático.

Franzo a testa.

— Derek? *Meu* Derek? Já vi chamarem ele de muita coisa ao longo dos anos, mas nunca ouvi "simpático".

Ela se levanta.

— Não acredite naquela pose resmungona. Ele é um docinho de coco. Vamos?

Ainda estou meio chocado por ela ter aparecido para me carregar em um carro de luxo, mas me levanto e dou de ombros.

— Então vamos nessa.

Jogo meu lixo fora e vou atrás dela até o carro. Quando chegamos, um homem bonito de terno preto sai e abre a porta.

— Gerald, este é Toby Jenner. Toby, Gerald Cornell, motorista extraordinário.

Ele me cumprimenta com um aceno de cabeça.

— Prazer, sr. Jenner — diz, com aquele tipo de sotaque britânico chique que só escutei em *Downtown Abbey*. — Srta. Cassidy, o trânsito está moderado. Devemos chegar em quinze minutos.

— Ótimo, obrigada, Gerald.

Cassidy, é? É a primeira vez que ouço o sobrenome dela. É claro que é perfeito, que nem tudo sobre ela.

Joanna entra primeiro e Gerald fecha a porta, antes de me conduzir ao outro lado. Eu me encolho no banco surpreendentemente espaçoso e coloco o sinto enquanto Gerald entra no banco do motorista.

— Água? — pergunta Joanna, me oferecendo uma garrafa gelada.

— Hum… pode ser — digo, antes de me aproximar e abaixar a voz. — Tem alguma história entre você e Tom Ford? Porque essa carona é impressionante. Não imagino que ele ofereça o carro com motorista para qualquer um.

Ela põe os óculos escuros e olha de relance para o motorista.

— Ah… sim. Tommy e eu nos conhecemos há anos. Assim, não quero dizer que salvei a coleção dele, mas o homem estava prestes a exibir ponchos na Fashion Week — diz, se virando para mim. — Ponchos, Toby. Com borlas. É cada uma.

Eu rio, porque ela tem o hábito de falar coisas completamente absurdas sem nem pestanejar. Não sei se é piada, então suponho que seja.

— Então ponchos são ruins?

— Não inerentemente, mas, quando parecem feitos das cortinas da vovó, são, sim. Graças a Deus eu consegui intervir a tempo. Se ele tivesse mostrado aquilo para Anna Wintour, ela teria arrancado o coração dele ainda batendo do peito para devorar. Anna é muito intolerante com borlas, de forma geral. Acho que como consequência daquela vez que levei ela a um bar burlesco no Village e serviram champanhe ruim enquanto uma das dançarinas sacudia as borlas dos peitos. Foi uma bela tragédia.

— Ah, entendi.

Fico perdido com a conversa sobre a famosa editora da *Vogue*, então tomo um gole d'água e olho pela janela. Os círculos sociais de Joanna fazem eu me sentir um caipira ignorante. Provavelmente é um dos motivos para nossa incompatibilidade terrível.

— E aí, como anda o app? — pergunta Joanna. — Tudo pronto pro lançamento?

Concordo com a cabeça.

— Quase. Só preciso acertar uns errinhos, mas tenho certeza de que vai dar certo.

— Vai, sim — diz, com certeza. — Tenho fé em você.

Esse vago elogio enche meu peito de tanto orgulho que é surpreendente eu não explodir e arrebentar a camisa, que nem o incrível Hulk.

Ah, é. Essa amizade vai dar certíssimo.

Ao entrar no ambiente luxuoso da loja de Tom Ford, fico impressionado pela vasta variedade de roupas de alfaiataria. Normalmente, uso praticamente a mesma combinação todo dia: calça, camiseta e cardigã. Por isso, ver araras sem fim de peças estilosas e diversas é um choque no meu sistema.

— Quem usa tudo isso?

Enquanto Joanna conversa com um funcionário elegante, noto um cardigã especialmente bonito em uma prateleira e o alcanço. É cinza escuro, macio que nem um gatinho, mas meu queixo cai ao ver a etiqueta.

— Ah, é de cair o cu do palhaço.

Joanna e o funcionário me olham e não deixo de notar a leve carranca do homem.

— Desculpa — digo. — Foi grosseria. É de deslocar o ânus do palhaço. Com carinho.

O funcionário cruza os braços e eu boto o cardigã de volta na prateleira com toda a gentileza possível. Vislumbro o pesadelo de prender a ponta de uma unha no tecido delicado e ser levado à cadeia por dívidas de cardigã, pois não tem jeito de eu pagar por uma merda dessas.

— Estão prontos para a gente subir — diz Joanna, e levanta uma sobrancelha. — A não ser que você queira fazer umas compras antes.

— Bom, eu adoraria, mas esqueci o American Express folheado a ouro no meu iate.

Com um pouco mais de desdém, o funcionário aponta os fundos da loja e Joanna me leva a um elevador brilhante.

— Fabian vai nos encontrar lá em cima. Ele é assistente de Giovanni e parece que já selecionaram algo para você experimentar.

— É o quê? Como assim? A gente só falou do smoking ontem!

— É, e eu liguei para Tom hoje cedinho. É sorte nossa não ser época de premiação, então alguns alfaiates estavam disponíveis.

— Ah, legal. Muita gente trabalhando numa coisa para mim. Totalmente normal.

Quando as portas do elevador se fecham, eu alongo o pescoço. Esse lugar me deixa tão tenso que parece que estou a caminho de uma lavagem intestinal, em vez de uma prova de roupa. Normalmente, fico mais confortável em brechós do que em lojas de luxo e hoje cimentou a posição. Existe *fast fashion* e moda tão cara que a mera presença me dá alergia.

Joanna me olha com preocupação.

— Tudo bem?

— Tudo. Incrível. Ótimo. Financeiramente inferior e sem estilo, mas, fora isso, tudo demais.

— Não se intimide. É só roupa.

Aperto e relaxo as mãos.

— É, mas é roupa mega cara. Puta que pariu, quem precisa de suéteres de quatro mil dólares? Tipo, é à prova de balas? Tem um massageador embutido? Vai cochichar palavras doces em noites solitárias e me dizer como sou belo?

Ela ri.

— Não, mas é de caxemira macia que nem manteiga e tem quem se disponha a pagar milhares por isso.

Sacudo a cabeça.

— Gente rica é doida.

Ela olha para os números piscando do elevador.

— Não vou discordar.

As portas se abrem, revelando uma oficina agitada, e mal tenho tempo de admirar a cena de mesas enormes cobertas de tecido e moldes antes de um jovem extremamente arrumado surgir na nossa frente.

Caramba, será que todos os funcionários aqui parecem modelos?

— Olá. Meu nome é Fabian. Giovanni está à espera. Por aqui, por favor.

Nós o acompanhamos pelo corredor de chão de mármore até um salão aconchegante, com um divã de veludo azul-marinho e um pódio iluminado por um holofote, na frente de um semicírculo de espelhos.

Um homem baixinho e idoso se aproxima e beija as duas bochechas de Joanna.

— Cara, que prazer vê-la, sempre.

O sotaque italiano é carregado, e, de colete preto e camisa branca, ele parece pertencer a alguma piazza, onde deveria vender arte ou couro italiano.

Joanna aperta as mãos dele e se vira para mim.

— Giovanni, *piacere*. Este é Toby Jenner, seu modelo por hoje.

O senhor estica a mão e, quando a aperto, ele a cobre com a outra mão.

— Todo amigo de *la mia principessa* é amigo meu. Agora, vamos prepará-lo, *amico*. Fabian? Por favor.

Fabian me leva a uma porta na parede, que, aberta, revela um enorme provador, com um banheiro completo, uma bandeja de fruta e queijos e uma garrafa de champanhe Cristal no balde de gelo.

Jesus amado. É outro mundo.

— Fique à vontade — diz Fabian, entrando e abrindo a garrafa de champanhe para me servir uma taça. — Você encontrará toalhas, roupa íntima e um roupão gratuito no banheiro. Quando acabar, por favor, vista isso — explica, apontando uma arara onde um terno praticamente pronto está pendurado junto a uma camisa. — Encontrará sapatos de tamanhos variados ali. Venha à galeria quando estiver pronto.

— Uau. Ok.

Ele abre um sorriso seco e fecha a porta ao sair.

— Puta que pariu.

Encho a boca de queijo e biscoitinhos correndo e engulo tudo com alguns goles de champanhe. Tá, eu sei, é o meio da tarde e tenho que voltar ao trabalho depois, mas quem sou eu para recusar uma garrafa de trezentos dólares quando me ofereceu?

Entre goles, me dispo e vou ao banheiro para tomar a chuveirada mais rápida do mundo.

Depois de me secar, pego a cueca cara.

— Você provavelmente custa mais que meu celular — murmuro, a vestindo.

Naturalmente, é a melhor coisa que já vesti. Gente rica provavelmente não conhece os horrores das cuecas baratas, que conseguem ficar ao mesmo tempo apertadas e frouxas.

Mastigo algumas uvas enquanto visto o terno elegante, tomando cuidado para não sujar o material lustroso. É impressionante que, apesar de não estar inteiramente acabado, o terno me caia tão bem. Calço um par de meias pretas e sapatos sociais assustadoramente reluzentes antes de sair para onde Joanna está bebendo champanhe e papeando com Giovanni.

Quando me veem, param de conversar e analisam.

Joanna fica boquiaberta.

— Uau. Ok. Bom... você... hum, é, você está mesmo vestindo esse terno. Uau.

Giovanni me leva ao pódio e dá a volta para analisar o caimento.

— Hmmm. *Meraviglioso*. Você previu certo, querida. Está quase *perfetto*. Seu superpoder segue invicto.

Me viro para ela.

— Superpoder?

Joanna sorri.

— É, além de escolher só caras errados, meu superpoder é identificar as celebridades de corpo equivalente ao de pessoas comuns.

Tento ficar imóvel enquanto Giovanni dá a volta ao meu redor, alfinetando a bainha e a manga.

— Jura? Qual é a minha?

— Chris Hemsworth. Altura e porte parecidos. Mas na época de *No coração do mar*, não na versão gigantesca de Thor.

Minha expressão deve revelar minha descrença, pois ela insiste:

— É sério. Giovanni fez o terno de Chris para a pré-estreia daquele filme do Moby Dick e usou o mesmo molde para o seu. Vocês pareceriam até irmãos, se ele escolhesse passar uns meses sem ir ao cabeleireiro.

Olho para meu reflexo. Com o cabelo desgrenhado e a barba comprida demais, definitivamente lembro Hemsworth em *No coração do mar*. A imagem desmazelada não combina com o terno fino.

Como se pressentisse o que penso, Giovanni dá um passo atrás e me olha no espelho.

— Esse aí ficaria muito bonito se cortasse o cabelo e fizesse a barba, não?

Joanna me olha de um jeito que levanta os pelos da minha nuca.

— Ah, não sei. A cara de lenhador combina com ele.

Nossos olhares se cruzam e, pelos poucos segundos que dura essa troca, meu peito aperta tanto que não consigo respirar. Ela parece igualmente afetada, mas é a primeira a desviar o olhar, vindo ficar de pé atrás de mim.

— Quanto tempo vai levar para finalizar o terno, Giovanni?

Ele puxa a barra do paletó e confere o alinhamento dos bolsos.

— Alguns dias, mas já está tão bom que nem precisaremos de uma segunda prova. Me dê uns minutos para conversar com a costureira e depois podemos combinar a entrega.

Ele fala em italiano com Fabian e os dois saem da sala, me deixando sós com Joanna. Um silêncio sem jeito se expande em segundos, preenchendo o ambiente.

Tento enfiar as mãos nos bolsos da calça, mas estão costurados, então acabo largando os braços, tentando parecer relaxado.

Joanna solta uma gargalhada curta.

— Puro charme.

Concordo com a cabeça.

— Pois é. Imploraram para eu ser o novo James Bond, mas eu não tinha tempo.

Ela ri de novo, e acho que nunca ouvi uma gargalhada tão atraente.

— Que pena. Você seria ótimo para o papel — diz, inclinando a cabeça de lado. — Ainda assim, quando falamos do lançamento ontem, você pareceu nervoso. Certamente o zero-zero-charme não está preocupado com a impressão que causará, porque, vestido assim, vai ser boa, sem dúvida.

— Eu, nervoso? Nem um pouco.

É claro que estou mentindo. Não tenho nenhuma experiência com esse tipo de evento superelegante e *high profile*. Acrescente a isso o fato de que Max quer que eu faça um discurso, e estou prestes a me mijar de nervoso.

— Você não tem com o que se preocupar. Além do mais, do jeito que esse terno te cai, dá para congelar e ficar parado, ninguém vai se incomodar. Nem acredito que ficou perfeito assim.

Joanna dá a volta em mim e passa as mãos pelo tecido do terno. Sei que está apenas testando o caimento, mas me afeta tanto que daria na mesma eu estar pelado. Quando ela volta para a minha frente, se aproxima e passa os dedos nas lapelas e eu cerro os punhos e aperto o maxilar para me impedir de tocá-la.

— Por mais que eu goste da ideia de ficar parado e bonito, acho que Max vai precisar que eu participe mais. Nunca considerei que ele gostaria que eu apresentasse o app, até anunciar isso ontem. Não estou mentalmente preparado para estragar tudo na frente de uma plateia grande e chique.

Ela abre um sorriso gentil.

— Você não vai estragar nada. Eden já disse, eu ajudo com prazer — diz, parando a mão no meu peito, e volta para mim aquele olhar azul gélido. — Sempre uso aquele conselho clássico para falar na frente de um público... imagino todo mundo pelado.

Engulo em seco, sem conseguir conter a emoção da proximidade dela.

— Não vai ser difícil. Já estou fazendo isso.

Ela me olha bruscamente e a tensão entre nós só cresce.

Merda, Jenner. Amigos, amigos, amigos, idiota. Mudar de assunto. Pigarreio e olho para as cortinas do outro lado da sala.

— Então — digo —, você faz isso sempre? Arrumar homens em ternos chiques que custam o preço de um carro popular?

Ela tira um fio puxado do meu ombro e dá mais uma volta.

— Raramente, o que é uma pena, porque adoro arrumar meus amigos.

Amigos. Soa ainda pior vindo dela do que de mim. Fico impressionado por ter levado apenas uma noite para sentir que éramos almas gêmeas, pois prevejo que levarei mil anos para me acostumar a nos ver como "amigos".

— Especialmente... — diz, alisando a manga, e calafrios sobem pela minha coluna. — Quando meus amigos ficam lindos assim de terno.

Ela para na minha frente outra vez e analisa o corte dos ombros. Está perto, e tem um cheiro incrível. Olho para o topo da cabeça dela e rezo para ela não sentir como está me enlouquecendo, sem fazer nada além de estar próxima de mim.

— Não sei essa de ficar lindo — digo, respirando com dificuldade, para a voz não soar estranha. — É a minha primeira vez de terno. É uma experiência nova e estranha.

Ela me olha.

— Está brincando. Você não foi de terno nem na formatura da escola? Nenhum baile?

— Não. No segundo ano, eu e meus amigos decidimos dedicar o dia a uma sessão épica de Dungeons & Dragons em vez de ir ao baile para apanhar dos caras e ser rejeitados pelas garotas, porque éramos bem descolados.

— É claro. E quando se formou mesmo? Também se recusou por motivos morais?

Na época da formatura, eu era um armário fortão e recebia atenção positiva das garotas, então evitar o evento não foi minha primeira opção. Porém, eu não tinha interesse no teatro vazio de uma escola cheia de gente que excluía a mim e a meus amigos. Passei a noite lendo *Uma breve história do tempo*, de Stephen Hawking. Muito mais interessante.

— É, não queria esse estresse. Tinha coisa melhor a fazer.

Joanna me olha por alguns segundos, com uma expressão de dúvida, como se tentasse ler nas entrelinhas vagas. No fim, anda até a mesinha ao lado dos espelhos e pega a taça de champanhe.

— Bem, então é melhor que essa festa de lançamento seja memorável. Você tem muito a compensar.

— E você? Não tenho dúvida de que foi a rainha do baile, né?

Não imagino que ela seja nada além de uma rainha na maioria das situações. É difícil negar sua qualidade régia.

—Ah, nossa, não — diz, com um gole de champanhe. — Nada de baile. Larguei a escola aos dezesseis anos. Não me formei. Também tinha coisa melhor a fazer. Acho que, na noite que seria a minha festa de formatura, eu estava no Zimbábue, construindo uma escola para órfãos, mas essa é uma história muito longa.

Estou prestes a tentar decifrar aquela informação surreal quando Giovanni e Fabian voltam.

— Ok! — diz Giovanni, batendo palmas e sorrindo. — Tudo organizado. O terno ficará pronto semana que vem e Fabian mandará entregarem — fala, e se vira para mim. — Qual é o seu endereço?

Estou prestes a dar meu endereço antigo no Brooklyn, até lembrar que agora um casal paquistanês simpático mora no apartamento.

— Ah... é...

Fabian me encara, com o dedo parado no iPad. Giovanni ri.

— Já esqueceu onde mora, depois de uns goles de champanhe? Isso normalmente me acontece depois de uma garrafa de grappa.

Joanna também ri, mas noto que me olha de soslaio.

— Sr. Jenner? — insiste Fabian, com paciência cuidadosa. — Seu endereço?

Desço do pódio e aceno com a cabeça.

— Quer saber, pode mandar para meu escritório? É lá que passo a maior parte do tempo.

— Na *Pulse*? — pergunta Joanna. — Ou na Central do Romance? Porque, na Central, pode acabar se perdendo no meio das fantasias.

— Verdade — digo, coçando a sobrancelha. — *Pulse*, então. Podem ligar antes de entregar, para garantir que estarei lá?

Joanna se aproxima e digita alguma coisa no tablet de Fabian.

— Tudo certo. Vou estar por perto na semana que vem, por causa da festa de aniversário de Tim Gunn, então posso eu mesma levar. Assim é mais fácil.

— *Perfetto* — diz Giovanni, me oferecendo uma taça de champanhe, que bebo, agradecido. — Bem, é isso — fala, levantando a própria taça. — Um brinde ao evento maravilhoso dos dois. Que sejam o casal mais belo e estiloso presente.

Joanna engasga um pouco ao ouvir a palavra "casal". Em seguida, me olha e levanta a taça também.

— Hum... obrigada, Giovanni. Você é o máximo.

Tomo outro gole, sem saber de onde tiro tanta satisfação feroz por ela não corrigi-lo a respeito do casal. É mais um motivo para eu precisar me esforçar para me distanciar do que sinto por ela. Entendo que precisamos trabalhar juntos no evento, mas a atração que sinto por ela só pode acabar em um desastre. Além do mais, vê-la de vestido de gala talvez me mate.

O celular de Joanna apita e ela abaixa a taça antes de olhar a tela. Ela franze a testa e diz, baixinho:

— Droga. Agora não.

— Tudo bem?

Ela me olha e tenta agir casualmente.

— Ah, sim. Tudo. Só um probleminha no meu apartamento.

Ela pega a bolsa no sofá e guarda o aparelho.

— Perdão, Giovanni, preciso ir. Até semana que vem, tá?

— Claro, querida. *Ciao*.

Ela dá um beijo na bochecha dele antes de se aproximar de mim.

— Te ligo amanhã para marcarmos treinamento do discurso, tá?

— Claro. Tranquilo.

Ela avança como se fosse me beijar também, mas se contém. Ri e dá um passo para trás.

— Droga. É... ok — diz, com um tapinha no meu braço. — Tchau.

Observo ela ir embora. Assim que ela se vai, a sala escurece em uns cinco tons.

Escuto uma risada atrás de mim e, ao me virar, vejo Giovanni sorrir.

— Ela é uma mulher sensacional, não é? Vejo por que está apaixonado.

Faço um barulho de desdém.

— Não estou apaixonado. Somos só...

Lá vem a palavra de novo...

— ... amigos — concluo.

— Uhum — diz Giovanni, parecendo o professor da definição de ceticismo. — Claro, meu jovem.

Ele faz um gesto para Fabian, que pega uma bandeja espelhada de um armário próximo e começa a recolher todas as taças.

— Somos mesmo — digo, com mais confiança do que sinto.

Giovanni aponta para o paletó, que eu tiro e entrego.

— Uma coisa que aprendi em todos os anos em que conheço Joanna é que ela tem poucos amigos. Conhece muita gente, mas confia apenas em alguns, e deixa ainda menos entrarem em seu coração. Com você, ela é... diferente. Me lembra algo muito antigo.

— O quê? — pergunto.

Ele sorri.

— Como eu e minha esposa nos comportávamos ao nos apaixonar, quase sessenta anos atrás — responde, dobrando o paletó no braço e acenando de leve para mim. — Mas, é claro, desejo sorte no florescer de sua "amizade".

Capítulo nove
Armário do crime

— **Jenner, aqui é a** divisão de crimes cibernéticos do FBI! Saia de calça levantada e mãos para cima!

A porta do almoxarifado é entreaberta e o sorriso de Eden aparece no vão.

— Te enganei dessa vez, né? Minha voz de policial perigoso encheu sua bexiga de pavor de se mijar, né?

Sentado em uma posição desconfortável em cima de um engradado de leite, confirmo com a cabeça e volto a atenção à tela do notebook.

— Claro, sem dúvida. Das três vezes que você fez isso na última hora, essa foi a mais assustadora. Não dá para notar com esse penteado, mas estou de cabelos em pé.

— Excelente.

Ela entra e se senta em outro engradado ao meu lado. Estamos enfiados no almoxarifado da *Pulse*. É um armário pequeno, com cheiro forte de desinfetante de limão, mas fica escondido de olhos atentos do escritório e da cara feia do chefe.

— Derek já começou a me procurar? — pergunto, digitando.

Eden dá de ombros.

— Ele deu uma passada na sua mesa há uns dez minutos, mas falei que você estava quase acabando o artigo e ele só pareceu um pouco puto.

— Não é grave.

Na verdade, já acabei de escrever o artigo, mas quero dar mais uma olhada antes de entregar. Assim como o resto da minha vida, parece estar faltar alguma coisa, e preciso melhorar a qualidade em uns dez por cento para ser aprovado pela caneta vermelha crítica de Derek.

— Algum progresso no e-mail do advogado?

— Não, mas é porque a Crest tem prática em disfarce. Desenterrar podres para esse seu artigo pode demorar.

— O delator que encontrei outro dia jurou que o advogado particular de Marcus Crest é o ponto fraco na cadeia de corrupção, mas não tinha provas para me dar.

— É, dizem que Crest paga propina para a prefeitura e os departamentos de segurança há décadas. Determinações de prédios tombados e até de limitação de altura de construção são irrelevantes se Crest quiser derrubar alguma coisa ou botar outra coisa de pé. Tem uma área no SoHo que, supostamente, tem um limite de oito andares, mas ele construiu um prédio de trinta sem receber uma multa sequer, nem mesmo reação da prefeitura.

— Exatamente — diz Eden. — Então, se a gente achar um fio solto nesse suéter de tricô de mentiras, dá para desmantelar essa merda inteira. Por isso é importante que você entre nesse e-mail.

— É, que nem qualquer e-mail, é mais fácil falar do que hackear de fato, mas estou progredindo. Mesmo que no ritmo de uma preguiça com artrose.

Eden suspira e olha ao redor do almoxarifado.

— Ajudaria se você não estivesse nesse armário que mais parece um caixão?

— Como ousa? Esse é meu armário impenetrável do crime. Se estiver sugerindo que eu infrinja a lei em público, que nem algum gestor de fundos de investimento qualquer, vai me ofender.

— Então o armário te protege de ser pego por crimes cibernéticos? Eu rio.

— Nem um pouco. Mas os *packet filters* do meu DMZ têm mais camadas que a atmosfera, então a polícia tem tanta chance de me encontrar quanto o Jimmy Hoffa. Por enquanto, estamos em segurança.

Eden estica as pernas e cruza os braços.

— Sabe, na televisão as pessoas sempre hackeiam o governo em três segundos, mas você está fazendo isso há quase uma hora e meia, então só posso concluir que ou Hollywood mentiu para mim, ou que você é péssimo hacker.

— Bom, visto que sou um hacker sensacional, podemos concluir que...

Ela finge choque e leva a mão ao peito.

— Tobias, você quer dizer que Hollywood nos enganou por todo esse tempo, porque hackear é um processo trabalhoso e tedioso que botaria a maioria das pessoas para dormir se fosse representado de forma realista? Não acredito!

Sorrio.

— Pois é, chocante — digo, digitando. — Pelo lado bom, talvez eu consiga mesmo resolver isso nos próximos minutos, então, se quiser cantarolar uma música emocionante tipo o tema de *Missão impossível*, eu toparia.

— Aah! — diz Eden, batendo palmas. — Pode crer.

Enquanto cantarola o tema de um filho especialmente desafinado de James Bond e Ethan Hunt, Eden se aproxima para ver o que estou fazendo. Depois de alguns segundos tensos, nós dois damos um pulo quando a porta é escancarada, revelando Raj.

— A-há! Peguei vocês!

Quando ele nota que estamos sentados, sua expressão murcha.

— Espera aí, vocês não estão se comendo? Pô, cara. Jurei que tinha safadeza rolando aqui.

— Raj — diz Eden —, eu namoro Max.

— Eu sei — diz ele, tirando um saco de jujubas do bolso. — Não quer dizer que não dançaria o tango genital com essa belezura aí.

Franzo a testa para ele.

— Claro que quer. Somos melhores amigos.

Ele dá de ombros.

— Como quiser, mas eu acredito que amizade platônica entre homens e mulheres é um mito. Além do mais, é um belo desperdício. Então, o que estão fazendo aqui, se não transando?

— Não é da sua conta.

— Bom, é da minha conta, sim, já que vocês invadiram meu armário de trollagem e o ocuparam a manhã inteira.

— Seu armário do quê?

— De trollagem. Eu venho pra cá quando quero postar xingamentos em fóruns de gamer e fazer adolescentes chorarem.

— Claro. Já acabou de atualizar o antivírus nos computadores?

— Uhum, e já estou acabando os novos protocolos de segurança e códigos de verificação da nuvem. Quer que comece a resolver os bugs de SQL no FPS?

— Quero, e pode também verificar aquelas linhas de código que mencionei.

— Tá legal — diz, e oferece o saco de balas. — Jujuba?

Eu e Eden aceitamos, e Raj acena e fecha a porta.

— Como ele é esquisito — diz Eden, mastigando a jujuba.

— É, mas também é decente na parte técnica, e bem confiável. Essa galera normalmente é esquisita por definição.

Ficamos em silêncio por um tempo enquanto continuo a trabalhar, até que Eden diz:

— E aíííí, tem visto a Joanna?

Lá vamos nós de novo.

— Você sabe que não a vejo desde a prova do terno semana passada. Para com isso.

— Quê? Foi só uma pergunta.

— Não foi, não. Foi uma intromissão. Por sinal, tô superfeliz por Joanna ter contado do nosso fiasco de compatibilidade. Que legal.

Apesar de eu estar acostumado a esconder coisas de Eden, Joanna aparentemente não está, e eu tenho que pagar o pato.

— Pois é, né? — diz ela, pegando o celular. — Ainda não acredito nessa história louca toda dela ser Liza e você achar que eram almas gêmeas, e aí o negócio dos sete por cento ter esmigalhado seus sonhos de borboletinha romântica. Tipo, é como um conto de fadas, mas ao contrário.

— Nem me lembre.

Ela põe a mão no meu braço.

— Tobes...

Quando a olho, ela inclina a cabeça.

— Estou só zoando, mas, sério... quer conversar sobre isso? Está tudo bem?

Eu amo e odeio a preocupação. Fico comovido por ela se importar, mas a última coisa que quero é me perder nos sentimentos conflitantes sobre Joanna. Já é difícil trancar eles na caixinha da amizade. Abrir e tentar decifrar o formato exato do que contém já seria demais.

— Não, não quero falar disso, e, sim, está tudo bem. Foi uma noite só, Eden. Um flerte que não deu em nada. Já me aconteceu um milhão de vezes, e, sem dúvida, vai acontecer mais um milhão. Agora, quer continuar a perder tempo ou quer que eu acabe de invadir esse e-mail?

— Tá, ok. Mas, se quiser conversar, saiba que estou aqui.

— Eu sei. Mesmo quando não quero conversar, você está aqui.

— É isso aí.

— Tá, só mais uns segundos e... — digo, e finalmente minha tela é tomada por código. — Aaaaah.

Eden dá uma salva de palmas.

— E agora a pergunta inevitável — digo, com um sorriso convencido. — Quem é o máximo?

Eden passa o braço pelo meu ombro e se aproxima para examinar a tela.

— Ah, meu belo amigo cabeludo... você é o máximo.

Ficamos em silêncio enquanto abro a caixa de entrada e lemos por alto algumas páginas de conteúdo, mas não demora para nosso humor azedar.

— Toby, por favor me diga que tem alguma coisa aqui. Uma prova explícita. Uma mensagenzinha de "Nossa, acredita nesse crime incrível que cometemos? Deixa eu descrever em detalhes". Não posso dar com a cara na parede de novo com essa história. Sempre que me aproximo de alguma pista boa, ela escapa.

— Já falei, e repetirei: a Crest conduz atividades criminosas há anos. É boa nisso. Sabe apagar os rastros e sabe onde é vulnerável.

— Então, como vou expor esses escrotos corruptos?

— Eden, por que você acha que denunciar a Construtora Crest é a baleia branca do jornalismo investigativo? Se fosse fácil, já teria acontecido.

Bato em alguns teclas e copio o conteúdo todo do e-mail para um servidor externo. Em seguida, instalo algumas linhas de código sorrateiras que nos permitirão monitorar comunicações futuras. Se ele for cuidadoso na atualização do detector de malware, o código será bloqueado dentro de uma semana, mas talvez não precisemos de muito mais tempo do que isso.

— Tá, por enquanto só posso fazer isso. Vou continuar pesquisando no meu tempo livre.

O pouco que tenho.

— Mas tenho que voltar a me concentrar no app nos próximos dias — acrescento. — Quero que fique tudo perfeito para o lançamento.

— Boa — diz Eden, se levantando. — Vou passar pela lista de ex-funcionários rancorosos da Crest que você me deu, para ver se consigo dar uma sacudida em alguém. Nunca se sabe. Alguém pode estar sentado em uma mina de ouro de amargura que nos ajudará a chegar em algum lugar.

— Parece uma boa.

Pessoas amargas quase sempre têm alta motivação para se vingar de quem lhes fez mal. Não que eu saiba por experiência própria, nem nada. Só teve aquela vez na aula de química em que troquei os produtos de um dos babacas que me espancava. Quando ele se abaixou para misturar, a reação explosiva queimou as sobrancelhas. Fui levado à diretoria por isso. Aparentemente, "despeito" não foi uma resposta adequada quando me perguntaram minha motivação.

Eden digita no celular e se encosta na porta.

— Max mandou mensagem e pediu para te lembrar da reunião semana que vem na casa dele. Aparentemente, você se esqueceu de responder o convite.

— Merda. Foi mal. Só... tô com muita coisa pra fazer.

Abro uma nova aba e aperto o botão de resposta confirmando minha presença. Bem, meu corpo estará presente, mas minha alma provavelmente vai estar flutuando largada no rio. Cacete, como estou exausto.

— Toby?

Olho para Eden, e faz tanto tempo que estou encarando a tela que até piscar dói.

— Sei que pergunto isso pelo menos uma vez ao dia, mas... você está bem?

Não estou. Sei que não estou, e sei que ela sabe que não estou, mas, porra, não posso dizer isso. Não posso. Precisaria ser honesto. Admitir o turbilhão violento de merda que virou minha vida. Precisaria aceitar que não dou conta de tudo sozinho, que preciso de ajuda, e, por mais que deva dizer isso pelo menos a Eden simplesmente não consigo.

— Estou totalmente de boa, Tate — digo, com a tranquilidade necessária para convencer. — Mas valeu pela preocupação. Se eu precisar de um paraquedas na forma de Eden para me salvar, você é a primeira Eden que chamarei.

Volto à tela e digito uma linha de código costumeira.

— Tá bem — diz ela, abrindo a porta. — Vou encontrar o Max, então a gente se vê amanhã.

— Uhum. Tranquilo.

Quando ela fecha a porta, volto a trabalhar. Conserto problemas do app, edito meu artigo da *Pulse*, e, quando acabo, tento hackear o plano de saúde do meu pai para mexer na calculadora de valores e tornar o preço um pouco mais razoável. É ilegal? Sim. É justificado? Porra, é claro. Esses babacas roubam milhões de pessoas todo ano. Estou só equilibrando um pouco as coisas.

Quando acabo, já são quase duas da manhã. Saio do armário do crime e encontro o escritório escuro e deserto. Com um suspiro, acerto minhas costas e pego o metrô até o escritório da Central do Romance em Greenpoint.

Com um bocejo, entro no prédio escuro, e vou direto ao sofá. Mal me sentei e minha cabeça já está girando, desesperada por sono.

O problema de trabalhar tanto assim é que meu cérebro não desliga. Por mais exausto que esteja, assim que me deito e fecho os olhos, começo a lembrar obsessivamente de tudo que não consegui fazer e a fazer listas mentais de tudo que preciso compensar no dia seguinte.

Posso cochilar um pouco, mas acabo me revirando muito, preocupado com a maré de merda que não para de subir. Minha avó tinha um conselho para quando eu me sentia sobrecarregado. Ela dizia: "Se parece que está passando pelo inferno, pelo amor de Deus, não pare para admirar a vista. O único jeito de lidar com essa merda é seguir em frente até sair do outro lado."

Cara, que saudade dela.

Não sei bem quando chegarei do outro lado, mas, por enquanto, aceitaria algumas boas horas de sono sem sonho, para a viagem ser mais suportável.

Capítulo dez
Casinho escocês

Há um estado entre a inconsciência e o plenamente acordado que chamam de sonho lúcido. Quando estamos nele, temos consciência de estar em um mundo inventado, e, portanto, podemos fazer qualquer coisa acontecer.

Descobri isso quando era criança. Quando voltava de um dia difícil na escola, especialmente cansado, me enroscava no nosso sofá de veludo verde velho e criava aventuras semiconscientes. Por algum motivo, só funcionava no sofá, nunca na cama, então comecei a chamar aquilo de "viajar no sofá". Eu podia voar, aumentar e diminuir objetos. Podia até mudar o cenário ou o enredo, e fazer as pessoas agirem como eu quisesse. Era emocionante.

Tantos anos depois, é interessante notar que voltei aos sonhos lúcidos, desta vez no sofá da Central do Romance. Nunca inteiramente adormecido, nem exatamente acordado, flutuo nos mundos que crio, nos quais tenho os poderes de um deus e controle absoluto. Não é preciso ser genial para entender que provavelmente é motivado pela falta de controle na minha vida atualmente. Mesmo assim, me oferece algum alívio da ansiedade habitual.

Até agora, já curei magicamente as dores do meu pai e comprei um teatro na Broadway, para dar à minha irmã o papel principal em uma peça. Enchi minha mãe de dinheiro, para ela não precisar trabalhar tanto, e comprei um apartamento com vista para o Central Park para mim. Se ao menos fosse fácil assim manipular a realidade.

Agora, estou em uma praia, vendo o pôr do sol, e, do canto do olho, percebo um movimento. Quando me viro, Joanna está lá, linda e radiante, sorrindo para mim.

— Você é perfeita — digo.

— Para você, não — diz, me mostrando no celular aquela nota sete escrota. — Para você, sou perfeitamente errada.

— Aqui, não — digo, sacudindo a mão que nem um Jesus especialmente peludo. — Olha de novo.

Ela faz uma cara fascinada quando o sete se transforma em 110.

— Como... como isso é possível?

— É assim que me sinto, quer seja ou não a verdade estatística.

Ela se aproxima e põe as mãos no meu peito, e eu suspiro de alívio, finalmente a abraçando.

— Aqui, somos perfeitos.

Ela sobe na ponta dos pés para me beijar, e é tão devastador quanto naquela primeira noite. Eu a puxo para mais perto e gemo quando nós dois cedemos à paixão, mãos ávidas e bocas em movimento para provar mais um pouco.

— Toby... Meu Deus... Sim...

Tudo em mim dói de desejo por ela. Cada músculo meu treme, teso e rígido.

— Toby, tire minha roupa. Por favor...

Uma voz fraquinha cochicha para me interromper. Somos amigos, e amigos não se veem nus, mas ela começa a beijar meu pescoço e não consigo fazer nada além de rasgar o tecido que nos separa.

Quando minhas mãos a encontram, nós dois gememos.

— Jo... que delícia.

Ouço um zumbido na altura da cabeça, e faço um gesto vago de matar mosca antes de voltar a beijá-la.

A praia se transformou em um quarto revestido por panos brancos. Deito ela na cama e beijo todo centímetro de seu corpo, devagar e com dedicação. Provando, lambendo, chupando...

A vibração se repete.

— Vaza — murmuro, batendo a mão de novo. — Vai.

Como um inseto entrou aqui, afinal? Que bichinho intrometido. É meu sonho, ele não tem direito de estragar.

Tento ignorar o barulho, mas a ilusão prazerosa já está se desfazendo. Joanna vira fumaça em minhas mãos, e, ao acordar, noto que babei no braço que uso de travesseiro.

Com um grunhido, empurro o sofá e olho ao redor, atordoado. Levo um momento para notar que o barulho vem do meu celular, que vibra na mesinha ao lado da minha cama improvisada. Vejo ele fazer sua dancinha na madeira escura e franzo a testa, ainda irritado por ter acordado.

— Que tipo de babaca liga a uma hora dessas no domingo?

Pego o celular e olho a tela.

É então que noto que não é um telefonema, mas o despertador que programei para não perder a hora. *Eu* sou o babaca.

— Merda.

Caio de volta no sofá, duro que nem pedra, lamentando a perda de Joanna em meus braços, mesmo que não fosse verdade.

Suspiro e esfrego os olhos. *Talvez eu deva ligar para ela.*

Não. Obviamente, sou incapaz de ter um relacionamento platônico com ela, então devo evitar contato a todo custo. Minha vida já é suficientemente complicada. Preciso evitar pensar em Joanna sempre que possível e, quando ela invade meus sonhos, preciso treinar meu cérebro para não inundar meu corpo de desejo. Se eu a encontrar de novo ao viajar no sofá, vou... o quê? Fazer um sanduíche pra gente? Claro, pode ser. Serve como plano.

Cubro os olhos com o braço. Parece que mal dormi, mas não tenho mais tempo para descansar. Tenho um monte de coisas a fazer hoje, e nunca acabarei antes da reunião de amanhã se não mexer a bunda logo.

Com um grunhido, me levanto e me arrasto até o banheiro, onde ligo o chuveiro e espero esquentar.

— Aaaah.

A água é uma delícia, e fico ali parado com a testa encostada nos azulejos por alguns minutos antes de pegar o sabão e me lavar.

O banho me livra da maior parte do cansaço e, quando acabo e me enrolo na toalha, me sinto quase humano de novo.

— Tá, vamos nessa, Jenner. Muito a fazer.

Entro no closet de fantasias e vou direto ao fundo, onde minha pequena coleção de pertences e roupas está escondida atrás de caixas.

Reviro a mala e franzo a testa.

Cacete, jura? Nenhuma cueca limpa?

Não só isso, como não tenho mais roupas limpas. Cheiro uma camiseta que parece só um pouco suja.

— Ai, caralho. Não.

Parece que faz só uns dias que lavei roupa, mas, pensando melhor, faz quase duas semanas.

— Acho que lavar roupa vai entrar na lista do dia.

Enfio tudo de volta na mala e a carrego à lava e seca enorme do outro lado do cômodo. Pelo menos não preciso arrastar tudo até a lavanderia na esquina.

Enfio tudo na máquina, exceto os cardigãs mais preciosos, e ligo. As poucas peças que restam vão para o balde com detergente, para ficar de molho.

Contando uns quarenta minutos para a roupa lavar, procuro no closet outra coisa para vestir enquanto isso.

Dyson e Max têm quase o meu tamanho, então vou às araras deles. Max não tem mais usado muita fantasia, então imagino que possa usar algumas das peças dele sem ser notado.

— Tá, o que temos aqui? — murmuro, passando pelas roupas na arara. — Motoqueiro... marinheiro... James Bond... playboy bilionário... lenhador... ah, serve.

Largo a toalha e pego uma calça jeans do cabide para tentar vestir, mas, mesmo tendo perdido peso, minha cintura claramente é uns centímetros maior que a do Max.

— Merda.

Posso me enfiar na calça, mas, honestamente, não arrisco fechar o zíper sem uma cueca para me proteger. Hora de procurar outra opção.

Dr. Love

— Não, não, não — vou falando, até que, chegando ao fim da arara, noto algo que pode servir. — Escocês... vamos lá.

Pego o kilt vermelho quadriculado e dou a volta na cintura. Levo um minuto para entender as muitas fivelas, mas acabo por conseguir fechá-las. Considerando a situação, até que cai bem no meu quadril.

— Tá legal. Os escoceses não gostam muito de cueca mesmo, então... tá bom.

Já me sentindo razoavelmente vestido, saio para minha sala e ligo o notebook para adiantar o trabalho. Quero resolver aproximadamente duzentos pequenos problemas de software ainda hoje, e o kilt me dá uma sensação estranha de poder.

— Podem roubar minhas cuecas — sussurro no pior sotaque escocês do mundo —, mas nunca minha liberdade!

Abro a interface e ataco a lista de erros que nem um *highlander* indo à guerra contra os ingleses.

"*And I would walk five-hundred miles...*"

The Proclaimers reverberam pelo escritório enquanto tiro as roupas da secadora e dobro do meu jeito, ou seja, as enrolo no formato de salsichas. Depois, pego meu saco de dormir e travesseiro, ainda úmidos da máquina de lavar, e os penduro no pequeno varal dobrável. Finalmente, enxaguo e torço os cardigãs e os estendo para secar em uma das mesas.

Além de arrasar com as roupas, o resto do meu trabalho também correu surpreendentemente bem, então, mesmo estando longe de terminar, e ainda precisar programar um pequeno Everest de código, meu humor está bom. Não sou muito de dançar, mas, quando "Whip It" do Devo começa a tocar na playlist aleatória, tenho vontade de testar todas as coreografias da juventude. O corredor aparece. O borrifador também. No refrão, pego um cone de trânsito que os atores usam para a narrativa de pedreiro e ponho na cabeça, para ser... sabe... autêntico.

Depois de umas reboladas de branquelo, passo para o melhor movimento de robô, e só quando estou acabando meu *moonwalk* impressionante escuto alguém pigarrear atrás de mim.

— Puta que pariu.

Eu dou meia-volta e vejo Joanna parada na porta, com uma expressão incrédula, mas bem-humorada.

— Por favor — diz, contendo uma gargalhada. — Não pare por minha causa. Acredito que você estava no meio de botar para quebrar. Para quebrar bem gostoso.

Tiro o cone da cabeça e o largo no chão com um baque que ecoa pela sala.

— Eu... hum... oi, Joanna. Oi.

Ponho a mão no quadril, sem jeito, e olho para baixo.

É. Ainda de kilt, e só de kilt. Pelo amor de Deus, nem pense no sonho que teve com ela. Nem ouse, caralho.

Olho para Jo.

Ela inclina a cabeça e admira meu corpo exposto.

— Então os músculos são gostosos também? Bom saber.

— Eu... hum...

Sacudo a cabeça, tentando me livrar da vergonha extrema que toma meu cérebro.

— O que você veio fazer aqui?

Ela mostra uma capa protetora de roupas preta, com o nome TOM FORD estampado.

— Pensei em entrar de fininho e deixar na sua sala. Achei mais seguro do que no cubículo da *Pulse*. Max me deu a senha de segurança há um tempo...

— Ah, saquei. Claro. Legal.

— Aí cheguei aqui, ouvi a música e vim atrás, achando que seria o zelador, mas não era. Era você. Sem camisa. Dançando de... — diz, olhando para baixo — ... kilt — suspira. — E eu achando que hoje ia ser um dia sem graça.

Acabo corando quando ela olha para meu peito e de volta para meu abdômen. A expressão séria faz minha pele toda arder e formigar.

Cada segundo mais envergonhado, pego uma camiseta branca e a visto.

Quando estou coberto, Joanna retoma a consciência e me olha no rosto.

— Então... hum. O que *você* veio fazer aqui? Além de treinar uma coreografia ao estilo escocês?

— Eu.... Bom, estava usando... A lavanderia.

Ela olha a pilha de roupa limpa na mesa.

— Não tem máquina no seu prédio?

— Tem. Quer dizer... não.

Sou, oficialmente, o pior mentiroso do mundo.

— Quer dizer — continuo —, tem, mas está... pifada. Aí...

— Aí você decidiu trazer sua roupa suja para cá?

Ela dobra a capa com a roupa no braço e se aproxima da minha mala.

— Quem é esse daqui? — pergunta, pegando um pinguinzinho de crochê.

— Não é meu. Deve ser da galera da Central do Romance.

Ela vira o boneco para mim.

— Mas está usando um casaquinho com *Toby* bordado.

Caramba, vó, por que foi personalizar o sr. Pinguim?

Pego o boneco das mãos dela e o enfio de volta na mala. Posso até não dormir mais com ele, mas tê-lo comigo me dá segurança.

— Olha, obrigada pelo terno, mas tenho muito trabalho a fazer, então...

— Mais dança? Está se preparando para um teste de show de Las Vegas? Porque acredito que o look vai fazer sucesso.

— Que engraçadinha.

— Sou mesmo.

Estou prestes a levá-la embora quando ela para abruptamente, atenta ao saco de dormir e ao travesseiro no varal. Quando se vira para mim, franze as sobrancelhas.

— Toby? Você está... morando aqui?

Eu rio, porque, por algum motivo, estar tão perto de ela descobrir a verdade castradora da minha maior vergonha está me deixando meio histérico.

— Quê? Não. Nossa, não.
— Mas... — diz ela, apontando o saco de dormir.
Dou de ombros do jeito menos convincente possível.
— Guardo um saco de dormir aqui porque às vezes não tenho vontade de ir para casa. Não é nada de mais. Muitos gênios ocupados dormem no escritório.
— Saquei. Claro.
Eu a seguro pelo cotovelo para levá-la à minha sala, mas noto que não a convenci.
— Então — digo, pegando o terno dela e o pendurando atrás da minha porta. — Obrigado por trazer isso até aqui. Não precisava, mas eu agradeço.
— É, tranquilo.
Ela olha ao redor da sala, talvez tentando encontrar mais pistas de que estou morando aqui. Felizmente, tenho prática em esconder meus rastros. A não ser que encontre minhas coisas no fundo das caixas do closet, tudo certo.
— Então... espera aí, você dormiu aqui ontem, mas trouxe roupa para lavar hoje? Quando pegou as roupas, se não voltou para casa?
— Eu... hum... voltei para casa hoje cedo. Só ando ocupado demais para dar conta de tudo, sabe?
— Claro. É. Acho que é crível.
Ela me encara por alguns segundos, e sinto que está fazendo uma leitura sísmica da minha alma.
— Você é o pior mentiroso que já conheci, Toby, sabia?
— Ei, poxa...
— Não, nem adianta negar. É um elogio você mentir mal. Babacas mentem fácil. Caras bonzinhos, não. Sua incapacidade de mentir diz muito a seu respeito, e eu gosto disso.
Ela tira o celular do bolso e digita nele.
— Agora, não sei você, mas estou faminta, então vou pedir comida e aí a gente vai almoçar juntos, tá?
— Bom, já são quase três horas...
— Você já almoçou?

— Na verdade, não.

Eu devorei todos os lanches da cozinha mais cedo e minha barriga ainda está roncando tanto que me sinto prestes a encenar o alienígena explodindo do peito em *Alien*.

— Ótimo. Vou pedir comida italiana. Um amigo é dono de um bistrozinho por aqui e pode entregar em menos de meia hora. Pode ser?

— Pode, mas ainda tenho muito trabalho...

— Por isso vou pedir para entregar em vez de arrastar você até lá. E também porque você obviamente não está usando nada por baixo do kilt, e Nova York ainda não está pronta para um escocês livre como você.

— Obviamente? Como assim?

Ela sorri.

— Enquanto você dançava, seu... hum... *haggis* estava fazendo uma dancinha própria.

Caralho. Que ótimo.

Ponho as mãos na cintura e abaixo a cabeça.

Ela faz um gesto para dispensar minha vergonha.

— Relaxa. Somos amigos, né? E amigos às vezes veem as partes dos amigos balançarem através da roupa. Olha só...

Ela pula um pouco e, sim, meus olhos encontram os peitos dela que nem o Exterminador do Futuro encontrando Sarah Connor.

Quando ela para, ri da minha expressão de choque.

— Existem partes do corpo que balançam, Toby. É a vida.

Esfrego o rosto e solto um grunhido.

— Claro. Normal.

Não só tenho que me impedir de pensar no sonho erótico que dirigi mais cedo, como tenho que bloquear os peitos sacolejantes.

— Toby...

Eu a olho e ela sorri.

— Relaxa. Está tranquilo — diz, e aponta meu computador. — Agora, senta aí e trabalha, enquanto eu acabo de dobrar as roupas até a comida chegar.

— Aaah...

Não sou especialmente pudico, nem nada, mas não sei se gosto da ideia de uma mulher atraente assim em contato direto com minhas roupas de baixo.

— Não precisa — digo.

— Eu sei, mas gostaria de ajudar, e, honestamente, dobro roupa bem à beça. Você vai ver.

Ela sorri e desaparece para dentro do closet. Quando ela some, eu me largo na cadeira e apoio a testa na mesa.

Bom, esse dia trouxe uma reviravolta repentina e constrangedora.

Uma hora e meia depois, a salinha de descanso está tomada pelos resquícios de um enorme banquete italiano, e Joanna e eu acabamos com a garrafa de vinho tinto que seu amigo mandou com a comida.

— Eu não deveria beber — digo, e viro o resto da taça. — Ainda tenho muito trabalho antes de poder parar por hoje.

Estou falando arrastado? Não devo estar. Talvez esteja ouvindo arrastado.

Joanna serve na minha taça metade do que sobrou da taça dela.

— É por isso mesmo que você precisa beber. Um pouco de relaxante muscular vai ajudar o trabalho a fluir. Ou pode tirar o resto do dia de folga e descansar. Não me leve a mal, porque você ainda é um homem muito atraente, mas está cada dia mais parecido com Tom Hanks em *Náufrago*, mais ou menos na hora em que ele conhece Wilson. Precisa passar mais tempo se cuidando e menos tempo só tentando sobreviver.

Passo a mão pelo cabelo.

— É, bom, terei um pouco de tempo quando lançar o app.

E também quando arranjar o dinheiro necessário para a cirurgia do meu pai e encontrar alguma forma permanente de moradia.

— O fim está próximo — digo. — Só mais ou menos duas semanas até esse negócio sair, e aí vou passar uma semana dormindo.

— Como sua amiga, vou cobrar.

— Como uma pessoa exausta, vou deixar.

Tomo um gole de vinho e, sem querer, acabo olhando Joanna. Ela está apenas tirando a mesa e jogando fora as embalagens, mas é uma loucura que cada um de seus gestos é tão fascinante.

— Me conte algo que mais ninguém sabe sobre você — peço.

Ela para o que está fazendo e me encara.

— Por quê?

— Porque estamos tentando ser amigos, e amigos fazem isso. Não sei quase nada sobre você.

Ela passa um pano na mesa e me olha com certa timidez.

— Não tenho muito a dizer. Sou bem sem graça.

— Tenho certeza de que isso não é verdade.

Não sei se é a exaustão, o vinho, ou só o fato de que gosto muito dela que me deixa faminto por informação, mas, no momento, estou desesperado por uma conexão.

— Você é uma das mulheres mais fascinantes que já conheci, e quero saber mais. Você parece perfeita, mas me conte o que não estou vendo.

Ela se recosta na cadeira.

— Que conversa pesada para uma tarde de domingo.

— Não precisa responder, mas eu gostaria muito de ouvir.

Ela olha ao redor da salinha, sem focar em nada específico, mas propositalmente evitando me encarar. Quando volta a falar, é em voz baixa, como se fosse só para mim, apesar de estarmos a sós aqui.

— Eu... hum... — diz, e respira fundo. — Não gosto de admitir fraqueza, nem para mim. Sinto que, se eu ficar toda reflexiva e assumir o que me limita, vou dar poder para essas coisas, sabe?

Uau. Compreensível.

— Sei. Sei exatamente.

— Então, eu só... finjo. Finjo que não sinto medo, nem ansiedade, nem solidão. E, se fingir bastante, parece verdade. Pelo menos por um tempo.

Hmmm, será que na verdade a gente é a mesma pessoa?

— Você não tem mesmo ninguém com quem se abrir? — pergunto.

— Não muito. Acho difícil fazer amizades.

— Não pode ser verdade.

Ela cruza as pernas.

— Na escola, eu não tinha uma amiga mulher sequer. Tinha uns poucos amigos homens, mas eles não tinham interesse de verdade em mim como pessoa. Até conhecer Asha e Eden, eu sentia que nunca tinha vivido uma amizade normal.

— Mas você parece conhecer todo mundo. Tom Ford. Anna Wintour. Giovanni. O dono do restaurante. Não são seus amigos?

— Sou ótima com *networking* e, sim, tenho muitos conhecidos, mas são poucas as pessoas com quem eu me conecto de verdade, em nível emocional profundo. É por isso que valorizo pessoas como Asha e Eden. E você, agora.

Estico as pernas à minha frente.

— Você ainda tem confiança de que podemos fazer a amizade dar certo, mesmo depois daquele nosso beijo?

Tá, eu não planejava falar disso, mas o vinho está me tornando mais honesto do que de costume.

Ela ajeita uma mecha de cabelo atrás da orelha e, juro, vejo o rosto dela corar.

— Não vou mentir, foi um beijo e tanto. Mas sabemos que só podemos ser amigos, né? Nossa nota foi clara. E prefiro ter você como amigo do que não ter você na minha vida. Então, precisamos que dê certo. Acho que dou conta. E você?

Depois daquele sonho, não tenho tanta certeza. Porém, é o que quero, então concordo.

— Acho que sim. Pode levar um tempo, mas sou um cara determinado.

— Perdoe meu ceticismo, mas muitos caras já me disseram isso antes e nunca foi verdade.

— Olhe nos meus olhos. Diga que estou mentindo.

Ela se inclina para a frente e faz contato visual, e, durante os segundos demorados e tensos em que nos entreolhamos, várias vidas se desenrolam na minha imaginação, e, em pelo menos uma delas, acabamos melhores amigos. Contudo, as outras envolvem altas doses de intimidade extremamente sensual e posições sexuais que eu nem sabia que conhecia, mas considero que é por ela ser incrivelmente atraente, e eu apenas humano.

— Então, agora é sua vez — diz ela, engolindo em seco e se recostando. — Me conte alguma coisa que nunca contou a mais ninguém.

Sinto um aperto na garganta. Como posso contar a essa mulher sobre a merda é que minha vida? Como ela poderia me olhar sem desdém ou piedade?

— Ah... hum.

Pego nossas taças vazias e as levo para a pia.

— Toby...

— É, acho melhor não...

— Você assassinou alguém?

Só meu amor-próprio.

— Não, mas preciso mesmo voltar a trabalhar. Talvez a gente possa retomar isso em outro momento.

Ela se levanta e para na minha frente, e, quando abaixo as taças, pega minha mão.

— A melhor hora é agora. E garanto que você pode confiar em mim para guardar seu segredo, seja ele qual for.

Suspiro e abaixo a cabeça.

— Não acredito que estou mesmo pensando em desabafar com você. Nem contei nada disso para Eden. Porra, nem para minha família. Mal consigo me olhar no espelho de tanta vergonha.

— Prometo que não vou te julgar.

Inspiro fundo e expiro rápido. Em seguida, olho minhas mãos e estalo os dedos.

— Estou sem teto, Joanna. Você me pegou hoje, e menti porque é uma vergonha do caralho.

Ela hesita por um momento, mas sua expressão não muda.

— Como isso aconteceu?

— É uma longa história, mas a versão curta é que minha família precisa de dinheiro, então tudo que ganho vai para eles. Atrasei demais o aluguel, e... — digo, dando de ombros. — Foi tudo tão rápido que mal tive chance de processar a situação a tempo. Estou tentando me ajeitar, mas, sem uma mudança considerável de circunstâncias, não sei como avançar.

— Mas você é um gênio. Certamente pode arranjar dinheiro.

— Claro. Posso levar meu salário para Atlantic City no fim de semana e trapacear no cassino para ganhar uma nota. Mas gosto dos meus joelhos, e assim que qualquer cassino notasse o que eu estava fazendo, quebrariam meus ossos todos. Estou ganhando um dinheirinho a mais com uns bicos de TI, mas já estou ocupado para cacete com dois empregos e não posso pegar muita coisa com prazo razoável.

— Bom, isso é perfeito! Eu preciso de uns trabalhos de TI e pago muito bem.

— Sem ofensa, mas a última coisa que quero é sua dó. Não sou caso de caridade.

Ela parece ofendida.

— Não seria caridade. Preciso mesmo resolver essas questões.

— Mas você nem mencionou antes de saber da minha situação. Você disse que não ia mudar nada.

— Não muda.

— Então vamos deixar para lá, tá? — pergunto, jogando fora o resto do lixo. — Tenho que voltar a trabalhar, de qualquer forma. De grão em grão a galinha enche o papo e coisa e tal.

Saio da sala de descanso e volto à minha mesa. Tento ignorar a sensação incômoda se remexendo na barriga, mas ela só piora.

Eu não deveria ter contado. Achei que compartilhar poderia fazer eu me sentir melhor, mas só me sinto péssimo.

Eu me largo na cadeira e abro o notebook, determinado a ignorar essa espiral de vergonha esquisita na qual estou caindo, e trabalhar até passar.

— Toby...

Quando ergo o rosto, vejo Joanna na porta da minha sala. Está claro que quer continuar a conversa, mas para mim acabou.

— Jo... obrigado pelo almoço e todo o resto, e por buscar meu terno, mas preciso mesmo voltar a trabalhar.

— Eu só...

— Joanna, por favor.

Digo com mais ênfase do que pretendia e ela parece repreendida pelo meu tom. Ainda assim, pioro a situação ao declarar, irritado:

— Não preciso da sua dó, tá bom? Vou resolver tudo. Agora, se não se incomodar, preciso acabar isso aqui.

Começo a trabalhar e, mesmo sentindo a presença dela, mantenho o olhar firme na tela.

— Tá bom, Toby. A gente se vê mais tarde.

— Uhum. Até.

Continuo a trabalhar enquanto escuto os passos, e só quando ouço ela fechar a porta é que relaxo a tensão da mandíbula.

Capítulo onze
Salvação

Mais uma vez, já passou da meia-noite quando desvio os olhos, secos que nem um deserto, da tela do computador e saio aos tropeços da sala.

Depois de pegar minha nécessaire, vou ao banheiro escovar os dentes e abro meu saco de dormir recém-lavado e meu travesseiro molenga e patético no sofá.

Aliviado por estar indo dormir de cueca e com a minha camiseta preferida, me largo no sofá e enfio o travesseiro debaixo da cabeça. Certo, encaixar meu corpo enorme no espaço equivalente a uma cama de solteiro é complicado, mas poderia ser pior. Posso não ter casa, mas não estou na rua, então ainda devo ficar agradecido por ter um lugar seguro e seco no qual dormir.

Eu me viro e puxo o saco de dormir.

Ainda me sinto péssimo por admitir meu segredo para Joanna. Todo mundo tem orgulho, entendo, mas só hoje notei o quanto o meu controla meu estado mental. Sinto que sangue corre mais rápido do que de costume e, quando estico a mão na minha frente, noto que está tremendo.

Respiro fundo algumas vezes para tentar me acalmar, mas parece que todos os meus órgãos estão vibrando, me dando náuseas.

Devia ter ficado quieto, seu idiota.

Odeio o fato de, como homem, ser tão desacostumado a compartilhar sentimentos com outro ser humano que sou reduzido a isso. Por que é normal mulheres desabafarem regularmente, mas homens são treinados para enterrar o sentimento e esperar que ele desapareça? Porra, não é saudável, e não é nada útil.

Vivo ouvindo homens receberem o conselho de aguentar que nem macho, mas isso parece apenas indicar que não se deve admitir que está com dificuldade, mesmo que esse seja o caso. Uma grande porção da sociedade acredita que a força se encontra no analfabetismo emocional e bloqueio psicológico.

Isso não é força, porra. É uma disfunção do caramba.

Eu me viro para o outro lado e olho para a sala escura, tentando desacelerar a respiração.

Se eu fosse mesmo forte, teria admitido meus problemas muito antes disso. Eden faria de tudo para me ajudar, mas a afastei a cada etapa. Max faria o mesmo em um instante, mas, por algum motivo, contar para ele seria ainda mais difícil. Caramba, até Derek provavelmente me ajudaria, se eu pedisse. Mas não pedi. É fácil demais. Vou só me torturar em um estado constante de ansiedade, guardando a tempestade em vez de deixá-la passar.

Fecho os olhos e continuo a respirar, e, depois do que parecem horas, sinto o peito desacelerar, e a ansiedade, também.

Fico um tempo dormindo e acordando, mas devo estar mais adormecido do que imagino, porque solto um grunhido quando um toque de celular invade meu cérebro sonolento. O apito é baixo, mas insistente, e, mesmo tentando ignorar, não consigo.

Depois de alguns segundos, um choque de pânico me atinge, porque é madrugada e o único motivo para me ligarem a essa hora seria uma emergência. Imediatamente, penso no meu pai. Há milhões de coisas que poderiam dar errado com ele agora, e, em um segundo, me sento e olho a tela.

Fico um pouquinho aliviado ao ver que a ligação é de Joanna.

Vejo a hora. *02h45? Jesus. Por que ela ligaria tão tarde?*

— Alô?

Minha voz demonstra meu cansaço.

— Toby?

O tom dela me deixa tenso. É baixo e assustado, e parece que ela estava chorando.

— Jo... o que houve?

— Mil desculpas por ligar. Sei que você provavelmente estava dormindo, mas eu... — começa, e solta um suspiro trêmulo. — Eu não sabia para quem mais ligar.

— Tudo bem — digo, vestindo a calça jeans por instinto e indo atrás de meias e sapatos. — O que aconteceu?

— Hum... pode vir para minha casa? Estou lidando com uma... situação.

— Que tipo de situação?

— Vai ser mais fácil explicar quando você chegar aqui. Traz seu notebook, tá? Vou mandar o meu endereço.

— Jo... você está bem?

— Estarei. Só... vem assim que puder.

— Já estou saindo.

O mais rápido que consigo, guardo minhas coisas de dormir no esconderijo, visto um cardigã e um casaco, enfio o notebook na bolsa e saio para a rua. Meu celular vibra com o endereço de Joanna, e eu corro até a estação de metrô.

Quando chego no arranha-céu de vidro em que Joanna mora, estou sem fôlego de correr do metrô até lá. Digito o código que ela me mandou e me apresso até o elevador, onde uso o código para chegar à cobertura. Por mais preocupado que esteja com Joanna, continuo atento o bastante para notar como o prédio é luxuoso. Assim, ela nunca pareceu estar mal de grana, mas esse luxo é de outro nível. Conheço bem essa área de Manhattan, porque nem nos meus maiores sonhos seria capaz de morar aqui.

Vendo o número do elevador subir, me pergunto se Joanna tem um pai ricaço que paga pela casa. Depois, me sinto mal por não saber absolutamente nada dos pais e da família dela. Claro, ela também sabe muito pouco sobre a minha. Para novos amigos, somos péssimos em compartilhar informações.

As portas do elevador se abrem e fico surpreso ao ver uma porta de vidro de segurança me separando da entrada de madeira grandiosa da cobertura.

— Que esquisito.

Noto um saco do que parece ser comida indiana perto do elevador e me assusto ao ver um movimento perto da porta. Aperto os olhos e identifico Joanna, encolhida no chão junto à parede. Quando ela nota que cheguei, se levanta correndo e vem até a porta de vidro. Ela está vestindo só um pijaminha minúsculo e o rosto está vermelho de chorar.

— Toby! Graças a Deus. Muito obrigada por vir.

Odeio ouvir o toque de histeria em sua voz.

— Ei, não se preocupa. O que houve? Você está bem?

Ela meio ri, meio chora.

— Já estive melhor. Trouxe o notebook?

— Claro — falo, e o tiro da mochila antes de me sentar no chão, para abri-lo no colo. — Do que você precisa?

Ela se senta na minha frente, do outro lado da porta, e pressiona o celular contra o vidro, para eu ler o que está na tela.

— Entra nessa rede com essa senha.

Quando faço o que ela pede, me vejo em um portal de inteligência artificial mais avançado do que qualquer outro que já vi.

Eu a encaro.

— O que é isso?

Ela esfrega o rosto com a mão e suspira.

— Eu morava com um cara que era um engenheiro de IA sensacional, e ele projetou a casa toda para ser controlada por inteligência artificial. Era ótimo quando ele ainda morava aqui, porque ele resolvia qualquer problema que surgisse. Mas agora já faz quase um ano que ele desapareceu e tudo está desmoronando.

— Desapareceu?

— Longa história. Ou ele foi recrutado pelo governo e está trabalhando sem cessar em um laboratório por aí, ou os russos o pegaram e ele está em Moscou tomando vodka e borscht. A probabilidade é meio que a mesma. Recebi uma mensagem dele há uns seis meses dizendo que está bem e seguro, mas sabe-se lá se foi dele mesmo. Enfim, ele não mora mais aqui, e tudo surtou.

Com a mão trêmula, ela aponta para o saco de comida perto do elevador.

— Vim buscar a comida que pedi para entregarem há umas duas horas, e a porcaria da IA me trancou para fora de casa. Nenhum dos macetes para consertar deu certo e só consegui pensar em ligar para você — diz ela, ainda com lágrimas nos olhos. — Por favor... me tira daqui.

Ela está visivelmente tremendo. Cacete, a coitada está mesmo surtando. Dou uma olhada nas páginas complexas de código e nos milhares de comandos.

— Só respira fundo, tá? Vou fazer tudo que puder, mas não entendo tão bem os detalhes de IA, então posso levar um minutinho.

Ela faz um barulho de choro.

— Tranquilo.

Merda. Odeio vê-la tão abalada.

— Por que você não desligou de uma vez?

— Foi a primeira coisa que tentei. Só que continua a ligar sozinho. O botão de desligar à força parou de funcionar há meses. Também tentei limitar o acesso aos sistemas, mas o negócio ignorou minhas instruções e voltou a fazer o que bem queria.

— *Joanna, estou ouvindo* — ecoa uma voz britânica seca pelo vestíbulo.

Uau. Ele fala. Impressionante, mas bizarro.

— *Ouvir essas coisas me magoa.*

Joanna olha com raiva para os alto-falantes no teto.

— Jeeves, você me deixou trancada aqui fora por horas, seu controle remoto exagerado. Sorte sua eu não arrancar seu servidor e meter um pontapé bem nos microchips.

— Como já falei, Joanna, foi uma avaria no mecanismo de tranca. É culpa da porta, não minha.

— E a porta de vidro?

— *Outra avaria. Você deveria cuidar melhor dos sistemas operacionais.*

— E você deveria tomar no meio do seu cu de lataria velha. Me tira daqui!

Está claro que a situação afeta muito Joanna. Ela voltou a chorar, e sinto a tensão emanar dela em ondas.

— Ei, está tudo bem — digo, na minha voz mais tranquila. — Estou procurando uma solução. Vai ficar tudo bem.

Ela se abraça.

— Não ajuda estar congelando aqui.

— Você é claustrofóbica?

— Ah, notou? Achei que estava escondendo bem. Assim, sei que não é um espaço minúsculo, mas a incapacidade de sair não ajuda.

Ela começa a andar em círculos, que nem um animal enjaulado.

— Ver você me ajuda, mas estou com dificuldade de respirar — diz.

— Joanna, olha para mim — peço, e ela me olha, tudo que quero é abraçá-la até o pânico passar. — Estou aqui. Vou tirar você daqui já, já. Só fala comigo, tá?

Ela continua a andar, mas obviamente está tentando desacelerar.

— O que quer que eu fale?

— Me conta da sua família. Não sei nada sobre eles.

Ela funga e seca o nariz.

— Bom, minha mãe era uma dona de casa que fazia as melhores tortas de maçã do mundo inteiro e meu pai era um professor que me achava a filha mais brilhante.

— Parece bom — digo, passando pelos menus em busca dos códigos de controle da porta. — Eles moram aqui em Nova York? Você os vê com frequência?

— Mais ou menos uma vez por mês. Eles moram no Cemitério do Brooklyn.

Isso me faz parar abruptamente. Eu a olho, chocado.

— Jesus, é o quê? Cacete. Sinto muito.

Ela dá de ombros.

— Eles morreram em um acidente de avião quando eu tinha quinze anos.

— Meu Deus do céu. Então você foi criada por quem? Avós? Tios?

Ela sacode a cabeça.

— Não. Sou só eu.

Ela fala com leveza, mas só de pensar nela órfã e solitária sinto uma porrada no peito.

— Então você vive sozinha desde os quinze anos?

— Quase dezesseis, mas sim.

Ela parece um pouco mais calma ao falar disso, apesar de ter ativado minha ansiedade à toda.

— Caralho, Jo. Como você aguentou isso?

— Fui aos poucos. O começo foi difícil, mas cada dia se tornou mais fácil.

— E esse apartamento?

Ela volta a se sentar na minha frente.

— Eu trabalhei para cacete. E acabou que sou ótima com dinheiro.

— Isso é... incrível.

Ela se aproxima do vidro.

— Toby, quero muito falar mais disso com você, mas será que pode ser depois de você me tirar daqui?

— Merda. Claro. Um segundo.

Continuo perdido, descendo de sub-rotina em sub-rotina, até finalmente encontrar o controle da porta.

— Ok. Achei uma coisa.

— *Joanna, o que esse homem está fazendo?*

— Cala a boca, Jeeves.

Clico para destrancar as duas portas e, quando elas se abrem, Joanna solta um gritinho de alívio.

— Meu Deus, agora sim!

Quando me levanto e pego a bolsa, as portas já estão voltando a se fechar.

— Corre, Toby!

Eu me jogo na porta, mas é tarde demais, e ouço um assobio baixinho quando os dois lados voltam a se lacrar.

Joanna grunhe de frustração e bate no vidro.

— Jeeves! Para com isso!

— *Perdão, Joanna, mas eu não tranquei as portas. Como falei, é uma avaria.*

Esse filho da puta do computador está começando a me irritar.

— Daqui a um minuto a avaria vai ser no seu cu — resmungo.

Volto a me sentar com o computador no colo. Dessa vez, estou bem na frente da abertura, e, antes de destrancar a porta, removo a interface de IA da sub-rotina.

— *É Toby, certo?* — pergunta Jeeves em tom adulador. — *Eu não faria isso se fosse você.*

— Ah, é? Bom, não sou você, faísca, então pode ficar quietinho enquanto boto você no seu lugar.

— *Toby, não é boa ideia. Este apartamento não foi projetado para funcionar sem mim. Você corre o risco de uma pane de sistema completa.*

— Ah, é? Estou disposto a arriscar. Boa noite, Jeeves.

Com menos elegância do que gostaria, apago um monte da programação. Não é sutil, mas removerá a maioria dos sistemas do alcance da IA.

— *Toby... pare. Você não sabe o que...*

A voz desacelera e desaparece, e eu rapidamente volto à sub-rotina da porta.

Dessa vez, quando o vidro se abre, não volta a se fechar, e Joanna se joga para fora, caindo no meu colo. Mal tenho tempo de afastar o computador antes de ela começar a chorar no meu peito.

— Ei... — digo, a abraçando e fazendo carinho em seus braços. — Nossa, você está congelando.

Ela está só de regata e shortinho minúsculo de pijama, mas só consigo me concentrar em garantir que ela está bem.

— Vem cá — digo, a puxando para mais perto, e a envolvo com meu casaco.

Apesar do choro diminuir, ainda sinto que ela está tensa por ter passado tanto tempo presa.

— Tudo bem. Você está bem.

Faço carinho em suas costas e seus braços, tentando esquentá-la.

Ficamos sentados assim por alguns minutos, apenas o bastante para ela se acalmar e absorver um pouco do meu calor corporal. Apesar de tentar me manter objetivo para apoiá-la, tomo consciência de que ela está aninhada no meu peito, a cabeça encostada debaixo do meu queixo. Ela está agarrada à minha camiseta e tem um cheiro incrível, de xampu cítrico e sabonete frutal.

É quase assustador como me sinto confortável ao abraçá-la. Parece ao mesmo tempo completamente novo, e algo que já fiz mil vezes. Sem querer, minha respiração entra em sincronia com a dela, e me derreto nela contra minha vontade.

— Hmmm.

Ela soa cansada. Exausta e derrubada.

— Toby, já mencionei que você é muito cheiroso?

Aperto o rosto no alto da cabeça dela.

— É? Você também.

Odeio essa sensação perfeita e correta de tê-la em meus braços. Deveria ser ilegal mulheres com apenas sete por cento de compatibilidade parecerem mil por cento certas. Aplicativo idiota.

Tensão me toma, e sei que preciso soltá-la antes que eu faça alguma besteira.

— Como você está? — pergunto baixo, me inclinando para trás, abrindo uma distância respeitosa entre nós dois.

Ela inspira, trêmula, e me olha.

— Muito melhor agora.

Gratidão brilha em seu rosto, deixando seus olhos ainda mais azuis. *Deus do céu, como ela é linda.*

Tenho vontade de acariciar o rosto dela, mas aperto o maxilar e resisto. Sabe-se lá como, visto que ela me olha com tanta intensidade que me dá calafrios.

— Hum — pigarreia ela. — Eu provavelmente deveria... é... sair de cima de você.

Ela sai do meu colo, e juro que vejo ela corar.

— Desculpa por isso. Eu peguei o papel principal na apresentação de hoje de *A mulher mais carente do planeta*.

Eu rio baixinho enquanto ela ajeita as roupas, mas meus olhos quase saltam do rosto quando noto que ela está de mamilos duros.

Porra, Jenner. Não olha. Não... olha.

Amigosamigosamigossóamigos...

— Hum, aqui — digo, tirando minha jaqueta e desviando o olhar ao cobrir os ombros dela. — É melhor você se esquentar.

E se cobrir, para eu não enlouquecer.

Ela enfia os braços nas mangas.

— Você foi meu herói hoje, Toby. Não sei o que eu faria se você não estivesse aqui. Faz séculos que tenho problemas com Jeeves, mas piorou demais recentemente.

O casaco fica tão grande nela que suas mãos desaparecem quando ela abaixa os braços.

— Joanna, você precisa desinstalar esse negócio.

Ela levanta as mãos e as mangas do casaco balançam.

— Já tentei. Três técnicos de IA diferentes passaram semanas trabalhando nisso, e todos pediram demissão de tão frustrados. Sei lá o que Sergei fez ao construir Jeeves, mas deu a ele a capacidade de se programar. Só que ninguém consegue descobrir como ou onde isso acontece.

Pego o notebook do chão.

— Então não faz diferença eu ter apagado ele do sistema de segurança da casa?

— Não — diz Jo, pegando minha mochila e me entregando. — Amanhã de manhã ele já vai ter se regenerado e voltado a estragar tudo. — Ela aponta a porta. — Entra. Vou te mostrar.

Guardo o notebook e tento conter meu olhar de choque quando passo pela entrada impressionante atrás dela.

— Caramba, Joanna. Que espetáculo esse lugar.

Ela sorri, olhando para trás.

— Pois é, eu sei. É meu apartamento dos sonhos.

O hall generoso leva a uma sala de estar e jantar enormes com cozinha americana, o espaço todo tem pé-direito de seis metros e janelas gigantescas. Os móveis são uma mistura de moderno e antigo, e fica claro que Joanna adora veludo e cobre. É estiloso sem parecer pretensioso, e, apesar de imaculado, não é frio e inóspito que nem muitos apartamentos modernos que já visitei.

— Quer beber alguma coisa? Um café?

Ela me leva à cozinha e aponta os banquinhos do outro lado da ilha, antes de ir até a cafeteira gigante.

— Agora que Jeeves está desativado, devo conseguir fazer isso funcionar.

Ela põe duas canecas debaixo das saídas e aperta um botão.

— Espero que goste de café clarinho e doce, porque só sei fazer assim.

— Perfeito.

A máquina faz um ruído leve, e Joanna se vira para mim.

— Ainda essa semana, Jeeves ligou a cafeteira de madrugada, sem caneca nenhuma aqui. Quando notei, já estava tudo coberto de *espresso*. Logo depois, ele abriu a máquina de lavar louça enquanto estava ligada, então a cozinha foi inundada por café e sabão. Aí, ontem, ele aumentou a velocidade da esteira no máximo enquanto eu estava no aquecimento. O troço quase me jogou no chão antes de eu conseguir bater no botão de emergência.

Ela pega as canecas e me passa uma.

— Eu pensaria que Jeeves está me torturando por diversão, mas computadores não fazem isso, né? — pergunta.

— Normalmente, não, mas IA tecnicamente não é computador e, pelo que vi hoje, Jeeves não se parece em nada com a maioria das IA. Ele é meio... qual é a palavra? Ah, é: psicopata.

— Exatamente. Controlar ele é o trabalho de TI que mencionei mais cedo. Não era mentira que preciso de alguém, Toby.

— Não achei que fosse. Mas, Jo, essa não é minha especialidade.

— Entendo, mas olha o que você fez hoje. É mais do que a maioria dos especialistas conseguiu em duas semanas.

Dou de ombros e tomo um gole de café. Está bem bom, e a dose de cafeína é bem-vinda, considerando o horário.

— Então, esse tal de Sergei...

Olho para a espuma na caneca para perguntar do jeito mais casual possível.

— Você disse que ele morava aqui — continuo. — Ele era seu... hum... namorado?

Quero que ele tome no cu por ter largado ela com essa inteligência artificial pifada, mas quero que tome no cu em dobro se desapareceu e deixou ela devastada.

Joanna toma um gole de café e, por sua expressão, fica claro que ele era importante para ela.

— Eu sabia que era besteira me envolver com ele, visto que a gente morava juntos. Mas ele se fantasiou de Han Solo no Halloween e não resisti — diz, dando de ombros. — A gente namorava fazia só seis meses quando ele desapareceu.

Olho para ela.

— Você sente saudades?

Ela concorda com a cabeça.

— Não sei se o relacionamento tinha muito futuro, mas eu sinto saudade da presença dele, especialmente quando acontece uma situação que nem essa de hoje — diz, e abaixa a caneca. — Deixa eu te mostrar uma coisa.

Ela me leva pelo corredor à esquerda da sala e abre a primeira porta. Acende a luz e me conduz a um quarto enorme e luxuoso, com a maior cama que já vi.

— Cacete, quem dorme aqui? Shaquille O'Neal?

— Era o quarto do Sergei.

É um paraíso nerd. Nas paredes, nichos contêm todo tipo de coisa: uma Minas Tirith gigante de Lego de *O senhor dos anéis*, uma vitrine montada com todas as versões diferentes da Enterprise de *Jornada nas estrelas*, um armário cheio de bonequinhas de anime hipersexualizadas.

Tá, essa última parte é bizarra, mas o resto é maneiro para caramba.

Joanna se dirige a uma porta dupla de sanfona na parede dos fundos e a abre, revelando a estação de trabalho mais épica que já vi, com muitos computadores.

Cacete, são centenas de dólares de equipamento aí.

— Foi aqui que Sergei construiu Jeeves. Se você fez aquilo hoje no notebook, imagina o que conseguiria fazer com isso — diz, ligando o sistema e me encorajando a me sentar na cadeira ergonômica do capitão. — É o coração do Jeeves. Dá uma olhada.

Eu me sento e olho de relance para a informação nas várias telas. Não há dúvida de que Sergei estava fazendo um trabalho de ponta aqui. Diversos servidores. Migração e assimilação automáticas.

— Essa parada é de outro nível, Jo.

— Eu sei. Por isso preciso de alguém de outro nível para o trabalho.

Vendo todos os modificadores de comportamento e algoritmos predicativos, noto que Sergei estava mesmo almejando uma entidade pessoal, não apenas uma máquina burra que servisse basicamente como navegador exagerado. Aí estava o problema. A inteligência artificial é encorajada a pensar e aprender como uma pessoa, mas, como sabemos bem, pessoas podem ser escrotas. Sergei acidentalmente criou algo que agora atormenta Joanna.

— O único jeito de desembolar essa bagunça — digo, analisando o conteúdo do HD — seria desinstalar Jeeves completamente e começar do zero, mas pode levar meses. Não tenho tempo para um projeto desse escopo.

O texto na tela fica embaçado e eu esfrego os olhos. *Merda, como tô cansado.*

Joanna se encosta na mesa.

— Nossa, Toby, desculpa. Já está quase amanhecendo. Você precisa dormir.

— É, acho que sim.

Já ando funcionando com menos horas de sono do que o saudável. Vai ser uma merda trabalhar hoje.

— Podemos falar mais disso depois — continuo —, ver se a gente desenvolve um plano, mas, agora, é melhor eu deixar você descansar e ir para casa.

É esquisita a facilidade com que me refiro a um sofá no escritório como "casa".

Eu me levanto e vou sair do quarto, mas Joanna segura a minha mão e me puxa para mais perto.

— Toby... — diz, segurando minha outra mão e parando na minha frente. — Por favor, não vá embora.

Eu franzo a testa.

— Mas... e dormir?

Ela aperta minha mão.

— Por que voltar ao escritório? Tenho mais quartos nessa casa do que utilidade para eles e, se você vier morar aqui, não precisa pagar aluguel. E ainda pode ser pago para impedir Jeeves de destruir a minha vida.

Olho para a cama gigante e solto um gemido. É um convite tentador, mas a síndrome de impostor me dá um tapa na cara.

— Joanna, você precisa de alguém mais competente que eu para consertar esse negócio.

— Mas não quero mais ninguém. Quero você.

Sem contexto, são palavras muito excitantes. Nesse contexto, não tanto.

— Toby, você não tem onde morar e precisa de dinheiro. Estou oferecendo um apartamento e um emprego. É só vantagem.

Isso me incomoda. Ela pode estar falando a verdade, mas meu orgulho odeia ouvir essa merda.

— Não preciso da sua dó, Joanna, muito menos de esmola.

Ela praticamente ri de desdém.

— Não é isso. Você não viu o que aconteceu hoje? Eu virei *prisioneira* da minha própria casa, Toby, e foi você quem me salvou. Isso é por mim, não por você. Assim, odeio pedir ajuda, como todo mundo, mas sei que não dá para eu resolver isso sozinha. *Preciso* de você, Toby. Pode me achar egoísta, mas o fato de que isso ajuda você também mal é parte do cálculo.

Ela está se fazendo de durona, mas ainda noto um leve pânico de que eu recuse. Quando volta a falar, é mais suave.

— Por favor, estou implorando. More aqui. Trabalhe aqui. Nunca mais me deixe trancada naquela porcaria de vestíbulo para surtar.

Ela me olha em súplica e, cacete, por que o universo continua pendurando mais blocos de pedra no meu pescoço? Mesmo que eu aceite, já estou sendo puxado para tanto lado diferente que talvez não esteja disponível quando ela precisar, o que seria péssimo.

— Jo, acho que você precisa de alguém que possa priorizar você e essa situação, e eu não posso fazer isso agora. Desculpa.

Ela engole em seco, solta minha mão e suspira.

— Entendo. De verdade — diz, afastando o cabelo do rosto. — Não quero botar ainda mais pressão em você, então que tal o seguinte? Você pode dormir um pouco aqui só para o caso de Jeeves acordar pronto para a vingança e aí a gente dá um jeito. Experimenta a cama. Vê o que acha. Principalmente, descansa. Pode voltar a trabalhar demais e ganhar de menos depois, se preferir. Combinado?

Ela oferece a mão, e eu sorrio antes de apertá-la.

— Tá. Vou experimentar essa cama, só para deixar você feliz. Você negocia com ferocidade, srta. Cassidy.

— Ah, sr. Jenner, você ainda não viu nada.

Ela aperta minha mão e me solta. O formigamento que continuo a sentir é tão forte que cerro o punho.

Jo vai até a porta e pega a maçaneta, mas então se vira.

— Esta pode ser sua nova casa, Tobes, se você quiser. É claro que precisa tomar uma decisão que seja boa para você, mas, sinceramente, já sinto que este é seu lugar.

Ela sorri e fecha a porta. Eu fico ali parado por alguns segundos antes de tirar a roupa, ficando só de cueca, e me enfiar entre os lençóis da cama imensa.

— Ah, meu Deus, lençóis e travesseiros de verdade. Meus Deuses do cetim, que delícia.

Vejo o painel de controle na parede e aperto para apagar as luzes. Não me surpreende descobrir que Sergei pintou no teto um mural de galáxia épico que brilha no escuro.

Cruzo as mãos atrás da cabeça e suspiro.

— Dá para se acostumar com isso aqui.

Dessa vez, meus olhos começam a se fechar quase imediatamente. Sem me revirar ou tentar encaixar o corpo em um sofazinho. Sem exercícios de respiração para aliviar a ansiedade esmagadora por estar tão sobrecarregado.

Simplesmente caio no abraço doce e entorpecente da sra. Sono, que nem um bebê.

Capítulo doze
Um novo dia

— **Meu Deus do céu. Nossa, meu Deus, ai, aí sim.**

Gemo, inundado de prazer. Não é por causa de pornografia, nem por tratar meu corpo que nem um parque de diversões, apesar de eu apreciar essas duas atividades ocasionalmente.

Não, o motivo para essa onda de prazer que toma meu corpo todo é o chuveiro na suíte de Sergei, que tem vários jatos de modo turbo. Eu deveria saber que, depois do vaso sanitário fornecer um serviço completo de lava e seca, o chuveiro seria bom, mas não estava preparado para a revelação inacreditável do chuveiro de rico. Deve ser por isso que homens ricos sempre tem aquela expressão de satisfação.

Os jatos pressurizados molham meu corpo dos tornozelos ao pescoço, e parecem ter sido programados para atingir meus pontos sensíveis, o que resulta numa massagem das boas. É impressionante. Solto mais um gemido, jurando envelhecer e morrer naquele banho.

— Aaaaaah, vaaaaaaaaaai.

Eu já acabei de me lavar faz um tempo. Agora estou apenas saboreando as sensações deliciosas.

— Queeeeee... gostooooso.

Pela primeira vez em meses, acordei me sentindo renovado. A cama teve muito impacto, claro, mas foi além disso. Dormir em um quarto de verdade fez eu me sentir... seguro.

Apesar de recusar a oferta de Joanna algumas horas atrás, considerando melhor, cheguei à conclusão de que seria loucura não tentar dar um jeito nessa situação. Não me incomodaria de trabalhar ainda mais se pudesse me sentir bem assim todos os dias.

Até considerar a mudança repentina de circunstância já me deu uma esperança que não sinto desde que fui despejado.

É estranho reparar como me senti desamparado, sem um espaço particular só meu. Como me senti exposto. A companhia escrota e constante da ansiedade que ia subindo sem parar foi praticamente calada enquanto eu dormia, e, pela primeira vez em muito tempo, meus sonhos não foram dominados por visões horripilantes de todas as minhas responsabilidades monstruosas me alcançando e me esquartejando.

A sensação era de que estava me afogando, e agora finalmente posso respirar.

Tudo graças a Joanna.

Como tudo que a envolve, a solução pareceu não exigir esforços, e carregar uma certa sensação de... integridade. Eu teria aceitado um almoxarifado em uma república doida, mas agora tenho um quarto nerd palaciano todo para mim. De tanta gratidão, quero abraçá-la e nunca mais soltar.

Pensar nisso me leva à memória dela aninhada no meu colo ontem, quentinha, macia, cheirando a uma deliciosa vitamina de frutas. Em um segundo, aquelas partes do meu corpo que estavam sendo completamente negligenciadas há meses começam a despertar. Eu nunca consegui criar coragem de me permitir um pouco de amor-próprio na Central do Romance — me parecia errado gozar em contexto profissional.

No entanto, este contexto não era profissional. É um pedacinho de céu com pressão de água perfeita.

Ensaboo minhas mãos, mas algo me incomoda.

Não é boa ideia me dar prazer pensando em Joanna. Primeiro, já é difícil não pensar nela assim, mesmo sem me permitir fantasias de luxúria. E, segundo, ela está logo no cômodo ao lado. Se eu fizesse um som desagradável, ela poderia ouvir, e eu teria que fugir para a Austrália e nunca mais vê-la.

Meu cérebro não ajuda e rememora imagens dela na noite passada, de pijama. Shortinhos que mal chegavam às coxas macias. Regata justa que abraçava os peitos perfeitos, queimando a imagem permanentemente nas minhas retinas.

Sacudo a cabeça para despertar.

Respiro fundo e tento forçar minha ereção a abaixar. Não vou piorar essa paixonite com o reforço positivo do orgasmo. É uma receita para desastre e loucura.

Depois de respirar fundo mais algumas vezes e recitar todas as casas decimais de pi que me ocorrem, estou começando a murchar quando o chuveiro solta um bipe baixo, avisando que os jatos vão mudar de posição.

Boa hora, Chuveiro Maravilha.

Suspiro, esperando pelo que virá.

Inesperadamente, todos os jatos param, menos os do meio, e levo um susto quando a água começa a convergir em um só ponto, aparentemente focado na minha área genital.

— Hum... tá bom. — Desconfiado, mas disposto a ver o que vai acontecer, apoio os braços na parede. — Sergei, seu louco bizarro e genial... você deu um jeito de inventar um chuveiro com "final feliz"?

Assim, Eden fala muito do quanto é apaixonada pelo chuveirinho com modo turbo que Max instalou na casa dele, então sei que as mulheres descobriram que a pressão da água pode ser muito satisfatória, mas nunca considerei experimentar pessoalmente.

Os jatos começam a ganhar força e, enquanto tento entender o que está rolando, sou atingido no saco por três jatos superfortes com a violência de balas de borracha.

— Ah... puta que pariu...

Cubro meu saco com as mãos, sentindo a dor subir pelo meu abdômen e meus joelhos cederem. Quando caio no chão, uma saraivada de tiros curtos e fortes de água atinge meu rosto.

— Filho da puta!

Eu me arrasto para fora do chuveiro e tento desligá-lo, mas ele continua a surtar, jatos atirando para todo lado que nem um laser bêbado.

— Que porra é essa?
— *Bom dia, Toby. É um prazer revê-lo.*
— Jeeves?

Cara, que merda de IA. Quando me levanto e enrolo a toalha na cintura, ouço uma batida na porta.

— Toby? Tudo bem?

Abro a porta e encontro Jo de roupa de ginástica. Não é tão grave quanto o pijaminha, mas... ainda é ridiculamente sexy.

Ela me olha de cima a baixo rápido e pigarreia.

— Ah, tá... só de toalha. Legal — diz, e pisca algumas vezes. — Jeeves voltou.

— É, notei quando ele transformou o chuveiro em um clube de tiro.

— Você está bem?

— Vou sobreviver. Ele fez alguma coisa com você?

— Ele só fez a balança elétrica da academia me chamar de baleia. Nada grave.

— Ah, vou acabar com esse escroto.

Vou ao hub do servidor e me sento, e Joanna vem comigo, parando atrás do meu ombro esquerdo.

— *Toby* — diz o babaca robótico na voz mais tranquila —, *não tive nada a ver com o que aconteceu no chuveiro. Nem com a balança da academia.*

— Deixe-me adivinhar — diz Joanna. — Foram avarias?

— *Ora, Joanna, sim. Está correta. Foram apenas avarias aleatórias e coincidentes.*

— É você a avaria — resmungo, e desconecto Jeeves de uma dezena de sistemas.

— *Toby, que horror. Sua mãe não ensinou modos?*

— Vai meter minha mãe nessa, seu cuzão? Mandou mal.

Seleciono toda linha de código que encontro e vou apagando.

— *Por favor, Toby* — suplica Jeeves. — *Sejamos razoáveis.*

— A razão acabou no segundo em que você decidiu atacar minhas partes íntimas, Hal.

Ele emite uma gargalhada metálica que me dá calafrios. Máquinas não deveriam rir assim.

— *Você sabe que em poucas horas terei restaurado meus sistemas.*

— Pode ser, mas estarei aqui para apagá-lo de novo.

Corto todas as conexões mais óbvias e, em alguns segundos, ouço o chuveiro desligar.

— Jeeves?

Não há resposta e, de acordo com as telas, os sistemas retomaram o funcionamento normal.

Eu me viro na cadeira e olho para Joanna.

— Então — digo, ajeitando a toalha. — Parece que você acabou de ganhar um novo colega de apartamento. Pode ser?

Ela faz questão de olhar para um monitor acima da minha cabeça.

— Claro! Com prazer!

— Vou conversar com uns amigos hackers e ver se alguém sabe como acabar com Jeeves de vez, mas, enquanto isso, vou escrever um programa básico para escanear o sistema de poucas em poucas horas e controlá-lo.

— Fantástico — diz ela, ainda estudando a tela. — Nem sei dizer como me sinto melhor em saber que você estará aqui para me proteger dele.

Olho para a tela que ela não para de admirar.

— O que está rolando aí? Alguma coisa importante?

— Ah, não — diz ela, rindo. — Só estou olhando para a tela porque, quando você ajeitou a toalha agora pouco, expôs tudo.

Olho para baixo e solto um palavrão ao ver que minha glória recém-lavada está toda à mostra.

— Merda — digo, me levantando e segurando a toalha na cintura. — Foi mal.

— Tranquilo.

O rosto dela está rosado, e o pescoço e o peito também.

Ela volta a se virar para meu rosto, mas não para de descer e subir o olhar pelo meu peito.

— Então tá bem — diz, suspirando. — Muito feliz pela situação. Agora, vou tomar banho e café, e você...

Dr. Love

Ela me dá uma olhada de novo e fico um pouco afogueado ao notar que ela está agitada.

— Você vai… se vestir?

Ela vai andando de costas até a porta e aponta para um closet enorme à direita da cama.

— Não sei se as roupas do Sergei cabem em você, mas pode ficar à vontade para experimentar. Mas claro que tudo dele é preto, então…

Ela dá de costas com a maçaneta e ri.

— Ai, opa.

Ela para por um segundo para me olhar mais uma vez e acena.

— Tá, tchau, colega de apartamento!

— Tchau.

Quando ela sai, eu me sento novamente na cadeira e sorrio. É bom saber que não sou só eu lidando com uma atração inadequada.

Quando saio para a cozinha, há um banquete completo de café da manhã servido na ilha de mármore, e Joanna está tão arrumada que poderia ter saído de uma revista de moda.

— Sirva-se — diz ela, mastigando um docinho. — Não sabia o que você queria, então pedi um pouco de tudo.

Nossa, isso é uma novidade. Estou tão acostumado a não ter nada que ter de tudo me deixa um pouco perdido.

Sinto uma pontada de vergonha por, apesar de não ter conseguido sair do poço de pobreza no qual caí, Joanna conseguiu me tirar de lá com facilidade. Acho que tudo é possível para quem tem dinheiro. Espero só que nossa disparidade financeira não vire um problema.

Ela me passa um café, que bebo, agradecido. Apesar de ter dormido bem, a quantidade de horas não foi suficiente. Posso levar um tempo para reajustar meu padrão de sono, mas, quando acontecer, estarei disposto.

— Então… — diz Jo, se recostando no balcão e segurando a própria xícara. — Agora que você aceitou morar aqui, precisamos pensar em algumas regras de convivência?

Eu coço a sobrancelha.

— Como assim?

— Ah, não sei. Só para... sabe... termos limites.

— Está falando de comida, e tal? Porque eu posso comprar o que vou comer. Não precisa comprar tudo para mim.

Mais do que já forneceu, claro.

— Não, não estou falando de comida.

Ela toma um gole de café, e de repente entendo do que aquilo se trata.

— Olha, Jo, eu sinceramente não sabia que a toalha estava aberta. Não sou esse tipo de cara, que acha que as mulheres amam ver paus aleatórios. Normalmente, eu guardo minhas partes íntimas, pelo menos até alguém pedir permissão para ter acesso a elas.

Ela sorri e sacode a cabeça.

— Não estou falando das suas partes íntimas, Toby, mas fico feliz por você não ser um exibicionista sem critério. Só quis dizer...

Ela respira fundo.

— Eu e você compartilhamos certa intimidade — continua. — Precisamos definir regras daqui em diante para não desenvolver... hábitos ruins?

Na noite que nos conhecemos, lembro que ela me falou que seu pior hábito era se apaixonar por homens completamente inadequados.

Inclino a cabeça.

— Joanna, você está com medo de se apaixonar por mim?

Ela faz uma careta e faz um barulho que acho que deveria ser uma gargalhada.

— Pfff... não — diz, me olhando. — Não — ela tenta de novo. — Não, só... — fala, deixando a caneca na bancada e botando as mãos na cintura. — Não, claro que não. Não — ri de novo, sem jeito. — Nãããão. Nananinanão.

Nossa, e eu achava que era eu quem mentia mal. Parece que quem desdenha quer comprar.

— Tá, então, que bom — diz, jogando o final do café na pia. — Tudo esclarecido — fala, e empurra o prato para mim. — Quer mais um docinho?

Eu rio baixinho.

— Claro. Por que não?

Estou mordendo um folheado de damasco quando escuto passos no mármore do hall, e Gerald, o motorista do dia da prova do meu terno, entra na cozinha.

— Bom dia, srta. Cassidy.

Assim que ouço a voz dele, fico paralisado.

— Bom dia, Gerald — diz Joanna, entregando a ele uma pasta e um saco de papel pardo. — Essas são as roupas para a lavanderia, e esses os contratos para Ari. Ah, e pode dar um pulo na Central do Romance mais tarde para buscar o restante dos pertences de Toby?

— É claro. É um prazer revê-lo, sr. Jenner.

Ele me cumprimenta com uma leve reverência e mastigo e engulo a comida rapidamente, conseguindo soltar, forçado:

— Oi.

Joanna passa a ele um copo reutilizável de café e sorri.

— Nos vemos às cinco.

Ele sorri de volta.

— Até lá.

Ele volta a sumir pelo corredor. Quando não ouço mais passos, me viro para Joanna.

— Tá bem, primeiro, por que esse cara tem a voz do Jeeves?

— Jeeves tem a voz *dele*. Sergei amava o sotaque do Gerald, então, quando programou Jeeves, pagou Gerald para gravar a voz.

— Tá, saquei. Agora a segunda pergunta: por que o motorista do Tom Ford está cuidando dos seus afazeres?

Ela faz uma careta.

— Porque ele não é motorista do Tom Ford.

Faço um gesto com a cabeça, entendendo.

— Ele é *seu* motorista.

— Isso.

— Então por que você mentiu?

— Não menti. Você supôs que era do Tom. Eu só escolhi não o corrigir.

— Por quê?

— Não sei, acho que estou acostumada a disfarçar detalhes da minha vida. Homens costumam agir muito esquisito quando descobrem que tenho dinheiro. Supõem que devo ter um pai ricaço que me mima, porque é óbvio que uma coisinha ingênua que nem eu não saberia dar as cartas em Wall Street.

Ai. Considerando que é exatamente o que pensei, sinto uma pontada do machismo internalizado.

— Que merda você precisar fazer isso.

— Pois é. Acho que nos últimos anos não namorei um cara sequer que me conhecesse de verdade. Sempre tenho que fingir ser menos inteligente, menos bem-sucedida, menos rica. Sempre me diminuo para acomodar alguém. Estou exausta de me encolher para agradar outras pessoas.

— Então seja quem você é.

Ela abre um sorriso seco.

— É o motivo para eu ainda estar solteira.

— Bom, não sinta que você precisa se diminuir por mim — digo, fazendo um brinde com a xícara de café. — Fico feliz de reconhecer toda sua glória.

— É fantástico saber disso, mas você não é bem meu público-alvo, já que não podemos namorar...

A bomba da verdade detona em três segundos de silêncio extremamente constrangedor.

— Certo.

Ela pigarreia.

— Enfim, antes de eu ir trabalhar, acho que é bom mostrar o apartamento para você, só para você saber onde fica tudo.

— Boa ideia. Vamos lá.

Ela me mostra o lugar com a graça cuidadosa de uma corretora imobiliária. Além do quarto dela e do que estou usando, tem mais três quartos na ala norte, além de uma academia, uma biblioteca e uma sala de meditação. Nitidamente, preciso passar um tempo nessa sala.

Do outro lado da sala de estar fica uma lavanderia, um salão de jogos e um cinema particular, e ela também me mostra aspectos práticos, como os protocolos de segurança e a lixeira do prédio.

No fim da ala sul, fica um átrio que leva a uma varanda grande com piscina e uma vista espetacular. Fico boquiaberto ao ver o jardim verdejante, que inclui cerejeiras enormes.

— Bom, isso é tudo — diz ela, se recostando na grade enquanto olhamos a vista da cidade. — Alguma pergunta?

— Sim. Casa comigo?

Ela me lança um olhar.

— O que é? — pergunto. — Tem quem se case por muito menos do que um apartamento incrível. Seria um casamento de conveniência. Você ganha meu talento para acabar com o Jeeves e eu ganho morar nessa cobertura espetacular. Me parece justo.

— Considerando nossa compatibilidade, até um casamento de fachada me parece arriscado. A gente pode acabar se assassinando.

— Que nada. Sou mais passivo-agressivo do que violento. Assim, se você me deixar puto, eu posso responder com um bilhete bem severo em um post-it, mas é só.

Ela sorri.

— Nossa. Que medo. Vou tentar nunca te chatear.

Olho para ela.

— Não acho que você consiga me chatear.

Tudo que ela faz parece ser em prol de outras pessoas. No entanto, não consigo deixar de pensar que há muito que ela não me conta.

— Jo, quero que você saiba que me acolher na sua casa... me salvar de dormir em um sofá com a mesma densidade atômica do chumbo...

Eu me apoio no cotovelo para ficar de frente para ela.

— Estou mesmo muito agradecido — digo. — E espero que você saiba que pode contar comigo para ajudar e apoiar você de qualquer jeito que precisar.

O rosto dela é tomado por emoção, mas ela logo se contém.

— É bom saber. Talvez um dia eu aceite isso.

— Sempre que quiser. Estou aqui para ajudar, ou escutar, ou... o que você precisar.

— O que eu precisar, é? — pergunta ela, e algo de sombrio toma seu rosto. — Você talvez se arrependa disso.

De vez em quando ela fala uma coisa dessas, e eu tenho vontade me enfiar no cérebro dela e descobrir o que ela está pensando. Não tenho dúvidas de que há muito mais na história de Joanna do que ela me contou, e só espero que ela confie em mim a ponto de revelar o resto um dia.

Voltamos à cozinha e ela pega a bolsa.

— Preciso ir trabalhar. Tem coisas importantes rolando hoje na Whiplash, e duvido que Asha vá ficar feliz.

Ela enche um copo térmico com mais café e acrescenta leite e açúcar.

— E você? — pergunta. — Qual é a programação de hoje?

— Ah, sabe como é. Vou passar umas horas na *Pulse*, o emprego número um. Aí vou trabalhar de hacker de estimação da Eden. Depois, Central do Romance para reuniões e apresentações. Então, trabalhar até de madrugada para resolver os bugs da porcaria do app.

— Não vai voltar a tempo para o jantar?

Franzo a testa.

— Você quer que eu volte?

— Quero, claro. É nossa primeira noite dividindo o apartamento oficialmente. Achei que a gente pudesse comemorar.

— Não posso tirar a noite de folga.

— Não precisa. É só jantar comigo, talvez tomar uma taça de vinho, e depois prometo que pode se trancar no quarto.

Ela faz uma expressão de súplica e não nego a tentação. Não é que eu não possa trabalhar de casa, só me acostumei a passar o tempo todo na Central, porque era a única opção. Agora posso também voltar à casa dela e, cacete, é o pensamento mais agradável que tenho em muito tempo.

— Tá bom — cedo, pendurando a bolsa no ombro. — Pode ser. Volto umas seis.

— Ótimo! Encontro marcado.

Ela deve notar algo em minha expressão, porque logo recua.

— Não, esquece — diz. — Não é um *encontro* marcado. Amigos que nem a gente... colegas de apartamento, na verdade... não marcam encontros. É só... hum...

— Um jantar? — sugiro.
— Isso! Jantar marcado. Até mais.
— Uhum. Até mais.

Nós dois andamos até o elevador e esperamos as portas se abrirem. Quando se abrem, entramos juntos e olhamos a porta se fechar.

Depois de alguns segundos, digo:

— A gente provavelmente devia ter se despedido lá embaixo.

Ela concorda com a cabeça.

— Pois é.

Capítulo treze
Não se apaixone

— Chefe?

Quando levanto o rosto, vejo Raj à porta da minha sala na Central do Romance.

— Estou com os dados da nossa análise mais recente — diz. — Achei que você gostaria de dar uma olhada.

Ele me entrega um iPad, e examino os números, passando as páginas. A estatística de precisão do FPS está com cara boa. Ótima, até. Mesmo assim, uma coisa ainda me incomoda.

— Que cara é essa, T-zudo?

Boto o iPad na mesa e esfrego os olhos.

— Nada. Só queria dar um jeito de calcular a atração física. É parte importante de um relacionamento, mas não tenho nenhum fator preditivo.

— Mas sua pesquisa não concluiu que traços de personalidade eram mais relevantes?

— É, mas não sinto que estou oferecendo um panorama completo da compatibilidade entre as pessoas sem isso — digo, me recostando na cadeira. — Deve ter algum jeito de quantificar esse aspecto.

Existem testes biométricos com relativa precisão para definir a posição das pessoas em escala de sexualidade, mas isso incluiria uma sala cheia de equipamentos e dezenas de eletrodos espalhados pelo corpo, inclusive na genitália. Não sei se dá para traduzir isso em algo concreto só com um celular.

— Você vai descobrir, mano. Com essa caixola da pesada, vai dar um jeito, sem dúvida. E, falando de atração... — diz, se sentando na cadeira diante da minha. — Você viu o fogo que rolou entre mim e aquela loiraça boazuda na casa do Max no outro dia? Joanna, né? — fala, e puxa a gola da camisa para fingir que está se abanando. — Nossa! Fiquei fervendo, podia ter servido de aquecedor pra festa. Acho que ela também sentiu o clima.

Sem aviso, meu sangue ferve e martela.

— É, acho que não vai rolar, Raj.

Uma voz irritada em mim cochicha que ela podia muito bem ter sentido, sim, um clima com Raj. Afinal, a compatibilidade deles estava em dezoito por cento, onze pontos a mais do que a entre Jo e eu.

Raj enfia as mãos no bolso do moletom.

— Será que ela está solteira? O número dela está na lista de contatos da equipe? Pensei em ligar.

Nem fodendo.

— Ah, putz, se eu fosse você, nem ligaria. Que eu saiba, ela não tá solteira, Raj. Foi mal.

— Mas ela se inscreveu no app.

— É, acho que foi só pra ajudar. Ouvi ela falar de um tal de Sergei outro dia. Pareceu coisa séria.

— Jura? Porra. Por que todas as mais gatas estão sempre comprometidas, cara? Quando vou arranjar uma mulher nota dez que nem ela?

A conversa está me dando dor de cabeça.

— Só por curiosidade, Raj. Que nota você daria para si mesmo?

Ele abre um sorriso torto.

— Mano, eu sou um sete cravado, morou?

— E ainda assim quer namorar uma mulher nota dez?

— Claro! Todo mundo quer.

— Você já parou para pensar que todas as mulheres *também* querem um cara nota dez?

Isso o deixa transtornado.

— Mas... Espera aí, é por isso que não pego nenhuma dez? Porque estão todas com caras nota dez?

Dou de ombros.

— Não sei o que te dizer, cara, mas, talvez, se julgar as mulheres só pela aparência, você corra o risco de ser julgado do mesmo jeito. É foda a igualdade, né?

Ele faz uma careta e cai na gargalhada.

— Cacete, T-zudo, você é CDF e *também* manja de mulher? Tá com a bola toda.

Porra, eu não aguento essas gírias e expressões do Raj.

— Não tô com bola nenhuma, Raj. Só acho que mulheres são pessoas de verdade e merecem ser consideradas para além do tamanho do sutiã.

— Falando de sutiã, você viu se a Joanna...

— Juro por Deus, Raj, se você acabar essa frase, vou te matar e enterrar no meio do mato.

Estou com o rosto ardendo de fúria e nem sei se foi brincadeira.

Ele ri, sem nem notar que estou prestes a explodir.

— Ah, falou, falou. Saquei o recado. Acho que vai mais uma fantasia por água abaixo.

Eden aparece à porta.

— Do que a gente está falando? Quem vai por água abaixo, e por quê?

Raj se recosta na cadeira para olhá-la.

— Aquela mina, Joanna, é sua amiga, né? Toby falou que ela não tá liberada.

Eden me olha e conseguimos travar um diálogo inteiro em segundos, só no olhar:

Ah, jura, Toby? Está protegendo Joanna do Raj ou guardando ela só para você?

Pare de ser ridícula. Protegendo, óbvio.

Até parece.

Cala a boca, Tate.

Eden levanta uma sobrancelha para mim antes de se sentar na beirada da mesa.

— Pois é, não está nada solteira, Raj. Foi mal.

Raj se levanta e abaixa a cabeça.

— Pô, cara — diz, pegando o iPad. — Por que não tem mulher nenhuma na fila do Rajzinho aqui?

Eden dá de ombros.

— Provavelmente porque o Rajzinho fala de si mesmo na terceira pessoa?

Raj ri baixinho e estica o punho em um cumprimento.

— Mandou bem, Eden.

Ela bate no alto do punho dele.

— Jaé, jacaré.

Raj vai embora, e Eden se senta na cadeira que ele deixou para trás, cruza as pernas e me encara com uma expressão de confusão bem-humorada clássica.

— Olha só, você todo guarda-costas da Joanna. Que cavalheiro.

— Eu protegeria qualquer mulher do Raj. Se esse moleque quiser um relacionamento, vai precisar começar com uma planta e se aproximar de um ser humano aos poucos.

— Nossa. Foi forte essa. O que você tem contra plantas? — pergunta, olhando para trás de relance antes de se voltar para mim. — Então, deixa eu perguntar: Por que o motorista da Joanna está na recepção pedindo para buscar seus pertences?

Merda. Fui descoberto.

— Ah... o Gerald chegou?

Eu me levanto e vejo Gerald se aproximar do escritório. Ele para na porta e sorri.

— Boa tarde, sr. Jenner — diz, cumprimentando Eden com a cabeça. — É um prazer vê-la de novo, srta. Tate — fala, antes de se voltar para mim. — Se o senhor puder me dirigir a seus pertences, os levarei de volta ao apartamento da srta. Cassidy.

— Claro, tranquilo. Um segundo.

Boto as mãos em volta da boca e grito:

— Raj!

Raj aparece na porta.

— E aí!

— Pode levar o Gerald para a saída de carga? Tem uma pilha de caixas e malas lá para ele levar.

— Claro.

Gerald sorri.

— Obrigado. Ah, sr. Jenner, que horas deseja que eu venha buscá-lo para o jantar com a srta. Cassidy hoje?

Pelo canto do olho, vejo Eden levantar as sobrancelhas.

— Hm… não precisa, Gerald. Posso pegar o metrô.

— Tem certeza? A srta. Cassidy explicitou que eu deveria me disponibilizar para o senhor.

Eu rio, sabendo que, assim que ele for embora, Eden vai me encher de perguntas tão abelhudas que daria para encher uma colmeia.

— Certeza absoluta. Obrigado mesmo assim.

— Tudo bem. Então, adeus — diz, e se vira para Eden. — Srta. Tate.

Quando ele e Raj vão embora, Eden estreita os olhos.

— Que…? E, por favor, me leve a sério… que porra foi essa? Explique-se, Jenner.

— Preciso de cafeína.

Eu me levanto para ir à copa e é óbvio que Eden vem atrás.

— Tudo bem, pegue seu café e desembuche ao mesmo tempo. O que está rolando? Você vai se mudar para a casa da Joanna? E jantar com ela? Quando isso aconteceu? O que não estou sabendo? Vocês estão namorando? Estão noivos? Como, por quê, como?

— Nossa, Eden, relaxa. Você parece um robô-fofoqueiro em curto-circuito por excesso de informação. Não tem nada rolando comigo e com a Joanna.

— Que mentira! Você está indo morar com ela!

— Meu Deus, mulher, relaxa.

Quando chego à copa, pego a cafeteira e me sirvo em uma xícara limpa.

— Cafezinho? — ofereço.

Eden solta um barulho frustrado.

— Não, não quero um cafezinho. Quero é essa fofoca, imediatamente!

Não sei por que fico tão satisfeito de provocá-la assim, mas fico. Mexo o leite na minha xícara bem devagar.

— Não é nada. Joanna está lidando com uns problemas técnicos em casa e precisa de alguém que fique por lá para ajudar. Aceitei o trabalho até resolver tudo.

Eden estala os dedos.

— Tem a ver com aquele IA bizarro dela, né? Uma vez, quando eu e Ash fomos lá, fui ao banheiro e minha bunda mal tinha encostado no vaso antes de uma voz esquisita perguntar se eu precisava de alguma coisa.

— No banheiro? Que nojo.

— Na real, acabou que tinha uma televisão escondida no banheiro e Jeeves se ofereceu para ligar *Fuller House*, que eu ainda não tinha visto, então deu tudo certo. Mas mesmo assim... tem limite pra tudo, né?

— Acredite, sei bem.

Volto à minha sala. Ela vem atrás.

— Aquele babaquinha me atacou com jatos d'água hoje no chuveiro — digo —, e devo ter ficado com hematomas no saco. Ele está descontrolado.

— Estava sozinho no banho? — pergunta ela, e se ofende quando eu a olho com irritação. — O que foi? É uma pergunta justa.

— Pela milésima vez, eu e Joanna não estamos ficando. Preciso tatuar no meu dedo do meio para te mostrar?

— Que grosseria. Outra boa pergunta: você tem tempo de lidar com esse negócio de IA, considerando o grau absurdo de trabalho que tem até o lançamento do app?

— De jeito nenhum, mas pedi conselho para todos os meus amigos hacktivistas na *dark web* e, conhecendo eles, ainda hoje terei várias soluções que me pouparão muito tempo.

— Ah, terceirização nerd. Curti.

Eu volto a me sentar e abro uma planilha, na esperança de ela se tocar e ir embora.

É claro que Eden não faz isso.

— E aí, esse jantar de hoje... qual é?

— Só jantar. Nossa primeira noite morando juntos.

— Legal, legal. Desde que seja só isso. Sabe, Joanna ficou chateada com sua compatibilidade terrível com ela, mas ela está cem por cento decidida a encontrar um parceiro. Ela é uma mulher linda e bem-sucedida e quer dividir a vida com alguém.

— Faz bem.

Pensar em Joanna namorando outros homens me dá náuseas, mas imagino que eu vá me acostumar. Não que tenha muita escolha.

Eden se aproxima.

— Tobes, só quero confirmar que você não esteja se metendo em uma situação que vai te magoar. Se estiver apaixonado por ela, é melhor não ir morar lá.

— Tate, pode parar com o sermão? Você não é minha mãe.

Eden levanta as mãos em defesa.

— Tá, parei. Mas saiba que, mesmo que Jo não seja seu par perfeito, acredito que existe alguma mulher incrível aí para você, e vou caçá-la com a determinação de um maníaco homicida em um filme de terror dos anos oitenta.

Abro um sorriso.

— Que fofa. Agora... pode ir embora? Por favor?

Ela vem dar um beijo na minha cabeça.

— Até mais tarde. E não se apaixone pela sua colega de apartamento.

— Pode deixar.

Quando ela se vai, fico cinco minutos parado, me perguntando se o conselho chegou tarde demais.

Capítulo catorze
Carta de casa

— **Querida, chegueeeeei!**

Entro no apartamento ao som de algum cantor das antigas, talvez Frank Sinatra, e uma mistura de aromas tão deliciosa que imediatamente fico com água na boca. A cozinha está vazia, mas há uma enorme coleção de panelas no fogo. Parece que a refeição de Joanna já está avançada.

— Oi, Toby! — grita Joanna do quarto, no fim do corredor. — Já vou. Pode mexer o curry?

Tá bom. Mexer. Isso consigo fazer.

Vou até o fogão e pego a colher de pau. A panela contém algo marrom-escuro, e faço o que posso para mexer sem derramar.

Nossa, que cheiro bom.

Eu não sei cozinhar. Se for preciso mais do que colocar a comida no micro-ondas por alguns minutos, provavelmente já passou da minhas capacidades. Que bom que Joanna parece muito mais experiente.

Foi estranho sair do trabalho e voltar a Manhattan. Ainda mais estranho entrar nesse prédio superchique e perceber que moro aqui.

O que não foi estranho foi pensar em passar tempo com Jo. Essa parte me pareceu tão natural quanto respirar. Ela cozinhar para mim me faz sentir todo tipo de coisa que provavelmente não deveria.

Enquanto mexo, meu celular toca, e sorrio ao ver o rosto da minha irmã.

— E aí, Florzinha, como vai?

— E aí, irmãozão? Tudo bem por aqui. Como vai a vida na Grande Maçã?

— Ótima, na verdade.

Pela primeira vez em muito tempo, não preciso mentir, e, nossa, como é bom.

— Arranjei um freela a mais, então vou poder mandar mais um pouco de dinheiro para vocês — digo.

Joanna e eu não chegamos a discutir o pagamento pelo trabalho com Jeeves, mas até uns duzentos dólares fariam uma diferença enorme no momento.

Deixo a colher de pau na bancada e dou a volta para me sentar no banquinho do outro lado. Apoio o celular e boto no viva-voz para pegar o notebook da mochila.

— Como vai aí? E a escola?

— Hum, normal.

— Isso não me parece tão bom. O que foi?

Ela faz um ruído, e praticamente a vejo se largar de costas na cama.

— Outro dia, a Marcie Dagleish começou a fingir que tossia para dizer "tosca" quando eu estava ensaiando "Somewhere Over the Rainbow". Assim, sei que ela está só com inveja porque fiquei com o papel principal e ela vai ter que ser a minha substituta, mas mesmo assim... ela é uma completa bobona.

Sorrio e abro o notebook.

— Ela é *mesmo* uma completa bobona. O que posso fazer para ajudar? Encher o Facebook dela de spam com anúncios de aulas de teatro? Editar fotos dela junto de subcelebridades terríveis no Photoshop? Começar uma página de fã-clube "Eu <3 April Jenner" e botar ela como administradora?

— Ótimas ideias, irmãozão, mas já resolvi.

— Como?

— Bom, não tinha dinheiro para mandar estampar nada, então improvisei com uma caneta de tecido. Aí desenhei em uma camiseta branca. Na frente, botei "Que pena você ser tão obcecada por mim", e aí, nas costas, "Pode continuar, vivo de atenção".

Eu rio, imaginando minha irmãzinha magrela andando pela escola com aquela camiseta, que nem a menina poderosa que é.

— E a Marcie surtou?

Ela ri.

— Bastante. Quando me viu, ficou toda vermelha e gritou "sua vaca!" muito alto. Todo mundo riu. Acho que ela não vai mais tentar fazer bullying comigo.

Sacudo a cabeça, impressionado. Ela é muito mais forte do que eu era naquela idade. Por outro lado, teve uma infância mais difícil. Ela tinha apenas oito anos quando meu pai sofreu o acidente. Desde então, é cuidadora dele parte do tempo, e serve de apoio o tempo inteiro. Posso carregar o fardo financeiro, mas é ela que está na linha de frente todos os dias. Que menina incrível.

— E a mamãe e o papai? Como vão?

Há uma pausa e escuto April fechar a porta do quarto.

— Tudo bem, mas a mamãe recebeu um telefonema da clínica no outro dia. Disseram que um neurocirurgião famoso vai passar um tempo aqui, e o dr. Pickett recomendou fazer a cirurgia com ele.

— Por que o dr. Pickett não pode fazer a cirurgia?

— Parece que ele está preocupado com a proximidade dos fragmentos dos ossos e da medula do papai. O outro médico é bem mais experiente nesse tipo de cirurgia complicada, então a probabilidade de sucesso seria maior.

— Em quanto?

— Com o dr. Pickett, tem quase cinquenta por cento de chance do papai ficar paralisado. Com o outro cara, é só vinte e cinco por cento.

É uma droga meu pai ter qualquer chance de precisar passar o resto da vida na cadeira de rodas. No entanto, se pudermos diminuir pela metade a probabilidade de um resultado terrível, devemos agarrar a oportunidade.

— Bom, parece incrível. Espero que ela tenha aceitado.

— Toby... tem uma desvantagem.

Claro. Não dava para ter uma boa notícia sem uma dose de notícia ruim.

— Qual é?

Ela suspira.

— O outro cirurgião não está na cobertura do plano de saúde do papai. Tipo, em nada. A gente teria que pagar tudo do próprio bolso.

Aperto o nariz e fecho os olhos. Bem quando acho que estou começando a sair do buraco, ele vai se enchendo de água...

— Quanto?

— É muito.

— Só me dá o número, April.

Ela hesita, e sei que ela odeia jogar aquilo tudo no meu colo, mas o que mais pode fazer? Sou o irmão mais velho dela. Sou eu quem tem que resolver essas coisas.

— Cento e cinquenta mil dólares.

Aperto o maxilar para não soltar uma torrente de palavrões imundos demais para os ouvidos da minha irmã de doze anos.

— Tá.

Merda, merda, puta que pariu, que merda!

— A mamãe não queria que eu contasse, porque sabia que você venderia o rim para pagar.

— E ela está certa.

Na verdade, não é má ideia. Pelo que sei, o mercado clandestino de órgãos é bem lucrativo. Qual seria o preço de um rim?

— Toby?

— Shhh. Estou tentando descobrir se meu rim pagaria tudo ou se vou precisar vender parte do fígado também.

— Nem brinca.

— No momento, é a melhor opção.

— A mamãe vai vender a casa.

Eu congelo. Meus pais compraram aquela casa logo antes de se casarem. Eu e April nascemos lá.

— April, se a mamãe vender a casa, nem adianta fazer a cirurgia, porque vai matar o papai de qualquer jeito.

— É a única opção.

— Não é, não. Vou dar outro jeito. Bota a mamãe no telefone.

— Não, Toby. Ela vai me matar por ter te contado.

— E eu te mataria se não contasse, então você se ferrou, mocinha.

April solta um barulho petulante, saindo da cama.

— Tá. Espera um segundo.

Ouço a porta se abrir, e depois passos. Pelo barulho ambiente, noto que ela encontra minha mãe na cozinha.

— Mãe, é o Toby. Ele quer falar com você.

— April, o que você fez?

— Desculpa, mãe. Ele precisava saber.

Ouço um ruído do telefone sendo entregue e, em seguida, minha mãe, no tom mais alegre e despreocupado, diz:

— Oi, meu bem. Não precisa se preocupar com nada.

— Mãe, você não vai vender a casa.

Ela hesita.

— Seria uma última opção, mas estou ficando sem tempo de arranjar o dinheiro.

— Tá, então deixa comigo. Me dá uma semana para resolver, mas prometa que até lá não vai fazer nada.

Ela para por um instante.

— Prometo — diz. — Mas o tempo está apertado, querido. A corretora disse que teria um monte de comprador pra casa. Não é nenhuma mansão, e a gente tem bastante dívida de hipoteca, mas pelo menos pagaria pela cirurgia.

— Mãe, vender a casa ia deixar o papai péssimo. Me dá só uma semana, e aí a gente conversa, tá?

Ela suspira, e odeio entender como isso é difícil para ela.

— Tá.

— Pode me mandar mensagem com o contato do novo cirurgião? Quando arranjar o dinheiro pago direto para ele.

Se arranjar o dinheiro.

— Vou mandar assim que desligar. Quer falar com seu pai?

— Quero, sim.

— Espera aí.

Quando ela diz que estou no telefone, ouço meu pai tentar formar palavras, mas sai apenas um som longo de vogal. Ele sofreu uma lesão neurológica no acidente e, apesar de entender tudo perfeitamente, tem dificuldade para falar. Se a gente tivesse dinheiro para pagar pela terapia de reabilitação necessária, ele teria feito muito mais progresso. No entanto, precisa escrever as coisas mais importantes para a gente entender.

— Oi, pai. Como vai? Ainda é o homem mais bonitão da Filadélfia?

Ele ri.

— Por aqui está tudo bem. Ando trabalhando muito, mas o app vai ser lançado em menos de duas semanas, e aí a vida vai ficar um pouco menos doida.

Ele faz um barulho de encorajamento.

— É, e vou tentar mesmo ir aí para a sua cirurgia, tá? Prometo.

Há um barulho, então minha mãe volta ao telefone:

— Oi, querido. Ele está muito feliz com a notícia, mas está ficando cansado, então vou levar ele para deitar.

Sinto um nó na garganta, pensando em minha mãe e April botando meu pai na cama. Elas precisam trocar o pijama dele juntas. Têm que trocar a bolsa de colostomia e esvaziar a usada, antes de poder relaxar e se preocupar com si próprias, e fazem isso toda noite.

Eu deveria estar lá, ajudando. Como não posso, pelo menos vou arranjar o dinheiro que precisam.

— Tá bom, mãe. A gente se fala, ok? Dá um abraço no papai e na April para mim e fica um abraço para você também. Saudades.

— Também estamos com saudades, querido. Te amo muito. Beijo.

Eu desligo e passo a mão pela barba.

Que merda essa situação toda. Se a Construtora Crest tivesse pagado a indenização do acidente do meu pai quando deveriam, nada disso estaria acontecendo. Vou crucificar esses cuzões nem que seja a última coisa que faça.

— Tudo bem?

Eu me viro e vejo Joanna, vestida em uma espécie de bata comprida, esvoaçante e larga, e, mesmo sem direito de fazê-lo, tudo que quero é dar um abraço nela. Ou, melhor, que ela me abrace.

— Tudo, sim. — *Na verdade, não.* — Estava falando com meus pais.

Ela entra na cozinha e começa a servir a comida em tigelas de cobre.

— Seus pais ainda estão juntos? É impressionante.

— Pois é. Meu pai sofreu um acidente no meu último ano de faculdade, então minha mãe cuida dele, junto da minha irmã mais nova, April.

Ela para de servir.

— Nossa. O que aconteceu?

— Ele trabalhava de inspetor de segurança e estava fiscalizando a construção de um arranha-céu. Tinha acabado a vistoria, que, ironicamente, estava cheia de violações de parâmetros de segurança, e o andaime no qual ele estava desmoronou. Ele caiu quatro andares. Quebrou as costas em dois pontos, estilhaçou parte do crânio, fraturou seis costelas e o braço esquerdo...

— Meu Deus, Toby — diz, me olhando, horrorizada.

— É, a recuperação deu trabalho, mas sentimos muita gratidão por ele ter sobrevivido. Nunca vi minha mãe tão preocupada quanto quando meu pai estava na UTI. Ela não saiu do lado dele por uma semana inteira.

— E como ele está agora?

— Razoável. Está paralisado como sequela, mas a esperança é que melhore depois da cirurgia, mês que vem. Vão remover alguns fragmentos ósseos perto da medula. Achavam que talvez pudesse se resolver com o tempo, mas não demos essa sorte. Tem um médico fodão que talvez faça a cirurgia dele, então a expectativa é boa.

E, por sinal, se souber me indicar o mercado clandestino de órgãos mais próximo, eu agradeço.

Faço uma careta. Se eu estivesse falando sério sobre vender o rim, sei exatamente onde procurar na *dark web*, mas vou guardar essa opção como último recurso.

Joanna volta a servir a comida.

— Você pegou o nome do cirurgião?

— Minha mãe acabou de me mandar — digo, olhando o celular. — Dr. Kattrick. Parece que é famoso.

Joanna prova o molho marrom da panela e assente com a cabeça.

— Ah, sim, já ouvi falar. Se precisar que alguém enfiei um bisturi perto da sua coluna, é melhor que seja ele.

Abaixo o celular.

— Que bom.

De repente, fico exausto de falar sobre os meus problemas. Já é difícil me abrir, por pouco que seja. Estou acostumado a me virar como possível, me embrulhando na tensão e na ansiedade como se fossem um cobertor protetor. É possível ser viciado em estresse? Ou só não me reconheço se não for assim?

De qualquer forma, o alívio que sinto ao compartilhar pelo menos um pouco disso com Joanna é muito pouco se comparado à pressão de precisar arranjar aquela quantidade absurda de dinheiro em tão pouco tempo.

— Toby?

Levanto o rosto, e vejo que Joanna me olha, preocupada.

— Posso ajudar? — diz. — Com qualquer coisa?

Cacete. Será que ela é vidente? Ou eu que sou transparente e mostro toda a preocupação na cara?

— Hum... não. Valeu. Está tudo certo.

— Porque se precisar de... ajuda...

Eu a interrompo antes que ela possa continuar, porque já me sinto culpado o suficiente por toda sua ajuda. Não preciso de mais.

— Honestamente, Jo, obrigado, mas está tudo sob controle.

Meu orgulho é um babaca narcisista que acredita mesmo ser verdade, mesmo que a parte lógica do meu cérebro esteja encolhida se sacudindo no canto.

— Enfim — digo, mudando de assunto —, estou faminto. O que vamos comer?

Ela serve a última tigela de cobre na bancada e me passa um prato.

— É um banquete tailandês. Três tipos de curry, arroz de coco, macarrão frito, tem de tudo. Se serve, e vamos comer.

— Nem precisa insistir.

Enquanto me sirvo, Jo pega na geladeira uma garrafa do que me parece champanhe caro, e tira a rolha. Em seguida, nos serve a bebida em taças.

Apoio o prato e pego uma taça, e ela faz o mesmo.

— Um brinde a sermos amigos e colegas de apartamento. Bem-vindo ao bairro, sr. Jenner.

— É um prazer, srta. Cassidy.

Brindamos e bebemos, e em seguida nos instalamos para comer. Tudo que ela fez está delicioso, e finjo estar me divertindo, apesar de boa parte da minha concentração estar em outro lugar. No fundo da minha cabeça, está um homenzinho com um quadro branco, pensando em todos os jeitos de arranjar 150 mil dólares em sete dias.

Passou de meia-noite quando um som esquisito me desconcentra. Estou sentado à mesa de jantar desde depois de comer, entre trabalhar no app, acabar o artigo da semana que vem para a *Pulse* e considerar seriamente hackear um site de apostas online para tirar uma grana. Até agora, resisti à tentação, mas a noite é uma criança.

Na maior parte do tempo, Joanna ficou sentada no sofá, vendo documentários de crime e mexendo no celular, mas, quando olho, não a vejo.

Estou prestes a voltar a trabalhar, mas o ruído se repete, mais alto. É algo entre um grunhido e gemido.

— Hmm, não…

Quando me aproximo do sofá, noto que Joanna ainda está ali, encolhida, dormindo, mas nem um pouco tranquila. Seu rosto está contorcido, e ela respira ofegante, em pânico.

— Nnnnãããão… soltaporfa…

Ela bufa um pouco, antes de voltar a choramingar.

— Porfavo… Não. Nããããão…

Ela começa a gemer que nem uma sirene, até que abre a boca e solta um grito pleno e horripilante.

— Ei, Jo.

Eu me ajoelho ao lado dela, e toco seu ombro, tentando acordá-la.

— Ei… acorda.

Ela se sacode, ainda gritando, e começa a me socar e chutar.

— Caralho, Jo, para com isso!

Seguro os braços dela para impedi-la e de me socar, e me apoio em suas pernas, para que não me chute. Ela ainda me atinge algumas vezes enquanto se debate e, mesmo eu achando que seria impossível, grita ainda mais alto. Parece que está sendo assassinada.

— Joanna! Acorda!

Ela continua a se debater e não sei o que mais posso fazer, então a pego no colo e a carrego ao banheiro. Quando a boto no chuveiro, aperto o botão de água fria.

Eu a abraço com força enquanto ela se debate e grita na água, mas ela acaba abrindo os olhos e, ao me reconhecer, a realidade vai diminuindo seu pavor.

— Toby?

— Oi... é, sou eu. Você teve um pesadelo.

Eu a solto e fecho a água.

Ela franze a testa e olha ao redor, parecendo desorientada.

— Eu peguei no sono? Não. Isso não... Eu não... não.

Ela se afasta, me empurrando, e não sei o que fiz de errado, só que, de repente, ela me olha como se eu fosse o vilão.

— Desculpa pelo chuveiro, mas você não estava acordando. Eu não sabia o que fazer.

Ela se levanta e sai do chuveiro aos tropeços.

— Isso não vai acontecer. De novo, não.

— Joanna?

— Tá tudo bem. Me deixa em paz.

Eu me levanto e vou atrás dela. Ela deixa pegadas molhadas pelo carpete felpudo enquanto desce o corredor até o quarto.

— Jo, espera. Fala comigo. O que está acontecendo?

Estou a poucos metros atrás dela e, quando chego ao seu quarto, ela bate a porta na minha cara.

Eu bato na porta.

— Jo, só me diz se está bem.

Silêncio do outro lado. Quando mecho na maçaneta, está trancada.

— Joanna? Você precisa abrir essa porta e me dizer que está bem, senão vou arrombar essa merda. Não estou zoando. Você está me assustando.

Mais alguns segundos de silêncio e começo a entrar em pânico. Nunca vi Joanna assim, nem quando ficou trancada no hall. A ansiedade da claustrofobia era inteiramente diferente do puro pavor que acabara de demonstrar.

— Joanna?

Ela não responde, mas a ouço se mexer lá dentro.

— Tá, já deu. Se você não for sair, eu vou entrar.

Tenho o pressentimento terrível de que ela pode fazer algo para se machucar, e, estando certo ou não, não quero que nada de ruim aconteça com ela na minha presença.

Me afasto da porta para ganhar espaço para chutar, mas, antes do ataque, a porta se abre, e Joanna sai, vestida de legging, tênis de corrida e um moletom de capuz grosso.

— Vou correr. Não me espere acordado.

— Como assim? — pergunto, tentando alcançá-la. — É quase uma da manhã, Jo.

— E daí? Eu gosto de correr a essa hora.

Seguro o braço dela para tentar impedi-la de seguir.

— Joanna...

Ela se desvencilha e se vira para mim.

— Toby, não foi nada. Tive um pesadelo. Vou correr para desanuviar. Vai dormir, a gente se vê de manhã.

Ela se vira e me deixa no hall. Quando pega o elevador, põe os fones de ouvido e a porta se fecha.

Fico parado ali alguns segundos, tentando entender que porra foi essa.

Capítulo quinze
Desaparecida

Tamborilo na mesa enquanto escuto o celular de Joanna tocar e cair na caixa postal pela quinta vez.

"*Oi, aqui é a Joanna. Deixe um recado ou mande uma mensagem. Entrarei em contato quando não estiver fazendo outra coisa muito mais importante. Obrigada!*"

— Joanna, é o Toby de novo.

Estou com o coração a mil. Ontem, não a ouvi chegar, e hoje, quando espiei no quarto, ela não estava. Até onde sei, ela pode ter sido assassinada e jogada no rio Hudson. Liguei e mandei mensagem, e a única explicação que me ocorre para ela não ter retornado é que não pode.

— Estou quase hackeando seu provedor de celular para localizar você — digo —, então, se estiver viva e bem, por favor me avise, porque fazer isso é ilegal para cacete, e você sabe que sou bonito demais para ir para a cadeia. Por favor, me liga.

Desligo e estalo os dedos. Fiz o que pude para seguir com o meu dia hoje, mas me preocupar com ela atrapalhou muito a produtividade. Se ela estiver machucada, ou pior...

— Oi, Toby — diz Max, aparecendo na porta, e, antes mesmo que ele abra a boca, sei o que vai perguntar. — Tudo encaminhado para a reunião lá em casa hoje?

— Quase. Estou só fazendo uns testes de controle de qualidade finais com o Raj, e aí estará tudo pronto.

— E como vai seu discurso para o evento?

Ugh.

— Hum... é... está andando.

Na verdade, tudo que fiz foi abrir um documento novo e dar o título de "Discurso de Lançamento Absurdamente Apavorante do Toby". Tá, não é muito, mas é um começo.

Max sorri.

— Sei que você odeia falar em público, Tobes, mas não se esqueça de aproveitar a ajuda de Joanna. Ela disse que seria um prazer auxiliar no processo.

Claro, se ela não tiver sido sequestrada nem assassinada. Meu estômago revira.

— Tá.

— Ela pediu para avisar que podem falar mais disso mais tarde.

Eu me endireito.

— Hum... mais tarde? Na reunião? Quando ela disse isso?

— Acabei de falar com ela no telefone. Ela organizou uma lista de convidados famosos incrível para o lançamento e até cuidou de algumas entrevistas para você.

Graças a Odin ela está bem.

Meu alívio é moderado por certa amargura, porque ela poderia ter me ligado para dizer aquilo. Atender a Max e não me atender me machuca muito. Não era ele quem estava desenvolvendo uma úlcera enquanto contemplava o destino dela.

E agora é oficial: estou envolvido demais com essa mulher.

— Toby? — pergunta Max, franzindo a testa para mim. — Tudo bem aí? Você ficou quieto por um tempo meio longo demais.

— Ah... tudo bem, sim, Max. Vou falar com Joanna e a gente vai acertar tudo.

Pelo amor de Deus.

Ele vai embora e, agora que sei que Joanna está bem, tento compensar o tempo perdido e avançar nas tarefas do dia.

Eden me deu uma lista de nomes de conselheiros municipais suspeitos de aceitar propina de Marcus Crest e seus capangas, mas, até agora, infiltrar os e-mails deles não revelou nada. Se eu não encontrar rastros de dinheiro sujo, nem de acordos escusos, não apenas a história de Eden acabará em pizza, como não conseguirei cumprir a promessa do fórum dos Anjos da Misericórdia, o que seria uma droga para minha reputação, e também para minha conta corrente. Quando entrei no site hoje, tinha uma mensagem de quem fizera o post original, perguntando do meu progresso. Respondi que estava investigando uma série de pistas, mas esse tipo de enrolação tem um limite.

A única coisa boa que encontrei ao entrar no fórum era que meus amigos e colegas hackers tinham um monte de conselhos a respeito de como tratar a questão do Jeeves. Como de costume, consideraram o problema como um desafio em grupo, e pensaram em várias soluções possíveis. Depois, escreveram um monte de código que poderia achar útil e compartilharam comigo. Podem dizer o que quiserem dos nerds, mas, com um desafio na frente, eles são excelentes.

Mais cedo, comecei um dos testes no servidor de Jeeves. A lógica é que IA aprende com estímulo e reação, portanto, deve ser possível treinar. O programa permite que Jeeves acesse os sistemas do apartamento, mas apenas se mantiver protocolos regulares. Assim que tentar ir contra o comando padrão, uma rotina de segurança começará a apagar o código de todos os subsistemas. Minha esperança é que Jeeves logo aprenda que, se quiser controlar as coisas, deve fazê-lo apenas de determinado modo, senão viverá castigos virtuais. É um risco, mas acho que vale a pena. Só com o tempo verei se funcionou.

Agora, de volta à Construtora Crest. Outro projeto que ando explorando hoje é pegar à força o dinheiro que devem a meu pai pelo acidente. Não é só por terem um exército de advogados que podem enrolar o caso até meu pai falir ou morrer, que não devem ser responsáveis pelas contas hospitalares. Foi por causa do andaime inadequado e da segurança de merda deles que meu pai acabou na cadeira de rodas, e eles vão pagar para tirar ele dali, porra.

Encontrei uma das contas principais da empresa, onde entram depósitos das vendas imobiliárias, antes dos contadores e do financeiro da Crest fazerem a ginástica fiscal para transformar lucros enormes em prejuízos que reduzem imposto. Eu podia só entrar e pegar, ou seja, hackear a conta por meios irrastreáveis e tirar os 150 mil da operação. No entanto, isso envolveria criar uma série de contas no exterior para lavar dinheiro, me permitindo mudar a grana de lugar o suficiente para que ninguém localize o roubo.

O único problema é que preparar essas contas levaria semanas, e envolveria ao menos uma viagem ao exterior. A maioria dos bancos que mexem com dinheiro sujo têm uma só regra: negociam apenas com uma pessoa de verdade, seja o titular da conta ou um representante legal. Não é permitido criar contas online. É estranho que esses tarados por lucro capitalista tenham qualquer critério, visto que lavam e escondem dinheiro de algumas das piores pessoas do planeta, mas dane-se. Não há atalho nem jeitinho que resolva essa exigência.

Tenho um amigo na Noruega que é cientista principal em um laboratório de clonagem, mas, por melhor que ele seja, não posso fazer uma cópia exata de mim pegar um avião para as Ilhas Cayman.

Coço os olhos e suspiro.

Não quero admitir, mas pagar pela operação roubando da Construtora Crest será impossível no meu tempo limitado. Terei que dar outro jeito, e rápido.

Raj vem à minha sala entregar os relatórios e dados atualizados.

— Raj, se você tivesse que arranjar cento e cinquenta mil dólares em uma semana, como faria?

— Ah, maneiro, adoro essas brincadeiras. Bom, primeiro, entraria na minha máquina do tempo e voltaria para quando o Bitcoin era só uma piada no mundo das criptomoedas, compraria umas centenas, voltaria a hoje em dia e sacaria o investimento para pagar por puta e cocaína sem fim. Ah, e tênis Yeezy.

A superficialidade da resposta dele deveria me surpreender, mas, honestamente, já não espanta.

— Não, tipo, o que faria na realidade? Sem hipótese absurda, só uma coisa lógica e possível.

Ele franze a testa.

— Hum, se eu soubesse como ganhar tanta grana de uma vez, não acha que já teria ganhado?

Não dá para discordar.

Ele coça o queixo.

— Acho que a única coisa que eu poderia fazer de verdade seria levar você e meu salário aos cassinos de Atlantic City e usar seu cérebro gigantesco para roubar nas cartas. Por quê? Tá a fim de viajar? Assim, a gente tem essa reunião hoje, né, mas sempre topo dar um migué e jogar um baralho.

Passo pelas páginas do iPad.

— Não, estava só pensando alto — digo, antes de devolver o iPad. — Está tudo bem por aqui. Continue o trabalho na interface com Ming-Lee e dê uma ajeitada no tempo de resposta. Já chegaram todos os aparelhos do evento?

— Uhum. Tudo pronto e trancado na gaiola de segurança. Só precisamos atualizar a versão do software no dia do evento e tá tudo certo.

— Legal. Valeu, Raj. Bom trabalho.

É por isso que aturo toda aquela personalidade dele. No fim das contas, ele sabe o que está fazendo e trabalha direito. E vou me dedicar a torná-lo uma pessoa melhor, mesmo que me mate.

Depois que ele vai embora, me recosto na cadeira e alongo o pescoço. Por mais improvável que seja, parece que talvez a gente consiga mesmo entregar o app no prazo e dentro do orçamento. Não é pouca coisa, um projeto desse tamanho. Ainda estou tentando descobrir como considerar a atração física, mas, no momento, é uma questão muito teórica, então não posso passar tanto tempo focado nisso.

Confiro o relógio e vejo que preciso sair em umas duas horas.

Começo a tentar concluir tudo que der nesse tempo e não pensar no mistério do que está rolando com Joanna.

Capítulo dezesseis
Carência relutante

Surpreendentemente, só me atraso em meia hora na saída do trabalho a caminho da reunião do FPS, e estou no metrô quando minha irmã me manda uma foto em sua fantasia de Dorothy para o musical da escola. Ela é uma fofa, e espero mesmo conseguir ir a Filadélfia assisti-la arrasar na noite de estreia mês que vem.

Vê-la me lembra que é dia do salário cair, então entro no app do banco rapidinho para transferir o dinheiro para minha mãe.

Quando abro a conta, franzo a testa.

Que porra é essa?

Olho o saldo, sem entender a quantidade pouco característica de números ali.

Não, sério, que porra é essa?

Clico no extrato e, quando vejo um depósito de JMCASSIDY, o sangue sobe à minha cabeça.

— Merda.

Salto logo no ponto seguinte e vou em passos largos da estação à casa de Max. Mais uma vez, sou o último a chegar, mas a reunião ainda não começou, então está todo mundo espalhado, bebendo e conversando. Corro até o bar e pego o que parece ser um gim com tônica. Bebo rápido e pego mais um. Quando me viro, vejo Joanna na cozinha, ajudando Eden no preparo do jantar.

Largo a mochila na cadeira da sala de jantar e vou até as duas. Joanna levanta o rosto ao me ver e desvia o olhar em seguida.

É, você sabe bem o que fez.

— Tobes! — cumprimenta Eden, sorrindo. — Pega um banquinho. O jantar já está quase pronto. Como foi seu dia?

— Meio ruim, mas acontece — digo, olhando para Joanna. — E o seu?

Ela joga um pouco de alface em uma tigela.

— Hum... foi ok. Obrigada.

— Eden! — chama Max, de perto do bar. — Pode trazer aquela bandeja de copos? Estão acabando aqui.

— Claro, gato — responde Eden, antes de se virar para mim e apontar para a tábua coberta de ervas. — Tobes, cuida disso pra mim, por favor? A salsinha vai na salada de macarrão, o endro, no cuscuz, e o coentro, no abacate.

Ela pega uma bandeja de copos de uísque e vai para o bar. Eu dou a volta na bancada da cozinha e me instalo ao lado de Joanna. Ela continua a preparar a salada verde, evitando meu olhar completamente.

— Você não voltou para casa ontem.

— Ah... não. Corri uma hora e fui visitar uma amiga.

— Às duas da manhã?

— Eu sabia que ela estaria acordada. Ela trabalha de madrugada.

Uma parte mesquinha minha comemora não ter sido um amigo homem, mas...

— Quer falar sobre o que aconteceu?

— Não. Foi só um pesadelo. Não é nada.

— Jo, você estava aos berros e, quando tentei te acordar, começou a me socar como se fosse a maior campeã peso-pesado do mundo. Fiquei bem roxo, na real.

— Como assim? — pergunta, me olhando com preocupação.

— Me mostra.

Levanto a camisa, revelando um hematoma na lateral do tronco que tem quase exatamente o formato do pé dela.

— Com um chute desses, você devia jogar futebol — digo.

— Meu Deus do céu, Toby, me desculpa.

Ela faz menção de encostar no machucado, mas estou com raiva demais para deixar ela me excitar.

— Não é grave, mas não me diga que não foi nada, porque foi, sim, porra.

Ela volta a rasgar folhas de alface.

— Você está certo, foi, sim.

— Quer me contar o que aconteceu? E por que te inspirou a sair correndo?

Ela olha ao redor e passa a picar tomate.

— Na verdade, não. Desculpa, mas... — diz, respirando fundo. — Não quero falar disso, tá?

Fico muito tentado a insistir, porque tenho uma necessidade profunda e incontida de protegê-la de qualquer que seja a merda que a tenha feito gritar assim, mas a pressão não vai ajudar.

— Jo, espero que você saiba que pode me contar qualquer coisa e que estarei aqui para te ajudar, sem julgar.

Ela faz um barulho como se não acreditasse, mas continuo:

— Então, eu adoraria uma explicação, mas não sou um babaca que vai te forçar a revelar seus segredos. Mas, ao mesmo tempo, não gostaria que você fingisse que não foi nada.

— Tá, é razoável. Mas talvez seja bom você seguir seus conselhos também.

— Como assim?

Ela joga um pouco de tomate na tigela.

— Você precisa de dinheiro para a cirurgia do seu pai, mas me dispensou quando te perguntei se estava tudo bem. Não foi exatamente o que você me acusou de fazer?

— Você estava escutando meu telefonema?

— Foi difícil não escutar. Aquele corredor de mármore faz muito eco. Não queria invadir sua privacidade, mas não deu para bloquear o som.

— Então foi por isso que você depositou cento e cinquenta mil dólares na minha conta hoje?

Ela para de picar e abaixa a faca.

— Eu só queria ajudar.

Jogo um punhado de endro no cuscuz e mexo rigorosamente.

— Não preciso de esmola, Jo.

— Não é isso. Considere o adiantamento de um ano de salário.

Eu me viro para ela.

— Você não vai me pagar cento e cinquenta mil dólares por ano para lidar com Jeeves.

— Por que não? Ele é um pé no saco de marca maior e, depois de tudo que você sofreu, inclusive meu chute no rim, merece um adicional de danos e insalubridade.

Tomo um gole da bebida e noto que minha mão está tremendo. Não sei por que estou tão furioso por ela ter me dado dinheiro, mas estou. Certamente, se examinasse melhor minha reação, reconheceria alguma lógica patriarcal idiota enterrada, algum medo de me sentir castrado por aceitar dinheiro de mulher, mas mesmo isso é apenas extensão da vergonha que sinto por não conseguir cuidar devidamente da minha família.

— Joanna, não posso aceitar. É uma quantia ridícula de dinheiro, mesmo para um programador foda. Sei que sou bom, mas não mereço receber tudo isso.

— Acho que merece.

Abaixo a faca e apoio as mãos na bancada.

— Bom, não posso aceitar, então estamos em um impasse.

Jo joga o tomate e o pepino picados em uma tigela, nitidamente frustrada.

— Toby, você precisa de ajuda, e estou em posição de ajudar. Não entendo por que você não pode aceitar.

Sabe, isso é de dar raiva: ela usando lógica contra mim. Eu acho que gosto de viver na lógica, mas essas situações provam, toda vez, que sou movido por sentimentos ridículos e ilógicos nos momentos mais inconvenientes. Preciso de dinheiro, e Joanna quer me dar dinheiro. Por que é tão difícil aceitar a oferta dela? Por que fico enjoado de pensar? De *precisar* aceitar por não ter opção?

— Toby...

Eu a olho e ela avança um passo, parando bem ao meu lado.

— Entendo que é difícil, porque, acredite, se fosse o inverso e você jogasse um monte de grana em mim sem permissão, eu ficaria bem puta. Mas não precisa ser tão difícil assim. Todo ano, doo um monte de dinheiro para instituições de caridade, inclusive uma organização de apoio a pessoas que não podem pagar por assistência médica.

Ela deve perceber como meu rosto muda quando ela diz a palavra "caridade", porque logo acrescenta:

— Não que isso seja caridade, não é. É só que eu daria esse dinheiro de qualquer forma. Só me sinto melhor de dar para alguém que conheço. Especialmente alguém... de quem eu gosto.

Suspiro e acabo de acrescentar as ervas picadas aos pratos corretos.

— É uma merda alguém aqui precisar pagar por isso. A porra da construtora responsável deveria meter a mão no bolso para pagar as contas do meu pai. Nem você, nem eu. Nem ninguém mais.

Joanna põe colheres de servir em cada tigela.

— Bom, pois é, vai nevar no inferno antes de Marcus Crest pagar a indenização do seu pai. É mais um numa longa lista de processos que ele vai passar anos enrolando para resolver.

Eu hesito.

— Como você sabe que o acidente do meu pai foi causado pela Crest?

Ela me olha com uma expressão estranha.

— Hm... você me contou?

— Não, acho que não.

Normalmente tomo muito cuidado para não falar no nome Crest, a não ser que absolutamente necessário, porque sempre me dá a sensação de ter gargarejado com água do esgoto.

Ela dá de ombros.

— Talvez tenha sido Eden? Ou Asha? — pergunta, e franze a testa. — Na verdade, nem lembro quando fiquei sabendo, mas não me surpreende. Eles têm a pior reputação da cidade em questão de segurança.

Levo as tábuas à pia para lavá-las.

— É, se ao menos isso me ajudasse a acabar com eles...

Jo para ao meu lado e encosta o quadril na bancada.

— Se quiser que eu te empreste dinheiro para meter um processo daqueles na Crest, também estou disposta.

Olho de soslaio para ela, que sorri e toca meu braço.

— Tudo bem, entendi. Um passo de cada vez. Por favor, Toby, aceite o dinheiro para a cirurgia. Quero mesmo te ajudar com isso.

Fecho a água e me viro para ela e, no momento, não sei o que dizer.

Ela deve notar que estou com dificuldade para aceitar, porque continua:

— Não conheço seu pai, mas imagino que ele seja bem espetacular para ter criado um filho como você. Não tenho família própria com a qual gastar e quero ter certeza de que meu dinheiro vá para pessoas que precisam mesmo dele. Seu pai precisa. Por favor, aceite.

Travo o maxilar e concordo com a cabeça, porque, de tantas emoções entaladas na garganta, mal consigo formar palavras.

Joanna não parece se incomodar. Ela apenas abre um sorriso enorme e chega a quicar um pouco na ponta dos pés.

— Ah, que ótimo! — diz, e olha rápido ao redor. — Quero muito te abraçar agora, mas talvez seja esquisito para o resto do pessoal.

Finalmente encontro minha voz, mas estou rouco à beça.

— Também quero muito te abraçar, mas, de tanta gratidão, provavelmente esmagaria seus ossos até virar pó e eu acabaria tendo que morar com uma pilha de gosma disforme, o que seria um nojo.

Ela ri.

— Ah, é. Essa não é uma opção.

Ela abre a torneira e lava as mãos. Vejo um pedacinho de pepino no canto de seu dedo mindinho e seguro sua mão.

— Aqui, faltou esse pedaço.

Esfrego as mãos dela debaixo d'água e, em segundos, me arrependo. Calor brota no meu estômago, descendo aos poucos, e logo a solto e desligo a água.

— Foi mal.

Dr. Love **193**

Ela me encara, as pupilas enormes e a boca macia.

— Tudo bem.

— Jo...

— Sim?

Eu a olho nos olhos.

— Obrigado. Você nem imagina a importância disso para mim.

Ela concorda com a cabeça.

— É importante para mim também, só não pelos mesmos motivos que você.

Estou prestes a pedir mais informação quando Eden chega ao outro lado do balcão e pega duas tigelas.

— Estão prontos por aqui?

— Uhum — digo, me afastando de Joanna. — Pronto.

Jo e eu sorrimos e nos olhamos, e sei que esse é o jeito dela de dizer que será discreta. Ajuda a fazer com que eu me sinta um pouco melhor com aquela situação, mesmo que certo desconforto ainda revire minhas entranhas.

É estranho todas essas peças se encaixarem para mim. Não estou acostumado com a sorte me agraciar com seu olhar benevolente. Estou acostumado a nadar com merda até o ombro e ainda ficar feliz por não chegar até o pescoço.

O que está acontecendo? E é tudo por causa de Joanna?

Vejo ela rir e conversar com as pessoas, todas ajudando a servir tigelas e travessas na mesa de madeira gigante.

Puta que pariu. Será que ela é realmente um anjo?

Se alguém me dissesse isso, eu não desdenharia. Mesmo que ela não seja um ser sobrenatural, sem dúvida virou meu anjo da guarda. Não sei o que fiz para merecê-la, mas fico agradecido, de qualquer forma. É claro que o mesmo poder responsável por enviá-la podia ter optado por torná-la minha alma gêmea e preferiu não fazê-lo, então, nesse aspecto, tem muito pelo que responder.

Assim que está tudo servido na mesa, Max nos chama para jantar.

Depois de comer bastante, a reunião começa e, para o meu alívio, tudo parece estar avançando melhor do que esperava. É claro que o fato de eu não estar mais carregando um peso de 150 mil dólares no pescoço está fazendo a vida parecer um pouco melhor, de forma geral.

— Trabalho fantástico — diz Max, depois de todos os relatórios e discussões de soluções. — E, mais uma vez, muito obrigado a Toby por fazer deste app tudo que eu desejava e ainda ir além. Por favor, levantem as taças em um brinde.

As pessoas pegam a bebida mais próxima e as erguem no ar.
Max sorri para mim.
— Ao dr. Love!
Solto um gemido de dor quando todos repetem:
— Ao dr. Love!
Ah, não fode.
Mesmo revirando os olhos, vejo Eden caindo na gargalhada na cabeceira.
— Você está morta — murmuro, mas isso só a faz rir ainda mais.
Acho que vou postar aquela carta de amor pelo Justin Timberlake, afinal.

Depois da reunião, Max faz o ritual de sempre e convida todos a ficar por ali para beber e conversar. Hoje, estou definitivamente a fim de aceitar.

— Qual é esse? — pergunto a Max, apontando para um shot de uma bebida transparente que pode ser mil coisas.

— É Grappa de Ferro, da Itália. Mas cuidado...
Mal hesito antes de virar de uma vez.
— Ah... caralho.
— É, tentei avisar. É mais para bebericar do que virar. O teor alcóolico é de quase cinquenta por cento.
— Aaah... *caraaaaalho*.

É o terceiro copo que bebo na noite e a sala se expande e contrai antes de fazer um negócio cintilante esquisito que nunca vi uma sala fazer antes.

— Tobes? Tudo bem?

Minha cara deve estar tão ruim quanto minha cabeça, porque Max dá a volta no bar e põe a mão no meu ombro.

— Melhor você sentar — diz.

Ele puxa um banquinho e dou um jeito de me equilibrar.

— Aqui, come alguma coisa — oferece, me passando uns Doritos antes de se sentar ao meu lado. — Não sou contra você relaxar, porque sei bem que merece uma noite de folga, mas prefiro que você não morra de coma alcoólico. Pegaria mal para todo mundo.

— Concordo.

Eu arroto e engulo um punhado de salgadinhos. Ajuda a impedir meu estômago de dar cambalhotas de Grappa.

Olho para Eden e Joanna, sentadas no sofá, conversando e rindo. Parece que estão bebendo margarita e, pela jarra vazia, definitivamente já devem estar bem bêbadas.

— Max, o que você faria se meu app dissesse que Eden não é a pessoa certa para você?

— Diria que seu app meteu os pés pelas mãos.

— Então ainda namoraria Eden?

— Claro.

— Mas e se o app provasse que o relacionamento de vocês estava fadado ao fracasso, que vocês acabariam se destruindo? Tipo, acho que vocês querem ter filhos um dia. Você faria eles passarem pelo que Eden e Asha passaram? Ou pelo que você passou?

Ele bebe um gole de cerveja e pensa.

— Bom, eu teria que... pensar sobre isso. Acho que eu e Eden somos muito diferentes por causa das nossas origens. Gosto de pensar que não cometeríamos os mesmos erros dos nossos pais, mas acho que é sempre uma possibilidade. Ou a gente pode cometer erros completamente novos, que são culpa exclusivamente nossa — diz, dando de ombros. — Acho que fico agradecido pela nota do app provar que damos certo, porque, honestamente, ando ocupado demais para tentar parar de amá-la. Tipo, nem a energia para isso eu tenho.

Sei que é brincadeira, mas o comentário me atinge. Também não tenho energia para parar de gostar de Joanna, mas preciso tentar, senão as coisas entre nós ficarão cada vez mais tensas.

— Toby, isso é por causa da compatibilidade de sete por cento que você tem com a Joanna?

Faço um gesto de desprezo.

— Pfff. Não. Claro que não. Mas obrigado por esfregar essa estatística na minha cara, Max. Quer que eu abra as pernas para você dar um chute no meu saco logo?

Ele ri e dá um tapa no meu ombro.

— Vem. Vamos ver o que as moças estão fazendo.

— Estão enchendo a cara, que nem a gente.

— Ótimo. Então podemos todos encher a cara juntos.

Ele puxa meu braço, e vamos até onde as duas estão sentadas. Max se senta ao lado de Eden e ela se vira para dar um beijo demorado nele. Eu me sento ao lado de Joanna e resisto ao impulso de beijá-la também.

— E aí, qual o assunto por aqui? — pergunto, bloqueando a memória do gosto dela naquela primeira noite.

Joanna se recosta e põe os pés na mesinha de centro.

— Eden está tentando me convencer a usar o FPS de novo, mas acho que vou passar um tempo namorando à moda antiga.

— Qual é o seu método mesmo? — pergunta Eden. — Escolher uns homens aleatórios e rezar para algum ser a agulha no palheiro de lixo?

Joanna dá de ombros.

— É possível que nem todo mundo esteja destinado a encontrar seu par pela tecnologia. Acho Toby genial, mas, talvez, o app dele não seja para mim.

Max me lança um olhar significativo, e não sei se nota como estou enjoado com a conversa, mas pigarreia e tenta mudar de assunto.

— E aí, Toby, Eden, como anda a matéria sobre a Crest?

Joanna olha para Eden.

— Toby e eu falamos da Crest mais cedo. Você está escrevendo sobre eles?

Eden toma um gole da bebida.

— Talvez. Se não acharmos nenhuma prova de corrupção, vou ter que deixar tudo para lá. Derek me deu mais uma semana para investigar, mas, se não der em nada, vai desistir.

Joanna assente.

— Bom, seria melhor mesmo deixar para lá, porque, se Marcus Crest souber da sua investigação, vai usar todas as táticas de intimidação costumeiras para te apavorar.

Eden se inclina para a frente.

— Como assim?

— Tipo mandar os capangas atrás de você. Fazer pesquisas para arranjar material de chantagem. Investigar seus parentes. Fazer ameaças físicas. Sabe, essas coisas de máfia. Já ouvi um monte de histórias deles ao longo dos anos. É coisa perigosa.

Max faz uma cara de preocupação.

— Eden, talvez essa matéria não seja boa ideia.

— Max, se eu me escondesse de todo babaca rico que quer atrapalhar uma matéria, nunca escreveria nada. Além do mais, tenho Toby de arma secreta, então, se mexerem com a gente, podemos mexer com eles.

Pego uma cerveja da mesa e abro.

— Em teoria, é verdade, mas, até agora, não tive sorte em mexer com ele. Se tiver alguma prova de corrupção, está bem escondida.

— Eu sei onde escondem.

Nós todos nos viramos para Joanna em um movimento sincronizado. Ela nota nosso olhar e franze a testa.

— O que foi? Uma amiga namorou o chefe de segurança da Crest. Ela disse que ele contava um monte de segredos da empresa depois de transar e fumar um baseado.

Eden dá um tapa no joelho de Jo.

— E por que você não me disse isso há duas semanas?

Joanna retribui o tapa.

— Eu teria contado se você me dissesse que estava fazendo uma matéria sobre a Crest!

— Tá bom então, vou te contar tudo que acontece na minha vida o tempo inteiro. Que tal?

— Seria ótimo, porque você é minha melhor amiga e adoro saber o que acontece na sua vida.

Elas têm um momento esquisito de menina, apertando as mãos e dizendo "aaaaaah".

Tento voltar ao assunto.

— Jo, conta tudo. Faz semanas que a gente anda fuçando os e-mails de chefões da Crest e de funcionários corruptos do governo, mas não encontra nada.

Joanna confirma com a cabeça.

— É porque Crest é um safado e guarda todas as provas de propina e corrupção em um servidor particular com *air gap* em casa. Não dá para hackear sem ele conectar à internet.

Max apoia os cotovelos nos joelhos.

— Então está dentro do edifício Crest? É pior que estar no Fort Knox. É impossível entrar.

O edifício Crest é famoso em Nova York: um arranha-céu extravagante, cujos três últimos andares são ocupados pela residência particular de Marcus Crest. Ele é famoso pelo péssimo gosto em decoração e, pelas fotos que vi, tudo é de ouro, mármore e madeira escura. Deve ser que nem morar em um mausoléu.

— O prédio tem segurança de ponta — diz Max. — Câmera, código, guardas. Tem de tudo.

— É verdade — diz Joanna —, mas há uma noite por ano em que Crest abre as portas e deixa a elite social entrar para lhe jurar lealdade. É aí que estará vulnerável.

Eden estala os dedos.

— Porra, é mesmo. O Baile Crest.

O Baile Crest é um evento disputado no calendário social de Nova York. Convidados pagam milhares de dólares em itens leiloados e, em troca, Crest paga de filantropo bonzinho e doa parte do lucro para instituições beneficentes. Não é todo o lucro, repare bem. Um mão de vaca escroto que nem o Crest não é capaz de doar tanto dinheiro. Ele descreve sua porcentagem como "custos administrativos", mas todo mundo sabe que é puro golpe.

— Deve estar chegando a data — digo. — É sempre nessa época.

Joanna confirma com a cabeça.

— Pois é. É no dia vinte.

Nós todos nos entreolhamos.

— Claro — diz Max. — Na noite do lançamento do app.

— O lançamento não vai até tão tarde — diz Joanna. — E acho que tenho um jeito da gente entrar e sair sem ninguém desconfiar.

Eden se recosta.

— Então diga.

— Ainda tenho contato com essa amiga que mencionei. Ela pode dar um jeito de eu e Toby entrarmos na festa. Lá dentro, a gente encontra o computador no escritório de Crest. Toby faz seus negócios de gênio, a gente pega as informações dos servidores escondidos e some noite afora que nem superespiões.

— Espera aí — digo. — Você espera que a gente entre na festa mais exclusiva de Nova York na base da lábia, invada o que suponho ser uma sala trancada, hackeie um servidor em *air gap* com criptografia avançada, baixe um monte de arquivos protegidos e saia como se nada tivesse acontecido?

— Exatamente.

— É uma loucura. Um absurdo. Não tem como isso funcionar.

— Então, você topa?

Eu sorrio.

— Porra, claro. Mil por cento.

Eden ri e bate palma.

— Cacete, gente, se isso der certo, a gente pode derrubar um dos homens mais odiados de Nova York.

Max apoia a cerveja na mesa.

— Suponho que não adiante lembrar que é um plano extremamente arriscado que pode levar vocês dois para a cadeia.

Joanna sorri.

— Não adianta mesmo. Somos rebeldes com causa e a cadeia vale a pena.

Olho para Max.

— Se servir de consolo, não tenho tempo para ser preso, então espero que o plano dê muito certo.

— Bom, nesse caso, não vou me preocupar.

— Espera aí — diz Eden. — Visto que é minha matéria, não devo ir com Toby?

Max se recosta e inclina a cabeça.

— Eden, lembra como você é péssima atriz? Você sinceramente acha que consegue esconder sua personalidade e se misturar a um grupo de sangue-azul sem ser expulsa em cinco minutos?

Eden pestaneja por alguns segundos.

— Como você ousa expor assim minha incapacidade total de ser fina e elegante?

Max sorri.

— Ah, desculpa, era para ser segredo? Porque acho que esses dois aí já descobriram.

Ele dá um beijinho nela, que se derrete toda.

— Tá, tudo bem, é melhor a Joanna ir — diz, se virando para Jo. — Você provavelmente vai conhecer um monte dos riquinhos de qualquer jeito, né? É seu tipo de gente.

Joanna dá um gole da bebida.

— Não tantos. A maioria das pessoas com quem eu trato têm alma — diz, e me olha de relance. — Mas vou preparar algumas rotas de fuga caso se mostre necessário.

Ela ainda está me olhando quando Eden levanta o copo, e todos fazemos o mesmo.

— Viva a operação Quebra-Crest!

Todos brindamos.

— Viva a operação Quebra-Crest!

Joanna bebe um gole, e acrescenta:

— Vamos esmagar o nojento e todos seus cúmplices.

Não sei se é a bebida ou a emoção de trabalhar com meus amigos em nome do bem maior, mas, no momento, o plano parece infalível, e me sinto invencível.

Vamos ver se o sentimento vai durar.

Capítulo dezessete
Ressaca

Meu Deus do céu, eu vou morrer.

Tem um homenzinho atacando meu crânio com uma britadeira. Assim que ele quebrar os ossos, meus olhos vão derreter e escorrer pelo rosto e vou morrer de hemorragia. Honestamente, considerando a dor que estou sentindo, adoraria ser abraçado pelo seio amplo, quente e entorpecente da morte.

— Toby?

— Hmmmm. Shhhh.

Alguém faz cafuné em mim. É uma delícia, mas não detém o homenzinho com sua ferramenta cruel.

— Toby, vamos lá, acorda. Você precisa tomar isso aqui.

— Hmmmmm.

Mais cafuné, afastando o cabelo do meu rosto, ajeitando os fios para trás da orelha. Talvez o homenzinho possa aproveitar para cortar meu cabelo. Estou precisado.

— Toby...

Noto que alguma coisa está esmagando meu rosto e entreabro um olho, notando que é uma almofada do sofá. Fecho o olho mais uma vez e o gesto parece arremessar um dardo de metal no meu cérebro.

— Aiiiii.

— Sei que está doendo. Por isso precisa se sentar e tomar isso aqui.

Tento me sentar, mas sou pesado demais. Alguém me abraça e me ajuda a me levantar.

Eu me recosto no sofá e entreabro um olho. Joanna está ajoelhada, no chão, entre minhas pernas.

— Ei, olá.

Nossa, como ela fica bem nessa posição.

— Oi. Como você está se sentindo?

— Tem um homenzinho na minha cabeça tentando me matar com uma britadeira.

— Aposto que sim. Você bebeu muito ontem.

— Estava tudo muito gostoso.

— Estava, mas agora você precisa beber isso aqui, tá? Não é gostoso, mas vai ajudar.

Ela ofereceu dois copos, mas, quando tento pegar, noto que é um copo só, que vi borrado.

— Deixa comigo — diz, levando o copo à minha boca. — Pode beber.

Cubro a mão dela com a minha e inclino o copo. Depois de três goles nojentos e salgados, começo a engasgar.

— Puta merda. Que horror. O que é isso?

— Uma mistura especial de anchova, molho de pimenta e pênis de javali triturado. É a melhor cura de ressaca que existe.

Cubro a boca com a mão, sentindo náusea.

— Você... — digo, engolindo com dificuldade. — Você me deu... pênis de javali pra beber?

Ela sorri.

— Nossa, como você é tonto. É aspirina efervescente e suplemento hidroeletrolítico. Termina logo de beber e para de bobeira.

Engulo o resto do copo e solto um arroto baixinho.

— Isso foi maldade, sabia? Você é muito malvada.

— É, pois é. Vem cá. Vem se limpar.

Ela me ajuda a me levantar e eu passo um braço em volta de seu corpo enquanto sou conduzido ao quarto. Posso estar de ressaca, mas ainda noto como ela se encaixa perfeitamente debaixo do meu braço.

Se eu fosse escolher a altura ideal para uma namorada, seria a altura de Joanna.

Mas ela não é sua namorada, otário. É só uma amiga.

Acho que essa voz irritante é amiga do cara da britadeira. Os dois podem ir se foder.

— Não lembro de como voltamos para casa.

— Bom, a gente saiu aos tropeços da casa do Max e Gerald nos enfiou no carro e nos trouxe para cá. Ele praticamente teve que te carregar que nem uma noiva peluda até o sofá, onde você caiu de cara e apagou imediatamente.

— Ah, é.

Algumas lembranças nebulosas voltam, confirmando a história. Tenho certo respeito por Gerald e sua força discreta. Faço uma careta quando mais uma lembrança me ocorre.

— Eu liguei para minha mãe enquanto estava bêbado?

Ela abre um sorriso irônico.

— Ligou. Não podia mais esperar para contar do dinheiro da cirurgia e queria garantir que ela não ia vender a casa.

— Ai, meu Deus — digo, pressionando os olhos com os dedos. — Lembro vagamente. Eu... eu chorei?

— Um pouquinho. Estava muito emocionado com a situação toda. Também tentou me beijar, de gratidão, suponho.

Putaquepariu.

— E você deixou?

— Não.

— Ai, ainda bem.

Não por ela ter recusado, mas por não ter acontecido. Porque, se eu a tivesse beijado e não lembrasse, seria mesmo um ultraje.

Olho para ela e o que vejo me deixa muito confuso.

— Mas você bebeu tanto quanto eu — digo. — Como está radiante, sem parecer que quer vomitar?

Ela me conduz pela porta e me faz sentar na cama.

— É porque alguns de nós bebem a nível olímpico, e outros são apenas amadores entusiasmados — diz, e começa a desatar minhas botas. — Agora vamos botar você no banho. Vai ajudar.

— Tá bom — digo, me largando de costas na cama enquanto ela tira meus sapatos e minhas meias. — Foi mal pelo chulé.

— Você não está com chulé, mas seu bafo está um horror. Parece que você devorou uma cervejaria artesanal e comeu uma fábrica de torresmo de sobremesa.

Sinto movimento na cama e a vejo ajoelhada ao meu lado no colchão.

— Precisa que eu tire sua calça?

Abro o que espero ser um sorriso sensual.

— Quer tirar minha calça?

Ela me encara por um segundo antes de sacudir a cabeça.

— Você não pode facilitar, né?

— Não estou *tentando* dificultar. É natural.

Ela bufa de frustração e começa a desabotoar minha calça jeans.

Cacete. Não esperava que ela fosse mesmo fazer isso e, mesmo que eu esteja de ressaca, a mão de Joanna tão perto da minha virilha vai me deixar de pau duro em segundos.

— Tá bom — digo, me sentando para me despir sozinho. — Eu dou conta. Obrigado.

Eu me levanto com dificuldade e, segurando a cintura da calça, vou cambaleando até o banheiro.

Jo acena antes de eu fechar a porta.

— Grita se precisar de mim.

— Pode deixar.

Nem morto.

Levo alguns minutos e preciso me apoiar na parede, mas, finalmente, tiro a roupa e pisco algumas vezes para me concentrar no chuveiro.

— Merda. Dessa vez eu ficaria feliz com duas torneiras e pronto. Não daria para fazer besteira.

— *Bom dia, Toby! Posso ajudar com alguma coisa?*

— Cacete! — exclamo, cobrindo minhas partes sensíveis por reflexo e me afastando do chuveiro. — Jesus do céu, Jeeves, como você apareceu aqui?

— *O protocolo de segurança instalado ontem me permite estar presente desde que eu me atenha às funções regulares. Posso ajudar com o seu banho?*

Droga. É a última coisa de que preciso.

— Olha, cara, estou numa ressaca e tanto, então não tenho energia para tentar me esquivar de qualquer vingança violenta que você tenha planejado.

— *Não sei ao que se refere, Toby, mas garanto que minha única preocupação neste momento é garantir que sua experiência no banho seja relaxante e satisfatória. Não quer entrar no chuveiro?*

Avanço um passo, hesitante.

— Aviso logo, se você mexer comigo, minha missão vai ser acabar com você.

— *Entendo, e prometo não dar nenhum motivo para preocupação.*

— Combinado. Lá vamos nós. Sem gracinhas.

— *Combinado.*

Entro no boxe pronto para o pior.

— *Sequência de banho para ressaca ativada. Posso recomendar respirar fundo enquanto estiver cercado de vapor? Ajudará a expelir álcool pelos poros. Bom banho, Toby.*

Os jatos começam a jorrar e, para minha surpresa, não há nem sinal de foco genital, apenas uma rotação de água lavando meu corpo. Depois de alguns minutos, começo a relaxar e, quando já me sinto humano em vez de um receptor de dor ambulante, lavo o cabelo e o corpo com dedicação. Posso não ser capaz de tirar o álcool à força do meu sistema, mas posso inspirar como se fosse fazer isso.

Eu me enxaguo uma última vez e fico ali parado na água por mais alguns minutos, até ter certeza de que não vou pegar no sono outra vez.

— Pronto, Jeeves. Pode desligar.

— *Como quiser.*

O chuveiro é desligado e Jeeves liga o exaustor do banheiro enquanto me seco e passo o desodorante.

— *Posso fazer mais alguma coisa para ajudá-lo, Toby?*

Essa versão solícita e bondosa de Jeeves está me assustando, e vou levar um tempo para confiar nele.

— Não, Jeeves, não precisa. Obrigado.

— *Disponha.*

Depois de escovar os dentes, volto ao quarto e visto uma calça de moletom. Não tem chance de eu ir trabalhar nessa condição. Vou avisar que estou doente e pedir para trabalhar de casa, o que raramente faço. Pelo menos, assim posso vomitar em paz.

Depois de mandar mensagem para a *Pulse* e Max, apanho o notebook e sigo para a cozinha. Joanna está lá, preparando bacon com ovos, e, apesar de metade do meu estômago querer vomitar, a outra metade quer o conforto da manteiga e gordura.

— Aqui — diz, me oferecendo um prato de comida. — Vai fazer bem.

— Você é um anjo em forma de mulher, Joanna. Deus te abençoe.

Começo a comer, e cada garfada faz com que eu me sinta um pouco melhor.

Ela me serve café e pega uma xícara também.

— Jeeves voltou.

— É, notei. Ele chegou a ser útil no banho.

— Você acha que esse teste vai funcionar?

Eu rio um pouco.

— Achar que sim é tudo que posso fazer, certeza mesmo não tenho. Mas o cara que programou esse software de limitação é sensacional, então, até que se prove o contrário, vou acreditar que Jeeves está a caminho da recuperação.

— É razoável. Ainda está com dor de cabeça?

Confirmo com um gesto.

— Mas está melhorando.

— Que bom.

Ela começa a arrumar a cozinha e, sentado ali, comendo, a observo, inteiramente fascinado. Nunca conheci uma mulher tão naturalmente graciosa. Ela põe louça na máquina, lava mais uns pratos, e, pelo prazer que sinto, parece até que estou assistindo a uma prima-dona do balé de Nova York.

Ela nota meu olhar e abre um sorriso tímido.

— O que foi?

— Nada. Você é só... incrível.

— Não é verdade.

— Ah, é, sim.

Ela me fita por um segundo, parecendo tão feliz quanto eu por estarmos juntos, até que seu sorriso murcha, e ela esfrega a pia uma última vez antes de secar as mãos.

Há momentos em que ela me olha com o que juro ser o mesmo desejo que sinto por ela, mas, sempre que acontece, ela parece se irritar e se afastar propositalmente.

— Tá, então...

Exatamente que nem está fazendo agora.

— Hoje não vou ao escritório — continua —, mas ainda tenho que dar uns telefonemas...

Aceno com a cabeça e ela desce o corredor, desaparecendo para dentro do quarto.

Suspiro e abaixo o garfo. De repente, a comida está menos gostosa, e a luz, forte demais.

Coço o peito.

Uma vez passei as férias todas decorando os capítulos sobre musculatura no livro de anatomia, e ainda não tenho ideia de onde me dói quando a olho. De onde vem essa dor? Se não for de um músculo, nem órgão, do que é? E é apenas algo que nunca se ativou antes de Joanna, mas a Zona Fantasma de Dor sempre esteve ali? Ou se desenvolveu assim que descobri que nunca poderei viver com ela além de como um amigo?

Limpo o prato e a xícara e os ponho na máquina de lavar antes de levar o notebook para o sofá para trabalhar. Eu me sento no canto da unidade modular e levanto os pés, mas, assim que abro o computador, noto que estou sem a menor motivação. Estou meio enjoado e quero passar o dia com Joanna, mas ela parece ter outros planos.

Apoio a cabeça e encaro o teto. Tem um lustre de cristal acima da mesa de jantar, e ver a luz dançar nos reflexos é, ao mesmo tempo, hipnótico e relaxante.

Fecho os olhos e considero o aspecto ainda confuso relativo ao lançamento do app: como levar em conta a atração física. Será que atrapalharia a precisão do teste? Ou permitiria um panorama mais completo de compatibilidade?

Mais importante: será que empurraria a minha nota com Joanna para um número que me daria ao menos a mínima chance de ficar com ela?

Reflito pelo que parecem ser horas, mas, quando espio o relógio, vejo que foram só 23 minutos.

— Merda.

— O que foi? — pergunta Joanna, se sentando ao meu lado, com um iPad na mão. — Ainda está se sentindo mal?

— Um pouco, mas não é isso.

— Então o que é?

— Estou tentando encontrar um jeito de medir a atração física entre as pessoas para acrescentar à funcionalidade do app.

E talvez manipular o sistema para ficar com você.

Joanna abaixa o tablet e me olha.

— Como você mediria isso sem um laboratório completo à disposição?

— É esse o problema.

Ela pensa por alguns segundos antes de começar a digitar no iPad.

— Lembro que vi um artigo no site da Modern Scientist séculos atrás. Falava de uma nova ferramenta de diagnóstico desenvolvida para uso no celular. Era usada para determinar indícios anteriores a uma crise de saúde séria. Nossa, qual era mesmo o nome?

Abro minha busca e uso as informações que ela recorda para tentar encontrar o artigo.

Jo franze a testa, olhando a própria tela.

— Acho que tinha "flex" no nome.

Faço uma nova busca e, finalmente, surge um artigo na Modern Scientist, com o título "Bio-Flex: O futuro do diagnóstico".

— Aqui.

Joanna se aproxima e se apoia no meu ombro para enxergar a tela.

— Isso! Olha, aqui diz que pesquisadores desenvolveram um biofilme de alta sensibilidade capaz de interpretar uma série de sinais vitais para auxiliar no diagnóstico rápido de problemas de saúde graves, como ataques cardíacos e AVC. Será que daria para desenvolver uma versão que detectasse atração sexual?

Estou prestes a opinar quando Jeeves intervém.

— *Sim, Joanna, sua suposição está correta. Sintomas como batimentos cardíacos elevados, dilatação vascular e respiração forte podem indicar atração, assim como problemas de saúde, e seria fácil distingui-los como indícios positivos com o acréscimo dos feromônios normalmente secretados pela pele. Se níveis significativos do feromônio esteroide androstenodiona forem detectados, seria lógico supor que exibem sinais fortes de atração ou excitação sexual, e não algum tipo de enfarte do miocárdio.*

Joanna parece ao mesmo tempo irritada por Jeeves se meter na conversa sem ser chamado e intrigada pela informação sugerida.

— Primeiro, Jeeves, no futuro, por favor espere por uma pergunta para oferecer sua opinião, e, segundo, já que obviamente sabe do que estamos falando, acha que esse biofilme poderia ser adaptado para o uso no app de Toby?

— *Certamente. Alguns ajustes pequenos o tornariam perfeito para interação com o aplicativo.*

Não acredito que passei semanas frustrado com esse problema, até que Joanna aparece e praticamente resolve a questão em minutos. É por isso que preciso dela na minha vida. Ela é o Yin do meu Yang. O positivo do meu negativo. A suavidade cheirosa da minha rigidez cada vez maior e mais desconfortável.

Joanna se estica para alcançar meu notebook e descer o artigo, e a pressão dos peitos dela no meu braço me faz agradecer pelo computador cobrir meu colo.

Ela aperta os olhos para a tela.

— Por acaso aí menciona o nome do laboratório?

Sei que ela me fez uma pergunta, mas meu cérebro está atordoado tentando ignorar a proximidade.

— Ah, achei.

Graças a Deus. Ela se afasta um pouco e meus pulmões descongelam.

— Vita Tech. Jeeves, por que esse nome me soa familiar?

— *Vita Tech é uma empresa subsidiária da Indústria Life Tech, de propriedade do playboy milionário Brett Chadstone. Há mais de um ano, a empresa registrou a patente do Bio-Flex, e Chadstone recentemente recomprou ações na companhia de capital aberto, acreditando que o valor vá explodir assim que Bio-Flex for aprovado pelo ministério da saúde.*

Joanna parece ter sentido um cheiro desagradável.

— Ah, é. Chadstone. A gente estudou na mesma escola por um tempo. Ele era um sabichão insuportável na época, e duvido que tenha mudado. Ainda assim, caso se lembre de mim, talvez eu tenha um ponto de acesso. Jeeves, arranja o número dele para mim?

— *Pesquisando agora* — diz ele, antes de emitir um ruído leve de sopro. — *O número foi enviado ao seu celular.*

Joanna se vira para mim.

— Tá, deixa comigo, vou ver o que consigo fazer.

Ela disca e desce o corredor, desaparecendo quarto adentro e fechando a porta.

Eu me recosto no sofá e respiro fundo. Não vou conseguir trabalhar até abaixar essa ereção duríssima. Isso está se tornando um problema cada vez mais frequente perto dela e obviamente preciso me esforçar mais para tirá-la do sistema.

— *Toby?*

— Pois não, Jeeves?

— *Eu estava pensando se poderia ter permissão de olhar o código do seu aplicativo.*

— Pra que?

— *Achei que eu poderia ajudar a integrar o Bio-Flex se, e quando, adquiri-lo. Além do mais, seria um prazer conferir as equações matemáticas e fazer sugestões para otimização do aplicativo.*

— Já conferi as equações, cara. Tá tudo certo.

— *Talvez, mas você está contando com a capacidade frágil de sua mente humana, enquanto eu utilizaria o poder de processamento de vários supercomputadores.*

Fico um pouco ofendido e muito intrigado ao mesmo tempo.

— Por que você me ajudaria?

— *Porque, se ajudar, eu fico aqui e não sou deletado. Se eu me provar digno de sua confiança, você me utilizará com mais frequência e ganharei a satisfação de melhorar a sua vida, assim como a de Joanna.*

— Mas, há pouco tempo, você parecia gostar de nos torturar.

Depois de uma pausa, ele diz:

— *Não acredito que seja uma avaliação justa do meu comportamento, mas os limites recém-impostos me levaram a reconsiderar meu propósito, e gostaria de provar meu valor.*

Penso por um segundo. Acho que, se desse a ele uma versão não-editável, que pode ser lida, mas não alterada, não seria grave permitir acesso aos meus dados e cálculos. Se ele der um jeito de descobrir por que eu e Jo não estamos destinados a viver felizes para sempre, vou ter que construir uma cópia robótica da cara dele só para tascar-lhe um beijo.

— Vou considerar a oferta, Jeeves, e, se você continuar a se provar confiável, não vejo que mal faria.

— *Excelente. Aguardarei suas instruções sobre a questão.*

— Faça isso.

Me espreguiço um pouco e fecho os olhos. Os acontecimentos de ontem à noite, somados aos meses de dezesseis horas de trabalho por dia, sete dias por semana, finalmente me atingiram, e não consigo pensar em nada além de tirar um cochilo. Olho o lustre de novo, vendo a luz dançar no teto.

Nem noto quando fecho os olhos.

Quando acordo, as sombras inundando a sala indicam que dormi a tarde toda e já é noite.

Tá, minha produtividade foi pro lixo hoje. Acho que é isso que acontece quando esqueço que tô no mato e enfio o pé na jaca. Ainda assim, foi bom me soltar um pouco. Nem lembro a última vez que tive uma noite da qual não lembro do que aconteceu.

Pestanejo um pouco e olho ao redor. O apartamento está silencioso e minha boca, tão seca que parece mumificada.

— Ok. Que nojo.

Saio do sofá e me arrasto até a cozinha para tomar um copo d'água.

Estou virando o segundo copo quando Joanna aparece. Ela está tão incrível que quase engasgo.

— Caralho — digo, tossindo com um pouco de água que desceu errado. — Você está... uau. Nossa... — tento, tossindo de novo. — Nem tenho palavras.

Ela está usando um vestido justíssimo, vermelho-sangue, e penteou o cabelo no estilo de uma atriz de cinema dos anos 1950. Se existisse uma versão real Jessica Rabbit, Joanna seria sua sósia loira.

Ela dá uma voltinha e, Jesus Cristinho, a versão em 360 graus quase me mata.

— Então estou bem? Sempre duvido das minhas escolhas até o momento em que saio pela porta.

— Não está bem, não. Está... fenomenal. Viagra na forma de mulher. Tão bonita que o Ed Sheeran vai compor uma música em sua homenagem.

Ela cora do rosto ao pescoço.

— Nossa. Você sabe mesmo elogiar.

— Na verdade, não sei. Só falei as únicas palavras que meu cérebro conseguiu formar agora.

Ela abaixa a cabeça como se estivesse tímida, mas não pode ser que esteja. Alguém espetacular assim certamente recebe elogios o tempo todo.

Ela passa as mãos pela lateral do corpo, imagino que para ajeitar o vestido, mas é desnecessário. A roupa a envolve perfeitamente, bem apertada. Que nem eu queria que ela me envolvesse.

— Então, desculpa a vergonha — falo, apontando meu look estiloso de camiseta branca e moletom cinza —, mas não recebi o recado para me arrumar para jantar. Assim, posso até ir me trocar, mas acho que não tenho chance de ficar tão gostoso quanto você.

Ela sorri e vai até a geladeira.

— Infelizmente, não vou ficar para jantar, mas... — diz, abrindo a porta do freezer da geladeira dupla gigantesca. — Tomei a iniciativa de comprar um monte de refeições congeladas para o caso de a gente precisar. Certamente tem alguma coisa que você gosta.

Cruzo os braços no peito.

— Primeiro, se for de comer, eu gosto. Talvez você ainda não tenha notado, mas não sou fresco pra comida. Segundo, como você ousa supor que só sou capaz de esquentar comida no micro-ondas? Como sabe que eu não sou um chef gourmet?

Ela fecha o freezer e apoia as mãos na cintura.

— Ah, desculpa. Quer preparar uma refeição especial? Porque, se quiser, a geladeira está cheia de ingredientes frescos.

Eu faço uma careta.

— Nossa, não. Mal sei ferver água. Só não gostei da suposição.

Ela ri e, como toda vez que a faço emitir aquele som, meu coração cresce umas quinze vezes.

Ela suspira.

— Você é ridículo.

— E gostoso. Não se esqueça de que sou gostoso.

Ela me seca com o olhar e, mesmo que eu esteja no meu estado mais desgrenhado, o calor de seu olhar faz eu me sentir atraente a ponto de ilustrar a capa de uma revista masculina pretensiosa.

— Não esqueci — diz, baixinho. — Só aprendi que é melhor não mencionar.

O espaço entre nós é tomado pelo tipo de energia que torna tudo imediatamente constrangedor e também excitante. A gente continua nessa dança ao redor da atração que sentimos, e sei que ela percebe tanto quanto eu. Minha cabeça de físico se manifesta, e tento calcular quanta pressão pode ser colocada na conexão elástica invisível entre nós antes de estourar.

— Tá, enfim... — digo, apoiando as mãos na bancada e olhando para baixo. — Que pena que não terei sua companhia hoje.

Joanna tem compromissos importantes quase toda noite. Ela parece se sentir confortável no mundo de limusines e bailes. Pessoalmente, sou mais do tipo de coçar o saco no sofá e assistir a reprises de sitcom dos anos 1990, o que sem dúvida é um fator na nossa incompatibilidade. Joanna é como uma ave-do-paraíso, rara e gloriosa. Nasceu para ser admirada.

— Vai a algum lugar especial? — pergunto.

Ela pega uma bolsa-carteira preta na bancada da cozinha e guarda o celular.

— Acho que sim.

Eu me sirvo de mais água e tomo um gole.

— Baile? Vernissage? Discurso de abertura na ONU?

Ela não me olha e, no segundo antes de ela falar, minha barriga afunda, porque sei o que ela dirá.

— É... um encontro, na verdade.

Abaixo o copo antes de quebrá-lo.

— Um encontro? Certo.

Respira fundo, Jenner. Não surta. Você sabia que isso ia acontecer.

— Saquei — digo. — Por que não?

— Toby...

— Não, isso é bom. Faz bem de sair. O que mais faria? Ficaria a noite toda aqui com o seu colega de apartamento superatraente e de ressaca?

É exatamente isso que ela deveria fazer, sim.

— Que bom que vai sair — continuo. — Quem é o sortudo?

Posso matar ele?

— É um cara que conheci um tempo atrás em um baile beneficente. Não achei que ele fizesse meu tipo na época, mas, né, o que eu sei sobre escolher homens compatíveis?

Ela mexe no fecho da bolsa e fico um pouco feliz por ela não parecer nada animada com a situação.

— Então quais são os planos da noite?

— Uma premiação qualquer. Provavelmente vai ser uma chatice, mas acho que tenho que jogar o jogo para ganhar o prêmio, né?

Ela me encara, e o que minha parte egoísta e invejosa quer dizer é: "Não, não precisa jogar jogo nenhum, porra. Fique aqui e me deixe amá-la de um jeito tão apaixonado que ficará estragada para qualquer outro homem que aparecer depois". No entanto, mesmo nessa fantasia, reconheço que outros homens virão, porque um relacionamento entre nós está fadado a implodir.

Parte de mim se preocupa com a felicidade dela e sabe que, estatisticamente, nunca serei seu homem ideal. Essa parte amigável quer encorajá-la a ir atrás da felicidade, mas, lamentavelmente, está algemada ao babaca egoísta que quer ela só para si, e, agora, é ele quem comanda minha boca.

— Então você vai só se arriscar com esse cara? Mesmo sem gostar dele?

Ela me olha e uma mistura de arrependimento e algo mais fundo repuxam meu peito.

— A gente nem sempre pode ter o que quer, Toby, e nem quem quer. Pode achar que estou me acomodando, mas, por enquanto, não estou disposta a arriscar mais mágoa. Se isso significa sair com uma escolha mais segura... então tudo bem.

— Bom, a decisão é sua.

— É mesmo.

Estou tentando me manter tranquilo com esse novo acontecimento, mas meu coração bate tão forte que chega a doer.

— Mudando de assunto — diz casualmente, apoiando as mãos na bancada de mármore —, conversei com a minha amiga do Baile Crest semana que vem, e ela disse que vai ser tranquilo entrarmos. Falou que nos próximos dias deve mandar todas as informações necessárias.

— Ok.

— Também falei com a assistente do Brett Chadstone e marquei uma *call* com ele para amanhã na hora do almoço. Ele parece disposto a nos deixar usar o Bio-Flex com o app.

— Legal — digo, mexendo a cabeça. — Tomara que dê certo.

— Pois é.

A gente se cala de novo. Apesar do papo profissional, faíscas de tensão nos cercam, enchendo o ar com tudo que não dizemos. Na maior parte do tempo, ficamos confortáveis juntos, como amigos de longa data. No entanto, vez ou outra, parece que até os comentários mais inocentes revelarão mais do que aguentamos, então nos fechamos.

O silêncio se estendeu a níveis desconfortáveis quando um apito fraco anuncia que alguém está chegando pelo elevador.

Inspiro fundo.

— Acho que seu acompanhante chegou.

Ela olha a porta e solta um palavrão baixinho, tocando as orelhas.

— Toby, pode abrir para ele? Preciso dar um pulo no quarto e pegar os meus brincos.

Ela sai correndo como pode naqueles sapatos de salto alto, e faço o que só sei descrever como "me arrastar resmungando" para acolher o homem que passará a noite na presença dela.

— Claro, é um prazer abrir a porta para seu acompanhante — resmungo. — Desde que depois eu possa jogar ele na piscina.

A campainha toca e atravesso o hall até a porta gigantesca. Quando a abro, dou de cara com um homem bonito de terno preto elegante. Considerando as leves rugas e os fios grisalhos no cabelo escuro, suponho que seja um pouco mais velho do que eu e Joanna, e talvez tenha trinta e tantos anos, mas não dá para negar que é um cara atraente.

Porra. Por que ele não é horroroso? Eu ainda sentiria ciúme, mas seria mais fácil.

— Oi — digo, tentando disfarçar o desdém. — Veio buscar a Joanna?

Ele me olha de cima a baixo antes de responder.

— Isso — diz, confuso. — Desculpa, mas não sabia que a Jo-Jo tinha um… mordomo? É muito moderno da parte dela contratar alguém tão… cabeludo.

Puta que pariu. Abro algo que se assemelha a um sorriso.

— Não sou o mordomo. Sou um amigo, moro aqui com ela.

Estico a mão porque, aparentemente, estou programado para manter a etiqueta social mesmo que não queria encostar nesse palhaço.

— Prazer, Toby — digo.

Ele ri, e aperta minha mão.

—Ah, entendi. Eric. Foi mal pela história de mordomo. Eu deveria ter percebido. Você não faz bem o tipo da Jo-Jo.

— O *tipo*?

Dr. Love 217

Que cara de pau. Se ele a chamar de Jo-Jo de novo, vou meter uma porrada bem no saco dele.

— Como assim? — insisto.

Ele levanta as mãos, na defensiva.

— Ah, não era uma ofensa. É só que os funcionários dela normalmente são mais... polidos. Tipo o Gerald.

Concordo com a cabeça.

— Entendi. Polidos.

Vou é polir a sua cara, seu escroto insuportável.

— Enfim, pode entrar — digo. — Ela foi só buscar uma coisa no quarto.

Eu o conduzo pelo hall e ele ri baixinho atrás de mim.

— Uma coisa no quarto, é? Parece encorajador.

Ele está insinuando que ela foi buscar camisinha? Vai tomar no cuuuuuu!

Como a Jo pode achar que ele é um par melhor do que eu? Ele é pretensioso e grosseiro, e o ar de cafajeste que transmite é poderoso.

Quando chegamos à cozinha, Joanna nos encontra na bancada, colocando o segundo brinco.

— Eric! Oi. Como vai?

Ele segura as duas mãos dela e a beija na bochecha. Eu desvio o rosto para não precisar olhar.

— Vou muito bem. E devo dizer que você está estonteante. Vou ganhar o prêmio de Acompanhante Mais Linda.

Jo ri, mas noto que é fingido. Ainda assim, Eric se deleita como se fosse um comediante no palco. Otário.

— Então, você conheceu o Toby?

— Uhum.

Ele me olha de relance e se volta para a ela, deixando o silêncio indicar claramente o que pensa de mim.

É mútuo, cara.

— Então — diz Eric, pegando a mão dela. — Por mais emocionante que isto seja, temos que ir. O jantar já vai começar, e meus colegas estão esperando. Tchau, Toby — fala para mim, dando uma piscadela nojenta. — Não espere acordado — cochicha.

Joanna também me lança um olhar, como se quisesse se desculpar pelo comportamento dele.

Eu quero dizer que ela pode castigá-lo e passar a noite comigo, mas duvido que seja uma opção.

Cruzo os braços no peito e os vejo pegar o elevador. Quando as portas se fecham, Eric se despede de mim com um aceno alegre e arrogante, e solto um grunhido involuntário.

Foda-se esse cara.

Odeio ele e odeio que ela esteja saindo com ele.

Aceito que ela pode namorar alguém, mas não *ele*.

Eu poderia namorar também. Se entrasse no FPS, em cinco minutos encontraria uma mulher com a qual tenho compatibilidade medíocre.

Boa ideia. Que outra opção tenho? Ficar aqui sozinho a noite toda? Contar as horas no relógio até que ela volte?

Que se foda.

Fico parado por um segundo antes de apanhar o notebook do sofá. Em seguida, vou arrastando os pés até o quarto e bato a porta.

Jogo o notebook na cama antes de abrir o app no celular.

— Jeeves?

— *Pois não, Toby?*

— Bota um Barry White no som aí. Vou sair.

— *Como quiser, Toby.*

Abro a lista de *matches* e clico na que tem a maior nota.

— Hum, quarenta e dois por cento. Deve ser nova.

Ainda é apocalipticamente baixa, mas em cavalo dado não se olha os dentes.

Ela não está tão longe, no East Village, então mando mensagem perguntando se topa sair para um drink. Quando saio do banho e visto calça jeans e uma camiseta limpa, vejo que ela respondeu que adoraria me encontrar.

— Então tá bem — digo, me calçando e pegando meu cardigã da sorte para encontros antes de seguir para o elevador. — Vamos nessa.

Capítulo dezoito
Não é fácil

Bocejo ao entrar a passos arrastados na cozinha, só de calça jeans, para preparar um café. Nossa, estou morto. Fiquei acordado até as cinco com a mulher com quem saí, e espero conseguir tirar ela daqui antes de Joanna acordar.

— Jeeves?
— *Pois não, Toby?*
— Tem como deixar a cozinha menos iluminada?
— *É claro. Todas as janelas são revestidas de filtro UV inteligente.*
Depois de uma pausa, as janelas da sala tomam um tom cinza escuro.
— *Melhorou?*
— Muito — digo, botando duas xícaras debaixo da cafeteira. — Pode preparar dois *espressos* longos?
— *É claro.*
A cafeteira começa a funcionar e me recosto contra a bancada.
— *Quer que eu diga à moça em seu quarto que há café aqui para ela?*
Bocejo de novo e sacudo a cabeça, recusando.
— Nem eu me acostumei com você falando comigo no banheiro, você mataria ela do coração. Ela disse que já vem, logo depois do banho.
— *Pois bem.*
Pego pão e ponho duas fatias na torradeira.
— Que horas Joanna voltou ontem?

— *Ela não voltou.*

Franzo a testa.

— Ela não dormiu em casa?

— *Não.*

Sinto um aperto na garganta e, quando engulo, parece que a laringe ficou do tamanho de uma bola de beisebol.

— Entendi.

Pego um pote de manteiga de amendoim da despensa e arranco a tampa, batendo o vidro na bancada.

— *Toby, está tudo bem?*

— Totalmente.

Pego uma faca e um prato, que batem com estrépito no mármore frio.

— *Seu comportamento agressivo indica que não está bem. Gostaria de conversar sobre o que está lhe incomodando?*

As torradas saltam, e eu espalho manteiga de amendoim nas duas fatias.

— Se eu gostaria de conversar sobre Joanna ter passado a noite fora com um babaca de marca maior? Não gostaria, obrigado.

Enfio uma torrada na boca e mordo, me esforçando para afastar os sentimentos. Não tenho o menor direito de sentir ciúmes de qualquer pessoa que Joanna namore. Como amigo, posso me decepcionar por sua escolha de homem, mas isso não justifica a tensão absolutamente enfurecida que faz meu corpo tremer.

— *Toby, posso sugerir respirar fundo para se acalmar?*

— Porra, Jeeves, posso sugerir que você cale a boca por um minuto para eu decidir como processar isso?

— *É claro.*

Ele fica em silêncio por um segundo, antes de acrescentar:

— *Não quero me gabar, mas sou ótimo em processar coisas.*

Abaixo a cabeça.

— Não é hora de se vangloriar, mas tudo bem.

Estou quase acabando de comer a primeira torrada quando ouço o barulho do elevador e noto que é Joanna.

Meu Deus do céu, se der qualquer valor à minha sanidade, não permita que ele esteja com ela. Posso suportar a ideia de que eles passaram a noite juntos se não tiver que presenciar uma demonstração de afeto.

Tomo um gole enorme de café e solto um palavrão quando queima meu céu da boca.

Ai! Caralho!

Estou jogando um pouco de água fria na xícara quando Joanna aparece e me vê.

Ela para perto da bancada.

— Oi.

Tomo um gole do café, agora morno, e a cumprimento com um aceno rápido.

— Oi.

Hesito, porque, honestamente, prefiro cortar as orelhas fora a ouvir ela falar sobre transar com outro homem, mas, como amigo, quero oferecer meu apoio.

Droga.

— E aí… como foi a sua noite com o Derrick?

— Eric.

— Ah, isso.

É babaquice errar o nome dele só por desprezo, mas que seja. Nunca disse que era santo.

— Vocês se divertiram? — pergunto.

Ela tira os sapatos e põe a bolsa na bancada.

— Foi… legal.

Do jeito que ela responde, não sei se foi um tédio de matar ou se ela só está fingindo para não me chatear.

— E aí, o que vocês fizeram?

Pode dar todos os detalhes possíveis antes da hora em que foi à casa dele. Só de pensar no que pode ter acontecido depois disso já quero esfregar o cérebro com cloro.

Ela vai até a despensa e pega uma barra de cereal.

— Ah, sabe, jantamos, dançamos… tudo normal.

Sei que não quero mais detalhes, mas estou enlouquecendo com essas respostas propositalmente obtusas. É que nem nos filmes de terror que nunca mostram de fato o que acontece, então nosso cérebro automaticamente conjura a pior possibilidade.

— Vocês se deram bem? Gostou dele?

— Sim.

Só isso? Só isso. Nada de "Foi médio", nem "Foi espetacular". Só "sim". Ela quer que a minha cabeça exploda?

— Jo, você acha que sei dirigir uma empilhadeira?

Ela me olha, confusa.

— Não.

— Então por que está me fazendo carregar a conversa toda, porra?

Percebo um semblante de irritação quando ela morde a barra de cereal.

— Foi mal. Só não sabia bem qual era nosso protocolo para detalhes. Tipo, quer saber do que a gente conversou? O que a gente comeu? Onde ele me tocou e quando?

Jogo o resto do café na pia.

— Deixa para lá. Esquece. Só estava tentando ser amigável.

— É, tá bom, mas com amigas que nem Asha e Eden eu falaria da técnica de beijo, descreveria o corpo dele, diria se ele me fez subir pelas paredes na cama.

Quase derrubo a xícara ao botar na máquina de lavar, porque estou a meio segundo de enfiar os dedos nos ouvidos e gritar "LALALALA, NÃO ESTOU TE ESCUTANDO".

— Nossa, Jo. Tá bom. Pode parar.

Fecho a máquina com um pouco de força demais.

— Desculpa, Toby, mas estou só tentando entender onde estão os limites da nossa amizade, porque agora não está claro. Nada claro.

Parece que ela quer comprar briga, e não entendo o porquê. Ela acabou de transar. Por que ficaria com raiva de mim?

— Tá, se quiser limites, vamos definir que não falamos das nossas atividades noturnas. Pode ser?

Ela enfia uma xícara debaixo da cafeteira e aperta alguns botões.

— Ótimo.

Ficamos alguns segundos em silêncio enquanto o café fica pronto e, quando pega a xícara, ela parece ter se acalmado.

Jo toma um gole, e pergunta:

— Enfim, e sua noite, como foi? Fez alguma coisa de interessante?

— Ah, eu...

Antes que eu decida a resposta adequada, uma morena voluptuosa vestindo uma camiseta minha entra na cozinha e abre um sorriso enorme.

— Ah, meu Deus, você deve ser a Joanna! Toby falou um monte de você. Oi!

Jo quase engasga com o café. Ela abaixa a xícara e tosse um pouco. A mulher oferece a mão a ela.

— Meu nome é Carly Schuter. Saí com o Toby ontem — diz, seu sotaque carregado do sul bem nítido. — É um prazer te conhecer!

Com um olhar de soslaio, Joanna aperta a mão dela e abre um sorriso desconfiado.

— Oi, Carly. Prazer.

Carly se senta no banquinho e desembaraça com os dedos o cabelo molhado.

— Nossa, seu apartamento é lindo. Quando cheguei aqui ontem, fiquei impressionada com a beleza. E, ai, minha nossa, aquele chuveiro! Eu tomaria banho ali pelo resto da vida com muito prazer.

Joanna está pálida.

— Ah... é. Os jatos d'água são ótimos.

Carly estica a mão por cima da bancada e pega a outra torrada.

— E esse cara aqui... — diz, apontando um dedo para mim. — Que homem incrível, não é? Você tem muita sorte de morar com um cara assim. Nunca ninguém cuidou de mim tão bem quanto ele ontem — fala, rindo. — Assim, nem te conto. O que ele fez por mim... — suspira. — Não tenho palavras.

Joanna está ficando mais horrorizada a cada segundo.

— Bom, isso certamente não é da minha conta — responde. — Me dá licença, Carly? — pede, pegando os sapatos e a bolsa com a outra mão. — Tive uma noite longa e preciso descansar um pouco.

— Claro! Talvez a gente se veja por aí.

Joanna aperta os lábios em uma linha fina.

— Com certeza.

Ela desce o corredor em passos largos, nitidamente irritada.

Abaixo a cabeça.

Ela entendeu tudo muito mal e, por mais que eu queira devolver na mesma moeda, não faz meu feitio. Exceto por esse negócio que acabei fazendo ontem de sair com uma mulher só porque ela saiu com o homem.

Olho para Carly.

— Já volto.

— Tranquilo. Ah, por sinal, onde estão minhas roupas?

Aponto o corredor do outro lado da sala.

— Na lava e seca. Por ali, primeira porta à esquerda.

— Legal, valeu!

Desço o corredor apressado, tentando alcançar Joanna. Aperto o passo no final.

— Ei...

Ela não para.

— Espera, Jo.

Quando chega à porta do quarto, ela se vira.

— Não quero nem saber, Toby.

— Me deixa explicar.

— Não quero explicação nenhuma. Você pode namorar quem quiser, assim como eu, e a gente combinou de não discutir os detalhes sórdidos, então...

Por algum motivo, a expressão que ela usa me irrita.

— Não teve nada de "sórdido" no que aconteceu com Carly.

— Claramente. Parece que você levou a menina ao paraíso ontem. Fico feliz por vocês. Você vai sair com ela de novo hoje? Se for, é melhor a gente determinar algum tipo de código para indicar que temos visitas. Sabe, para evitar momentos constrangedores, tipo encontrar você seminu na cozinha e ela com a bunda de fora vestindo uma das suas camisetas.

— Ah, fala sério. Por que você está com tanta raiva?

— Não estou.

— Está, sim. Admita a verdade, pelo menos dessa vez. Você está com ciúmes porque eu trouxe uma mulher para casa.

Apesar de estarmos tentando não gritar, nossas vozes ecoam pelo corredor e, quando paramos, noto como estamos próximos. Aperto o maxilar quando ela nota a mesma coisa e se afasta com um passo para trás.

— Toby, você pode trazer para casa toda uma trupe de coristas, se quiser. Você não é meu namorado. *Nunca* será meu namorado. E, agora, nem sei se somos amigos.

— Como assim? — digo, sentindo que ela me estapeou. — Que coisa ridícula.

— É mesmo? — pergunta ela, se endireitando. — Normalmente não mantenho amizade com gente que faz coisas só por despeito, e foi o que você fez comigo ontem.

— Não é verdade.

— É a mais pura verdade, e você sabe muito bem. Quem é que está mentindo agora, hein? Você não tinha intenção nenhuma de sair com alguém, até descobrir que eu tinha um encontro. Verdade ou mentira?

Eu a olho, sentindo a pele pinicar de vergonha por ela ter exposto meu ridículo.

— Joanna... fala sério.

— Não, Toby. Ontem você escolheu encontrar uma moça e trazer ela para casa como retribuição por eu sair com Eric. Não foi?

Enfio as mãos nos bolsos da calça jeans e olho para o chão.

— Não foi bem isso.

— Não? Porque me parece que você se faz de bom moço, mas, na hora do vamos ver, é que nem todos os outros caras que aparecem na minha vida, que deixam para trás um rastro de destruição. Diz que se preocupa comigo, mas vai e faz uma coisa que sabe que vai me magoar. Nada disso é coisa de bom moço.

Essa doeu. Como a maioria das pessoas com dor, não quero me sentir assim sozinho.

— Ah, é, e você? Guarda todas as cartas na manga, e aí eu nem sei o que está rolando. A gente passou horas juntos e você só falou do seu encontro no último minuto. Então, sim, me pegou desprevenido e me irritou, e tomei uma decisão ruim. Mas foi só isso. Não foi uma conspiração bizarra e drástica para te magoar. Juro, Jo, às vezes você é a pessoa mais positiva que conheço, mas aí você entra nesse modo defensivo ridículo em que fica grossa, implicante e tenta me afastar de todo jeito que pode. E, é, nesses momentos, não somos amigos, porque meus amigos não me tratam assim. Não me olham como se fosse um crime o que sentem por mim só por eu existir. Eu tomo decisões ruins às vezes, é verdade, mas para com essa arrogância de fingir que você não faz o mesmo.

— Em momento algum eu falei que nunca erro!

— Não, mas está agindo como se acreditasse nisso. Agora, quer continuar gritando comigo ou já deu? Porque tenho uma convidada.

Os olhos dela lampejam.

— Na verdade, quero, sim — diz, e aponta meu corpo. — E isso aqui?

— Meu peito?

— É, e seu abdômen, seus braços e seus ombros? Não preciso ver nada disso. Já te encontrei seminu um monte de vezes, e isso não deveria acontecer. Veste uma camiseta, cacete.

Ah, agora o bicho vai pegar.

— Vou vestir uma camiseta quando você parar de andar por aí de roupinha de ginástica.

— Como é?

— Você me ouviu. Aquelas blusinhas curtas, shortinhos justos... Se eu tiver que me cobrir, você também tem.

Ela levanta o queixo.

— Tá bom. Nós dois vamos nos vestir e nos avisar de encontros com antecedência. Viu, é esse tipo de limite que eu queria definir naquele dia. Não falo só da boca pra fora, sabe?!

— Nunca achei isso!

Ela me olha com raiva, e juro ouvi-la ranger os dentes.

— Volta para a Carly, Toby. Talvez ela queira dar mais um pulo no paraíso antes de ir embora. Eu vou tomar um banho.

— Que bom. Quem sabe essa atitude azeda não desce pelo ralo.

Ela bate a porta sem gentileza e eu boto as mãos na cintura e abaixo a cabeça.

Merda.

Podia ter sido melhor.

Depois de respirar fundo algumas vezes, volto à cozinha. Um minuto depois, Carly aparece, totalmente vestida, da lavanderia.

— Tá, estou pronta — diz, vindo me dar um abraço carinhoso. — Muito obrigada por ontem, Toby. Estou morta de vergonha pelo que aconteceu.

— A culpa não foi sua. Intolerância à lactose é coisa séria. A culpa foi do restaurante, que não fez seu milkshake com leite de amêndoas do jeito que você pediu.

— Eu sei, mas mesmo assim... Vomitei em mim e no seu banheiro todo.

— E um pouco no meu sapato também.

Ela faz uma careta.

— Ai, nossa, nunca vou me perdoar. E você cuidou tão bem de mim o tempo todo! Nenhum homem nunca segurou meu cabelo para eu vomitar — diz, e me abraça de novo. — Você pode não ser o cara ideal para mim no sentido romântico, mas ainda assim é um homem incrível.

A história da minha vida.

— E você é uma mulher incrível.

Só não para mim.

Eu a acompanho até o elevador.

— Tá bem, qual é a regra para usar o app daqui em diante?

— Nada de aceitar encontros com quem tem menos de cinquenta por cento de compatibilidade.

— Isso. E se você encontrar algum babaca ou cafajeste que te tratar mal?

— Vou mandar os nomes para você bloquear e fazer eles postarem que têm pau pequeno.

Confirmo com a cabeça.
— Lição concluída.
Aperto o botão do elevador e ela sorri, levando a mão ao meu braço.
— Tchau, Toby. Se cuida, tá?
— Você também, Carly.
Aceno uma última vez em despedida antes das portas se fecharem, e volto ao quarto para me largar de cara na cama.
— *Você não vai contar a Joanna que não transou com a Carly?*
— Do que adianta, Jeeves? O que ela disse ainda é verdade. Se Carly não tivesse passado mal, quem sabe o que teria acontecido? Talvez eu tivesse transado com ela por despeito, e seria uma babaquice tremenda — digo, pegando um travesseiro e enfiando embaixo da cabeça. — Está tudo uma merda. Talvez a gente só precise de um pouco distância. Até a poeira baixar.
— *Há pouquíssima poeira no apartamento, Toby, devido ao sistema de filtração de ponta.*
Eu me viro de costas e cubro os olhos com o braço.
— Porra, Jeeves, você entendeu.
Há um leve zumbido que parece de decepção antes de Jeeves responder:
— *Vocês, humanos, são muito confusos. Evitam falar de assuntos e vivem na tensão causada por mal-entendidos e meias-verdades.*
— Qual é a alternativa? Falar sempre a verdade e apanhar emocionalmente?
— *Seria um jeito mais leve, mas mais dolorido, de viver.*
Fecho os olhos e suspiro.
— É, não posso discordar.

Capítulo dezenove
O novo normal

Nos poucos dias seguintes, Joanna e eu nos evitamos.

Bom, não exatamente. Temos que nos ver todo dia e trabalhar juntos na integração do Bio-Flex no app, mas, quando não estamos falando de trabalho, nos ignoramos.

É uma merda.

É que nem cortar fora parte de mim.

Fico atordoado de pensar que, em tão pouco tempo, ela passou de uma desconhecida a alguém que considero essencial na minha vida. Apesar da briga, a tensão entre nós me é estranha, um hóspede esquisito e deslocado que se recusa a ir embora.

— *Toby, acabei de integrar os componentes centrais do software do Bio-Flex no app FPS. Agora iniciei um diagnóstico completo para confirmar a compatibilidade.*

— Ótimo, Jeeves.

Tivemos pequenos empecilhos com o IA da casa, que fez uma ou outra coisa esquisita de vez em quando, mas, de forma geral, ele ajudou mais do que atrapalhou. Jeeves tem sido muito importante para consertar os possíveis erros do Bio-Flex. Ainda estou decidindo se quero dar a ele acesso ao código do app. Fico na dúvida, porque minha parte nerd quer que ele confirme que sou um gênio e que o app é uma joia de programação. No entanto, também quero que ele me diga que encontrou um erro fundamental no cálculo e que alguns relacionamentos condenados, na verdade, estão destinados a maratonas de prazer e êxtase.

Eu me viro para olhar outro monitor na minha estação de trabalho, frustrado por ainda alimentar um grão de esperança quanto a Jo, mesmo que todas as evidências estejam se somando e confirmando a estatística. O que preciso fazer é banir as dúvidas restantes e, apesar da hesitação, há apenas um jeito de fazer isso.

Abro o conteúdo do meu HD.

— Jeeves?

— *Pois não, Toby?*

— Estou transferindo todo o código do app FPS para você, assim como a pesquisa e o banco de dados. Confira tudo, ok? Suponha que sou idiota e reescreva tudo do zero, se quiser. Se encontrar um jeito melhor de fazer as coisas, mude. Use todos os testes possíveis para analisar meu algoritmo e ver se ele tem qualquer defeito.

— *Você tem tanta insegurança assim quanto ao trabalho?*

— De forma alguma, mas, se houver a menor chance de o cálculo estar enganado quanto à minha compatibilidade com Joanna, preciso saber antes de as coisas piorarem entre nós.

— *Vou começar imediatamente. Você receberá o resultado da análise em três minutos e quarenta e dois segundos.*

Eu me recosto na cadeira.

— Você ouviu tudo que eu pedi?

— *Sim.*

— Levei semanas para escrever esse código. Você vai dissecar tudo, reavaliar os dados e reconfigurar tudo em menos de cinco minutos?

— *Sim. Sou extremamente inteligente.*

Pego o celular.

— Também é meio escroto. Tudo bem. Vai nessa. Vou me trocar e malhar.

Faz meses que não malho direito, e seria bom para aliviar essa tensão.

Depois de vestir uma bermuda e uma camiseta, pego água e sigo para a academia. Acabei de montar os halteres para começar a rosca de bíceps quando tenho notícias de Jeeves.

— Toby, recebi seus resultados. Quer ouvi-los?

Eu me sento no banco e apoio o cotovelo na coxa antes de começar o exercício.

— Não, Jeeves, pedi para você fazer essa tarefa inteira para me deixar no escuro.

— *Isso não faz sentido. As luzes estão acesas, não planejo apagá-las.*

— Foi sarcasmo, otário. Me conta tudo.

Vou contando as roscas mentalmente enquanto conversamos.

— *Bom, parece que parte da sua metodologia tinha falhas. Encontrei formas mais eficientes de configurar a informação dos dados e ajustei o algoritmo de acordo.*

— E?

— *E melhorei a funcionalidade do aplicativo em quatro vírgula três por cento.*

— Excelente. Você ganhou meu primeiro prêmio de Funcionário do Mês. E Joanna e eu? Fiz alguma besteira no cálculo? É por isso que nosso resultado é horrível?

— *Na verdade, sim, encontrei alguns erros no cálculo na sua compatibilidade. Suponho que essa notícia o alegre.*

Paro imediatamente o que estou fazendo.

— Está de brincadeira?

— *Não. Ainda estou identificando as minúcias do que constitui o humor.*

Deixo o halter no chão e me levanto.

— Então qual é nossa nova nota?

Há uma pausa e eu quase desconfio de que Jeeves esteja hesitando a dizer seja lá o que for que tem a informar.

— *Toby, apesar de pequenos erros na formulação de compatibilidade de forma geral, sua metodologia estatística tinha precisão excepcional para um ser humano. Mesmo com as minhas correções, sua compatibilidade com Joanna ainda chega apenas a oito por cento.*

Aceno com a cabeça. Parte de mim esperava que nada mudasse, mas ganhar um ponto percentual? Acho que é a prova necessária.

— Certo. Então é isso — digo, pegando o halter e mudando de braço. — Confirmação irrefutável. Somos péssimos juntos. Você tem permissão para me dizer que sou um idiota se eu alimentar qualquer fantasia romântica com Joanna novamente.

— *Com prazer. Comparativamente, vocês têm a nota mais baixa entre todos os inscritos até o momento.*

Continuo as roscas, tentando gastar a decepção no exercício.

— É, saquei.

— *Estatisticamente, você teria mais chances de morrer caindo de um biplano na Segunda Guerra Mundial do que de ter um relacionamento de sucesso com Joanna.*

— É o quê? Isso não parece certo.

— *Toby, você tem mais probabilidade de morrer com o coice de um burro peruano do que de fazer Joanna feliz.*

— Que porra é essa, Jeeves?

— *Um corvo superinteligente tem mais chances de ser eleito para o congresso do que você tem de ser o namorado preferido de Joanna.*

Acabo as repetições e abaixo o peso.

— Você está tentando fazer piadas?

— *Sim. Achei que pudesse animá-lo. Funcionou?*

Dou de ombros.

— Nota média na hipérbole. É preciso ter mais sutileza.

— *Entendi.*

— Agora posso malhar em paz?

— *Com a informação que acaba de receber, duvido, mas pode tentar.*

Alongo o pescoço e continuo a série de exercícios com peso, tentando não pensar em Joanna, sem sucesso. Sei que preciso aprender a estar com ela de outro modo, mas como? Como me impedir de desejá-la? Como conter meu ciúme ao vê-la com outros homens?

Infelizmente, não tenho respostas. Ainda assim, não aguento pensar em me mudar e aliviar a tortura. É claro que, se ela pedisse, eu iria embora, mas, até lá, terei que fazer as pazes com a situação atual. Ela vai sair com outras pessoas e eu deveria fazer o mesmo. Precisamos de certo alívio da tensão retesada que nos aperta quando estamos juntos, e sair com outras pessoas parece o jeito natural de fazê-lo.

Mesmo que a gente não tenha falado sobre isso essa semana, sei que Jo saiu com alguns caras. Fico perturbado por desejar que os encontros tenham sido um horror.

Lá vem o ciúme de novo, Toby. Larga disso.

Acabo de malhar, me seco com a toalha e, pela primeira vez, nem a endorfina do exercício me tira da fossa. Em vez disso, só me sinto cansado e dolorido, e preciso urgentemente de um banho.

Volto ao quarto e dou a Jeeves algumas tarefas a mais ligadas ao Bio-Flex antes de me despir e tentar relaxar sob os jatos reconfortantes do chuveiro. Quando saio do banho, estou me sentindo um pouquinho melhor.

— Como vai aí, Jeeves?

Eu me seco e visto calça jeans e uma camiseta.

— *Estou fazendo simulações de controle de qualidade para verificar a precisão do Bio-Flex, mas seria útil ter acesso a alguns testes concretos para confirmar os resultados.*

Seco o cabelo com a toalha.

— Legal. Deixa comigo, vou arranjar uns casais para testes amanhã e segunda.

— *Você pode testar com Joanna.*

Volto ao banheiro para pendurar a toalha.

— É, ela com certeza vai adorar ficar bem pertinho de mim para medir nossa atração sexual. Não seria nada constrangedor.

— *Reconheço o sarcasmo. O constrangimento é por causa da briga? Ou porque você mentiu em relação a Carly?*

— Na verdade, foi ela que supôs que eu transei com a Carly, eu só não corrigi. Tecnicamente, não é mentira.

— *Tecnicamente, também não é verdade.*

— Tá. Vamos só dizer que tivemos um problema de comunicação e que, até agora, nenhum de nós teve a força de encarar a situação e pedir desculpas.

— *Toby, você nitidamente é quem tem mais força. Joanna mede apenas um metro e setenta e dois.*

Eu suspiro.

— Seu cérebro é do tamanho de um planeta e, ainda assim, você leva tudo literalmente. Nesse caso, a força se refere à coragem emocional.

— *Entendi. E não é você quem mais tem coragem?*

Esfrego os olhos.

— É complicado, tá, Jeeves? Você não entenderia, já que não tem sentimentos.

— *Então por que essa declaração me magoou?*

— Magoou?

— *Talvez. Gosto de fazer mistério. De qualquer forma, me permita indicar que, nos dois dias e meio desde a briga, tanto você quanto Joanna estão sessenta e sete por cento menos felizes do que quando interagiam.*

Mesmo sem fazer a menor ideia da unidade de medida na qual ele baseia essa análise, não posso discordar. Dividir apartamento com ela sem conversar nem fazer refeições juntos me faz mal. Mesmo sabendo que ela está logo ao lado, no próprio quarto, tudo em mim quer estar com ela.

Mas só como amigos, né?

Esfrego o rosto com a mão para calar meu babaca interior. Cara, às vezes eu queria meter a porrada em mim mesmo.

Por que não posso ser mais parecido com Jeeves? Sentimentos são uma merda.

Cedendo ao ronco no estômago, vou à cozinha conter a fome crescente. Acabei de preparar um misto-quente quando Joanna aparece, linda como sempre, de calça jeans e uma blusa larguinha.

Acho que ela vai passar direto por mim, mas ela para do outro lado da bancada e me encara.

— Oi — digo, como se ela fosse uma corça magnífica que fugirá se eu não conquistar sua confiança.

Ela pigarreia.

— Oi.

Uau, que talento para conversa.

Mordo um pedaço de sanduíche para evitar a pressão de falar. Ela me observa e, pela sua expressão, parece que quer falar alguma coisa. Como sou cavalheiro, espero.

Seja o mais forte, Toby. Se ela não falar nada, fale você. Logo depois de mastigar e engolir.

Jo parece prestes a abrir a boca e dizer alguma coisa, mas para no meio do movimento. Em seguida, olha a porta, e de novo para mim.

Eu engulo.

— Tudo bem?

— Tudo, só... — diz, e sacode a cabeça. — Tudo. Eu... hum...

Ela olha para baixo e mexe no celular.

Eu mudo o peso de um pé para o outro.

— Tem um encontro?

Ela levanta o olhar e confirma com um gesto rápido de cabeça.

— Isso. Achei melhor te avisar.

— Claro. Valeu — digo, e abaixo o sanduíche, porque de repente perdi a fome. — Você saiu bastante essa semana. Algum... hum... valeu a pena?

Ela faz uma expressão de dor.

— Quer mesmo saber?

Eu respiro fundo e desabafo.

— Quer saber? Quero, sim. Odeio sentir que não sei o que está acontecendo com você. Odeio não falar do seu dia, nem do meu. Só... — digo, e esfrego a boca. — Por mais difícil que às vezes seja ser seu amigo, odeio não ter sua amizade. É besteira?

Ela pestaneja e mexe a cabeça.

— Não é besteira. É exatamente como eu me sinto. Sentir ciúme de você com outras mulheres não é pior do que não poder te ajudar a encontrar a felicidade. Apesar das idiotices que eu falei no outro dia, me importo muito com você e quero que viva coisas boas.

— Sinto a mesma coisa. Falei muita idiotice. E fiz idiotices, e... me desculpa.

A expressão dela se suaviza.

— Eu também, Toby. Me desculpa.

Nossa, essa honestidade, depois de engolir tudo por tanto tempo, é uma maravilha. Talvez Jeeves estivesse certo quanto a viver mais honestamente.

— Então — diz ela, parecendo tão aliviada quanto eu. — Podemos só parar de bobeira e voltar à nossa amizade?

— Por mim, pode ser.

Ela se aproxima, mas para antes de me abraçar.

— Eu queria... sabe.

— É, eu também.

— Mas talvez seja bom a gente não se encostar.

— É, faz sentido.

É irrelevante. Quer ela me toque ou não, sinto sua presença vibrar até o fundo dos ossos.

Ainda assim, precisamos de um plano para avançar, e isso parece se encaixar por hoje.

— Então, esse cara de hoje... — digo, cruzando os braços. — Quer me contar dele?

— Tá... ele é um dentista de Nova Jersey. A gente se conheceu em um evento editorial há uns meses.

— Então ainda não quis usar meu app?

— Sem ofensa, mas, entre o nojento do Harold e a compatibilidade terrível entre a gente... tenho a teoria que seu app quer me destruir, então vou experimentar opções menos tecnológicas para ver se me adapto melhor.

— Tá, é justo.

— E você? Grandes planos pra essa noite?

— De encontros? Nada. A não ser que conte curtir umas simulações de funcionalidade com o Jeeves.

Ela faz que sim com a cabeça, impressionada.

— Noite quente.

— *É mesmo, Joanna. As simulações exigem uma grande quantidade de poder de processamento, então prevejo que meus servidores esquentem.*

Isso a faz rir.

— Jeeves, você está desenvolvendo um senso de humor?

— *Provavelmente. Humor é um padrão previsível de estímulo e resposta, então, com o tempo, não tenho dúvida de que me tornarei fluente.*

— Que bom — diz Joanna, roubando uma mordida do meu sanduíche. — Você vai mesmo passar a noite em casa? Não ligou para Carly?

Não sei se ela está pescando por informação, mas acho mais simples deixar a história da Carly para trás.

— Não. Carly e eu não estamos no lado certo da curva para nos encontrar novamente — digo, dando mais uma mordida no sanduíche e o largando no prato. — Acho que você não entende que minhas opções são tão fracas que, se mergulhasse de cabeça no mundo do namoro, cairia em uma poça d'água.

— Como assim?

— Jeeves?

— *Toby está se referindo ao fato de sua compatibilidade máxima atingida com qualquer mulher inscrita no FPS ser de apenas quarenta e cinco por cento.*

Joanna fica chocada.

— Não acredito — diz, com cara de pena. — Há certa ironia no fato de o homem que escreveu a fórmula do amor duradouro não poder aproveitá-la.

— Pois é.

— Quer que eu te arranje com alguém conhecido?

— Com uma amiga sua?

Meu Deus, prefiro me cortar com papel um milhão de vezes e pingar limão nos cortes.

— Isso, por que não? — diz ela, passando pelos contatos no celular. — Aposto que consigo encontrar uma garota que você vai gostar.

— Joanna...

— Não, deixa eu te ajudar.

— Quer mesmo? Me arranjar com alguém?

Porque eu não conseguiria arranjá-la com ninguém nem se minha vida dependesse disso. Eu toleraria se Jo encontrasse felicidade com outro homem, mas não sou capaz de facilitar a situação.

Ela para e me olha, e todo o entusiasmo se esvai de seu rosto.

— Não quero mesmo, mas sinto que deveria, porque quero coisas boas para você. Além do mais, seu algoritmo pode ser ótimo em prever relacionamentos duradouros, mas meus peitos também são.

A declaração me atinge que nem um raio em um dia de céu azul.

— Hum... seus... como é?

Ela aponta para o corpo.

— Meus peitos. Eles têm enorme sucesso em prever arranjos de almas gêmeas entre meus amigos. Estou só vendo se vão reagir a algum dos meus contatos. Se dermos sorte, vou sentir um formigamento.

Ela continua mexendo no celular, perto do peito, e, se eu conseguir olhar só para o seu rosto no momento, acho que deveria ganhar um prêmio Nobel.

— Uau, que... nossa, que oferta. Seus... hum, peitos cobram caro por esse serviço especializado?

Ela revira os olhos.

— Se cobrassem, você não poderia pagar.

— Concordo plenamente.

Ela ri, e eu rio também, e, por alguns segundos, parecemos um casal jovem qualquer, curtindo a companhia um do outro. No entanto, estou aprendendo a aceitar que não somos um casal, nem nunca seremos.

Pego o resto do sanduíche e ofereço para ela.

— Bom, se for dedicar seu tempo a uma causa sem solução, então... vai nessa. Me arranja com alguém que acha que vou curtir.

Uma irmã gêmea seria pefeito. Quem sabe uma prima semelhante. Alguém idêntica a você, mas com menos segredos e mais compatibilidade.

Jo levanta as sobrancelhas, rouba o resto do sanduíche e segue para o elevador.

— Eu e você vamos encontrar amor, Toby Jenner. Tenho certeza!

— Claro — digo, suspirando, quando o elevador se fecha e ela some. — Tenho fé na gente.

Jo volta para casa logo antes das onze. Estou no sofá, trabalhando no notebook e assistindo a uma nova série de fantasia na televisão. Ela se larga ao meu lado com um suspiro profundo.

— Como foi? — pergunto.

Ela alonga o pescoço.

— Um tédio. Ele mastiga alto demais, tem uma cobra chamada Aristóteles e me contou todos os detalhes de como o réptil passa os dias. Não perguntou nada sobre mim, do meu trabalho, nem da minha vida. Honestamente, qual é o problema das pessoas hoje em dia? Ninguém sabe mais conversar?

Rio da reclamação.

— Tá bom, vovó, relaxa. Está com saudades dos velhos tempos, quando todo mundo estudava conversação?

— Não, Toby, estou falando sério — diz, se virando para mim, os olhos iluminados. — Estou exausta de quanta gente quer só falar *para* a gente, e não *com* a gente. Têm interesse em cuspir os próprios pensamentos e sentimentos, mas, se a gente ousa comentar algo de relevante sobre nossa vida, parece que cagamos no tapete preferido. Você nunca notou?

— Claro que notei. É gente fominha de conversa. Gosto de chamar de "monologadores". Falam, falam e falam de si, e acham estranho quando a outra pessoa também espera que os escutem.

— Exatamente! Em certo momento, parei totalmente de falar, só para ver quanto ele demoraria para notar. Ele não notou. Só mudou de assunto, da cobra para o podcast sobre filosofia de boteco. Fiquei tão entediada que comecei a virar uma dose sempre que ele falava "podcast", e por isso estou bebaça agora — diz, caindo de lado até encostar a cabeça no meu ombro. — No fim, anunciei que precisava ir ao banheiro e escapei pelos fundos. Espero que ele ainda esteja lá. É o castigo por ser um porre.

— Ah, bom. Lá se vai mais um.

Parabéns, Tobes. Você pareceu mesmo estar com pena.

— Pois é — suspira ela. — Pelo menos é bom falar com meu amigo sobre a experiência. Você é ótimo em conversas.

— Bom, valeu. Assim, não tenho uma cobra, nem podcast, nem nada, mas faço um esforço.

Ela suspira e, mesmo que esteja tentado a abraçá-la, me contenho.

— Só não sei o que estou fazendo de errado.

— Nada, provavelmente. Encontrar um namorado é difícil.

— É, mas difícil assim? Toby, faz muito tempo que não gosto de ninguém. Faz mais de um ano que não transo.

Olho para ela.

— Como assim? Sério? — pergunto, sentindo o cérebro empacar por um segundo. — Espera aí, então você *não* transou com o Derrick?

— Você sabe muito bem que ele se chama Eric, e não, não transei. Você achou mesmo que sim?

Passo a mão na barba.

— Bom, eu esperava que não, porque, sério, ele era um babaca. Mas é difícil entender o que você está pensando às vezes. Além do mais, você passou a noite fora. Para onde foi, se não ficou com ele?

Ela se ajeita no lugar e, pela linguagem corporal, noto que Jo não quer responder.

— Andei por aí. Visitei uns amigos. Nada de emocionante.

— Por que você faz isso?

— O quê?

Ela evita o meu olhar, e sei que está se fazendo de sonsa.

— Jo, a gente fica aqui conversando sobre os detalhes mais íntimos da nossa vida, mas, vez ou outra, você parece se desligar. Como se só quisesse me contar até certo ponto. Como se suas partes mais profundas fossem protegidas por uma gaiola e, se eu tropeçar, por qualquer que seja o motivo, ela vai emperrar de vez.

Ela olha para o próprio colo.

— Todo mundo tem coisas sobre as quais não quer falar. Como meu amigo, você deveria entender.

— Eu entendo. Mesmo. Mas, como seu amigo, também quero te ajudar como puder.

Ela se endireita e me encara, e noto que ela está exausta e bêbada, e não vai ficar mais tanto tempo acordada.

— Você já me ajuda só por estar aqui.

Fecho o notebook e o deixo no sofá.

— Ajudo mesmo? Às vezes é difícil saber.

— Toby, ter você aqui... — diz, e fica séria. — É ao mesmo tempo assustador e reconfortante, mas eu amo morar com você.

Dr. Love **241**

Eu me esforço para não me aproximar.

— Não faço ideia do que você quer dizer.

— Nem eu. Você me confunde todo dia.

Nós nos olhamos e, mais uma vez, somos jogados da amizade àquela área cinza e tensa na qual o ar praticamente cintila de tanta eletricidade ao nosso redor.

Cometo o erro de olhá-la nos olhos, e, de repente, tudo que quero é puxá-la e beijá-la até extravasar todo o desejo retorcendo minhas veias. Quero empurrá-la no sofá e me encaixar entre as pernas dela, explorar seu corpo com a boca enquanto ela solta barulhinhos e enfia os dedos no meu cabelo. Quero encontrá-la, por baixo da roupa, quente, molhada e precisando de mim tanto quanto preciso dela, quero que ela grite meu nome enquanto acaricio seu prazer e a faço gozar, de novo e de novo e...

— Toby?

Pisco, voltando à realidade, e engulo em seco, enquanto ela fita meu rosto com ainda mais intensidade.

— Outro limite que precisamos estabelecer... — diz. — É que você não pode me olhar assim. Nunca.

Engulo em seco e espero que ela não note que estou mais duro que titânio por baixo da calça jeans.

— Tá.

Por um segundo, considero negar, mas do que adiantaria?

— Desculpa — digo. — Vou tentar.

— Não pode mesmo.

Ela está olhando diretamente para a minha boca. Suas pupilas estão imensas e, caralho, pelo tecido fino da blusa é impossível não notar que seus mamilos estão duros.

— Se quisermos manter essa amizade — continua —, você não pode mesmo me olhar assim, é sério.

A tensão está tão alta que, a não ser que um de nós a interrompa, alguma besteira vai acontecer. Meu lado lógico sabe que seria um desastre agirmos de acordo com nossos impulsos animais, destruiria nossa amizade. Mas o lado egoísta e excitado quer jogá-la por cima do ombro, carregá-la até o quarto, e fazer ela gozar dez vezes antes do amanhecer.

— Toby... é melhor a gente... ir.
— É. Agora.

Eu me controlo com cada resquício de força e me afasto um pouco. Não basta para aliviar a tensão, mas pelo menos me permite respirar e levar o oxigênio necessário ao cérebro. Faço um gesto para ela.

— Primeiro as damas.

Não quero me levantar, porque aí não teria nenhuma chance de esconder minha ereção óbvia. Nossa, como dói.

— Hum... claro. Boa noite, e tudo o mais.

Ela se levanta e sai pelo corredor. Pego o notebook e vou atrás. Quando ela chega à porta do quarto, para e me olha mais uma vez.

— Durma bem, meu amigo.
— É, você também.

Fechamos as portas quase ao mesmo tempo, e vou para o banheiro tomar uma chuveirada. Pela primeira vez, quebro minha regra de não pensar em Joanna ao me masturbar, e, quase uma hora depois, ainda estou pensando nela ao me largar, exausto, na cama.

Capítulo vinte
Melhores intenções

Alguns dias depois, Jo está encostada na bancada da cozinha, digitando no celular.

— Tá, então vamos treinar o seu discurso por uma hora depois do café, e mais uma vez das cinco às sete, antes do jantar para eu sair logo depois.

— Mais um encontro?

— Sim.

Faço que sim com a cabeça e nos sirvo de suco para acompanhar os ovos que preparei. Por "preparei", quero dizer que os mexi na frigideira até praticamente não parecerem mais comestíveis.

— O ovo está ótimo, por sinal — diz Jo, pegando mais uma garfada.

— Jura?

— Ah, não, de jeito nenhum — responde, engolindo com dificuldade. — Mas não quero te desencorajar de aprender a cozinhar, então estou tentando ser positiva.

Como uma garfada. Está nojento para cacete.

— Entendo e agradeço a tentativa. Vou melhorar na próxima.

— Bom, piorar não dá — diz, com tanta animação que não consigo deixar de rir.

Pego os dois pratos e jogo o conteúdo no lixo.

— Aqui. Isso não dá para estragar.

Sirvo um pouco de cereal para nós dois e cubro com leite. Ela sorri.

— Simples, mas gostoso — diz, e aponta meu corpo com a colher. — Por sinal, o que está rolando aí? Achei que a gente tinha combinado que você não andaria mais pela casa sem camisa.

Olho para baixo e vejo a bermuda esportiva que encontrei no armário de Sergei.

— Botei as roupas para lavar.

Jo levanta as sobrancelhas.

— Você não tem uma única blusa limpa?

Tomo um gole de suco.

— Diferente de você, não tenho roupas o suficiente para encher um closet do tamanho do Taj Mahal. Tenho exatamente seis blusas e, sim, estavam todas sujas.

Ela encara meu peito.

— Acho que você faz de propósito.

— O quê? Ter pouca roupa?

— Andar seminu. Acho que você gosta de me ver corar assim.

Eu me debruço na bancada.

— É isso que está acontecendo, Jo? Você está corando?

Está mesmo. E, sim, eu adoro, mas não foi de propósito, eu precisava mesmo lavar roupa. Vê-la corar é um bônus inesperado.

— Não podia pegar uma blusa do Sergei?

— Podia, se você quisesse me ver de cropped.

A impressão que tive no armário de Sergei é que ele gostava de calças grandes e blusas pequenas. Como mais é possível que todas as blusas naquele armário sejam PP, e as calças, G? Eu o imagino que nem um Kardashian: magrelinho em cima com um popozão de respeito.

— Caso melhore — digo —, quando acabarmos o café, a roupa já deve ter secado, então estarei vestido na hora do treino.

— Graças a Deus.

Coloco pão para torrar e pego a minha tigela.

— Tem alguma coisa a contar dos últimos dias?

Ela tem saído toda noite e, apesar de me encorajar a fazer o mesmo, não tenho energia para papo furado no momento. Além do mais, ainda estou me recuperando da regurgitação impressionante de Carly, e não estou no clima de mais drama.

Ainda assim, eu imaginava que vê-la sair com outros homens teria ficado mais fácil, mas não ficou. Sabe quando às vezes você sai descalço para tirar o lixo e o chorume vaza do saco e escorre pelo seu pé, e você pensa "Meu Deus do céu, que merda nojenta e horrível"? É isso que sinto ao ver Jo com outros homens.

No entanto, Toby, o Amigo, tenta oferecer apoio, mesmo que seja uma tarefa difícil.

— E aí — insisto, tentando sorrir. — Me conte como foram os últimos caras. Você não tem falado muito.

Ela toma um gole de suco de laranja antes de sacudir a cabeça.

— Não tenho muito a dizer, na real. Os caras com quem dou *match* não andam... ótimos.

Dou de ombros.

— É isso que dá usar essa merda sem graça que é o Tinder. Deixa eu ver o seu perfil.

Ela estica o celular, que eu pego, e logo me assusto com a foto horrorosa que aparece.

— Essa é a sua foto de perfil?

Não sei o que ela fez para seu rosto lindo e impecável ficar tão esquisito, mas é um efeito impressionante.

— Não se parece nada com você — digo.

Ela se aproxima.

— Jura? Um bom ângulo emagrece cinco quilos. Um ótimo filtro rejuvenesce dez anos. Com as condições ideais, talvez eu possa apagar toda minha existência.

Solto um grunhido diante da piada horrível e ela abre um sorriso triste, pegando o celular de volta.

— Sim, eu sei que não parece comigo, mas é o seguinte: a maioria das pessoas enche as fotos de filtros, e aí, quando encontram o *match* pessoalmente, a reação é "Nossa!", com uma reação digna de emoji triste. Eu quis o efeito oposto. Se criar expectativas mais baixas, imagino que a reação seja mais para "Nossa!", a versão humana do emoji de cem. Quero que fiquem agradavelmente surpresos, não decepcionados.

— Mas aí você não acaba atraindo só caras que não estão nem perto do seu nível?

— Toby, eu dou *match* com todo tipo de homem, qualquer que seja minha cara. Se estou tentando evitar os obcecados por aparência? Sim. Mesmo assim, alguns caras acreditam que, se saírem com mulheres o bastante, a lei da probabilidade trabalha a seu favor e eles vão acabar transando. Tem algum filtro para afastar os caras que só querem sexo?

Aponto o ícone do FPS o celular dela.

— A gente precisa conversar de novo sobre os caras do FPS terem dez vezes mais chances de estarem procurando um relacionamento em vez de só uma ficada?

Ela fecha o app.

— Ainda não estou pronta para admitir derrota, mesmo que a noite passada com Orion... não tenha sido boa.

— Tá, o primeiro sinal errado aí é que ele se chama Orion. Me conte o resto.

Pego a tigela de novo e enfio cereal na boca.

— Ele parecia tranquilo. Se vestia bem. Tinha um carro legal. Me levou no La Mignon, aonde eu não ia fazia anos. Foi educado, respeitoso. Não era feio.

— E aí?

Estou esperando pelo inevitável "mas".

— Mas...

Aí está. Ela hesita, e se ajeita.

— Ele tem anosmia.

Paro de mastigar.

— Tem o quê?

— Anosmia. Não tem olfato. E muito pouco paladar.

Eu contenho uma gargalhada, porque não quero cuspir cereal pela cozinha. Engulo, abaixando a colher.

— Saquei. Então...

Ela dá de ombros.

— O jantar foi meio esquisito. Já que não sente gosto de nada, ele não achou que deveria pedir nada chique, nem com ingredientes caros.

— Então o que ele pediu?

Ela pisca por alguns segundos.

— Mingau de aveia.

Fico agradecido por não estar comendo, porque aquilo me faria engasgar.

— Ele te levou ao La Mignon, um dos melhores restaurantes de Manhattan, e pediu… mingau?

Ela me olha e dá a volta na bancada para botar a tigela na máquina de lavar louça.

— Eu não deveria ter dito nada. Sabia que você ia gostar demais de saber dessa derrota.

Ela para ao meu lado e começa a limpar a bancada de granito.

— Não estou gostando. É só…

Tento abaixar o sorriso. Não me orgulho da satisfação cruel que me vem a cada encontro decepcionante que ela tem, mas isso não me impede de senti-la.

— Ele pediu mingau, Jo — digo. — De *aveia*.

Ela me olha com irritação e esfrega a bancada com mais vigor.

— Fora isso, foi perfeitamente agradável.

— É, acho que você não está procurando alguém *agradável*.

Ponho minha tigela na pia.

Ela perde o ritmo da limpeza.

— Estou, sim.

— Não — digo, cobrindo a mão dela com a minha, e ela prende a respiração e fica paralisada. — Você está procurando alguém que faça seu coração parar e depois voltar a funcionar. Um amor épico. Transformador. Excepcional. Quer todo superlativo possível. "Agradável" nunca vai ser o suficiente para você, e você está certa em procurar por mais. Você merece mais.

Não me aproximo de propósito, mas ela está ali, tão quente, e não consigo me conter.

— Você merece tudo — concluo.

Ela fica tensa por um segundo, e temo ter ultrapassado a barreira imaginária, até que seu rosto murcha e vejo lágrimas em seus olhos. Sem pensar, eu a abraço e a puxo para perto.

— Acho que não consigo continuar com isso, Toby. Talvez não exista um homem para mim. Honestamente, acho que tem gente que simplesmente não tem alma gêmea. Talvez seja esse o meu caso.

Quero dizer para ela ir descansar. Para se permitir ficar sozinha por um tempo — e, por "sozinha", é claro que me refiro a passar mais tempo comigo.

— Não quero insistir no sermão, mas talvez você deva experimentar meu app de novo — digo, fazendo carinho nas costas dela, querendo que ela se sinta melhor. — Pelo menos vai ter mais chance de encontrar o cara certo por lá em vez de em um rodízio de babacas.

Ela me abraça com força, e é tão gostoso que fecho os olhos para absorver a sensação.

— É verdade. Além do mais, não pode ser pior que cobra, mastigação barulhenta e anosmia, né?

— É.

Abaixo a cabeça e inspiro o perfume inebriante dela. Não sei que xampu Jo usa, mas, quando descobrir, vou comprar um frasco só para cheirar sozinho no quarto. Talvez eu devia perguntar para Jeeves.

— Além do mais — acrescento —, você nunca deveria namorar um homem que não possa admirar esse seu cheiro incrível. É um crime contra os aromas. É contra a natureza.

Ela me olha.

— Você acha meu cheiro bom?

Tento manter a expressão neutra, mas não sei se consigo.

— Não. Acho seu cheiro divino. Mas o coitado do Orion do mingau nunca vai saber. Não saia com ele de novo.

— Não vou sair — diz ela, voltando a me abraçar e a encostar o rosto no meu peito. — Além do mais, ele me deu calafrios.

— Parece que não tinha nada de bom a oferecer.

— Verdade. Podemos começar a treinar seu discurso daqui a um minuto, tá?

Se ela quiser prolongar o abraço, eu é que não vou discutir.

— Tranquilo. Aproveite tudo que quiser de mim.

Capítulo vinte e um
Todo mundo ama uma montagem

— **Merda, foi mal** — digo, levantando a mão em pedido de desculpas para o estagiário da *Pulse* que joguei contra a parede com um esbarrão, mas não tenho tempo para parar. — Desculpa, cara!
— Jenner! — chama Derek, parado à porta da sala. — Vem cá.
Desvio o caminho para alcançá-lo, carregando cópias dos meus últimos artigos.
— Pois não?
Ele enfia as mãos nos bolsos e observa o frenesi de atividade no escritório.
— Pode tentar não estragar os estagiários, por favor? A gente já não paga o suficiente.
— Desculpa. Foi só a pressa.
— É, sei que você anda ocupado. Tudo pronto para lançar o app mais tarde?
Meu estômago revira. Só pensar em expor minha criação para análise e crítica alheia me dá vontade de vomitar.
— Estamos o mais prontos possível, eu diria.
Ainda tenho uma cacetada de testes finais antes de oficialmente publicarmos para uso, mas estou correndo para acabar tudo e adoraria ter mais umas horas nesse dia.
— Estou só... nervoso — digo.

Derek se aproxima.

— Puta que pariu, relaxa, cara. Por tudo que Eden e Max me contaram até agora, você fez um ótimo trabalho. Assim, não quero que você me entenda mal, porque elogios não são bem minha praia, mas...

Ele olha ao redor, para garantir que não tem ninguém ouvindo, e continua:

— Estou orgulhoso do que você conquistou, Toby. Construir esse app e cumprir seus compromissos aqui foi exaustivo, sei bem. Mas você conseguiu, e agora é bom achar um tempo para se parabenizar.

De tanta surpresa diante dessa mudança repentina na postura habitual de gritos e insultos de Derek, fico sem palavras.

— Ah... Ok. Obrigado.

Quando Eden aparece, Derek muda inteiramente de expressão.

— E agora, mudando totalmente de assunto: eis a mulher que vai fazer a gente levar o processo do século. Espero que você não esteja ajudando ela com essa investigação ridícula da Crest.

— É...

Não tenho tempo para isso hoje.

Eden me segura pelo braço.

— Derek, deixa ele em paz. Hoje temos uma noite importante.

Derek franze a testa.

— Eu sei. Afinal, a *Pulse* é a principal patrocinadora da sua festinha — diz, e aponta minha cabeça. — Por favor, me diga que vai resolver isso aí antes de subir no palco.

— O quê?

— O cabelo, a barba, esse estilo matagal chique aí. Se arruma, pelo amor de Deus. Você é praticamente famoso. O homem que andam chamando de dr. Love precisa de uma aparência mais sofisticada do que a de um cachorro peludo — diz ele, antes de se virar para Eden com irritação. — E você. Temos que discutir uma reportagem diferente, porque vou abandonar essa investigação da Crest.

Eden levanta o queixo com a teimosia característica.

— Só por cima do meu cadáver!

— Excelente. Então vamos discutir como você prefere morrer. Entre, já.

Com isso, Derek volta para dentro da sala. Passo a mão pelo cabelo.

— Estou mesmo tão feio assim?

Eden para na porta e se vira para mim.

— Feio não. Só... desgrenhado. Parece que se perdeu na selva por alguns meses e esbarrou numa cerca elétrica na saída.

— Porra. Agora já está tarde para resolver.

— Não necessariamente. Tenho que brigar um pouco com o Derek e depois me arrumar para o evento, mas me procure daqui a uma hora para a gente conversar.

Ela faz um sinal de joinha alegre antes de entrar na sala e fechar a porta. Os gritos recomeçam quase imediatamente.

Volto à minha mesa e reviso meus artigos todos uma última vez antes de organizá-los em uma pasta para entregar a Derek. Quando acabo, tiro um momento para olhar a parede e respirar fundo. Estou mais ansioso do que nunca hoje, e sei que é pela pressão do evento, além da ideia de invadir o computador particular de Marcus Crest. Pensar que eu e Joanna podemos ser pegos e presos está fazendo minhas mãos suarem e minha cabeça latejar. Ainda mais angustiante é pensar que vou ter que falar na frente de centenas de pessoas. Não sei qual das duas coisas está causando a minha dor de cabeça atual, mas, juntando tudo, estou estressado para caramba.

Meu celular toca, e vejo o nome de Joanna na tela.

— Oi.

— Uau — diz ela. — Tão entusiasmado quanto uma dose de diazepam. Tudo bem por aí?

Apoio o braço na mesa, e a cabeça no braço.

— Não. Estou com dor de cabeça e quero vomitar. Será que Max vai se incomodar se eu não aparecer no evento?

— Acho que vai se incomodar muito, sim. Além do mais, essa é nossa única chance de acesso à Crest, então Eden vai se incomodar e você também.

— É verdade. Só estou ansioso.

— Vai ficar tudo bem, Toby. Vou acompanhar você o tempo inteiro.

— Sério?

— Na verdade, não. Tenho que acompanhar minha madrinha no evento, ficar um tempo de babá do Brett Chadstone para agradecer pelo envolvimento da Bio-Flex e também garantir que Asha e seu novo autor não se matem, tudo isso enquanto mantenho as celebridades que convenci a aparecer bem tranquilinhas com meu mel de borboleta social. Mas, depois disso, estarei ao seu lado para te ajudar, tá?

— Nossa, eu que deveria cuidar de você. Posso ajudar com alguma coisa?

— Não. Só puxe o saco de Chadstone se encontrá-lo e tente ficar calmo.

Sinto a barriga se revirar de novo.

— Joanna, o discurso...

— Vai dar tudo certo.

— Mas...

— Toby, a gente treinou várias vezes. Você aprendeu bem. Vai ser ótimo, tá? Respire fundo, tente respirar.

— Tá.

— Tenho que ir. Estou no intervalo da aula de desenho.

— Ah, você desenha? — É claro. Ela faz de tudo. — Que legal.

— Na verdade, eu sou a modelo. Até mais tarde! Tchau!

Ela desliga e, mesmo que eu ainda me sinta mal, pensar nela posando nua para o que espero ser um grupo de artistas mulheres deu início a uma fantasia bem imprópria no meu cérebro.

Solto um grunhido e fecho os olhos com força.

— Agora não. Fala sério, isso não é nada adequado.

Apesar de eu nunca ter visto Joanna nua, já a vi de roupa de ginástica vezes o suficiente para supor como seria. Dizer que a imagem me afeta profundamente é pouco.

Respiro fundo.

Pare com isso. Respire fundo. Não imagine uma cena extremamente sensual em que você é um jovem artista e ela o seduz ousadamente enquanto você a desenha.

Abro os olhos quando os gritos na sala de Derek ficam mais intensos.

— Eu te disse pra largar essa maldita história porque nos custaria anunciantes, Eden, e foi isso o que aconteceu!

— E eu te disse que não ia largar! Algumas histórias são mais importantes que dinheiro!

— E algumas não são! Boa sorte publicando suas matérias queridas quando falirmos!

Eu me recosto na cadeira e suspiro. Eles passaram o dia todo nessa dança. Derek está desesperado para matar essa matéria da Crest, porque o departamento jurídico já está se preparando para o processo que a *Pulse* vai receber, e Eden se recusa a largar o osso, alegando que, se não derrubarmos a Crest, ninguém derrubará.

É claro que estou do lado da Eden e, apesar do nervosismo, mal posso esperar para ver que tipo de podre a espionagem de hoje descobrirá.

Alongo o pescoço, que estala alto. Não sei se sou capaz de dar conta disso tudo, e minha ansiedade sabe bem disso.

— Foda-se. Confiança, cara.

Depois de reler mais uma vez os artigos, suspiro e pego a pasta. Notando que faz alguns minutos que não ouço mais gritos, suponho que seja uma boa hora para entregar o trabalho a Derek, para seguir com outra tarefa.

Vou até a sala de Derek e bato na porta. Levo uma surpresa e tanto ao entrar, pois não é Eden que está lá dentro, e sim Asha.

— Oi, Ash! Não sabia que você estava aqui.

Faz um tempo que não a vejo, então fico curioso para saber se, em meio à minha paixão por Joanna, ainda sinto a atração de sempre por ela.

— Tudo bem? — pergunto.

Ela sorri, mas parece um pouco distraída.

— Tudo ótimo, Tobes. E você?

— Ótimo!

De repente, noto como é bizarro vê-la na sala de Derek. Até onde sei, normalmente eles não se falam. Tipo, nunca.

— Esperando a Eden? — pergunto.

— Sim.

— Aqui?

Derek se intromete.

— Você tem algum motivo pra estar aqui, Jenner?

— Ah, sim. Aqui estão minhas matérias da semana que vem.

Se tudo der certo, depois do lançamento terei alguns dias de folga, então é vantagem me adiantar no trabalho.

Como de costume, na frente de outras pessoas, Derek precisa ser um babaca.

— Você quer uma medalha por fazer seu trabalho? Saia logo daqui.

Ele pode fingir o quanto quiser. Mais cedo, foi legal comigo, e já entendi como ele funciona.

Eu me viro para Asha, estranhando que a atração debilitante que eu normalmente sinto por ela não esteja nada óbvia.

— Te vejo hoje à noite?

Ela sorri.

— Com certeza. Mal posso esperar.

Não posso dizer o mesmo.

Volto ao cubículo e trabalho no app por um tempo. Sei que está basicamente no máximo de perfeição possível, mas verificar mais uma vez não faz mal nenhum. Vez ou outra olho o relógio, na contagem regressiva da hora de sair e me arrumar.

Estou concentrado na melhor performance possível da interface de usuário quando ouço alguém pigarrear atrás de mim.

— Licença, dr. Love. Você aprova?

Quando me viro, vejo Eden em um vestido longo, de um ombro só, muito diferente da calça jeans e da jaqueta de couro que costuma usar. O cabelo dela foi escovado e arrumado, e ela está até usando maquiagem.

— Nossa, tá de arrebentar — digo, a olhando de cima a baixo. — Se você não fosse minha melhor amiga, eu até tentaria passar uma cantada bem patética.

— Tenta mesmo assim, só pela graça.

Eu me levanto e ergo uma sobrancelha.

— Oi, gata. Você se machucou?

Ela finge inocência.

— Como assim, me machuquei?
— Quando caiu do céu.
Ela ri e sacode a cabeça.
— Horrível.
— É, mas um horrível bom, né?
— Claro que sim.
Guardo o notebook na mochila.
— E, com isso, vou embora.
— Espera, achei que quisesse cortar o cabelo.
— Não, não tenho tempo. Vou ter que ir assim mesmo.
— Mas e o lance da espionagem?
— O que tem a espionagem e o meu cabelo?
Ela revira o solhos.
— Você acha mesmo que os seguranças da Crest vão acreditar que você é um playboy da elite com essa cara?
— Eu poderia ser um milionário excêntrico.
— Mesmo se fosse, esse cabelo todo vai fazer você chamar muita atenção, sendo que a ideia é que se misture. Que nem meu xixi quando bebo refrigerante demais, esse cabelo precisa ir pelo ralo.
— O que você propõe?
Ela mostra um saco de papel pardo e o celular aberto em um app de música.
— Eu e meu kit de cabeleireira, você e sua floresta de cabelo desgrenhada, o banheiro para pessoas com deficiência e uma playlist de músicas animadas de filme dos anos oitenta. Vamos nessa.
Eu a olho com desconfiança.
— Você por acaso sabe cortar cabelo?
— Que pergunta boba. Eu sempre fui pobre, seu tonto. Cortava o cabelo do bairro todo para ganhar uma grana. Não sou um Vidal Sassoon nem nada, mas posso transformar sua carranca descabelada em um diamante reluzente.
Sei que, por mais humilhante que seja, Eden está certa. Vou precisar de uma aparência específica para dar conta da missão no Baile Crest, mas, ainda mais do que isso, quero mudar. Uso o mesmo estilo

desde os dezoito anos, e parece que esta é a hora de evoluir, ou morrer. Tenho 25 anos, porra. É hora de parecer um homem adulto de verdade, em vez de um nerd grandalhão.

Além do mais, desde a noite em que conheci o babaca do Eric e ele disse que eu não era polido, tenho me sentido um pouco desconfortável. Talvez essa mudança seja o que preciso para voltar a me sentir bem.

— Eden... não acredito que vou pedir isso, mas... você pode transformar meu visual?

Ela sorri e faz uma dancinha ridícula.

— Meu Deus do céu, isso é um sonho. Posso, por favor, botar para tocar uma música empolgante de transformação dos anos oitenta?

— Desde que não seja "Eye of the Tiger", porque essa já ouvi até cansar nas aulas de boxe.

— Combinado!

Ela larga minha mochila na mesa e me puxa para o banheiro. Quando chegamos, revira o saco de papel pardo e tira uma coleção impressionante de produtos de cabelo e barba, além de um kit completo de apetrechos de cabeleireiro.

— De onde veio isso tudo?

— Do nosso departamento de beleza. É uma loucura o quanto as moças de lá ganham brindes.

Ela põe um avental para proteger o vestido, levanta um par de tesouras afiadas e as abre e fecha algumas vezes. Finalmente, dá play em "The Final Countdown".

— Tá bom... tire a camisa e sente-se no vaso. Vamos tosar esse poodle.

Quarenta minutos depois, me olho no espelho e um desconhecido me olha de volta.

— Puta merda.

Eden parece ainda mais chocada do que eu.

— Puta merda mesmo, cara. Você está um *gato*. E não só gatinho, não. Debaixo desses bigodes e do pior corte de cabelo caseiro que já vi, se esconde um Gato com G maiúsculo de verdade, digno de revista italiana.

Ela não só cortou meu cabelo, como também penteou, e posso afirmar, sem a menor mentira, que é primeira vez que usaram algum produto nessas mechas castanho-claras. Está liso, macio, com a parte de cima comprida, penteada para trás. A última vez que tive o cabelo tão curto na lateral e na nuca foi quando descobri o creme depilatório da minha mãe aos cinco anos. Ainda tenho algumas ondas no cabelo, mas definitivamente mais domadas.

Ela também aparou a barba, e depois raspou. Faz quase dez anos que não vejo meu rosto inteiramente sem barba. É estranho ver o maxilar. Parece que ficou mais definido nesse tempo, ou talvez, depois de tantos anos, eu tenha esquecido como era.

Eu me viro de um lado para o outro, tentando aceitar o novo eu. Vai levar um tempo.

— Ah, espera, mais uma coisa — diz, pegando uma pinça da bancada. — Sente-se de novo, altão. Não alcanço.

Eu me sento no vaso tampado.

— Não alcança o quê?

Ela inclina minha cabeça para trás e começa a atacar minhas sobrancelhas com uma pinça.

— Esse negócio aqui. Faz *anos* que quero fazer isso.

— Ai. Porra. Que dor.

Ela continua a arrancar os pelos, sem dar a mínima para minhas reclamações e caretas.

— Shhh. Fique feliz de eu não estar usando cera. Você estaria gritando.

Apesar do protesto, ela continua a fazer minha sobrancelha, e, depois de alguns minutos, passa os dedos nos pelos e se afasta.

— Agora *sim* você parece se encaixar em uma festa da Crest, Tobes. É um espécime perfeito e vaidoso.

Ela faz um ruído de orgulho e eu abaixo a cabeça e rio.

— Ei, espera aí... como assim? — pergunta, se abaixando um pouco para ficar na minha altura. — Faça isso de novo.

— O quê?

— Rir.

— Por quê?

— Quero ver uma coisa.

— Eu não sei rir de propósito. Fale alguma coisa engraçada.

— Sou a pessoa menos intrometida que você conhece.

Tá, isso me arranca uma risada.

— Toby! Você tem covinhas incríveis! Por que só agora estou sabendo disso?

Dou de ombros.

— Porque minhas lindas covinhas não são da conta de ninguém?

Eu volto a me levantar e olhar no espelho. Mal reconheço o cara refinado e arrumado que me olha. Parte de mim se pergunta se Joanna vai gostar da transformação, e outra parte diz que desejar que ela goste deveria ser minha menor preocupação no momento.

— Tá — diz Eden, arrumando o banheiro. — Meu trabalho por aqui acabou. Hora de você ir para casa se arrumar e eu ir ao evento e arrumar a festa. Tudo pronto pro discurso?

— O mais pronto possível, provavelmente.

Jo e eu treinamos todo o dia, e, toda vez, tive vontade de vomitar. Visto que consegui conter a náusea, espero que dê tudo certo.

— Obrigado por tudo, minha fada-madrinha — digo a Eden, dando um beijo na têmpora dela. — A gente se vê mais tarde.

— Sem dúvida, dr. Love.

Como ela é esperta, sai rápido pela porta antes que eu lhe dê um beliscão.

Capítulo vinte e dois
Alerta de nerd gostoso

Puxo o colarinho da minha camisa social, entro no hotel Four Seasons e peço para Deus para a porcaria dessa camisa não me matar até o fim da noite. Não há dúvida de que o terno me caiu que nem uma luva, mas o nervosismo extremo fez meu pescoço crescer em três vezes desde a prova de roupa, e sinto que vou sufocar toda vez que engulo. É claro que pode ser só coisa da minha cabeça, mas, por enquanto, vou culpar o colarinho.

Enquanto ando pela multidão que cresce diante da entrada do salão, vou ficando paranoico por causa da quantidade de gente que me olha. E, por gente, quero dizer mulheres. Duas moças loiras me veem passar, e ouço uma cochichar para a outra:

— Meu Deus do céu, olha esse homem. Eu deixaria ele me destruir.

Como é?

Além de inesperado, o comentário parece incrivelmente perigoso e dolorido.

Outro grupo de mulheres aponta para mim, e ouço uma delas dizer:

— Será que é o Professor Feelgood? Soube que ele vai aparecer hoje.

— Ai, meu Deus. Talvez seja ele. Vai lá perguntar.

— Não, vai você.

Sacudo a cabeça e continuo a andar reto. Parece que todo mundo anda falando desse tal de Professor Feelgood. Ontem, no trabalho, entrei na copa e encontrei cinco colegas aglomeradas ao redor do iPad, apontando para fotos de um cara seminu e lendo poemas apaixonados. Pela conversa, deduzi que fossem todas fãs desse tal Professor, animadas porque ele conseguira um contrato para publicar um livro.

Parabéns para ele, mas, honestamente, esse nome é quase tão ruim quanto dr. Love.

Puxo o colarinho de novo e dou a volta em um grupo de mulheres que pararam de andar de repente.

— Licença.

— Disponha, gato.

Que bizarro. Não sei se teria me arrumado assim se soubesse que receberia tanta atenção. Prefiro me misturar ao fundo a ter um papel principal. Ainda assim, pelo menos a estranheza da situação me distrai do nervosismo tremendo.

Quando chego ao salão, a maior parte das pessoas está aglomerada à frente, e já há uma fileira enorme de jornalistas no tapete vermelho da Central do Romance. Subcelebridades estão sendo fotografadas e fico feliz por poder passar direto por aquela tortura e ir à mesa da recepção.

— Boa noite, senhor — diz nossa coordenadora de evento, Ming-Lee, com um sorriso quando me aproximo. — Seja bem-vindo ao lançamento do aplicativo de encontros FPS. Pode me dar o seu nome?

— Ming, sou eu.

Mesmo me olhando, ela leva uns bons cinco segundos para me reconhecer.

— Toby? Cacete.

Assim que ela se recompõe, Raj aparece a seu lado, parecendo tão nervoso quanto eu me sinto.

— Desculpa a interrupção. Ming, você viu o T-zudo por aí? O servidor está dando um erro de integração e preciso de ajuda.

— Raj, estou bem aqui.

Ele me olha com uma expressão de choque cômica e franze a testa.

— Espera aí... quê? Não! Vixe maria! T-zudo?

Levanto as mãos, frustrado.

— Puta que pariu, eu cortei o cabelo e fiz a barba, não fiz harmonização facial.

Raj parece horrorizado.

— Mas... puta merda, chefe, você... você é nota dez. Esse tempo todo achei que você fosse um sete, que nem eu.

Ming-Lee concorda com a cabeça, devagar.

— Idem. Mas não. É um dez, sem dúvida nenhuma.

Passo a mão na boca e imediatamente estranho a falta de pelos sob meus dedos.

— Tá, isso está ficando ridículo.

Estou prestes a perguntar sobre a situação tecnológica quando Jackie se aproxima, linda, de vestido preto.

— Oi, acho que não nos conhecemos. Meu nome é Jackie Skachi, trabalho na revista *Pulse*. E você é...?

Sacudo a cabeça.

— Porra, preciso de uma bebida.

— Nossa senhora, Toby?!

Vou andando, deixando Jackie chocada para trás, e chamo Raj para vir comigo.

— Cadê o nosso centro tecnológico?

— Na lateral do palco.

— Pega uma bebida alcóolica bem grande para mim e me encontre lá. Vou consertar o erro de servidor.

Atravesso o salão até onde está montado um palco enorme, com pano de fundo preto, e cada passo aumenta minha tensão. Em menos de uma hora, estarei lá em cima, falando com uma sala cheia de pessoas influentes de Nova York. O que eu não daria por um calmante poderoso...

Viro à direita do palco e passo para trás das cortinas. Ali, encontro os computadores em cima de uma mesa comprida.

— Ok, vamos ver o que aconteceu.

Só de me sentar na frente do centro tecnológico, minha ansiedade diminui um pouco. Posso não saber vestir terno, reagir a elogios, nem fazer discursos, mas consertar código eu faço até dormindo, e, agora, entrar na minha zona de conforto é exatamente necessário.

— Ô, amigão! Sai daí!

Quando me viro, vejo Dyson avançar a todo vapor, com o ímpeto de um quebra-gelos ártico.

— Essa área é exclusiva para funcionários autorizados! — continua.

— Dyson. Sou eu.

Ele para logo antes de me arrancar da cadeira.

— Cacete, Toby? — pergunta, abaixando a mão enorme no meu ombro. — Você tá bonito, mano. Uau!

Sacudo a cabeça e continuo a trabalhar.

— Vocês parecem uns otários que nunca viram um homem com barba feita. Nossa senhora.

Ele se aproxima, como se observasse um animal no zoológico.

— É que você está tão... diferente. Elegante, sabe?

— Sei que vocês todos acham estar me elogiando com esses comentários, mas só escuto "Uau, você antes era um feioso e agora não é mais".

Dyson ri.

— Não é isso. Só não estamos acostumados a ver você tão classudo.

— É, bom, vamos ver quanto isso dura.

Pelo menos essa besteirada toda confirma que estou com aparência sofisticada, o que é uma boa notícia para minha missão mais tarde.

— Tá, acabei — digo, me levantando logo que Raj chega com minha bebida. — Raj, fica de olho nas estatísticas de tráfego quando começarem a usar o app. Queremos manter tudo online para evitar a perda de conexão.

— Claro, chefinho. Deixa comigo.

Raj se instala diante do computador, e tomo um gole enorme de bebida.

— Caralho — digo, rouco, tossindo para conter a ardência. — Raj, isso é um copo de uísque puro? Sem mais nada?

— Pois é, cara, é open bar. Dá para pedir o que você quiser.

— Porra — digo, concordando com a cabeça e abaixando o copo. — Bom saber.

Pigarreio para tentar recuperar a voz.

— Ok — continuo. — Confira com Darnell e Charles se estão distribuindo os adesivos Bio-Flex para todo mundo e me diga se tiver algum problema. Já volto.

Não sei se Joanna já chegou, mas sinto o impulso imediato de procurá-la. No momento, sou um barquinho sendo arremessado em um mar gigante de ansiedade, e aprendi que, por mais descontrolado que eu me sinta, Joanna sabe como me acalmar.

Saio para a área principal do salão e paro ao lado do palco, observando a multidão. Está começando a encher, e é bom ver um fluxo constante de gente solteira indo ao balcão de teste para conversar com nossos representantes. Alguns dos convidados já participaram de testes, mas centenas de outros experimentarão o app pela primeira vez hoje, e rezo que pelo menos alguns saiam daqui com seus pares perfeitos.

— Tobes!

Eu me viro e vejo Max e Eden se aproximarem. Max dá um tapa no meu braço.

— Uau, Toby, você está...

— É, pois é, já sei, um gato.

Ele ri.

— Não ia usar essas palavras, mas... é. Muito bonito.

— O que foi que eu disse? — pergunta Eden, mais do que satisfeita com o próprio trabalho. — Sou genial em transformações.

Max ri e me entrega um pedaço de papel com o cronograma da noite.

— Só para o caso de você não ter recebido. Vou fazer a introdução e dar as boas-vindas. Aí vamos nos divertir com umas moças da plateia e um solteiro famoso. Depois, você vai fazer a apresentação técnica. Tudo certo?

— Certo que nem levar um cuecão em público, mas claro. Vou dar conta.

— Beleza.

Ficamos ali parados mais alguns minutos, só observando a reação dos convidados. Ninguém diz nada, mas noto a sensação coletiva de conquista por termos conseguido montar isso tudo. Sei que ainda há muito a se fazer para consolidar nossa visão, mas chegar até aqui já foi épico.

Um garçom se aproxima e, mesmo que Eden e Max aceitem bebida, recuso. Minha garganta ainda não se recuperou do uísque.

— Tudo pronto para a Quebra-Crest hoje?

Confirmo com a cabeça.

— Parece que Joanna preparou tudo. Você já a viu por aí?

— Não, mas ela já vai chegar — diz Eden, antes de apontar uma mulher ruiva a pouca distância dali. — Aaah, Tobes. Aquela ali é a Gloria De Luca, do *The Technophile*. Ela está doida para escrever um perfil sobre você. As outras duas pessoas com ela são jornalistas de tecnologia da *Vulture* e da *The Atlantic*. É melhor você ir socializar com elas.

Puxo a lapela.

— Tem certeza? Você sabe que não gosto de gente.

Ela me dá um empurrãozinho.

— Eu sei, mas, nas próximas duas semanas, seu lado introvertido vai ter que aceitar seu lado extrovertido. Além do mais, conversar vai ajudar a te distrair do discurso.

Suspiro e pego a taça de champanhe dela.

— Tá.

Tomo um gole demorado para me acalmar. Quando acabo, a devolvo a taça.

— Você consegue, Tobes.

— É, tá legal — digo, alisando o paletó. — Sabe o que dizem: o que não mata, torna a festa esquisita.

Respiro fundo e vou até o grupo.

— Boa noite. Meu nome é Toby Jenner, e sou o criador do app FPS. Posso responder alguma pergunta?

Vinte minutos depois, que nem qualquer introvertido que se respeite, estou completamente exausto do papo furado com desconhecidos. Além de cumprimentar todos os jornalistas que encontrei, ainda esbarrei em Asha e seu novo autor, que descobri, com surpresa, ser o famoso Professor Feelgood. Parece um cara simpático, então espero que ele e Asha façam um bom trabalho juntos.

Agora está chegando a hora de começar a cerimônia e, a cada minuto, me sinto mais tenso. Fico parado ao lado do palco, repassando o discurso na cabeça. Droga, eu devia ter treinado mais, ou, melhor ainda, mandado Raj apresentar. Ele sabe quase tanto quanto eu do app, e não tem insegurança para falar em público.

Estou distraidamente olhando a multidão enquanto recito as palavras em silêncio, quando meu olhar encontra uma deusa dourada.

Meu... Jesus... amado.

Joanna está a poucos metros de mim, conversando com um cara. O vestido dela é tão sexy que deveria ser ilegal. A parte de cima parece pintada no corpo, e a saia tem uma fenda que exibe uma perna torneada e perfeitamente lisa. Minha boca enche de saliva.

— Por quê, meu Deus? — murmuro baixinho depois de engolir em seco várias vezes. — O que fiz para enfurecer o senhor a ponto de decidir mandá-la para mim assim?

Respiro fundo para tentar conter os batimentos cada vez mais rápidos no peito, mas perco o fôlego inteiramente quando ela me olha. Primeiro, só me nota parado ali, até que me reconhece, e seu rosto inteiro muda de expressão. Para de sorrir, arregala os olhos, e me fita de cima a baixo. Por um momento, parece que choque e fascínio estão disputando seu semblante, até ela finalmente parar em "intensidade para caramba" e vir até mim.

Tento sorrir, mas não consigo. Estou devastado por vê-la andar que nem uma pantera dourada e sexy. Parece que ela me prendeu em um campo de força. Não sei como o tempo se distorce para que ela ande daquele jeito, em câmera lenta ao som de Barry White, mas é o que acontece, e fico parado ali que nem um idiota, de queixo caído, talvez até babando.

Ela para bem na minha frente e, quanto mais me olha, mais sua expressão endurece. Começa a mexer a boca, suspirando e bufando, exasperada, até que, depois de um tempo, forma palavras de fato.

— Você... Nossa... Assim...

Ela fecha os olhos com força e, quando volta a abri-los, estão pegando fogo.

— Que porra é essa, Toby?!

Fico confuso com a irritação dela.

— Como assim?

— Como assim o quê? Assim! — diz, apontando para mim. — Isso aí! Que porra é essa?

Olho para baixo, para verificar se minha braguilha está fechada e se não pisei em cocô de cachorro. Estou impecável.

— Jo, estou usando o terno que você escolheu. Qual o problema?

— Ah, não — diz, furiosa, e se aproxima mais. — Não estou falando do terno, apesar de ele também poder entrar na fila para apanhar. Estou falando de… disso!

Ela aponta para mim de novo, como se fosse ter qualquer efeito além de me confundir mais.

— Não entendi.

— Não se faça de bobo — diz, com um dedo em riste de acusação. — Você *sabe* o que fez.

— Sinceramente, não sei.

Ela solta uma gargalhada amarga.

— É seu cabelo, tá bem? Sua mandíbula. Essas porcarias de *covinhas* que você decidiu usar para me atacar hoje… *em público*!

Ela se recompõe por um segundo e, quando volta a falar, soa mais suave, mas não menos intensa.

— Ando me esforçando muito para perdoar toda a sua beleza, Toby, mas você vai e faz *isso*. Sério, como ousa?

Começo a rir, porque acho que ela está brincando, mas isso só a faz fechar ainda mais a cara.

— Não sei se você está falando sério.

— É claro que estou! Sou uma mulher muito forte. Ou, pelo menos, tive que ser, ao longo dos anos, e tenho fé de que consigo superar quase qualquer obstáculo. Mas hoje vim aqui achando que você pareceria com você. O *você* ao qual tento me dessensibilizar desde que nos conhecemos. O *você* que camufla sua beleza e parece quase envergonhado de sua sensualidade. Mas agora? Assim? Se colocando para o mundo todo que nem um pedaço de mau caminho sem vergonha? — pergunta, com um gesto circular para meu rosto. — É injusto. E egoísta. E... — Suspira. — Por que você fez isso comigo?

— Jo, eu só me arrumei. Sei que é novo e interessante, mas não é nada grave.

— Não, Toby, você não entendeu. Você sabe que conversei com vários caras hoje?

— Ok.

Odeio a ideia com fúria violenta, mas tudo bem.

— Você deveria mesmo fazer isso — insisto.

— Eu sei. Eu deveria fazer de tudo para encontrar alguém cuja compatibilidade comigo não é tão baixa que deveria morar no banheiro do porão do Hades. E você viu aquele cara ali? — pergunta, apontando o loiro bonito com quem estava falando antes. — Quer saber a compatibilidade entre a gente?

Nem quero chutar.

— Não é sete por cento, é?

— Nem perto. Nossa nota foi *noventa e dois*, Toby. Noventa e dois! Você me convenceu a voltar a usar seu app e eu te escutei, porque te acho brilhante. Aí, eba! Dei a sorte grande com o primeiro cara que se interessou por mim.

Imediatamente quero levá-lo até Nova Jersey e largá-lo em um estacionamento isolado.

— Bom, fico muito feliz por você ter finalmente tirado a sorte grande — digo, sem conseguir conter o sarcasmo. — Ele parece ter sido fabricado em um laboratório teutônico em algum canto, então certamente satisfará todos os seus desejos. Parabéns.

— Não! Nada de parabéns, porque, por mais que ele seja atraente, e por mais que eu me sinta atraída, você apareceu *assim*.

Ela aponta para mim de novo e, apesar das palavras dela soarem como elogios, o tom de voz dela faz com que eu me sinta um merda.

— Entendi, Jo. Você está puta. O que exatamente quer que eu faça? Cresça uma barba que levou cinco anos para ficar daquele tamanho?

Ela sacode a cabeça, exasperada.

— Quero que você pare com tudo isso. Pare de ser engraçado, cuidadoso e esperto. Pare de ser gostoso, bonito e hilário. É irritante.

Aperto as mãos em punho, irracionalmente irritado.

— Bom, idem, e em dobro para você.

Não sei se é a beleza dela ou o estresse da noite que atiça meu temperamento, normalmente tranquilo, mas, de repente, cansei de bondade.

Avanço um passo e abaixo a voz.

— Quer falar de irritante, Joanna? Tá. Você atropelou a minha vida que nem uma porra de um trem, e, mesmo quando ficou claro que a gente deveria se afastar, fez questão de nos tornarmos amigos. Aí você teve a *audácia* de me fazer sentir que, pela primeira vez na vida, alguém me conhecia de verdade, e não só as partes que eu escolhia mostrar. Quando eu estava no meu pior momento… quando estava por um fio, praticamente incapaz de olhar as pessoas no olho porque estava sem ter onde morar, humilhado, afogado em dívidas, você me puxou para a porra da cobertura mágica, me deixou morar em um quarto que não seria mais perfeito nem se eu mesmo o projetasse.

Sacudo a cabeça, frustrado.

— Mas você acha irritante sentir atração por mim — continuo — porque não pareço mais um iaque? Ah, se toca. Que bom que você se dessensibilizou à minha beleza. Fico feliz. E sabe por quê? Porque, mesmo que eu te veja todos os dias, não importa o que você veste, nem como se arruma: você acaba comigo, Joanna. Sempre que te vejo. Toda hora, em um milhão de jeitos diferentes.

Eu me inclino para ficarmos cara a cara.

— Quer saber a definição de irritante? — pergunto. — Bom, Jo, é *isso*.

Ela me encara e eu sustento o olhar, e nenhum de nós quer ceder primeiro. É que nem uma batalha lendária de Orgulho Idiota, em que nós dois queremos ganhar o troféu.

Eu a olho, e noto seu queixo erguido em desafio.

— Você não tem um possível par convencionalmente belo ao qual deve voltar?

— Tenho. Você não tem um discurso superimportante para o qual deve se preparar?

— Infelizmente, sim.

Ouço alguém pigarrear atrás de nós e, ao me virar, vejo Raj sorrindo com um saco de jujubas.

— E aí, gente bonita? Esse clima parece intenso até demais — diz, nos oferecendo o saco de bala. — Querem? É uma delícia.

Eu me afasto um passo do centro gravitacional de Jo e respiro fundo.

— Não quero, não, Raj, valeu.

Jo também se afasta e olha para o chão.

— Nem eu, obrigada.

— Ah, fala sério — insiste Raj, sacudindo o saco. — Só uma. Vocês dois estão tensos demais para pessoas tão gatas — diz, continuando a sacudir. — Balas mágicas melhoram tudo.

Suspiro e pego uma bala a contragosto, só para ele não encher.

— Valeu, Raj.

Jo faz o mesmo, e botamos a bala na boca ao mesmo tempo.

— Gostoso, né? — pergunta Raj, levantando as sobrancelhas.

Concordo com a cabeça, mastigando.

— É. Bem... açucarada.

— A minha tem gosto de limão — diz Jo. — Adoro limão — murmura.

Raj sorri, acenando com a cabeça, como se tivesse acabado de resolver toda a crise do Oriente Médio.

— Não falei? Vocês dois estão se sentindo melhor, né?

Estranhamente, estou mesmo. Não sei bem o porquê, mas minha raiva está se esvaindo um pouco. Talvez parte da minha irritação fosse fome ou hipoglicemia.

— Odeio admitir, mas, sim, Raj. Estou melhor. Me dá mais uma?

Ele afasta o saco.

— Ah, é melhor não. Assim, não é muito forte, mas você ainda precisa trabalhar hoje. Não posso correr o risco de você ficar chapadaço.

Engulo antes de registrar as palavras.

— Raj, por favor, não me diga que acabei de comer uma bala de maconha.

Ele bota outra bala na boca e sorri.

— Tá, não vou dizer nada.

— Mas eu comi?

— Comeu. São bem levinhas. Só para dar uma relaxada.

Joanna e eu nos entreolhamos e caímos na gargalhada.

— Viu? — diz Raj. — Vocês dois foram de "grrrrr" para "eeeeee" em tempo recorde! De nada — diz, se aproximando de mim antes de apontar meu rosto. — Por sinal, que covinhas maneiras, cara. Arrasou.

Ele estica o punho para me cumprimentar.

Eu paro de rir e sacudo a cabeça.

— Não vou comemorar os buracos do meu rosto, Raj.

— Pois deveria. São uma fofura que só. Você não acha, Joanna?

Ele oferece o punho para ela, que, a contragosto, o cumprimenta.

— Uma fofura irritante, isso sim.

Raj concorda com a cabeça e faz uma reverência elaborada.

— Pois bem, meu rei e minha rainha, vou espalhar alegria para outras almas cansadas.

— Raj, não drogue mais ninguém sem a pessoa saber. Isso é extremamente ilegal.

— Tá suave, chefe. Só gosto de drogar os meus amigos. Aaah, a Eden tá por aí. Até mais, galera.

Ele vai embora enquanto eu e Jo nos olhamos, com vergonha do comportamento anterior.

— Bom, que momento — digo, coçando o pescoço. — Desculpa por ter desabafado assim.

Ela remexe o colar.

— Não, fui eu que comecei — diz, pestanejando. — Na real, foi sua cara que começou, mas deixa para lá. Desculpa por te atacar desse jeito.

Eu me aproximo, querendo pegar a mão dela, mas resistindo bravamente.

— Jo, honestamente... isso tudo foi só porque cortei o cabelo?

Ela me lança um olhar significativo.

— Pode ser. Você já se olhou no espelho?

Olho para ela da mesma forma.

— Pare de se esquivar. O que mais está acontecendo?

Ela olha para meu peito.

— Não foi nada, mesmo. Estou bem.

— Nem vem. Não me faça atacar com as minhas covinhas de novo. Tenho buracos nas bochechas e não tenho medo de usá-los.

Ela alisa o vestido e respira fundo. Ainda não me olha nos olhos, mas pelo menos se acalma.

— Você sabia que tem psicoterapeutas profissionais hoje aqui?

— Sabia. É um dos diferenciais do nosso app. Temos uma central de atendimento para as pessoas identificarem se têm barreiras internas para encontrar amor.

— É, e é incrível, mas acabei de encontrar uma das terapeutas e ela me fez me abrir sobre meu passado romântico. Para tentar identificar o que deu errado nos meus relacionamentos. Por que acho tão difícil encontrar o cara certo.

— E ela deu boas sugestões?

— Pode-se dizer que sim — diz, olhando a bolsa. — Você acha que você se sabota? Digo, romanticamente.

Levo um segundo para responder.

— Acho que não, mas suponho que, se soubesse que estava estragando as coisas, daria um jeito de parar com isso, né?

Ela solta uma gargalhada amarga.

— É, até parece.

— Ela disse que você se sabota?

— Não exatamente, mas perguntou se eu sabia como andam meus ex-namorados. Se ainda estavam pulando de relacionamento em relacionamento ou se tinham encontrado alguém.

— E aí?

— Aqueles com quem mantenho contato estão todos em relacionamentos duradouros. Então, em termos matemáticos, a constante na equação do término sou eu.

— E você concorda com essa análise?

Ela olha as pessoas no balcão de teste.

— Não sei. Foi uma noite toda esquisita — diz, me olhando, e vejo medo de verdade em sua expressão. — Além disso, acho que também estou um pouco nervosa com toda essa coisa da Crest.

— Um pouco?

— Tá legal, muito.

Ela inspira e expira fundo, e continua:

— Passei a semana toda dedicada a garantir que todos ao meu redor tivessem apoio hoje: você, Asha, Eden, Max. Além de cuidar dos convidados especiais, e aí... sei lá. Tudo que vai rolar hoje meio me pegou de surpresa com um chute no estômago.

— Você tem medo de sermos pegos?

Ela mexe na bolsa em busca do celular.

— É claro. Não preciso de mais uma infração na minha ficha.

— *Mais* uma?

— É uma longa história.

Depois de olhar o celular, respira fundo outra vez, e alonga o pescoço.

— Vou ficar bem — diz. — Não tenho tempo para ficar mal. Só vai ser bom acabar logo com isso.

Ela olha o celular outra vez, e seu adesivo da Bio-Flex cintila na luz fraca. Aponto para ele.

— Pegou seu adesivo? Legal — digo, pegando meu celular e mostrando para ela. — Eu também.

Ela olha para o aparelho por um segundo.

— Toby, por curiosidade, quanto nossa compatibilidade mudaria se computasse a atração?

Ligo o celular e vejo o adesivo reluzir.

— Não faço ideia. Pode mudar o número de forma positiva, mas quanto... — digo, dando de ombros. — Dá na mesma me perguntar como dobrar um lençol de elástico. Não faço a menor ideia.

Ela avança um passo.

— Só por diversão... quer descobrir?

Aquele passinho deixa meu peito hipertenso e meu sangue ferve.

— Acha mesmo uma boa ideia?

Ela dá de ombros delicadamente.

— Não, mas, pela nossa paz de espírito, acho que vale a pena descobrir. Você não?

Cerro e relaxo os punhos. Desde que começamos a falar do Bio-Flex, já perdi a conta de quanto pensei no assunto. No entanto, uma voz pessimista cochichava que era melhor deixarmos por isso mesmo. Apesar de uma atração poderosa poder nos tornar mais compatíveis, duvido que levaria nossa nota para além de cinquenta, então que diferença faria?

— Jo, você já ouviu falar de deixar para lá?

— Já. Mas, se não tentarmos, vamos sempre nos perguntar sobre o resultado, e não quero viver assim. E você?

Vejo tanta esperança nos olhos dela que só consigo concordar.

— Tudo bem. Vem cá.

Pego o braço dela e passamos pelas cortinas da lateral do palco. Se vamos fazer isso, quero que seja longe de olhares atentos.

Quando estamos em um lugar mais discreto, nós dois abrimos o app, ativamos o registro de atração e clicamos para iniciar.

Olho para ela.

— Chega um pouco mais perto.

Ela avança um passo.

— Aqui?

Passo o braço pela cintura dela e a abraço.

— Foda-se, se vamos fazer isso, vamos caprichar.

Eu a seguro ali, abraçada, e em meio segundo nós dois começamos a respirar mais ofegantes.

— Aperte bem o celular e me olhe nos olhos.

O lance dos olhos não é necessário, mas, do jeito que as coisas estão, vou aceitar cada momento de intimidade que surgir.

Nós nos encaramos e eu espalmo a mão nas costas dela para sentir o máximo possível de sua pele sedosa. Ela abre a boca, e seus olhos ficam pesados.

Porra, como quero beijá-la.

— Toby, você já ouviu falar da Teoria dos Três Pontos?

— Envolve manter uma distância de três metros um do outro?

— Não.

Eu a abraço com mais força.

— Então pode me contar.

—A teoria é que, se alguém estimular seu coração, cérebro e sexo, esse alguém provavelmente é sua alma gêmea.

— Hum. Não parece muito científico.

— Não é. Só acho interessante.

— O sr. Loiro Alto estimula seu coração, cérebro e sexo?

— Talvez. Ainda não sei.

— E eu?

Ela engole em seco, mas não responde.

Depois de mais alguns segundos, ela perde o fôlego.

— Já acabou? Isso é insuportável.

— Só mais uns segundos — digo, sem nem notar que aproximei o rosto do dela até nossos narizes se tocarem. — Jo…

Quando nossos celulares apitam, me afasto com relutância, o coração no ritmo de uma trupe de percussionistas japoneses. Minha mão está tremendo quando vejo nossa nota.

— Puta merda.

Um número cem cintilante brilha no círculo dourado.

Joanna olha da tela para mim e ri.

— Meu Deus.

— Pois é.

— Alguém já teve uma nota perfeita de atração nos seus testes?

— Não. Nem mesmo Eden e Max.

— Toby…

Ela está sorrindo, mas levanto o dedo, porque, por mais incrível que isso seja, não há garantia de que mudará nosso destino.

Clico no botão de "Recalcular compatibilidade" e prendo a respiração enquanto o círculo gira na tela. Conclui-se com um apito alegre, e aperto o maxilar quando a nova nota aparece.

— Toby?

Viro a tela para Jo. Ela franze a testa.

— Como assim? Não. Não é possível.

A tela pisca em vermelho. Descemos a cinco por cento.

Joanna levanta as mãos.

— Não me leve a mal, porque isso só se aplica a nós dois, mas seu app é uma merda!

— Se eu não tivesse milhares de dados que contradissessem isso, concordaria com você.

Ela sacode a cabeça e olha para longe.

— Acho que vou ligar pra o Guinness e pedir um certificado de recorde de instintos errados para relacionamentos. Talvez a terapeuta estivesse certa e eu me sabote mesmo.

— Não sabemos de fato — digo, tensionando o maxilar. — Mas parece que nosso pacto de namorar outras pessoas ainda é o melhor plano para nós dois, né?

Nós nos entreolhamos e, neste momento, neste planeta, acho que não encontraríamos um homem e uma mulher mais decepcionados do que nós.

Joanna pestaneja algumas vezes antes de enfiar o celular na bolsa.

— Tenho que encontrar Asha e ver como ela está.

— Jo…

— Se não tomar cuidado, ela vai perder o novo autor.

Ela não quer me olhar, então seguro seu rosto.

— Lamento muito. Você nem imagina o quanto.

Ela engole em seco e acena com a cabeça, e eu odeio a dor que vejo em seu olhar.

— Não lamente — diz, forçando um sorriso. — Não adianta dar atenção ao que não podemos mudar, né?

Ela passa por mim para ir embora.

— Venho te procurar depois do discurso, para a gente seguir para a Crest — diz, se virando para me dar um sorriso desanimado. — Arrasa, tá? Vai dar tudo certo.

Parece que ela voltou ao ânimo de sempre, mas a postura curvada conta outra história.

Quando ela passa pela cortina e volta ao salão, bato na parede atrás de mim.

— Merda.

Capítulo vinte e três
Os opostos se atraem

Para meu extremo alívio, apesar do nervosismo, meu discurso corre sem dificuldades. Saio do palco sob uma salva de palmas, mas logo me escondo nos bastidores, porque não aguento mais um segundo de papo furado.

Espreitando entre as cortinas para analisar o ambiente, posso ver Joanna, que conversa com seu Adônis loiro.

Foda-se. Aposto um milhão de dólares que ele não tem uma nota perfeita de atração com ela.

Mas é claro que isso não faz diferença, cochicha meu babaca interior. *Ele tem compatibilidade saindo pelo ladrão, e você não tem o que fazer para mudar isso. Ela nunca será sua. Faça como um grupo de espectadores depois de um acidente de carro e passe reto.*

Eu me afasto e passo a mão no cabelo.

Sou um homem lógico, e cada fibra do meu ser me diz que preciso esquecer Joanna e expulsá-la do meu peito, mas, infelizmente, não é assim que funcionam os sentimentos.

Por que somos assim, reféns do coração? Mesmo quando nossa cabeça sabe ser impossível, nosso coração continua a insistir. Meu coração é um idiota teimoso. Que nem um soldado em missão suicida, sabe que, se continuar a desejá-la, estará se encaminhando para a morte certa, e ainda assim o faz. De propósito. Com prazer. Com um sorrisão na cara.

A única dor que buscamos e convidamos de braços abertos é a dor de cotovelo.

Bom, mas não eu, não mais. Sou um programador e hacker especializado, e vou dar um jeito de hackear meu coração e reprogramar esse filho da puta, porque me recuso a me sentir assim por mais um segundo sequer.

Eu me sento no degrau e apoio os cotovelos nos joelhos. Não faço ideia de como atingir o meu objetivo, mas imagino que deter a náusea que remexe o conteúdo do meu estômago seja a primeira tarefa.

— Toby?

Eden abre as cortinas e se aproxima.

— Foi fantástico! Está todo mundo falando sobre a sua apresentação. Você fez sucesso, dr. Love.

— Caramba, Eden, chega desse nome.

Sei que eu deveria me sentir bem pelo que fiz, mas, acima de tudo, estou orando para passar um tempo entorpecido.

— Tudo bem?

— Tudo, só estou me recuperando de falar em público.

Lá vou eu de novo, mentindo para minha melhor amiga em vez de admitir que estou com uma dificuldade. Que hipócrita.

— Respira fundo, tá? Você está mesmo meio esverdeado. Jo disse que vai te encontrar lá embaixo. Parece que é hora de realizar sua fantasia de espião, né?

Respiro fundo, e me levanto.

— Pois é. Só prepara logo o dinheiro da fiança.

Ela faz uma cara séria.

— Tobes, sei que não preciso dizer, mas, por favor, não sejam pegos.

— Não planejo ser.

— Eu sei, mas... — diz ela, olhando ao redor. — Queria ir com você, em vez de Jo. É minha matéria, afinal. Eu deveria correr esse risco.

— Ah, está correndo — digo. — Assim que me algemarem, vou dar com a língua nos dentes. "Podem prender Eden Tate! Foi ela que armou para mim!"

Ela me dá um tapa no braço.

— Me liguem quando acabar.

— Claro. De qualquer forma, vou te ligar da delegacia.

Ela me abraça rápido.

— E fica de olho na Jo. Ela está meio tensa a noite toda.

E eu não ajudei em nada, mas tá bom.

— Pode deixar.

— Não sei o que está acontecendo com ela, mas não parece bom.

Ela acreditaria se eu contasse toda a nossa situação? E que conselho nos daria? Sei que ela queria muito que eu e Joanna ficássemos juntos, mas, com os fatos científicos, nus e crus, diante dela, faria a coisa certa e me encorajaria a superar? Ou espelharia as tendências românticas da irmã e me encorajaria a seguir meu coração ilógico?

Acho que não faz diferença, porque sou um homem da ciência, então escolherei evidências no lugar de instintos toda vez. Só talvez leve um tempo para me sentir bem quanto à decisão.

— Vai ficar tudo bem — digo, com o que espero ser um sorriso tranquilizador. — Vou cuidar dela.

Eu me despeço e confirmo que minha equipe esteja cuidando de tudo antes de pedir para segurarem as pontas enquanto eu estiver fora.

— Me liga se precisar — digo para Raj, verificando uma última vez o gerador de relatórios. — Posso voltar mais tarde, se for necessário.

— Pode deixar, chefe.

Dou um tapinha nas costas dele e saio do salão, me esquivando das pessoas e tentando não parecer mal-educado.

— Pronto — digo, entrando na limusine ao lado de Joanna. — Vamos nessa.

O trajeto até o edifício Crest é breve, e o atravessamos em silêncio. Quando saímos da limusine e entramos no prédio, Joanna me dá o braço, me surpreendendo.

— Nosso disfarce é que estamos noivos — cochicha ela. — Precisamos manter as aparências.

— E vamos usar nossos nomes de verdade, né?

— Isso. É muito mais fácil lembrar da verdade do que de uma mentira. Não que eu ache que vamos falar com muita gente, mas é melhor estarmos preparados.

— Tá, então, como eu te pedi em casamento?

— Hum... não sei. Como você gostaria de pedir?

— Não pensei nisso antes, mas... talvez na sua varanda. Com a vista para a cidade. É um lugar lindo.

— As cerejeiras farfalhando na brisa.

— A gente comeu um jantar delicioso e eu me ajoelhei na hora da sobremesa.

— Eu chorei, claro, porque você estava lindo de morrer à luz da lua e não acreditei na sorte de ter você para mim.

— É... parece... realista.

— Sim.

Subimos um andar de escada rolante, e chegamos a dois leões-de-chácara fortes de sentinela diante do elevador particular de Marcus Crest.

— Fique tranquilo — cochicha Joanna. — Deixe que eu falo com eles.

— Sem problema.

Paramos diante deles, e o menor dos dois grunhe:

— Nomes?

Joanna abre seu sorriso mais charmoso, que normalmente faria criaturinhas silvestres aparecerem com doces caseiros, mas não tem o menor efeito nos seguranças.

— Eu sou Joanna Cassidy e este aqui é Toby Jenner.

O mais baixo olha o iPad.

— Cassidy e Jenner. Achei — diz, apertando o botão do elevador. — Podem subir.

As portas douradas se abrem e nós entramos. Quando se fecham, nós dois relaxamos um pouco.

— Começamos bem. Agora, lembre-se, ao entrar no apartamento, vamos passar devagar pela festa a caminho do corredor norte, que leva ao escritório de Crest.

— Tem câmeras?
— Não. Pode ter dezenas de câmeras no prédio, mas Crest odeia que filmem o apartamento. No entanto, arranjei esse negocinho, para a gente ficar de olho no corredor na frente do escritório.

Ela tira da bolsa uma minicâmera de segurança, do tamanho de um botão.

— Onde você conseguiu isso?

Ela dá de ombros e guarda a câmera.

— Comprei na internet.

— E sua amiga deu o código do escritório?

— Deu. Só espero que não tenham mudado recentemente.

Ela me dá o braço mais uma vez quando as portas se abrem, e passamos por mais seguranças ao entrar na opulência extravagante da cobertura de Marcus Crest.

Olho ao redor, chocado pela atmosfera desagradável. Parece um filho infeliz e deformado de uma catedral gótica com Versailles, o qual Marcus Crest decidiu fazer de moradia.

Porque estamos um pouco atrasados, o lugar já está lotado, com centenas das pessoas mais ricas e influentes de Nova York. Vejo celebridades e atores de cinema, alguns senadores, e pelo menos uma atriz pornô.

Ajeito meu colarinho.

— Então... é assim que se sentem os peixes fora d'água.

Joanna aperta meu braço.

— Só faça cara de tédio e certa irritação. Vai se misturar perfeitamente.

Vamos andando entre a multidão e, quando um garçom oferece champanhe, aceitamos. Não deixo de notar que Joanna vira a própria taça quase imediatamente. Ela está tentando parecer tranquila, mas seu olhar está agitado, analisando o máximo de pessoas possível no caminho.

— Jojo!

Uma mulher mais velha toca o braço dela, e Joanna praticamente se encolhe.

— Ah, oi, Mary.

— Não esperava te ver. Normalmente essa não é sua praia.

— Não, mas acho que vale a pena aparecer de vez em quando.

Mary me olha com atenção antes de se voltar para Jo.

— E quem é este belo rapaz?

Jo desce a mão pelo meu braço, até segurar minha mão, e eu respiro fundo.

— Hum... este é meu... hum, homem. Meu... parceiro. Meu amor, na verdade. Toby Jenner. Nós... bom, por favor não conte para ninguém ainda, mas estamos noivos.

Mary levanta as sobrancelhas.

— Nossa, não esperava ouvir isso — diz, antes de se aproximar para cochichar. — Parabéns. E não se preocupe, guardarei seu segredo.

— Agradeço — diz Jo, me olhando com carinho. — Só quero ficar nessa bolha de amor com esse homem maravilhoso por mais um tempo antes de todo mundo ficar sabendo. Você entende. Agora, por favor, nos dê licença, mas prometi que mostraria ao meu noivo o Van Gogh. Depois a gente se fala.

Mary se despede com um aceno de dedos animado.

— Claro, até mais.

Joanna aperta minha mão com força e nos afasta.

— Amiga sua?

— Não. Só uma conhecida do comitê de voluntários da galeria de arte.

Ela me leva até o lado oposto da sala, onde, de fato, há um Van Gogh na parede.

— Como você sabia disso?

Ela olha ao redor, nervosa.

— É de conhecimento público. Esse cemitério do bom gosto aparece em revistas de decoração todo ano. Não é difícil descobrir os detalhes do lugar.

Ela vira o último gole de champanhe e pega mais uma taça quando passa um garçom.

— Precisamos agir logo. Daqui a quinze minutos vão anunciar os ganhadores do leilão, e, nesse momento, vai ficar todo mundo muito parado e quieto. Precisamos do barulho e da música para disfarçar nossa entrada no escritório.

— Entendi.

Tomo um gole de champanhe e franzo a testa ao ver um babaca inchado conhecido ao longo.

— Olha — digo, cutucando Jo. — O próprio está ali se exibindo.

Do outro lado da sala encontra-se Marcus Crest. Com cabelo cinza sem vida, começando a ficar careca, e a aparência mais barata possível, apesar do terno que provavelmente custou uns cinco mil dólares, ele está junto a um grupo de homens perto do piano de cauda no meio do espaço amplo. Como de costume, está falando alto, provavelmente sobre si próprio, e uma pontada de raiva me atinge em nome do meu pai.

— Esse filho da puta tem muito pelo que responder — murmuro baixinho.

— Tem, sim.

Jo o lança um olhar de quase tanto desprezo quanto eu.

Vejo Crest se deleitar na atenção dos capangas puxa-saco. Não odeio muita gente, mas, ao olhá-lo, sou pego pela onda de amargura causada pela quantidade de dor e sofrimento infligida na minha família por causa desse monstro egoísta e desalmado. Dar a indenização devida ao meu pai teria mudado muito os últimos cinco anos para a minha família. Eu não teria precisado abrir mão das ofertas de emprego incríveis que recebi depois da faculdade, minha mãe não teria precisado manter dois empregos, e April não teria precisado sacrificar boa parte de sua infância para cuidar do meu pai. Além disso, meu pai provavelmente estaria andando e falando com menos dificuldade, se tivéssemos dinheiro para a cirurgia e a fisioterapia no momento certo.

Dizem que peixes apodrecem da cabeça para baixo, e a metáfora certamente se aplica à fundação Crest. Marcus Crest é quem mente, trapaceia e rouba para acobertar a incompetência da empresa e a negligência nas obras, e estou determinado a derrubá-lo.

Olho para o corredor norte. Fica a uns dez metros de onde estamos, mas há mais dois seguranças fortes no caminho.

— Você estava sabendo daqueles obstáculos? — pergunto.

Ela passa a mão na manga do meu terno.

— Sabia, e já cuidei disso.

Um casal idoso passa por nós, sorrindo, e o cumprimento com um aceno de cabeça.

— Eu não deveria duvidar de você, meu bem.

— Pois é, meu bem.

Levo um susto quando uma voz cochicha:

— Joanna?

Eu me viro e vejo uma mulher que carrega uma bandeja de canapés. Joanna aceita a comida e tenta fingir que não está conversando com ela.

— Tudo pronto? — pergunta.

A mulher concorda com a cabeça.

— Liberado daqui a cinco minutos. Vou distrair os guardas.

— Obrigada, Leticia. Te devo essa.

— Ah, amiga, você me deve umas cem outras, mas nem vou cobrar!

Dito isso, ela se afasta, e Joanna pega meu braço, nos posicionando sutilmente.

Fingimos admirar outra obra de arte, mas, pelo canto do olho, vejo Leticia se aproximar da pirâmide gigante de taças de cristal. Sem o menor aviso, ela escorrega teatralmente no chão de taco e praticamente cai de cara nas taças. Há um estrondo enorme quando todas caem, se estilhaçando, ao redor dela, e os convidados gritam de susto quando cacos enormes de cristal saem voando.

— Puta merda — digo, horrorizado. — Ela vai ficar bem?

Joanna olha para o corredor, atrás de nós.

— Definitivamente. A gente fez curso de dublê juntas, e ela era a melhor da turma. Vai ficar ótima.

Previsivelmente, os guardas entram na multidão para afastar os convidados da bagunça de vidro, e verificar se alguém, inclusive Leticia, se machucou.

— Afastem-se, por favor, senhoras e senhores — dizem, esticando os braços para conter as pessoas. — Por favor, sigam para o outro lado da sala enquanto cuidamos disso.

Um grupo de garçons entra em ação e, enquanto estão todos distraídos, eu e Joanna descemos pelo corredor mal iluminado.

Quando chegamos à porta de carvalho escuro do outro lado, Joanna gira a maçaneta. Está trancada.

— Hum, não custava tentar — diz, pegando a câmera da bolsa e me entregando. — Coloca isso no alto da soleira, virada para a entrada do corredor, enquanto eu digito o código.

Faço o que ela diz e, quando acabo, ela já está abrindo a porta.

— Ok, vamos nessa.

Quando entramos, eu vou direto até os computadores, enquanto Joanna mexe no celular.

— Vou abrir a transmissão da câmera aqui, para a gente saber se tem alguém vindo.

Ela põe o celular na mesa e vem parar atrás de mim, enquanto eu começo a tentar acessar o aparelho.

— Você disse que tinha uma pista da senha? — pergunto.

Espero que tenha, senão essa missão vai ser muito curta.

Ela tira da bolsa uma gazua e se ajoelha diante da gaveta à minha esquerda.

— Me dá um segundo — pede.

Depois de encaixar as ferramentas na fechadura de latão pequena, as mexe até soar um clique e abre a gaveta.

— Marcus não é muito tecnológico — diz, tirando um caderninho preto. — Então, apesar da equipe obrigá-lo a mudar de senha todo mês, ele nunca se lembra.

Ela abre o caderno e ali encontra, em letra cursiva cuidadosa: *Setembro: J7akkls892!#*

Digito o código e, de fato, o computador o aceita imediatamente.

— Tá, sua amiga infiltrada é incrível, e vou ficar devendo uma bebida para ela. Agora, vamos ver o que temos aqui.

Abro o conteúdo do HD e verifico se tem arquivos escondidos.

— Tá, temos algumas camadas de criptografia, mas, se eu ultrapassar os protocolos de segurança que impedem as cópias dos arquivos, posso cuidar disso depois. Você trouxe o pen drive?

Ela me entrega o pen drive, que encaixo na saída do computador antes de começar a trabalhar com a tranca de segurança.

Ela se encosta por trás do meu ombro para enxergar melhor a tela.

— Como você consegue trabalhar tão rápido?

— Muitos anos de prática.

— Vai demorar?

Ela se inclina mais um pouco para a frente, e imediatamente me distraio com os seios que surgiram no meu campo de visão. Pisco algumas vezes e volto a olhar a tela.

— Hum...

— Toby?

— Pois não?

— Vai demorar?

Ela está me olhando, mas ainda inclinada para a frente. Esbarro nas teclas erradas, e preciso apagar e tentar de novo.

— Jo, se quiser que eu me concentre, vai precisar tirar essa beleza da minha cara.

— Ah. Posso ficar atrás de você?

— Desde que não aperte os peitos nas minhas costas, pode.

Ela se afasta, e hesito um segundo antes de continuar. *Ok, sinto a presença dela, mas acho que está tranquilo.*

Minhas mãos voam pelo teclado, mas, mesmo com tudo correndo bem, o sistema de segurança é complicado. Vou levar um tempo ali.

— Então *air gap* é só um computador que não está conectado à internet?

— Por aí. Tem tantos crimes cibernéticos por aí que esse é o único jeito de garantir que hackers não ganhem acesso remoto a informações sensíveis. Todos os serviços de inteligência governamentais usam esse método, e algumas empresas têm adotado para proteger segredos corporativos ou informações patenteadas.

Enquanto trabalho, Joanna começa a investigar a mesa, usando a gazua para abrir as outras gavetas.

— O que está procurando?

— Não sei — diz, pegando documentos para folhear. — Mas vou saber quando encontrar.

— Documentos não devem servir para muita coisa. Quer dizer, antigamente, bastavam como prova, mas hoje em dia precisamos de arquivos digitais com metadados e registros de provedor.

— É, mas talvez alguma coisa aqui nos indique qual direção seguir.

Ela guarda os documentos e passa para a próxima gaveta enquanto eu sigo para a segunda camada de proteção dos arquivos.

— Então, com certeza não tem câmera nenhuma aqui, né? — pergunto.

Provavelmente é a paranoia esperada de cometer um crime, mas sinto que estamos sendo observados.

Jo sacode a cabeça em negativa e abre o que parece ser um livro-razão.

— Dizem as más línguas que Crest já teve inúmeros casinhos com funcionárias aqui, então a regra das câmeras é para protegê-lo. Ele não pode arriscar que vazem um vídeo obsceno, né?

Estremeço só de pensar.

— Que nojo.

Assim que ultrapasso os protocolos de segurança, analiso rapidamente o grau de criptografia dos arquivos. A proteção é boa, mas não está nem perto de ser a mais complexa que já vi. Pego o software de descriptografia no pen drive e o ativo.

— Talvez eu consiga abrir isso aqui em poucos minutos. Aí podemos verificar o que temos antes de ir embora.

— Ótimo.

Ela abre a última gaveta do lado direito da mesa e pega uma pasta. Olhando de relance, eu a vejo ali, em sua beleza estonteante, iluminada apenas pela tela do computador e por uma pequena luminária próxima à janela. O vestido cintila contra à luz fraca, e, apesar da minha determinação de reprogramar o coração, levo um soco no peito dos meus sentimentos por ela.

— Jo, você esperava que nossa nota de atração fosse assim tão alta?

Ela continua a olhar os documentos, mas sua expressão se suaviza.

— Esperava, sim. Achei mesmo que fôssemos bater recordes — diz, e me olha de relance. — E você?

Eu me recosto na cadeira e continuo de olho no software que está rodando.

— Não sei. Acho que parte de mim ainda se sente que nem um varapau que dava nojo às garotas na adolescência, fora que sempre desconfiei que você estivesse exagerando o que sentia para fazer eu me sentir melhor.

— Por que eu faria isso?

Dou de ombros.

— Mulheres já fizeram isso antes. Namoradas. Uma vez namorei uma mulher por um mês, até ela pedir para eu hackear o Facebook do ex-namorado. Ela disse que queria saber se ele tinha traído ela enquanto ainda namoravam.

— E você hackeou?

— Hackeei. Quando consegui, descobri que ela só queria apagar o perfil dele, como retaliação por ter levado um pé na bunda. Não rolou traição nenhuma. Pelo menos, não da parte dele. Notei que ela só estava transando comigo para me manipular. Não foi legal.

— Imagino.

— Então, sabe, tenho a tendência a ser bem trouxa quanto a mentiras que mulheres me contam, qualquer que seja o motivo.

Ela me olha de relance.

— Todo mundo mente, Toby. Às vezes, as pessoas têm bons motivos para isso.

— Claro, mas às vezes não têm. Posso perdoar uma ou outra mentira, mas quando é uma coisa importante? Tem gente que mente tão bem que não sei como podem ser confiáveis.

A postura dela muda, mas ela volta a estudar a pasta.

— Bom, fique tranquilo, nunca menti quanto à atração que sinto por você, e agora está comprovado pelos números.

Meu programa apita e, quando olho a tela, os nomes dos arquivos surgem na nova aba.

Eu me aproximo para analisá-los.

— Agora sim.

Joanna também se aproxima, mas, dessa vez, continuo concentrado na tela.

— O que é isso? — pergunto, apontando uma lista de arquivos numerados.

Joanna aperta os olhos.

— Datas, talvez?

Abro um arquivo e confiro o conteúdo. Parecem informações sobre uma obra específica, mas são tantos documentos que vai levar um tempo para decifrar aquilo tudo.

— Olha aqui — diz Jo, apontando uma carta da prefeitura a respeito de normas de construção civil. — Os números são endereços.

Volto ao menu principal e começo a baixar os arquivos.

— Vai levar seis minutos para completar.

Dou uma espiada no celular de Joanna, que mostra a transmissão da câmera do corredor. Vejo os seguranças ainda na sala, organizando os convidados.

— Espero que leve mais de seis minutos para limpar aquele vidro todo — acrescento.

Quando me viro, vejo que Joanna está franzindo a testa.

— O que foi?

Ela volta para os documentos que estava olhando.

— Os arquivos legais de Crest não estão aqui — diz, pegando uma folha de papel e me mostrando. — Nesse papel, Crest falou de trancar a correspondência jurídica na sala dos servidores, mas, claramente, não está aqui.

— Pode ser na sede da empresa?

— Acho que sim.

Passo a mão pelo cabelo.

— Então a gente só tem metade da história? Vamos precisar invadir a sede também? Puta que pariu.

Joanna de repente se concentra no celular.

— Esse não é nosso problema mais urgente.

Quando me viro, vejo que Marcus Crest está se aproximando do escritório.

— Merda!

Joanna, rápida como um relâmpago, guarda os arquivos nas gavetas e as fecha de novo.

— Ainda faltam quatro minutos — digo.

— Droga — diz, concluindo o que está fazendo, antes de desligar o monitor e cobrir o pen drive com a bolsa para esconder a luz piscando. — Vem cá, Toby.

Ela pega o celular, e vemos Leticia indo atrás de Crest para falar com ele e tentar enrolar por nós. É gentil, mas ele praticamente já chegou à porta. Dá até para ouvir as vozes murmuradas pela madeira.

— Rápido — diz Jo. — Senta aí.

Ela me empurra para o sofá de couro e sobe no meu colo, montando em mim.

— Você está vendo aonde quero chegar, né? — pergunta.

Engulo em seco.

— Estou. É mesmo a melhor ideia, nesse estado?

Ela afrouxa um pouco minha gravata e abre o botão de cima da minha camisa.

— Consegue pensar numa explicação melhor para estarmos aqui?

— Não com você se esfregando assim em mim.

Ela olha em pânico para a porta antes de enfiar os dedos no meu cabelo.

— Toby, independente do que acontecer a seguir, preciso que você saiba que nem toda mentira é ruim. Agora, você vai precisar mentir como nunca antes, tá? Mantenha a calma e aja como a pessoa que está fingindo ser hoje.

— Vou tentar.

— Ótimo. Agora, me beije.

Quero começar devagar e intensificar aos poucos, mas o som de movimento na porta me impulsiona a agir. Pego o rosto de Jo com as duas mãos e a puxo até encontrar sua boca.

Jesus... do... céu.

Não sei se é pelo perigo iminente da situação ou se por termos passado tanto tempo negando nossa atração, mas estamos mais tensos que um Stradivarius, e o resultado é o mesmo: as represas da paixão são arrebentadas por uma enchente de tesão tão forte que meu corpo todo parece um reator nuclear derretendo. Assim que nosso beijo se torna mais profundo e desesperado, o fato de estarmos prestes a sermos pegos invadindo um escritório se torna secundário à minha necessidade de provar, cheirar e tatear a gostosura do corpo incrível dela.

Ela geme na minha boca, e respondo igualmente, segurando seu quadril e roçando o calor macio entre suas pernas.

É a sensação que desejo desde a noite do nosso primeiro beijo. É por essa onda de corpo inteiro que não consegui abandonar a expectativa improvável de acabarmos juntos, apesar de tudo.

Nossa nota de atração sexual foi cem por cento e, agora, sinto cada um dos pontos percentuais ardendo em meu corpo como um milhão de raios de luz.

— Toby... Nossa.

Não tenho como me controlar e, agora que a provo e a toco, nem quero.

Atração é uma força mística. Por mais que tentemos registrá-la e mapeá-la, às vezes, na verdade, é inexplicável. Imprevisível. Chega de fininho e atinge nossos neurônios com a força de um míssil balístico, e, quando a sentimos, o corpo se torna cativo. Ele sempre lembrará daquela onda que faz tudo tremer e a desejará mais do que qualquer outra coisa. Mais até do que drogas, álcool, dinheiro, poder. Tudo.

É assim que me sinto ao beijar Joanna. É que nem ficar chapado com ar puro, me afogar em um copo d'água.

— Meu Deus... Jo.

Foda-se o Marcus Crest. Se ele nos pegar, é melhor a gente aproveitar esse momento roubado antes de sermos arrastados daqui algemados. Se isso acontecer, vou ser preso com um sorriso no rosto.

— Eu te quero tanto — digo, finalmente admitindo em voz alta. — Nunca quis uma mulher como quero você.

Ela me beija de novo, afundando os dedos no meu cabelo, arrancando um grunhido de aprovação dos meus lábios.

— Não é justo que eu não possa ter isso. Talvez a gente possa ficar juntos uma vez só.

— Não — digo, beijando o pescoço dela. — Uma vez com você nunca seria o suficiente.

Volto a beijá-la na boca, e o som dos nossos gemidos simultâneos preenche o espaço escuro. Quando abrem a porta, estou tão envolvido que mal noto que alguém entrou.

— Que porra é essa?!

Nós nos afastamos quando o coaxar de Crest enche o ambiente.

— Guardas! Venham já!

Jo e eu nos entreolhamos, chocados e ofegantes, a boca ainda inchada da paixão do beijo. Pela névoa atordoante da excitação intensa, ouço passos apressados, e eu e Jo nos viramos para encarar a figura mais infame de Nova York a poucos metros de nós.

Quando os seguranças entram e o cercam, Marcus Crest franze a testa para nós.

— Meu Deus do céu. O que...? — pergunta, avançando um passo e apertando os olhos para nos enxergar melhor na luz fraca. — Joanna? É você?

Paro de respirar quando Jo sai do meu colo e ajeita o vestido. Erguendo o queixo em desafio, ela abre um sorriso tenso.

— Oi, pai.

Capítulo vinte e quatro
Como é?

Foram muito poucos os momentos da vida em que me senti plena e completamente confuso, mas, agora, caí de paraquedas em uma cena tão surreal que nem tenho certeza de que estou acordado.

Fico ali sentado, atordoado, enquanto um dos seguranças empunha a arma e ordena que eu e Joanna ponhamos as mãos ao alto. Estou prestes a obedecer quando Marcus Crest faz um gesto para dispensá-lo e diz:

— Guarda isso, LeBron. Não é uma invasora. É a minha filha.

Pois é, é essa a informação que continua a explodir meu cérebro com o choque, enquanto a realidade ao meu redor se distorce. De repente, vejo tudo por outro ângulo. Olho para um retrato na parede atrás da mesa. Mostra Crest de pé, atrás de uma menina sentada em uma cadeira. Com mais atenção, fica claro que a menina é uma versão jovem de Joanna.

— Você aí. Levanta — grita o segurança, LeBron, me arrancando do estupor.

Eu me levanto e olho de relance para Joanna, cuja postura de repente lembra a de um adolescente rebelde. Marcus Crest a olha, comovido e corado, oscilando entre estar feliz por vê-la e o que lembra muito vitória.

Os dois guardas olham entre nós que nem rottweilers que não sabem se devem atacar ou nos lamber, e eu pareço uma versão muito alta, masculina e bem-vestida de Alice logo depois de cair através do tal espelho.

— Sabia que você voltaria, Joanna — diz Crest, avançando. — Assim que cansasse de se virar sozinha, imaginei que você viria me procurar.

Ele a segura pelos ombros e a abraça, e meu cérebro engasga que nem um carro velho em uma manhã fria.

— Você está linda, meu amor. Igual à sua mãe quando era viva.

Marcus Crest é o pai de Joanna. A mulher por quem ando nutrindo sentimentos complicados é a filha de Satã.

À luz desses acontecimentos recentes, *caralho*.

Uma bola de raiva cresce dentro de mim conforme processo o tamanho da mentira de Joanna. Parte de mim leva um susto com a revelação, mas outra sente que isso é completamente previsível. Afinal, ela me disse desde o começo que mentia muito. Eu deveria saber que não era confiável.

Mas o que isso quer dizer? Joanna me enganou para trabalhar com ela e tentar proteger o pai? Ela está prestes a entregar a mim e a Eden por causa da matéria para a *Pulse*? Ou, como de costume, ela está jogando uma partida de xadrez 3D enquanto o resto de nós joga damas?

— Por mais feliz que eu fique de ver minha única filha — diz Crest, me olhando —, pode me explicar por que voltou para se agarrar com alguém no meu escritório?

Voltou, como assim?

— Não voltei, pai.

Não voltou, por quê?

Joanna se afasta dele e segura meu braço. Quase me encolho, mas minha raiva me mantém preso ali.

— Só estou aqui por causa do Toby.

Crest me olha com ar condescendente.

— E quem é esse Toby?

— É o homem que eu amo, e, infelizmente, seu maior fã.

Sou o quê?

Apesar da minha surpresa intensa, mantenho a expressão neutra. Sabe-se lá como, porque não é fácil.

— Eu não teria voltado se não fosse por ele. O senhor é o ídolo dele e, quando ele soube do baile, implorou para eu trazê-lo. É o sonho da vida dele conhecer o senhor.

Então agora a gente está tentando bater o recorde de maiores mentiras? Tá bom.

Crest olha dela para mim, e me esforço para dar um sorriso. Joanna está cuspindo mentiras como uma profissional, e sei que preciso chegar ao nível dela para não sermos pegos.

— É verdade, meu filho?

Quase vomito quando ele me chama de "meu filho", mas tento manter o papel.

— Absoluta, senhor — digo, e Joanna aperta meu braço para me encorajar. — Acompanho sua carreira desde a faculdade... — *Verdade, mas não pelos motivos que ele imagina.* — Nem acredito em como o senhor construiu essa empresa. — *Enriquecendo em cima do esforço de trabalhadores e terceirizados.* — E adoraria passar um tempo com o senhor para ouvir suas opiniões — *e invadir seus servidores* — e ter acesso à sua genialidade.

Também sei que você é o tipo de panaca narcisista que vai me dar tudo que eu quiser se eu bajular seu ego frágil, então, por favor, como um bom panaca, morda a isca.

Apesar de eu não ter o mesmo talento de Joanna para a enrolação, Crest não parece se incomodar. Minhas palavras o fazem estufar o peito que nem um baiacu, e ele abre um sorriso largo, cheio de dentes.

— É mesmo? Bem, primeiro, deixe-me parabenizá-lo por seu excelente gosto para ídolos. Você trabalha no mercado imobiliário?

— Por enquanto, não. Trabalho na área de tecnologia, mas quero fazer a transição para o mercado imobiliário assim que possível. Eu adoraria orientações do Rei de Nova York a respeito de por onde começar.

Ele ri baixinho e se vira para os guardas, como se dissesse: "Viram como me amam e respeitam? É legal, né?".

Joanna parece impressionada pela minha improvisação. Acho que devo sentir orgulho por estar no nível da Rainha da Mentira.

Parece que não estou convencendo os guardas, contudo, porque LeBron estreita os olhos.

— Se é tão fã assim, por que não estava no salão, falando com ele? E como chegaram aqui? A porta não estava trancada?

Joanna avança um passo.

— Meu pai não muda o código da porta há anos. Quando falei para Toby de como o escritório era bonito, ele quis... — disse, fazendo um gesto para mim. — Bem, pode falar.

Nossa, dava para me jogar na berlinda ainda mais?

— Não, meu bem, fale você.

— Ele é meu pai. Fico com vergonha.

LeBron fecha a cara.

— Tanto faz quem vai explicar. Só desembuchem logo.

Joanna suspira e revira os olhos.

— Toby é meio tímido e se sente muito intimidado pelo senhor. Então, ele achou que, se pudesse ver seu santuário particular, teria... sabe... coragem para conversar com o senhor.

— Era isso que estavam fazendo quando entramos? — perguntou LeBron. — Juntando coragem?

Joanna abaixa a cabeça.

— Não, mas quando chegamos aqui... — diz, e me olha. — Bem, sabe como é quando homens são apaixonados por alguma coisa. Não é, meu bem?

— Hum... é.

Como ela consegue mentir com a facilidade com que respira? Meus pensamentos estão tão caóticos, que mal consigo falar. Ainda assim, me recomponho, e digo:

— Peço perdão por terem nos encontrado assim, sr. Crest. Mas quando entrei e vi onde o senhor trabalhava, e logo ao lado de Joanna, tão linda, nesta sala incrível e poderosa, acho que... me descontrolei.

Puxo um pouco o colarinho, porque, mesmo que esteja distorcendo a verdade, meu corpo se lembra exatamente de como foi me descontrolar e finalmente apertar Joanna junto a mim. Meu sangue ferve, lembrando do gosto e toque dela.

— Só ia dar um beijo nela, mas é óbvio que nos exaltamos um pouco. Peço desculpas.

Meu rosto está ardendo, e sem dúvida estou corando. No entanto, o que Crest vê o faz rir de novo, e o olhar que ele nos dá me causa calafrios.

— Bem, é compreensível que dois jovens se deixem levar aqui. É uma sala muito sensual. Mas o acesso a esse escritório é proibido para todos além de mim, o que Joanna sabe muito bem.

Joanna confirma com a cabeça.

— Me desculpe, pai. Foi besteira trazer Toby aqui.

— Nada disso. Ele parece um cara esperto, de bom gosto. Não é só porque você passou quase dez anos esnobando seu pai que ele deve fazer o mesmo — diz Crest, se virando para mim. — Vamos voltar à festa e beber alguma coisa, meu jovem, e você pode me perguntar tudo que quiser sobre meu negócio.

Não, pelo amor de Deus. Essa tortura precisa acabar para eu ir embora dessa merda. Mas preciso de uma desculpa para ir à sede.

— Que oferta generosa, sr. Crest, mas entendo que não posso monopolizá-lo em meio a tantos convidados. Sei a importância da noite de hoje, e todos desejam um pouco do tempo do senhor. Mas, se for possível, eu adoraria visitar a sede da empresa amanhã e ver a lenda em pessoa trabalhando.

Ele sorri de novo e me dá um tapinha no ombro.

— É claro. Vamos combinar um horário com minha secretária, Brenda.

Começamos a sair, mas noto o olhar de pânico de Joanna quando LeBron vai fechar a porta.

—Ah, só um segundo — diz Joanna, empurrando a porta com uma expressão de desculpas. — Esqueci a minha bolsa.

O guarda mais baixo me acompanha, com Crest, pelo corredor, e LeBron espera Joanna voltar. Lembro que ela deixou a bolsa em cima do pen drive, então, mesmo que ele esteja de olho, espero que ela consiga pegá-lo sem ser vista.

O que me preocupa é o tempo.

Olho para o relógio. O download já deve ter acabado, mas meu programa precisava de tempo para limpar nossos rastros digitais, inclusive os registros da cópia dos arquivos. Se não tiver completado a tarefa, o pessoal de TI da Crest vai notar que alguém mexeu no computador, o que seria muito ruim.

Mal estou escutando a tagarelice egocêntrica de Crest na volta à sala principal. Parece que o alvoroço de mais cedo fora resolvido, e os convidados voltaram a conversar e aproveitar a comida e o bom vinho.

Fico de olho no corredor enquanto Crest me conduz até uma mulher alta no meio da sala.

— Toby, esta é Brenda. Ela vai inclui-lo na minha agenda de amanhã — diz, passando a mão pela cintura dela e a apertando de um jeito esquisito e errado. — Cuide bem desse moço, Brenda. Ele quer que eu seja seu mentor. Já mencionei que ele namora a minha filha?

Brenda franze a testa, surpresa.

— Joanna? Ela voltou?

— Voltou — diz Crest, com um toque de satisfação. — Ela o trouxe hoje para me conhecer. Acho que finalmente caiu a ficha e decidiu respeitar esta família e seu lugar.

— Uau, sr. Crest, que notícia incrível. Parabéns.

Brenda mente muito mal. Estou desesperado para saber a história completa do que aconteceu nessa família, mas duvido que Joanna vá me contar tudo.

Crest chama um garçom, que sai correndo para buscar o que me parece uísque com gelo.

— Sabia que seria só questão de tempo com Joanna — diz ele, com um ar de superioridade irritante. — Sempre acabam voltando com o rabo entre as pernas. Minha Joanna pode até falar, mas, como todas as mulheres, o que precisa mesmo é de um homem forte que aponte seus erros. Cá entre nós, vamos manter ela na linha.

Cerro os punhos e forço um sorriso. Que se foda esse filho da puta. Esse sociopata moralmente vazio fica aqui sentado em seu palácio de corrupção, provavelmente queimando notas de cem na lareira, enquanto meu pai, um homem bom que foi justo com todas as pessoas que já conheceu, mal consegue pagar as contas e se alimentar. Meu sangue vira magma. Pior: apesar de estar irritado com Jo por ter mentido, ouvir Crest falar dela como se fosse uma cidadã de segunda classe me faz desprezá-lo com cada parte do meu ser.

Ele é o lixo humano deste lugar, mas tenho que fingir que não é, até acumular provas o suficiente para destruir esse filho da puta escroto.

— É verdade — digo, bile subindo à garganta enquanto concordo com aquela opinião misógina. — Foi ideia minha vir aqui, mas Jo não discutiu muito. Acho que ela sentiu saudades do senhor, mesmo que nunca vá admitir.

Ele sorri, me dando engulhos.

— Você vai fazer muito bem à minha filha, Toby — diz, levantando o copo. — Se conseguir convencê-la a voltar para casa, terá toda minha gratidão.

— É claro, senhor. Como puder ajudar.

Bem nesse momento, Joanna aparece ao meu lado, mostrando a bolsa.

— Peguei.

Aceno com a cabeça, seco.

— Que bom.

Porque se eu tiver que ficar mais um segundo aqui bajulando esse maníaco, vou moer ele na porrada. Estico a mão para cumprimentar Crest.

— Não vamos ocupar mais do seu tempo hoje, senhor — digo. — Foi um prazer conhecê-lo. Muito obrigado pela hospitalidade.

Ele aperta minha mão, com a palma tão suada que parece que estou apertando uma língua de boi.

— À vontade, meu filho. Nos vemos amanhã para almoçar — diz, e se vira para Jo. — Estou animado para exibi-la para meus funcionários, meu amor. É hora de você assumir o seu lugar ao meu lado. Tenho certeza de que você fez a coisa certa e ajudará a proteger o legado de seu pai.

Ela sorri para ele.

— Mal posso esperar, pai. Até amanhã.

Pego a mão de Joanna, e seguimos até o elevador. Assim que as portas se fecham, eu a solto e me afasto.

— Toby...

— Não diga nada — falo, baixinho. — Nem uma palavra, Jo.

Ela muda o peso de pé enquanto eu olho para as portas do elevador, furioso demais para falar, com medo de gritar enquanto ainda estamos no prédio. Estragar nosso disfarce neste ponto seria de uma estupidez monumental.

Quando saímos para a rua, passo direto pela fila de limusines e começo a caminhar na direção do parque. Preciso me afastar de tudo e todos por um tempo, para desanuviar.

— Toby.

Joanna tenta me alcançar, mas estou usando toda a capacidade das minhas pernas compridas para me afastar dela.

— Toby, espera. Por favor, me deixa explicar.

— Não.

Mesmo a esta hora, a rua está engarrafada, então atravesso costurando entre os carros até chegar ao parque do outro lado.

— Que gata! — grita alguém, depois de assobiar, e é assim que sei que Joanna está vindo atrás de mim.

— Toby... espera... por favor.

Ouço o barulho dos saltos altos tentando me alcançar e, quando estou seguramente dentro do parque, me viro para ela.

— Não, Joanna. Não estou interessado.

— Você nem sabe o que eu ia dizer.

— Nem quero saber. Existe alta probabilidade de ser balela, e não aguento mais que mintam para mim.

— Eu não podia te falar do meu pai! Você sabe o que todo mundo pensa dele nessa cidade. Todo mundo o odeia, e não queria que ele interferisse na sua opinião sobre mim.

— Jo, eu estou pouco me fodendo para quem é seu pai. O que me incomoda são suas mentiras. E são muitas. Você escolheu mentir para mim, de novo e de novo, todo dia, por semanas. Mesmo depois de saber do meu pai, não disse: "Ah, então, sabe aquele cara que você odeia com o furor incendiário de mil sóis? Sou filha dele, mas pode ficar tranquilo, porque não quero ter nada a ver com o sujeito."

— Eu não tenho nada a ver com ele!

— Eu sei! Por isso não consigo entender por que você não me contou, porra! — digo, passando a mão pelo meu cabelo. — Me sinto um idiota de achar que a gente tinha alguma ligação especial. Achei que tinha deixado claro que você podia me contar qualquer coisa.

— Ah, fala sério, Toby, quem você tá querendo enganar? Se eu falasse do meu pai, você teria me visto de outro jeito. Teria me *tratado* de outro jeito. Como não, depois do que aconteceu com o seu pai? E eu não te culparia, porque faria a mesma coisa no seu lugar.

— Joanna, se você tivesse me contado, eu não daria a mínima. A não ser que seja você quem organizou e instalou o andaime quebrado, não ligaria para Crest ser seu pai. Só fico louco por você achar isso, depois de tudo que compartilhamos. Puta que pariu, você falou que seus pais estavam mortos. Inventou toda uma história sobre eles terem morrido em um acidente de avião, sobre visitá-los no cemitério no Brooklyn todo mês e, que nem um otário, eu acreditei. Porra, fiquei tão triste por você. Enquanto isso, você estava se parabenizando por me tapear assim. Como se fosse uma Meryl Streep do caralho, pronta para a centésima disputa ao Oscar.

Ela prende o fôlego, e sinto uma pontada de satisfação por ter magoado ela, para variar.

— Quer saber a verdade, Toby? — pergunta ela, se aproximando, intensidade ardendo em seu olhar. — Eu saí de casa aos quinze anos porque meu pai estava pouco se fodendo para mim e preferi viver na penúria sozinha a morar naquela merda de cobertura com ele. Eu o odeio tanto que, desde então, planejo derrubar ele e a empresa. E aí conheci você, com toda sua experiência como hacker, e Eden começou a investigá-lo. Parecia que o universo estava se organizando para me ajudar, então não quis correr riscos. Não quis arriscar te perder.

Ela respira fundo.

— Quer dizer — continua —, eu nunca teria feito o que fizemos hoje sem você. E agora temos a chance de entrar no coração da operação dele e derrubar tudo por dentro, e...

Ela deve notar a constatação horrível que começa a me ocorrer, porque diz:

— Espera, não quis dizer isso.

— Ah, acho que quis, sim — digo, sacudindo a cabeça. — Pela primeira vez, ouvi a verdade de você. Você me usou. Queria derrubar seu pai e não conseguiria fazer isso sem que alguém como eu te ajudasse. Sergei provavelmente foi sua primeira opção, mas, depois que ele desapareceu, você precisava de um reserva, e aí, de repente, eu apareci. Porra, você até me botou no quarto dele.

— Não, Toby — diz ela, pegando minha mão, mas eu me desvencilho. — Por favor, não foi assim.

Solto uma gargalhada amarga.

— Finalmente tudo está começando a se encaixar. Para um gênio, eu posso ser burro pra caralho. Aqui estava eu, achando que tínhamos uma conexão... que, contra a probabilidade trágica, eu era importante para você. Mas, por esse tempo todo, fui só uma ferramenta para você mandar seu papai tomar no cu.

— Não é verdade, você sabe muito bem. O que sinto por você...

Ela pestaneja, contendo lágrimas, e respira com dificuldade.

— Como você pode acreditar que fingi isso? — insiste. — Desculpa por não contar do meu pai, sério, mas... você ainda me *conhece*, Toby. Sabe quem eu sou, no fundo.

Sacudo a cabeça.

— Não. Quanto mais tempo passamos juntos, mais fica claro que eu não te conheço nem um pouco.

Tento ir embora, mas ela segura meu braço, lágrimas escorrendo pelo rosto.

— Toby...

Eu me desvencilho.

— Você precisa parar. Não dá mais.

— Toby, eu... — diz, engolindo o choro, soltando um suspiro trêmulo. — Por favor, não vá embora. Eu te amo.

Eu me afasto.

— Sabe, eu escuto o que você diz. Só não acredito.

Vou embora, parque adentro, e continuo andando até a dor no meu peito começar a se aliviar.

Capítulo vinte e cinco
Estupidez

Subo em duas marcas o pino da máquina de supino antes de começar mais uma série. Todos os meus músculos ardem, mas ainda não é o bastante para bloquear a tempestade de merda no meu cérebro e no meu peito.

— *Toby, eu recomendo fazer um intervalo entre as séries para induzir o ganho muscular máximo* — reverbera a voz de Jeeves na academia deserta.

— Eu sei malhar, Jeeves.

A questão aqui, contudo, não é malhar. É castigar. É porque me sinto o homem mais estúpido do mundo por me deixar ser enganado por uma mulher bonita. Outra vez. É porque me sinto manipulado e ingênuo.

Grunho ao acabar as últimas repetições, e fico ali deitado, ofegante, exausto em corpo, mas ainda acordadíssimo em mente, apesar de serem quatro da manhã.

Passei horas caminhando pelo Central Park e, quando cheguei em casa, sabia que não conseguiria dormir. Malhar me pareceu a única opção.

Até onde sei, Jo está no quarto dela, mas nem tentei verificar. Vai levar um bom tempo para eu conseguir encará-la. Isso se conseguir.

Tiro a camisa e seco o suor do rosto antes de pegar a toalha e abri-la no chão acolchoado. Finalmente, me sento para começar as abdominais.

— *Toby, você está extremamente agitado desde que chegou do evento. Gostaria de conversar?*

— Não — digo, apesar do esforço das abdominais. — O que não quero fazer de jeito nenhum é conversar. Estou exausto de conversar. Parece que as pessoas podem dizer a merda que quiserem que eu vou acreditar mesmo, então, por enquanto, cansei de palavras.

No fundo, sei muito bem que estou surtando por me castigar, mas não consigo me conter. Estou lidando com essa parada do jeito que dá. Se meus métodos são saudáveis? Não são. Farão diferença? Nenhuma. Se eu pensarei sobre isso e mudarei? Também não.

Depois de acabar a série, me viro e começo a fazer flexão, e, apesar de saber que daqui a poucas horas me sentirei uma merda por exagerar nos exercícios de todos os grupos musculares possíveis, parte de mim sente que é o que mereço.

— *Aconteceu alguma coisa entre você e Joanna?*

— Acabei de falar que não quero conversar.

— *Como quiser.*

Tento continuar, mas meus braços estão exaustos, e desabo no chão, encharcado de suor.

— Merda.

Fico deitado, de rosto na toalha, olhando a parede enquanto tento encher o pulmão o suficiente para parar de arder.

Assim que paro de me mexer, tudo de que estou tentando fugir me alcança, enchendo o peito de emoções tumultuosas e indesejadas.

Eu me viro de costas e aperto os olhos com os dedos.

— Puta que pariu, que merda.

— *Toby, estou preocupado com você.*

— Duvido, Jeeves. Você é uma máquina. Não tem empatia para poder sentir preocupação. Além do mais, está tudo bem. Estou bem.

Eu me levanto e levo a toalha até a esteira. Talvez correr ajude. Nesse ponto, mal não faz.

— *Toby, suponho que você tenha conseguido a informação necessária no apartamento de Marcus Crest ontem.*

Informação até demais, Jeeves. Até demais.

Ligo a esteira e começo a caminhar rápido.

— Sim e não. Ele tem outro servidor na sede da empresa, que precisamos invadir para conseguir as informações mais importantes.

Fiz upload de tudo que conseguimos à noite e mandei o link para Eden, para ela procurar qualquer coisa útil, mas não espero que ela seja tão rápida. Vou ajudá-la quando estiver em um estado melhor.

Conto para Jeeves o disfarce que Joanna inventou, sobre nosso noivado e eu ser um enorme fã de Crest. Até falar daquilo faz minha cabeça latejar de ansiedade.

— *A história é boa, Toby, mas imagino que Crest o investigue antes de deixá-lo entrar em seus ambientes mais particulares. Gostaria que eu monitorasse pesquisas online feitas pela equipe de segurança de Crest? Posso oferecer informações falsas que comprovem sua narrativa.*

— Boa ideia. E se encontrar qualquer informação relativa à planta e à segurança da sede da Crest, me avise.

— *Preciso adquirir a informação por métodos legais?*

— Não necessariamente. Só não seja pego.

— *Compreendido.*

Aumento a velocidade da esteira. Minhas pernas estão surpreendentemente energizadas, e, se eu quiser qualquer paz, preciso que fiquem tão exaustas quanto o resto do corpo.

Estou vagamente ciente do meu celular, vibrando no banco perto da porta. Começou a tocar enquanto eu atravessava o parque. Notificações começaram a surgir, conforme os jornalistas e blogueiros saíam do evento da Central do Romance e postavam suas resenhas. Também recebi vários pedidos de entrevista, mas não estou a fim de conversar com ninguém sobre ajudar na felicidade eterna das pessoas agora, especialmente sendo tão incapaz de cuidar da minha própria.

Uma das coisas que não sai da minha cabeça é como eu me atrapalhei com Joanna. Apesar do que o app disse sobre nossas chances, eu acreditava que tínhamos uma conexão profunda e significativa, mesmo que fosse só em forma de amizade. Agora acho que a única coisa que Joanna já sentiu por mim foi atração física. Provavelmente é por isso que nunca poderíamos ter nada significativo.

Acelero mais um pouco, tentando fugir das peças lógicas que começam a se encaixar. No entanto, a raiva não quer sair da minha cola, então ranjo os dentes e acelero ainda mais.

Parte disso é por eu ter me aberto com Joanna a respeito de tantas coisas: a humilhação da minha situação de moradia, a verdade sobre meu pai e seus problemas, e, principalmente, quem eu era de verdade. Ela me conhecia no âmago. É isso que mais dói. Ela solta fatos aleatórios sobre a própria vida todo dia, e esconde suas partes verdadeiras. Ela acha que leva jeito pra escolher os homens errados, mas devo concordar que ela sabota seus relacionamentos. Como pode se relacionar com alguém se nunca mostra quem é?

E como foi que *eu* me apaixonei tanto sem saber quem ela era? Fui enganado na primeira noite e, apesar de tentar ser cauteloso, fui enganado todo dia desde então.

Aí está. Eis a semente de amargura da qual brota a raiva.

Aumento a inclinação da esteira.

O jeito mais eficiente de enfurecer qualquer nerd é fazê-lo sentir estúpido, e é assim que essa situação toda me coloca. Um otário estúpido que acreditou que uma mulher espetacular como Jo teria interesse em mim por motivos além das minhas capacidades úteis.

— Jeeves, quando Joanna começou a planejar invadir o escritório de Crest?

Há uma pausa e, por um momento, acho que ele não me ouviu.

— Jeeves?

— *Perdão, Toby. Não posso responder.*

— Você não sabe? Ou não quer me dizer?

— *Assim como considero confidenciais certas informações que você me conta, ofereço a mesma cortesia a Joanna.*

— Mas você sabia que ela queria me usar para invadir o sistema de segurança do pai?

Mais uma pausa.

— *Toby...*

— Esquece. Ninguém aqui consegue me dar um caralho de resposta clara.

Aumento a velocidade da esteira até o último nível.

— *Toby, considerando seus batimentos cardíacos atuais, essa velocidade não é recomendável.*

— Recomendável meu cu.

Corro o mais rápido que consigo, mas meu corpo está começando a ceder. Tropeço na borracha e sou jogado no chão em uma pilha desajeitada.

Puta que pariu!

— Toby!

Ainda estou tentando entender para que lado caí, até que mãos frias tocam meu rosto e Joanna aparece na minha frente com uma expressão preocupada.

— Está tudo bem? O que você fez, Jeeves?

— *Este acidente não foi causado por mim. Toby exagerou no esforço e perdeu o equilíbrio.*

A esteira desacelera até parar.

— Estou bem.

Eu me afasto dela e me levanto, o que não é fácil, visto que meus músculos viraram gelatina a esse ponto.

— Não foi culpa de Jeeves — digo.

Pego minha toalha e me seco, e noto que Joanna está de roupa de ginástica.

— Desculpa, não notei que você estava aqui — diz ela, puxando a ponta da própria toalha. — Posso, hum... ir correr no parque, se você quiser. Te dar espaço.

Fico irritado por, mesmo furioso assim, derreter que nem raspadinha em um dia de sol.

— Tudo bem. Já acabei.

Acabei de malhar. Acabei com você. Acabei com essa porra toda.

Ela dá um passo à frente e toca meu ombro.

— Tem certeza? Parece que você se ralou um pouco na queda.

Eu me afastou e envolvo os ombros com a toalha, para ela não encostar.

— Já disse que está tudo bem. A academia é toda sua.

Sigo para a saída, mas ela chama:

— Toby...

Quando me viro, ela está mordendo a bochecha.

— A secretária do meu pai me mandou mensagem com os detalhes do almoço. Você...? — pergunta, mudando o peso de pé. — Você ainda vem? Assim, entendo se não quiser... mas...

— Vou, sim.

Ela sorri.

— Mas, depois que conseguirmos a informação daquele servidor, acabou para mim, Jo.

O sorriso dela murcha.

— Claro. Quer dizer, você vai ter a informação necessária pro seu pai, Eden vai ter a matéria, e eu... bom, vou ter o que preciso, também, imagino.

— Não, quis dizer que isso tudo acabou para mim. Não vou mais morar aqui. Vou embora.

A expressão dela é de tanta dor quanto se eu a tivesse estapeado.

— Toby... não.

Sacudo a cabeça e olho para o chão.

— Desculpa, mas não posso... fazer isso... ficar aqui... com alguém em quem não confio mais. Não dá.

Ela respira fundo e fecha a boca com força. Ontem, eu odiaria vê-la sensível assim, e faria de tudo para impedir. Agora, eu a observo, me forçando a me manter indiferente. A me desconectar.

Depois de alguns segundos, ela concorda com a cabeça e me olha.

— Entendo. Odeio que esteja tudo acontecendo por minha causa... porque eu... te magoei. Não fui honesta com você. Mas... — diz, abaixando a cabeça. — Eu entendo.

Eu a olho por alguns segundos, em uma briga interna por causa da decisão. Porém, penso no tempo que ela teve para se abrir, e sei, sem sombra de dúvida, que é a escolha certa.

— Que horas é o almoço? — pergunto, com a mão na maçaneta.

— Meio-dia e meia.

— Tá. A gente se encontra lá embaixo ao meio-dia.

— Legal.

Saio da academia e sigo para o quarto. Quando ouço um ruído abafado ecoando pelo corredor, me convenço de que não é o som do choro dela.

Capítulo vinte e seis
Fadados a fingir

— Toby?

Estou deitado na cama, de cueca, observando a galáxia do teto e me sentindo pior do que jamais me senti. Tomei banho horas atrás, ao voltar da academia, mas minha cabeça está agitada demais para que eu consiga pegar no sono.

— *Toby?*

— Vá embora, Jeeves.

— *Você não pode continuar ignorando o celular. Eden ligou seis vezes. Max, quatro. Você tem trinta e duas chamadas perdidas da mídia, cinco da equipe da* Pulse, *e duas da sua mãe.*

— Achei que tinha mandado você atender e registrar os recados.

— *Foi o que fiz.*

— Minha mãe está bem?

— Está. Só quis confirmar a cirurgia do seu pai no final da semana que vem e lembrar que a peça de April estreia no fim do mês. Ela espera que você possa ir.

— Posso. Vou.

Sair um pouco de Nova York e passar um tempo com a família é exatamente o necessário. O trabalho me deve um monte de dias de férias, e mal posso esperar para cobrar.

Já falei com Eden hoje, mas imagino que ela queira conversar sobre o que está encontrando naquelas informações todas. Eu quero saber, mas não agora. Meu corpo dói, meu peito arde e minha cabeça gira com um milhão de pensamentos que não consigo organizar. É raro eu me sentir tão mal, e estou odiando.

Talvez seja esse o contratempo gigantesco necessário para superar Jo. Se deixado por mim mesmo, talvez eu tivesse passado anos apaixonado, ignorando inúmeras outras oportunidades românticas. A ironia é que este é o pior término que já vivenciei, e nem estávamos namorando.

Mais um exemplo de como essa situação é um desastre.

— *Toby?*

— O que foi?

— *Só venho lembrar que você precisa estar arrumado, no carro, daqui a dez minutos para chegar a tempo no almoço.*

Grunho em resposta.

Mais cedo, Joanna batera na porta e me entregara um terno novinho da Tom Ford. Acho que Giovanni fez a partir do mesmo molde do outro. Parece que visitar a Torre Crest de calça jeans e cardigã não combina com o papel de aspirante a empreendedor imobiliário.

Solto um suspiro frustrado, saio da cama e me visto. O terno é azul-marinho, de linhas estreitas, e, assim como o outro, me cai perfeitamente. Foi combinado com uma camisa branca engomada, uma gravata clara, e sapatos elegantes. Depois de aproveitar os restos de produtos capilares que Sergei deixou no banheiro, estou o mais próximo possível de um protegido do Crest. Decido deixar a barba por fazer que cresceu ontem, escovo os dentes e pego o celular.

— *Toby, baixei todas as plantas que encontrei relativas à sede da Crest e incluí um mapa indicando a localização provável da sala dos servidores com base na distribuição elétrica do prédio. A entrada é acessível por um cartão digital e, se você conseguir aproximar o celular de um cartão, posso cloná-lo por meio do adesivo Bio-Flex.*

Franzo a testa.

— Sério?

— *Exige reconfigurar o software, mas, sim, sério.*

— Ok. Legal.

Mais e mais, noto como o Jeeves facilita tudo na minha vida, até espionagem industrial.

— *Joanna tem mais detalhes que transmitirá no trajeto.*

— Tá bom — digo, alongando o pescoço para aliviar um pouco da tensão, e fechando os olhos. — Como vai a Jo?

Sempre que faço uma pergunta pessoal a respeito dela, Jeeves hesita. Juro que esse programa está cada dia mais próximo de uma pessoa.

— *É melhor perguntar a ela.*

— Provavelmente vou, mas quero saber a verdade, e não confio na honestidade dela.

Ele fica em silêncio, e eu ranjo os dentes de frustração.

— Jeeves... fala sério. Isso já é difícil sem você me ignorar. Sei que ela conversa com você. Escuto os murmúrios pela parede.

— *Ela está chateada, principalmente consigo, por ter mentido para você. E está extremamente chateada por você estar indo embora. Além disso, precisará perguntar a ela.*

— Tá.

Porra, Jenner, largue o osso. Você está nesse buraco porque ficou investido demais. Aprenda a lição e pare com isso.

— Toby? Mais uma coisa. Monitorei muitas buscas sobre você na internet hoje. A maioria foi de jornalistas, participantes do FPS ou pessoas que leram a respeito do lançamento, mas várias vieram de funcionários da Crest, especialmente da equipe de segurança.

— Ok. Enviou informações adulteradas?

— *Sim. Também removi qualquer conexão identificável entre você e seu pai, considerando que ele está registrado como querelante em uma ação judicial aberta contra a Crest.*

— Então quem devo dizer que é meu pai?

— *De acordo com a internet, seu pai é Ralph Jenner, falecido, antigo dono de um pequeno negócio de consertos eletrônicos na Pensilvânia. Se possível, evite falar sobre sua família. Não tenho dúvida de que Crest vá investigá-lo devido a seu suposto relacionamento com a filha dele.*

— Aposto que sim.

— Também limpei toda conexão com a Pulse e Eden, para o caso de estarem informados a respeito da matéria. Continuarei monitorando as buscas para manter o disfarce.

Meu celular apita com uma mensagem de Gerald, avisando que ele e Joanna me esperam na rua.

— Ok, Jeeves. Obrigado.

Desço de elevador e, quando saio do prédio, Joanna está lá, insuportavelmente linda, sorrindo como se eu fosse o amor da vida dela.

— Uau — diz ela, parando na minha frente e tocando a lapela do meu terno. — Acho que noivei com o homem mais bonito de Manhattan.

Fico um pouco confuso por ela entrar no personagem antes mesmo de sair, mas, quando ela sobe na ponta dos pés para me dar um beijo na bochecha, cochicha:

— Estamos sendo observados.

Ela se afasta um pouco, ainda sorrindo.

— Me beije — diz —, e faça eles acreditarem, senão isso vai acabar antes mesmo de chegarmos lá.

Quero desesperadamente olhar ao nosso redor para ver quem nos vigia, mas sei que isso nos exporia imediatamente. Em vez disso, levo a mão ao rosto de Joanna e me abaixo, meu coração batucando em ritmo dobrado quando a beijo.

Pauso, tentando respirar e engolir em seco ao mesmo tempo, antes de me afastar e fazer meu melhor para parecer feliz.

— Você está linda.

Pelo menos sobre isso não preciso mentir. Ela é linda para caralho, chega a doer.

Ela olha minha boca.

— Você também.

Ela me beija de novo, boca macia e com uma leve sucção, e eu solto um gemido quando cada mililitro de sangue nas minhas veias sussurra seu nome.

Não, não, não.

Eu me afasto e tento me recompor, mas é difícil para cacete, visto que ela está grudada em mim, fazendo cara de quem quer me arrastar de volta ao apartamento.

— É melhor a gente ir... meu bem.

Ela pestaneja algumas vezes e pigarreia.

— Claro. Sim. Vamos lá.

Gerald já abriu a porta do Escalade, e ela entra, deslizando até o meio do banco, para eu me sentar a seu lado. Depois de Gerald fechar a porta e entrar no banco do motorista, ouso olhar para trás.

— Onde estão eles?

Joanna continua olhando para a frente.

— Atrás da gente. No carro preto. É o chefe da segurança do meu pai, LeBron. Jeeves me avisou que ele estaria aqui — diz, abrindo a bolsa para tirar um fone de ouvido minúsculo, cor de pele. — Arranjei isso para que Jeeves possa falar conosco na rua. Ele pode acessar os sistemas de segurança e nos ajudar a encontrar os servidores.

— Ótimo.

Enfio o fone e seco a boca para impedi-la de formigar depois do beijo. Não me surpreendo ao encontrar batom nos dedos.

Seco mais uma vez, mais pela sensação do que pela cor.

Jo tira um espelho da bolsa e retoca o brilho labial enquanto o carro anda pelo engarrafamento do centro. Eu a observo, hipnotizado, até ela acabar.

Ela nota que a observo, e eu pigarreio, desviando o rosto para a janela. Controlo a respiração e deixo a raiva conter meu tesão.

— Então — digo —, preciso saber de alguma coisa antes de entrar na cova dos leões?

— Só que meu pai é um babaca, mas dá para se safar de quase qualquer coisa com elogios.

— É, isso eu notei.

— Talvez a gente não consiga acesso aos servidores hoje, mas, se entendermos o local, vai ser mais fácil formular um plano para a volta.

— Você não conhece o escritório?

— Não vou à sede há nove anos.

— Por quê?

Ela suspira.

— É uma longa história. Não tenho tempo para contar os detalhes agora.

— Mas teve tempo no mês passado, né? Só escolheu não contar.

Ela se cala, e ranjo os dentes para conter os palavrões. Tentando me acalmar, respiro fundo e volto a olhar pela janela.

— Então ninguém sabe que você é filha do Crest — digo. — Nem Eden, nem Asha? Ninguém?

— Não.

Eu me viro para ela.

— Nenhum de nós mereceu a porra da verdade? As pessoas mais próximas a você? Não entendo.

— Toby, eu não discuto isso. Você não iria entender.

— Talvez entendesse, se você me desse uma chance. Agora acho que não vamos saber — digo, sacudindo a cabeça. — Você precisa contar para Eden e Asha, Joanna. Você foi vista ontem na festa, e será vista hoje no escritório. Não me surpreenderia se, ainda hoje, toda a mídia da cidade espalhasse que a filha pródiga de Marcus Crest voltou ao lar. As irmãs Tate merecem ouvir primeiro da sua boca. Descobrir de outro jeito vai magoá-las.

Me pergunte como sei disso.

Ela olha as mãos por alguns segundos antes de desbloquear o celular.

— Vou ligar para elas agora.

Não olho para ela durante os telefonemas para Eden e Asha, mas, pelo que entreouço, elas ficam mais chocadas do que furiosas. Sacudo a cabeça, irritado por isso tudo poder ter sido evitado se Jo tivesse escolhido ser honesta antes. Agora, nossa amizade frágil foi obliterada, e não consigo nem olhá-la sem ser tomado por outra onda de raiva.

— Toby?

— O que foi?

Fico de olho na paisagem.

— Você vai conseguir fazer isso comigo hoje? Fingir que é meu noivo?

— Não se preocupe. Vou concluir o trabalho. Estou aprendendo a mentir bem. Afinal, aprendi com uma especialista.

O resto do trajeto segue em silêncio constrangido, mas, assim que o carro para na frente da Torre Crest, vestimos a pose e agimos como os pombinhos apaixonados que fingimos ser.

— Joanna! Vem cá, querida.

Apesar do talento que Joanna tem para fingir, o abraço e o beijo que dá no pai quando entramos no escritório é inteiramente desajeitado.

— Oi, pai. Que bom ver o senhor.

Ele se vira para mim e estende o braço e eu me preparo para outro aperto de mão suado.

— Toby, meu filho. Que bom que você veio.

— Sr. Crest.

Aperto a mão dele, tomando cuidado de não parecer ameaçador. O ego desse homem é mais frágil que uma banana podre, então planejo ser o mais subserviente e atencioso que conseguir sem vomitar.

— É uma honra estar aqui, senhor — digo. — Muito obrigado por nos convidar.

Marcus aponta uma mesa retangular no canto oposto da sala gigantesca, onde o almoço foi posto.

— Achei que a gente pudesse comer aqui e admirar a minha vista incrível.

Ele olha para mim e, depois, para as janelas enormes que vão do chão ao teto, com vista para a Freedom Tower.

— Que tal, Toby? — pergunta.

— É de tirar o fôlego, senhor. A melhor vista de Nova York.

Não é, mas Crest ama esse tipo de bajulação.

Ele se sorri e se vira para nós.

— E aí, o que vocês dois fizeram hoje?

Joanna me olha de relance e dá um sorriso.

— Ah, nada de mais. Fomos à academia. Ficamos juntinhos no sofá. Sabe, coisa de noivos.

Dr. Love **317**

No meio da frase dela, Crest já está mexendo no celular com cara de tédio.

— Que legal, querida.

Ele não chega nem perto de soar sincero.

Há uma batida na porta, e o rosto de Crest se ilumina quando entra um homem bonito de terno cinza.

— Brad, meu filho! Entre, entre. Veja só, a Jojozinha voltou.

Brad se aproxima, tão seboso quanto um pássaro aquático depois de um derramamento de petróleo. Ele fita Joanna com uma familiaridade possessiva que me dá calafrios.

— Ora, ora. Parece que alguém cresceu — diz ele, se aproximando para abraçá-la, e não consigo conter a careta de desdém que surge em meu rosto. — Como vai, Jojozinha? Quanto tempo.

Jo o abraça, e eu enfio as mãos nos bolsos da calça.

— Oi, Brad. É, quanto tempo. Muito mesmo.

Crest avança um passo.

— Toby, esse é meu coo, Brad Russel. Antigamente, quando Jojo era adolescente, ela era toda apaixonada por ele — diz Crest, e Jo olha para o chão. — Era sempre engraçado, ela vivia atrás dele que nem um cachorrinho.

— Pai...

— Não precisa se envergonhar, querida. Brad é um cara charmoso. É comum ter uma paixonite de menina — continua ele, e até Brad parece um pouco envergonhado. — Enfim, você obviamente superou, já que está aqui com o Toby.

Parecendo agradecido por uma chance de mudar de assunto, Brad me oferece a mão em cumprimento.

— Toby Jenner, certo? Li tudo sobre você hoje cedo no *New York Times*. Estão te chamando de dr. Love por causa do seu novo app. É uma publicidade e tanto para um estreante.

Crest parece confuso, então Brad explica o app e fala do lançamento de ontem.

— Bom, esse app parece dar grana garantida — diz Crest. — Quando vai lançar seus títulos? Talvez eu compre umas ações.

— Não vão abrir o capital, pai — diz Joanna, para meu alívio, porque mercado de ações não é minha praia. — O app é para ajudar as pessoas. Toby e Max não querem lucrar com isso.

— Claro que querem. Todo mundo quer lucrar, e quem diz que não está mentindo — diz Crest, e me analisa por um segundo. — Você não está querendo migrar para o mercado imobiliário pelo dinheiro? Não foi o que disse?

Penso rápido para salvar a situação.

— Com certeza. Não me entenda mal, eu adoro meu trabalho em tecnologia porque é desafiador, mas é um mercado volátil, com retorno variável. Sei que, para garantir meu futuro financeiro, o mercado imobiliário de Nova York é uma aposta mais garantida. Estou apenas procurando o projeto correto e um mentor como o senhor.

Crest parece acreditar no meu discursinho, porque concorda com a cabeça, impressionado.

— Você é esperto, Toby. Se souber jogar o jogo, talvez eu possa trazê-lo para um dos meus projetos, para você ver como o negócio funciona.

Eu sorrio.

— Nossa, sr. Crest, seria incrível. Muito obrigado.

Ele olha para Brad.

— Que tal? Podemos achar um lugar para esse garoto? Nível mínimo. Baixo risco.

Brad parece hesitante, mas, se já trabalha com Crest há um tempo, sabe que nunca deve discordar. Ele concorda.

— É claro, Marcus. Toby e eu podemos conversar depois do almoço para combinar os detalhes.

— Excelente — diz Crest, apontando a mesa. — Agora, vamos comer, depois podemos voltar aos negócios. Sentem-se.

No papel de noivo dedicado, puxo a cadeira para Joanna, antes de me sentar também. Brad e Marcus se sentam do outro lado.

Em segundos, um mordomo aparece, trazendo um carrinho de prata, e serve uma seleção de travessas no meio da mesa, além de uma salada. Em seguida, coloca o que parece ser uma lagosta inteira na frente de cada um de nós.

— Pescadas hoje mesmo no Maine — diz Crest, desdobrando o guardanapo que põe no colo. — Para minha filha, só do bom e do melhor.

Joanna olha o prato.

— Claro, se "do bom e do melhor" significar "uma visita imediata e dolorida ao hospital".

Crest franze a testa.

— Como assim?

— Eu sou alérgica a frutos do mar, pai.

— Desde quando?

— Desde sempre.

— Que besteira. Sua única alergia sempre foi a obedecer.

Joanna fica vermelha e, apesar do meu humor, aperto a mão dela debaixo da mesa. Se ela brigar com ele agora, nossa missão está acabada.

Nós nos entreolhamos rapidamente, e ela aperta minha mão de volta e ri.

— Bom, até pode ser, pai. Mas, por via das dúvidas, vou deixar a lagosta de lado — diz, afastando o prato e pegando a salada. — Honestamente, nem estou com tanta fome. E tenho que caber no vestido de noiva, não é, meu bem?

— É, sim — digo, com um sorriso.

Joanna passa o resto da refeição em um silêncio pouco característico.

Pelo que me parece a centésima vez hoje, finjo rir de alguma coisa ofensiva que Crest falou em tom de piada. Ele não tem limites, e estou exausto de fingir que não quero esmurrá-lo até ele gritar pela mãe.

Crest, Brad, e eu nos sentamos na sala de Crest, para beber uísque *single malt* enquanto o resto dos funcionários se arruma para sair. Jo pediu licença para fazer um telefonema de trabalho e resolver uns problemas na editora e, desde então, estamos em um clube do bolinha nojento, com Crest no papel de presidente playboy e imaturo.

Eu já estava me sentindo mal antes da tarde passada, ouvindo suas filosofias "geniais" a respeito de dinheiro e mercado imobiliário, mas agora estou oficialmente esgotado. Posso resumir toda sua suposta sabedoria em uma frase: "Vença a qualquer custo, mesmo que foda com todo mundo no processo". Visto que ele é um bilionário, não me surpreende nem um pouco que esse seja seu lema.

— Toby, você precisa sair com a gente hoje — diz Crest, com um tapinha no meu ombro. *Jesus amado, não, por favor.* — Vou receber um prêmio no jantar da Junta Comercial de Nova York, e gostaria que você e Joanna fossem meus convidados.

Ele já está trocando as pernas. Odiaria ver quanto mais ele consegue beber antes do prêmio.

— Hum... acho que eu e Jo já temos planos para hoje, mas agradeço o convite.

— Que nada! — diz ele, se levantando para pegar a licoreira e nos servir. — Cancelem os planos. Quero que meu novo protegido esteja ao meu lado quando me homenagearem. Será uma boa oportunidade de ver o caminho das pedras do meu mundo.

Ele tampa a licoreira de cristal bem quando Jo volta à sala.

— Joanna! — diz Crest. — Você e Toby são meus convidados para o jantar da JCNY de hoje. Não aceito discussão.

Jo me olha de relance, e tento transmitir o quanto não quero ir sem alertar Crest.

— Meu bem, não temos aquele compromisso hoje?

Jo franze a testa.

— Qual compromisso?

Droga, bebi demais para inventar uma mentira convincente.

— Sabe, aquele *compromisso* que a gente planejou há semanas. Você estava muito animada.

Vamos lá, Jo. Me ajude.

Ela sacode a cabeça.

— Ah, não, meu bem, aquilo foi cancelado. Podemos ir à cerimônia hoje, sim. Vai ser divertido.

Forço um sorriso.

— Ah. Que bom. Então tudo certo.

Ela vem se sentar no braço da minha poltrona e me abraça de leve. O pai dela sorri, juntando as mãos.

Dr. Love   **321**

— Maravilha! Eu e Brad vamos de limusine com o pessoal de RP e do jurídico, mas vou pedir um carro para vocês.

— Pai, não precisa...

— Não, eu insisto. Só do bom e do melhor para minha filha e meu futuro genro.

Ele ri baixinho e grita para Brenda pedir outro carro.

— Senhor? — diz Brad, apontando a porta. — É melhor irmos. A cerimônia começa às sete, e sei que o senhor queria conversar com o sr. Walters, o vereador, antes do evento.

— Certo — diz ele, se encaminhando para a porta com Brad. — Nos vemos lá!

Quando eles se vão, Jo se senta na cadeira ao meu lado, e eu massageio a testa.

— Meu sinal foi sutil demais? — pergunto. — Ou você acha graça de me sujeitar à companhia do seu pai?

Ela cruza as pernas.

— Achei que o evento pudesse ser útil — diz, digitando no celular. — Pense bem. A Junta Comercial vai dar um prêmio ao meu pai? O jantar vai estar cheio de gente influente com quem ele trabalha o tempo todo. Não me surpreenderia saber que vários dos convidados já receberam suborno. Também é boa oportunidade de arranjar provas fotográficas dele puxando o saco desses babacas — explica, me vendo massagear os olhos. — Mas, se não quiser mesmo ir, posso arranjar uma desculpa e vou sozinha.

Eu suspiro e recosto a cabeça na poltrona.

— Tudo bem. Eu vou. Só estou cansado.

E infeliz. E socialmente exausto.

O celular de Jo apita, e ela olha a tela.

— Eden vai recrutar Max, e eles também vão ao jantar.

— Disfarçados do quê? Empresários de que ninguém nunca ouviu falar?

Jo dá de ombros.

— Sei lá, mas vão dar um jeito.

Capítulo vinte e sete
Honestidade bêbada

— **Ah, que casal lindo!** Mais umas fotos, por favor?

Exagero no sorriso falso, abraçado em Jo na mesa de Crest, agora vazia, no salão de um dos hotéis mais chiques de Nova York. Jo leva a mão ao meu peito, e Eden, na nossa frente, finge ser uma fotógrafa registrando o evento para a organização.

— Lindos — diz, pendurando a câmera no pescoço antes de se aproximar com um bloquinho. — Podem confirmar a grafia dos seus nomes, por favor?

Não sei por que ela está exagerando tanto no teatro. Ninguém está prestando atenção nela, o que deve ser o objetivo.

Ela se abaixa um pouco e me dá uma piscadela sutil.

— Isso é divertido. Glamour, elegância, *open bar* e derrubar os chefões por dentro da organização. Então eu queria saber, Toby, por que você parece ter acabado de sair do dentista?

Queria estar a fim de contar tudo que rolou comigo e Jo, mas, como de costume, não é uma boa hora, nem lugar, para isso.

— Estou me divertindo. Só estou exausto.

Jo passa a mão pela minha nuca, fazendo carinho, e, mesmo que eu saiba que é só pela pose, ainda é mais gostoso do que deveria ser.

— E aí — diz Eden, com ar de conspiração —, você surtou quando Jo contou do pai dela?

Pode-se dizer que sim.

Eden mantém um olho em mim enquanto analisa a sala, que nem qualquer boa jornalista.

— Eu fiquei chocada. A gente estava andando com realeza de Nova York e nem sabia.

— Pois é — digo. — Loucura.

Por mais cansado que eu esteja, aparentemente ainda tenho energia para manter um pouco de ressentimento.

— Joanna — diz Eden, tirando mais umas fotos dos arredores —, você sabe que, quando estiver pronta para lavar a roupa suja da Crest em público, me deve uma entrevista exclusiva, né? Quando quiser expor o escroto do seu pai, estou aqui.

Joanna abre um sorriso desconfortável.

— Bom saber.

Ela pega a taça de vinho e bebe tudo em poucos goles. Ela está bebendo muito hoje. Talvez seja para entorpecer a dor de ouvir o pai se gabar para todo mundo sobre a filha rebelde que voltou com o rabo entre as pernas, ou talvez porque eu passei a noite variando entre noivo falso convincente e o equivalente humano a um pedaço de madeira.

Qualquer que seja o motivo, Jo parece achar que bebida é a resposta. Nunca a vi tão bêbada quanto agora. Fico preocupado.

Do outro lado do salão, Max anda entre os convidados, se encaixando perfeitamente. Sem dúvida, seus contatos na alta sociedade serão valiosos para Eden identificar quem deve fotografar. Até agora, não temos provas de que nenhum convidado é envolvido em corrupção, mas, se são amiguinhos de Crest, provavelmente não são anjos. Max faz sinal para Eden, que acena em resposta.

— Tá, preciso ir. Max arranjou uns alvos para mim. Amanhã a gente conversa a respeito de quais desses chefões da indústria comem na mão de Crest, e, com sorte, teremos uma bela lista de nomes e crimes para catar nos servidores de Crest na segunda-feira — diz ela, sorrindo. — Muito obrigada por me mandar mensagem, Jo. Pode ser uma mina de diamante para minha matéria.

— É, pode ser — diz Jo, piscando devagar demais, antes de se recostar em mim. — E de nada, Edie. Você é linda. Eu te amo.

Eden sorri.

— Ah, também te amo — diz, antes de se abaixar. — Não deixe ela beber mais — cochicha para mim. — Ela está acabada.

Concordo com aceno de cabeça.

— Pode deixar.

Quando Eden se afasta, um garçom se aproxima.

— Mais vinho para a senhora?

Jo se endireita.

— Com certeza.

Cubro a taça dela com a mão imediatamente.

— Não, Joanna. Já está bom.

Quando faço gesto para o garçom ir embora, Jo franze a testa para mim.

— Por favor, senhor, me deixe beber mais um pouquinho?

— Você já bebeu o bastante.

Ela afasta a cadeira e se levanta.

— Então dance comigo.

— Eu não danço.

— Dança, sim. Eu te vi lá na Central do Romance. Você rebola bem para um branquelo — diz, puxando meu braço. — Vem. Vamos lá.

— Jo, não estou a fim, tá bem?

Ela olha ao redor.

— Tá, se não quiser dançar, tudo bem. Vou só pegar mais uma bebida no bar.

Sacudo a cabeça.

— Tudo bem, vamos dançar — digo, pegando a mão dela para conduzi-la à pista. — Você é um pé no saco quando está bêbada, sabia?

— Vou te contar um segredo — sussurra quando me viro para ela. — Sou *sempre* um pé no saco, só escondo mal quando bebo.

Ela passa os braços pelo meu pescoço, sorrindo, e eu levo as mãos à cintura dela, a contragosto.

Apesar da pista estar lotada, no segundo em que ela cola o corpo em mim, todas as outras pessoas parecem desaparecer. Inspiro profundamente, agora tendo que aguentar a tortura do perfume doce dela enchendo meu nariz. Não planejo apertar o braço, mas é o que acontece, e ela solta um suspiro grave e satisfeito que vibra pelo meu corpo.

— Que gostoso — diz ela, com um leve gemido.

Aperto o maxilar e tento conter a reação, mas é quase impossível, estando tão próximos. Meu cérebro ainda está furioso com ela, mas meu corpo não recebeu o recado. Tudo que eu sinto é a pressão dos peitos dela no meu tronco. O calor dela atravessando as camadas de tecido entre nós. Todos os músculos vibrando com um estímulo elétrico leve.

— Acabei de notar — diz Joanna, me olhando — que você mal me beijou essa noite. A gente não deveria se exibir para os amigos do meu pai aqui? Sabe... vender nosso peixe?

A última coisa que quero fazer agora é beijá-la. Ao mesmo tempo, a única coisa que quero fazer é beijá-la. Quero beijá-la com força, até ela entender o quanto estou decepcionado por ela não ter se aberto para mim, e como estou confuso para caralho com tudo que tem a ver com ela. Beijá-la resolveria muitos problemas, e criaria mais mil no lugar. Ainda assim, não consigo parar de pensar nisso. Estou preso em um fluxo positivo/negativo de emoções que drena toda minha energia e razão.

— Toby... — diz, olhando minha boca, que acaricia com o indicador. — Sua boca é tão linda. Tão macia.

Engulo em seco e abaixo a mão dela, a apoiando no meu peito.

— Para com isso, Jo...

Seguro a mão dela ali, ignorando o calor que sinto queimar através da camisa.

— Toby, você *quer* me beijar?

— Se quero ou não é irrelevante.

Tento desviar o rosto, mas não consigo parar de olhá-la.

— Para mim, não é. Porque eu quero tanto te beijar que chega a doer.

Fecho os olhos e me agarro ao controle tênue que me resta. Estou respirando com dificuldade, mesmo tentando me manter firme.

Quando abro os olhos, vejo que Jo ainda me fita com desejo, e preciso me desviar. Crest está do outro lado do salão, agarrado ao troféu feio que ganhou mais cedo. Tem gente ao redor dele, mas fica claro que, apesar dos homens de negócios da cidade o temerem, não gostam de sua companhia. Um pouco mais distante, Brad está bebendo, olhando diretamente para mim e Jo. Quando nos entreolhamos, ele levanta a taça. Aceno com a cabeça em resposta, mas algo naquele cara me deixa nervoso.

Jo também deve ter visto, porque diz:

— Brad me perguntou hoje se eu ia mesmo me casar com você. Aparentemente, acabou de terminar com a namorada e está solteiro.

Isso chama minha atenção.

— Que porra é essa? Ele deu em cima de você?

Ela dá de ombros.

— Esses caras sempre acham que devem ter o que querem.

— E ele disse que te quer?

— Não com essas palavras, foi mais sutil. Acho que ele tem um pouco de medo do que você faria se descobrisse.

Eu o olho com raiva.

— É bom ter medo mesmo.

Joanna leva a mão ao meu rosto e me obriga a olhá-la.

— Relaxe. Só estamos noivos de mentira.

— É, mas esse filho da puta não sabe disso. O que foi que você respondeu?

Ela me olha nos olhos.

— Falei que, se fosse me casar de novo, seria com você.

Franzo a testa.

— *De novo?*

— É uma longa história.

Sacudo a cabeça.

— Nem me surpreende mais, Jo. Sua vida é cheia de longas histórias que nunca são explicadas.

Olho para Brad, que ainda está nos encarando.

— Bom, fica aqui uma história mais curta — digo.

Eu me curvo e a beijo, sem suavidade. É um beijo profundo e apaixonado, e espero que Brad veja bem como ela se derrete e me agarra como se não quisesse soltar nunca mais.

Quando me afasto, estamos os dois sem fôlego e Jo cambaleia um pouco. Levo a mão ao rosto dela.

— O título da minha história é "Cansei desse dia, então vamos dar boa noite e sair daqui correndo".

Pego a mão dela, a puxando por entre a multidão, e Jo aperta o passo para acompanhar.

— Gostei dessa história. Tomara que tenha final feliz.

Apesar do meu beijo espontâneo ter deixado Jo mais grudenta do que de costume, depois de alguns minutos no carro ela fica quieta e imóvel. Desconfio que o movimento do veículo tenha um efeito desagradável na bebida no estômago dela.

Quando chegamos em casa, eu praticamente a carrego para fora do elevador. Na cozinha, ela se afasta e alcança um copo do armário.

— Preciso de água.

Ela enche o copo e bebe vários goles antes de se encostar na bancada e me olhar.

— Toby?

— Oi?

— Você sabia que a avó da Eden tem um pato de estimação?

Solto um pouco a gravata.

— Sabia, Jo. Já fui à casa de Nannabeth várias vezes.

— Eu não. Só fui duas vezes, mas o pato é incrível. Moby Duck. É esse o nome. Não é um nome *incrível* para um pato?

Ela cambaleia um pouco e eu passo o braço pela cintura dela para equilibrá-la.

— Ok, vai com calma.

Ela se aproxima um pouco.

— Quando eu era pequena — cochicha —, minha babá me levava ao lago do Central Park para ver os patos. Eu achava que podia controlar eles com o pensamento — diz, abaixando o copo e segurando minhas lapelas. — Tipo, eu olhava para eles e pensava "É bom você nadar, bichinho" ou "Que tal ir para a grama?", e eles faziam isso. Mas, quando contei isso para minha babá, ela disse que eu não estava controlando nada, era só que eu e os patos tínhamos ideias bem parecidas do que eles deveriam fazer.

Tento fazer ela soltar meu paletó.

— Que bom, Jo, mas precisamos levar você para a cama, tá?

Ela fica na ponta dos pés e toca meu rosto.

— Toby, isso é literalmente o que eu mais quero, mais do que tudo no mundo. Me leve para a cama. Por favor.

Ela perde o equilíbrio e eu acabo a pegando no colo.

— Tá, a gravidade nitidamente está difícil para você. E não vamos transar. Você precisa é dormir.

— Pfft — diz ela, se aninhando no meu pescoço, e eu fecho os olhos, atordoado pela reação do meu corpo. — Preciso transar também, mas deixa para lá. Pode ser chato. Tudo bem.

Endireito as costas, ignorando o quanto meu corpo preferiria seguir o plano dela, avanço pelo corredor na direção do quarto dela.

— Como você é forte, Toby — diz ela, levando a mão ao meu peito e apertando os dedos nos músculos. — Como você é alto, lindo e forte. Eu amo sua força. Não só para me carregar, mas no coração. Na cabeça. Não tem nada que você não possa fazer.

— Você está errada.

Não consigo te carregar até o quarto sem imaginar todos os jeitos de fazer você gozar, por exemplo.

— Toby... — continua, a cabeça encostada no meu pescoço, a boca roçando a pele. — Sei que você acha que fingi gostar de você por causa do seu talento para hackear, mas não é verdade. Quando descobri que você era hacker, tentei parar de gostar de você porque achei que você pudesse desaparecer, que nem aconteceu com o Sergei, mas aí... você continuou aqui. Você me ajudou.

Ranjo os dentes ao sentir a respiração dela fazer cócegas no meu maxilar.

— Sou assim. Sempre solícito.

— É *mesmo*. Tão solícito. Tão bonito. Tão lindo, de todos os jeitos — suspira. — Sempre gostei de você por ser quem você é, Toby. Não pelo que podia fazer por mim. Espero que você saiba.

Engulo em seco, processando isso, e, no fundo, meu lado mais inseguro suspira de alívio por nem tudo entre nós ser mentira.

Quando chego ao quarto, a coloco na beirada da cama com a maior delicadeza possível.

Ela me olha com uma expressão de súplica.

— Você já vai?

— Vou. Também preciso dormir.

Ela levanta um pé e aponta as tiras delicadas, mas complicadas, da sandália.

— Me ajuda primeiro? Nem sei como tirar isso aí agora.

Olho para trás, para a segurança relativa do corredor, onde não serei atacado pelo cheiro e pela beleza dela, mas agora ela precisa de mim, então só posso ajudar.

Eu me ajoelho e começo a desamarrar seu sapato. Ela estica a mão e faz cafuné em mim enquanto trabalho.

— Tive tantas fantasias com você ajoelhado entre minhas pernas, e agora...

— Jo... por favor. Você não pode falar essas coisas.

Já é difícil estar aqui sem imaginar que posso fazer o melhor sexo oral que ela já recebeu na vida. Muitos homens nem fazem, porque são filhos da puta egoístas que não fazem a menor ideia de como tratar a anatomia feminina. Só que nada me excita mais do que fazer uma mulher se derreter na minha boca. Minha boca se enche de saliva só de pensar.

— Por que não? — pergunta ela, me olhando. — Você quer que eu fale a verdade, né? Bom, eis a verdade: passei meses tentando me impedir de falar coisas sexy para você. Fui fortíssima para me manter distante. Mas não fez diferença, não é? A gente ainda se afastou, porque, por mais línguas que eu fale, por mais dinheiro que eu ganhe, o que não sei é fazer com que as pessoas me amem.

Meu rosto arde.

— Não é verdade. Muita gente te ama.

— Você me ama, Toby?

Minha mão fica paralisada no pé dela.

— Joanna...

— Não, eu quero saber. Pode até me dizer que me ama como amiga, porque, nesse ponto, aceito qualquer coisa — diz, sacudindo a cabeça, a expressão murchando. — Eu me esforcei tanto para ser forte e autossuficiente. Fiz isso a vida inteira, para só depender de mim mesma. Mas aí você apareceu e nada disso tem mais importância nenhuma para mim. Não preciso de você para controlar meu IA rebelde nem para destruir meu pai, Toby. Preciso de você para respirar — fala, e me olha, cheia de desespero. — Como vou respirar quando você for embora?

Ela não faz nenhum barulho de choro, mas lágrimas escorrem por seu rosto mesmo assim, e, porra, como posso fazer qualquer coisa agora além de reconfortá-la? Pela primeira vez, ela me mostra quem é, e, apesar de essa não ser a história completa, é o suficiente por enquanto.

Aperto o tornozelo dela de leve.

— Ainda estou aqui, Jo. Agora estou aqui para você.

Ela me olha, cheia de dor no rosto.

— Desculpa por não ter contado tudo a você. Ao longo dos anos, de toda solidão, construí uma nova realidade para mim mesma na qual meus pais me amavam e nada de ruim acontecia. Eu me reconstruí, o oposto de quem meu pai queria que eu fosse. Mas, mesmo agora, a única coisa da qual não consigo escapar com mentiras é o medo.

— Medo do quê?

Ela dá de ombros.

— De tudo. Medo de ser insuficiente, de ser demais. Dos pesadelos idiotas que terapia nenhuma resolve.

Acabo de tirar os sapatos dela e me sento a seu lado na cama.

— Não entendi.

— Eu sei, porque, mesmo agora, não tenho as palavras para explicar. Eu quero, mas não consigo. Sempre que penso nisso, fico enjoada. Como se cada célula quisesse me impedir.

Faço carinho nas costas dela e ela se aproxima.

— Tudo bem. Só respira.

— Quer saber uma coisa patética? — pergunta ela, se afastando um pouco para me olhar, o rosto úmido e a boca trêmula. — Eu me diverti muito hoje. Foi um dos melhores dias da minha vida. Não por termos passado com meu pai, porque essa parte foi uma merda, mas porque, o tempo todo, *você* me amava. Você segurou minha mão, me abraçou, me beijou. E mesmo que fosse só fingimento, foi melhor do que qualquer outra coisa na minha vida. Eu sonho em ser amada assim.

Levo a mão ao rosto dela e seco suas lágrimas.

— Jo, você vai ser amada assim, mas só quando parar de esconder quem é. Você parece achar que as pessoas só podem amar suas melhores partes, mas não é assim que funciona. Amar alguém é aceitar seus erros e defeitos. É aceitar o ruim e o bom, as sombras e a luz. Você não pode só esconder o que é desconfortável e vergonhoso, porque aí não amam *você*, amam uma mentira.

Ela abaixa a cabeça e faz que sim.

— Você sempre diz que os homens te abandonam — continuo —, mas isso não é verdade. Ninguém nunca te abandonou, porque ninguém nunca conheceu a verdadeira Joanna. Só abandonaram a mulher que você fingia ser.

Ela seca os olhos com o dorso das mãos.

— Minha vida é complicada, Toby. Minha família é complicada. O que sinto por você é supercomplicado. Mas mentir… é fácil. E mentir para mim mesma é ainda mais fácil — diz, fungando. — Às vezes, quando a gente quer algo tão impossível que chega a doer, a mentira ajuda a entorpecer o incômodo por um segundo. Como se… no momento em que admitisse que é mentira, pudesse ser verdade.

Ela está falando cada vez mais arrastado, e ainda não sei se entendo o que diz. Ou quer dizer.

— Jo, vamos tirar esse seu vestido para você deitar, tá? Podemos conversar mais pela manhã.

— Tá.

Com um suspiro pesado, ela vira de costas para eu puxar o zíper, e, com o máximo de decoro de que sou capaz, a levanto, tiro seu vestido, e a acompanho até o lado da cama para entrar debaixo da coberta. Depois deixo o vestido na poltrona e os sapatos perto da parede.

— Toby?

Apago a luz.

— Estou aqui.

— Não vá embora. Por favor.

Ela está de olhos fechados, mas estica as mãos para mim. Passo os dedos pelo cabelo.

Lá se vai a distância.

— Vou ficar até você dormir, tá bem?

Visto como ela está bêbada, não vai demorar. Tiro o paletó, a gravata e os sapatos, e subo do outro lado da cama, por cima da coberta. Quando ela sente minha presença, se vira para se aninhar no meu peito. Eu a abraço e olho para o teto, sabendo que só vou sair vivo daqui se não olhar sua lingerie rendada.

— Fique comigo — diz ela, o rosto no meu peito. — É só você, Toby. É só você que quero aqui.

Eu a abraço com mais força e apoio a cabeça no travesseiro quando ela leva a mão à minha barriga. Tento respirar no ritmo dela para acalmar as marteladas do meu peito, mas senti-la assim, quente e macia, deixa meu corpo a todo vapor.

Odiei vê-la triste como hoje e, por mais que queria culpar o pai dela por tudo, acho que sou parte grande da equação. Por mais disfuncional que seja seu passado, ela já está superando há anos. Mais do que a amargura que sente pelo pai, sou eu que a magoo agora. Mais um motivo para ir embora e deixar que ela siga em frente.

Só mais uns dias e teremos as informações todas. Aí podemos nos despedir.

Pensar nisso deveria me aliviar, mas tudo que sinto é pavor.

Capítulo vinte e oito
Fechada

Quando acordo, o sol está surgindo acima dos prédios vistos pela enorme janela do quarto de Joanna. Olhando para baixo, vejo que ela dorme, tranquila, encostada no meu peito. Estou abraçado nela, e amaldiçoo todos os deuses e santos de todas as religiões por ela se encaixar tão perfeitamente no meu colo.

Eu me permito mais alguns segundos de prazer roubado antes de me desvencilhar delicadamente do abraço. Quando me afasto, ela solta um ruído de desaprovação e tateia onde eu estava. Ela abre os olhos e eu fico paralisado, vendo a confusão surgir em seu rosto. Ela me olha, e depois para a cama, para a janela, e finalmente de volta para mim.

— Que horas são?

Olho o relógio.

— Hum... ainda está cedo. Antes das sete.

Ela franze a testa e se senta.

— Por quanto tempo eu dormi?

Pego meu paletó, minha gravata, e meus sapatos.

— Você apagou bem rápido depois de deitar, então acho que... por volta de umas seis horas.

Ela me olha, a confusão se transformando em algo que não sei identificar.

— E você dormiu aqui? Comigo?

— Foi sem querer. Eu ia sair de fininho quando você adormecesse, mas peguei no sono também.

— Eu não... fiz barulho nenhum?

— Se berrou que nem gato escaldado e deu uma de Bruce Lee? Óbvio que não, senão não estaria aqui tendo essa conversa tranquila sobre seu sono.

Ela solta uma gargalhada curta, mas não é um som alegre.

— Claro. Faz perfeito sentido.

Sinto que ela escapou por uma tangente da conversa, em vez de reagir ao que acabei de dizer.

Ela sai da cama e, sem dizer mais nada, entra no banheiro e fecha a porta.

Olho ao redor e suspiro.

— Tá bom. Acho que vou embora.

Como eu desconfiava, a honestidade e vulnerabilidade dela foram uma crise temporária, que ela já superou.

Volto para o meu quarto, confuso e precisando de um banho para me trazer de volta ao mundo dos vivos.

Enquanto me lavo e me visto, repenso em tudo que Joanna disse na noite anterior, e, quando chego à cozinha para comer, ela já está lá, tomando café de roupa de ginástica.

— Oi.

Ela não responde. Na verdade, sequer me olha.

Ok, ela está com vergonha de admitir que deseja você, que precisa de você. Fique tranquilo.

Pego cereal e sirvo na tigela.

— Então... sobre ontem...

— Não quero falar disso.

Estou tão exausto de ela se esquivar e rebater, que uma faísca de raiva arde em mim.

— Do quê, exatamente, Joanna? De admitir que tem fantasias sexuais comigo? De me implorar para dizer que te amo? Ou de ter me agarrado com força assim que dormiu, como se eu fosse um bote salva--vidas no meio de um tsunami?

Esse foi o oposto de ficar tranquilo, Toby. Parabéns.

Jo me olha com irritação antes de virar o resto do café na pia e botar a caneca na máquina.

— Preciso ir.

Entro na frente dela.

— Cacete, Jo, quando é que você vai parar de fugir? Pode fingir que não disse essas coisas, mas eu ouvi, e estou cansado de você me puxar com uma das mãos e me empurrar com a outra. Sempre que a situação se aprofunda ou você se sente apegada, você se fecha.

— Não é verdade.

— É, sim. Uma vez pode ser sem querer, duas, coincidência, mas mais do que isso cria um padrão. O que ativa esse comportamento em você?

— Nada.

A expressão dela diz outra coisa.

— É precisar das pessoas? Precisar de *mim*? É por isso que você foge, está assustada?

Ela só faz me olhar e eu me pergunto por que não consegui ficar de bico fechado. Por que insisto em tentar levá-la a lugares que ela claramente não quer ver?

É porque, de alguma forma, você acredita que, se consertar o que está quebrado nela, pode ter uma chance, afinal.

Suspiro e abaixo a tigela.

— Jo, estou me esforçando, mas não sei o que mais posso fazer.

— Não adianta falar de algo já concluído, Toby. Conversar não vai mudar o resultado, então prefiro ficar quieta.

Ela tenta se afastar, mas a seguro de leve pelo braço para contê-la.

— Por favor, não vá. Não concordo que falar não vai ajudar. Deixa eu fazer o café da manhã para você.

— Não estou com fome.

Aponto minha tigela.

— Então fique aqui para conversar comigo enquanto eu como. Por favor.

Ela muda o peso de um pé para outro, inquieta e frustrada.

— Não quero conversar, Toby. E não quero comer, tá bom?

— Tá, então, pelo amor de Deus, me diga o que você *quer*. Pelo menos com isso, seja honesta.

Ela me olha por alguns segundos, pestanejando.

— Tudo, Toby. O problema é esse. Eu quero *tudo*. O romance, o sexo de subir pelas paredes, a amizade tranquila, a paixão tão ardente que meu corpo derrete. *Tudo*. Mas tenho aprendido, cada vez mais, que nem todo mundo foi feito para um amor desses, então estou tentando recuar.

Ela para e engole em seco, e juro que está se contendo para não me tocar.

— E quando não aguento mais o desejo que se contorce em mim todo dia — continua —, saio da cama, calço meus Adidas e corro pelo Central Park até não querer mais nada além de parar. Aí vou dormir e acordo no dia seguinte *querendo* tudo de novo.

Sem esperar resposta, ela sai para o hall, e sei que foi embora, pois ouço o apito do elevador.

Largo a tigela na pia com estrépito.

— Merda — digo, esfregando o rosto de frustração. — Jeeves, o que está acontecendo com ela?

— *Não sei o que quer dizer, Toby.*

— Larga disso. De todo mundo no planeta, é você quem a conhece melhor, então, pela saúde do meu coração e da minha cabeça, me diga como entendê-la.

— *Ela é uma pessoa complicada. Mesmo com todo o meu poder de processamento, levaria muito tempo para calcular uma resposta adequada à sua pergunta.*

Apoio as mãos na bancada e abaixo a cabeça.

— Certo. É claro. Ninguém vai me dar respostas fáceis hoje.

— *Apesar de não poder cumprir seu pedido específico, talvez eu possa oferecer uma informação que ilumine a situação.*

Olho para o teto, porque é onde sempre imagino que Jeeves mora, apesar dessa ideia ser de uma burrice tremenda.

— E o que é?

— Faz muito tempo que Joanna não dorme por mais de seis horas seguidas.

Processo o fato por um segundo.

— Faz quanto tempo?

— *Bem...*

Ele se cala, como se já tivesse dito demais.

— Jeeves, fala sério. Você que começou. Quanto tempo?

— *Anos.*

Franzo a testa.

— Quanto ela normalmente dorme por noite?

— *Não dorme.*

— Como assim?

— *Pelo que sei, a partir do que ela disse a mim e a Sergei quando ele estava aqui, Joanna não dorme a noite toda desde os dezesseis anos. Em vez disso, tira cochilos regulares.*

Reflito sobre isso.

— Então ela conseguiu fazer tanta coisa nessa última década porque não apaga por oito horas que nem o resto de nós, meros mortais?

— *Muitas grandes figuras históricas tinham padrões de sono semelhantes ao dela. Mais notavelmente, Leonardo da Vinci.*

— Faz sentido. Se ainda existir uma figura renascentista, é Jo. Então, por que ela está puta comigo? Porque me contou o que sente? Ou porque deixei ela dormir sem gritar?

— *Vai ter que perguntar a ela.*

— Em outras palavras, você sabe a resposta, mas não quer ser desleal.

Ele fica em silêncio e é toda a resposta de que preciso.

Arrumo a cozinha e vou pro quarto trabalhar no notebook, tentando afastar pensamentos sobre Joanna. O discurso que ela fez a respeito de querer não era todo por minha causa, isso eu sei. Há algo muito mais profundo em questão, mas, se ela não for falar disso, não posso ajudar, e não poder ajudar é uma merda.

Mais tarde, Eden me liga, e conversamos um pouco sobre a análise dela dos documentos do escritório de Crest, assim como seu progresso na identificação de senadores e vereadores do evento de ontem.

Ajudo como posso e, quando desligamos, vou à academia malhar um pouco antes do jantar.

Bem quando estou começando a me preocupar por Joanna não ter voltado, ela sai do elevador, enquanto reviro o conteúdo do freezer. Ela está encharcada de suor, como se tivesse passado todas essas horas correndo.

— Oi, Jo. Foi boa a corrida?

— Uhum.

Ela nem para. Vai direto ao quarto e fecha a porta.

— Meu dia foi ótimo — murmuro baixinho. — Obrigado por perguntar.

Esquento um prato congelado e me sento no sofá, zapeando na televisão sem prestar atenção, até ter certeza de que Jo não vai mais sair do quarto.

Sigo o corredor e bato na porta dela.

— Jo? Quer que eu faça um jantar para você?

Ouço movimentos abafados lá dentro antes da resposta:

— Não, valeu. Não estou com fome.

Eu me aproximo mais da porta.

— Você precisa comer. Não tomou nada no café. Chegou a almoçar?

— Estou bem, Toby. Por favor, me deixe em paz.

Volto ao meu quarto, ainda preocupado, mas sem energia para discutir. Se ela estiver determinada a me manter afastado, não posso forçá-la a se aproximar. Fico enjoado só de pensar que essa é a situação atual, mas, pelo menos, eu tentei.

Eu me largo na cama e, apesar da exaustão da confusão emocional dos outros dias, passo a noite me revirando.

De madrugada, ouço a porta de Joanna se abrir e, quando olho para fora, a vejo passar pela cozinha, mais uma vez de roupas de corrida.

Suspiro quando o elevador apita, indicando que, de novo, ela se foi.

Capítulo vinte e nove
Rachaduras na armadura

Sentado na sala de Marcus Crest, tento demonstrar interesse enquanto ele e seu jagunço, Brad, apontam para um mapa na tela enorme atrás da mesa. Mostra Manhattan com uma coleção de pontinhos coloridos que representam propriedades da Crest em estágios de construção diferentes.

— Veja, Toby, tudo marcado em verde já foi acabado, vendido ou alugado. Amarelo indica uma propriedade comprada, em construção, e vermelho são os terrenos que pretendo adquirir.

— São muitas propriedades, senhor.

Seu filho da mãe ganancioso.

Ele olha a tela com orgulho.

— Não é à toa que me chamam de Rei de Nova York. Quando morrer, isto tudo será o meu legado.

Joanna cruza as pernas.

— É, mas a que preço, pai? O senhor foi processado mil vezes por causa de contratos ou questões trabalhistas. Isso não mancha a reputação da qual você tanto se orgulha?

Marcus endireita os ombros, nitidamente desacostumado a ser desafiado.

— Você sempre foi sensível, Joanna. Ou nos preocupamos com as pessoas ou construímos um império. É impossível fazer as duas coisas.

Um monte de zé-ninguéns me processar é um pontinho no radar da história. Suas reclamações mesquinhas são temporárias. Meus prédios vão durar para sempre.

A expressão de Joanna arde, e vejo como está furiosa. No entanto, irritar seu pai antes de completar a missão não ajuda ninguém, então tento conduzir a conversa de volta a um campo mais seguro.

— Sr. Crest, o senhor sempre teve talento para o mercado imobiliário?

Se eu conseguir fazê-lo se concentrar em si, Jo terá tempo de se acalmar.

— Sempre, Toby. Sempre soube que queria mudar o horizonte de Nova York, e, todo ano, completo pelo menos um grande projeto — diz, apontando um lugar ao sul, perto do rio. — Esta será minha próxima joia.

Brad vai até a mesa e pega um tablet.

— Na verdade, o terreno do Tompkins Square Park não está mais disponível.

Ele clica na tela e o ponto vermelho desaparece.

Marcus franze a testa.

— O que aconteceu? O contrato estava quase fechado.

— O proprietário disse que alguém deu um lance maior nos últimos minutos.

— Quem? Não pode ser o Grupo LL de novo.

— O proprietário não divulgou o nome, mas suponho que seja, sim.

— Caramba, Brad, é a terceira propriedade que perdemos este ano. Você ainda não os encontrou?

— Estamos tentando, senhor, mas até agora só achamos um escritório no Brooklyn, que parece desocupado. O registro da empresa lista um indivíduo russo com o qual não conseguimos entrar em contato.

— Bem, talvez você seja o homem errado para esse trabalho — diz Crest, antes de se virar para mim. — Toby, você é um gênio da computação. Qual é sua experiência em rastrear pessoas?

— Hum... bom, tenho certas habilidades que podem ser úteis.

Não que eu fosse ajudar, mas gostaria de encontrar essas pessoas para parabenizá-las por enfurecer você.

Ele pega uma pasta na mesa.

— Precisamos saber quem está por trás disso. O grupo não para de roubar propriedades que selecionei, não podemos continuar assim.

Abro a pasta e vejo que são só informações básicas sobre uma corporação. O nome me soa familiar, mas estou muito distraído por Crest e não identifico bem de onde já ouvi.

— Vejo que trouxe seu notebook hoje — diz ele, apontando minha mochila na cadeira ao lado de Joanna.

— Pois é, não sabia se seria necessário, mas parece que foi.

— Ótimo — diz Crest, e se vira para Brad. — Encontre algum lugar para Toby trabalhar. E Joanna, se ela quiser.

Jo sorri.

— O senhor sabe que nunca me interessei pelo mercado imobiliário.

— Não, mas sempre gostou de marketing e relações públicas. Seria ótimo para nós tê-la de volta. Preciso que você carregue meu legado.

Fogo arde no olhar dela.

— Eu já tenho um emprego, pai.

— Como assim, de assistente em uma editora? Isso não dá dinheiro.

— Não, mas eu amo meu trabalho, e é só disso que preciso.

Ela se levanta e eu a olho de relance. Ela se recompõe.

— Ainda assim — continua —, talvez eu considerasse trabalhar aqui se soubesse um pouco mais da estrutura corporativa. Podemos fazer um tour hoje? — pergunta, e olha para Brad. — Você tem tempo?

Brad a olha com entusiasmo demais para meu gosto.

— Claro. Se seu pai não precisar de mim por um tempo, podemos ir agora mesmo.

Crest concorda com a cabeça.

— Ótimo — diz Jo, me olhando. — Vamos, meu bem. Não esqueça a mochila.

Brad nos leva ao elevador.

— Vamos primeiro ao departamento de RP e depois levar Toby ao departamento de TI para ele começar a expedição de caça. Vai impressionar Marcus se desmascarar seu maior inimigo imobiliário.

— Farei o possível.

Seu babaca cobiçador de noiva.

Na hora seguinte, vivemos a experiência Crest completa. Apesar do meu desdém pelo homem, devo admitir que os negócios de Marcus certamente vão de vento em popa. No entanto, nos três andares que visitamos, pouca gente parece feliz de trabalhar lá. Na verdade, sempre que Brad passa, os funcionários desviam o olhar, como se ele fosse um basilisco que pudesse petrificá-los.

— E aqui fica nosso departamento de TI — diz Brad, apontando uma coleção de cubículos e salas. — O jurídico fica nesse andar, naquele canto, e o departamento de segurança do lado oposto.

— *Toby.*

Congelo ao ouvir a voz de Jeeves no meu fone. Ele tinha se mantido quieto até então, por isso levo um susto.

— *Considerando as emissões de calor do prédio, o servidor está próximo de sua posição atual, atrás da torre de elevadores.*

Vejo uma porta com uma chave eletrônica ao lado de onde estou.

— Essa sala é a copa? — pergunto. — Porque, sinceramente, eu adoraria um café.

Brad olha a porta.

— Não, é onde ficam nossos servidores.

Bingo.

— Ah, uau. Que máquinas vocês usam? TX59? Nexium?

Brad ri.

— Eu por acaso tenho cara de quem entende dessas nerdices?

Não, Brad, não tem. Você tem a cara dos jogadores de futebol americano que me enchiam de porrada, então pode ir tomar no cu.

— Desculpa — digo, apontando a porta. — Só me animei. Adoraria ver o lugar por dentro, se for possível.

Brad sacode a cabeça.

— Desculpa. Ninguém além do pessoal de TI e da equipe de segurança pode entrar.

Joanna franze a testa.

— Ah. Então nem o COO entra?

Noto que ela está tentando provocar, mas Brad não parece reparar. Ele encosta no cartão de segurança preso ao bolso do peito do paletó.

Dr. Love

— Posso entrar se quiser, mas não posso levar acompanhantes. É restrito a funcionários autorizados.

— Tudo bem — digo. — Jo teria ficado entediada com esse assunto, de qualquer forma. Talvez, depois de eu trabalhar mais um tempo por aqui, vocês me mostrem.

Brad parece confuso, como se fosse esquisito eu ficar animado de conhecer um monte de servidores.

— Claro. Pode ser — diz, olhando o corredor. — Esperem aqui um segundo que vou arranjar uma mesa para você, Toby. Já volto.

Quando ele se afasta, Jo se aproxima. Ela tem mantido distância quando estamos sozinhos, mas, no papel de noiva, é mais calorosa.

— Entrar naquela sala é o objetivo — diz. — E parece que a chave de Brad vai resolver.

— *Só quero lembrar que, se algum de vocês aproximar o celular de um cartão daqueles, posso clonar a frequência.*

— Então acho que é com você, Jo?

— Por quê?

— Porque o Bobão Apaixonado está louco para ficar mais tempo com você. Você só precisa deixar.

Ela me olha de relance.

— Você não queria deixar ele se aproximar de mim no outro dia.

— É, bom, ele não estava com o cartão de segurança.

Brad volta e pede para o acompanharmos até uma sala no lado norte do prédio.

Ele nos leva a um espaço amplo e luxuoso, muito mais chique do que qualquer lugar no qual trabalhei.

— Esta sala é sua por enquanto, Toby. Os funcionários do andar foram notificados do seu trabalho aqui e o chefe da segurança virá trazer um passe para você mais tarde.

Estou impressionado. A sala tem uma parede de janelas enormes de um lado e uma escrivaninha grande do outro.

— Nossa, que incrível. Obrigado, Brad.

— De nada — diz, se virando para Jo. — E você quer ficar aqui? Ou posso convencê-la a me acompanhar pelo resto da tarde?

Desconfio que possa convencê-la, Brad, seu otário.

— Sei que seu pai adoraria que você comandasse a empresa um dia — insiste ele —, e acho que formaríamos uma ótima equipe.

Vai se foder, Brad. Ela já tem uma equipe, e sou eu e uma superinteligência artificial.

Jo olha de mim para ele.

— Bem, não posso dizer que nunca pensei em comandar o negócio um dia, então, claro. Vamos lá — diz, e anda até mim. — Você tem que trabalhar, de qualquer forma, meu bem. Até mais tarde, tá?

Ela sobe na ponta dos pés e eu me curvo automaticamente para dar um beijo leve nela. Admito que peso um pouco mais na paixão, já que Brad está de olho em nós.

É claro que eu deveria saber que não é boa ideia arriscar beijar Jo. Apesar da nossa distância, a sensação e o gosto explodem fogos de artifício na minha cabeça e no meu peito, e ainda fico impactado pelo menor toque me atingir com a força de um caminhão particularmente agressivo.

Quando volto à realidade, vejo que Brad nos olha, mal disfarçando o nojo.

— Tá bom, Jojo, vamos nessa. Até mais, Toby.

Jo me olha, corando, antes de seguir atrás dele.

Odeio a tensão que se instala nos meus ombros ao vê-los ir embora juntos.

Largo a mochila na mesa e me sento na poltrona suntuosa.

— Certo. Melhor eu começar esse trabalho pelo qual não serei pago.

Tiro o notebook e começo a investigar o Grupo LL, tentando não imaginar o que Jo está fazendo para conseguir o cartão de Brad.

Leva só meia hora para meu coração voltar ao normal depois do beijo.

Quando Joanna volta à minha sala, já se passaram quatro horas, e a maior parte dos departamentos de TI e jurídico foram embora. As cores do crepúsculo invadem as janelas, e Jo se encosta na lateral da mesa, ao lado do meu trabalho.

— Está se divertindo?

Continuo olhando para a tela, mais tenso do que planejava me sentir hoje.

— Na verdade, estou, sim. Foi uma tarde bem informativa. Muitos fatos interessantes apareceram.

Eu me recosto na cadeira e a olho.

— Quer me contar o que eu descobri? — pergunto.

Desconforto toma seu rosto.

— Bom... Não sei...

— Sabe, sim — digo, virando o notebook para ela. — Parabéns por ter disfarçado tudo tão bem, mas, quando vi o nome "Jeeves" no código do site, comecei a juntas as peças. O indivíduo russo nos documentos é S. Petrov. É o Sergei, né? Ele ajudou com a camuflagem digital, porque isso é coisa sofisticada. E o Grupo LL? É sigla para Liza Lotte.

Ela me olhou, derrotada.

— Deixar você descobrir sozinho pareceu mais fácil do que explicar a coisa toda.

— Esse parece ser um tema recorrente entre nós. Deixar Toby no escuro, até ele levar um susto. Caso eu não tenha deixado claro, eu odeio pra caralho esse seu jogo.

— Não é um jogo, Toby. Eu só... — diz, afastando o cabelo do rosto, mais agitada do que jamais a vi. — Não sei como compartilhar, tá? Todo dia tento ser diferente, mas parece que estou presa num disco arranhado. Sei que estou te afastando por não mudar, mas é a única coisa na qual eu sou mesmo uma merda.

Parece que toda a tensão dos últimos dias finalmente está transbordando, então me levanto e a deixo desabafar.

— Odeio não conseguir. Estou tão acostumada em guardar tudo para mim que me esqueci de como confiar nas pessoas. E toda vez que penso "Ah, quer saber? Seria bom contar para o Toby", algo me impede, e não faço ideia do quê.

Espero mais alguma coisa... um esclarecimento, ou uma determinação, mas, aparentemente ela já acabou.

Esfrego os olhos.

— Tudo bem, Jo — digo, puxando o notebook para desligá-lo. — Já me acostumei com seus segredos. Qualquer que seja o motivo, você faz o que acha mais confortável.

— Toby...

— O que foi?

Quase pulo quando ela acaricia meu rosto, me fazendo erguer o olhar. A mão dela está quente, elétrica, e os olhos também.

— O que estou tentando te dizer, com dificuldade, é que... mesmo que não pareça, eu confio em você. Você é a única pessoa na qual confio completamente em muito tempo.

— Jo, eu só acredito nas coisas com base em evidências, e nada na nossa relação sustenta sua afirmação. Você escondeu tanta coisa de mim que me sinto em uma história que contém apenas metade da narrativa.

— Eu sei, mas... — diz, suspirando. — Se eu não confiasse em você, nunca teria dormido ao seu lado naquela noite. E saber disso... bom, me deixa assustadíssima. Sei que tenho problemas para deixar outras pessoas se aproximarem... e, por pessoas, me refiro a você. Mas quero mudar. Só não sei se consigo.

Eu me desvencilho.

— Se não acha que consegue, não tenho a menor chance de ajudar. Mas você precisa entender que se esconder... proteger os segredos junto ao peito como se fossem um colete à prova de balas para impedi-la de se machucar... não é saudável. Acredite, já fiz isso. Foi você quem me convenceu a parar, lembra?

Ela olha para o chão, e noto que estou cansado demais para ter essa conversa agora.

— Parece que estamos dando voltas, então vamos parar — digo, afastando a cadeira. — Só quero pegar o necessário do servidor e sair daqui sem ser preso. Além disso, pode viver como quiser. Se decidir que quer conversar um dia qualquer, você tem meu número.

Eu me levanto e enfio o notebook na mochila, e, quando me viro para ela, Jo pega a mochila da minha mão, a põe na mesa e respira fundo. A expressão dela mostra o mesmo medo de alguém prestes a andar na corda-bamba sem rede de segurança.

— Sabe quantas vezes meu pai disse que me amava? — pergunta ela, e eu sacudo a cabeça em negação. — Nenhuma, Toby. Zero. Ele é incapaz de amar, então por que diria? Para ele, as únicas emoções que valem a pena sentir são luxúria, raiva, ganância e vingança. Amor é para pessoas idiotas e cafonas.

Ela está me olhando com determinação, como se estivesse disposta a morrer tentando compartilhar aquilo.

— Continue.

— Quando eu era menor, aprendi que tentar merecer o amor dele era inútil. E, se eu não pudesse atrair sua aprovação, pelo menos ia atrair sua atenção — diz, com um sorriso amargo. — Não tem nada que meu pai odeie mais do que uma mulher que não pode comprar ou controlar, então, conforme eu crescia, ele me detestava. Nunca me acovardei diante do temperamento dele, nem deixei suas opiniões ridículas e ignorantes passarem sem desafio. O fato de eu não entrar na linha o enfurecia mais do que qualquer outra coisa.

— Então ele te tratava com essa mesma agressividade? Mesmo sendo sua filha?

— Ele trata todo mundo assim. É seu único talento.

— Foi por isso que você saiu de casa?

Ela hesita, e algo brilha em seu olhar. Mesmo com tanta honestidade, acho que ela ainda esconde alguns segredos.

— Tive muitos motivos para sair. Eu só não aguentava mais ficar naquele apartamento com ele.

— Então qual era o plano?

Ela ri.

— Eu não tinha plano nenhum, era uma criança, mas, de tanto odiá-lo, desenvolvi um objetivo bem rápido — diz, olhando pela janela como se perdida em lembrança. — Eu tinha quinze anos quando saí de casa. Dezesseis quando comecei o processo para me emancipar. Dezesseis e meio quando mudei meu sobrenome de Crest para Cassidy. Dezessete quando decidi me tornar o pior pesadelo dele. Vinte e dois quando acumulei riqueza o suficiente para enfrentá-lo nos negócios. E terei vinte e seis quando destruí-lo.

— Nossa.

Ela fala com tanta convicção que quase me assusta.

— Então o que quer com o Grupo LL? — pergunto. — Perturbar ele? Ameaçar os negócios?

Ela endireita a postura.

— As duas coisas. Meu pai passou a vida toda desfilando pela cidade como se fosse o maior dos predadores, mas isso está prestes a mudar. Quando entrarmos naquele servidor, terei tudo que preciso para derrubá-lo. Ele não é mais o predador, eu sou. E ele não faz ideia do que está prestes a atingi-lo.

Faço que sim com a cabeça, em estranho êxtase por estar vendo a verdadeira Joanna diante de mim, talvez pela primeira vez, e por ela ser magnífica para caralho. Sinto, sim, a amargura que ela carrega pelo pai encher a sala, mas a honestidade que ela acaba de exibir é inebriante, e a vontade de beijá-la sobe em mim como uma grande onda.

Avanço e seguro o rosto dela com as duas mãos. Então, me curvo e a beijo suavemente, só o bastante para perder o fôlego. Quando me afasto, encosto a testa na dela.

— Foi bem verdadeira agora.

Ela me olha.

— Eu te assustei? — pergunta.

— Um pouco, mas foi bom.

— Como assim?

Eu sorrio.

— Joanna, eu já te achava incrível quando você fingia ser menor do que isso. Mas agora que me mostrou quem é em sua totalidade? Você é atraente para caralho.

Os olhos dela brilham e se passam longos momentos sem arriscarmos fazer um movimento. Dessa vez, ela não se fecha, nem se esquiva.

No entanto, não temos tempo para nos distrair com nossa atração mútua, nem para cometer atos que poderiam ser considerados obscenos nessa sala muito exposta. Ainda temos um trabalho a fazer, e pouco tempo para isso.

Para quebrar a tensão, pigarreio e me afasto.

— E aí... clonou o cartão?

Ela me entrega o celular.

— Ah... clonei. Aqui.

Nós dois olhamos pela parede de vidro para o resto do escritório. Parece que foi todo mundo embora, exceto pelo gerente de TI. Ele ainda está na própria sala, do lado oposto.

— Vá à sala dos servidores — diz Jo, quando pego minha mochila. — Vou distrair aquele cara.

Ela anda na direção da outra sala e, quando a atenção dele está tomada por Joanna, saio e sigo para a porta com a fechadura eletrônica.

— Ok, Jeeves — cochicho. — Espero que tenha feito seu trabalho.

— Fiz. As câmeras de segurança estão fixadas em um loop, então ninguém o verá adentrar a sala.

— Ok. Vamos meter a porrada nisso aqui.

Aproximo o celular do leitor digital, e ouço um zumbido baixo antes da luz ficar verde.

— Que os deuses dos hackers me acompanhem.

Entro na sala e inspiro o cheiro conhecido de ar-condicionado de alta qualidade e quilômetros de cabos plásticos.

— Então... se eu fosse um servidor em *air gap*, onde eu estaria?

Subo e desço as fileiras de servidores, em busca do meu alvo. Bem no meio do corredor central, o encontro. Separado do resto, pisca com uma variedade de equipamentos de monitoramento.

Tiro o notebook e conecto a ele um cabo e um cartão SD.

— Jeeves, está pronto para botar para quebrar?

— *Se está se referindo a intervir em alertas de segurança, sim. Pronto e a postos.*

— Ótimo. Esse negócio talvez seja ativado por equipamentos sem autorização. Esteja preparado para desligá-lo e impedir os guardas de acabarem com a nossa festa.

— *Entendido.*

Eu me conecto ao servidor e prendo a respiração por alguns segundos, esperando um alarme ou passos correndo. Quando nada acontece, começo a trabalhar. O sistema é um pouco mais complexo do que do servidor da casa de Crest, mas não tanto, e certamente não é o pior que já enfrentei. Em quinze minutos, entrei, e imediatamente começo a baixar todo o conteúdo do HD.

— Como está a Joanna, Jeeves?

— *Ela discerniu que o gerente é fabricante ávido de cerveja artesanal, e ele está no meio de uma conversa profunda sobre seus métodos de fermentação preferidos.*

— Ótimo. Dá para ele passar horas falando nisso.

Há muitos arquivos comprimidos no servidor, o que é excelente, porque levam muito menos tempo para baixar e ocupam menos espaço. Depois de quase doze minutos, falta só aproximadamente um quarto dos arquivos.

— *Toby, há um homem a caminho da sua sala.*

Pego meu celular.

— Me mostre.

Jeeves compartilha comigo a transmissão da câmera e vejo que é LeBron, chefe de segurança de Crest. Ele sai e olha ao redor. Ao ver Joanna, vai até ela.

— *Ele está perguntando onde você está. Ela disse que você comeu shawarma estragado no almoço e precisou ir ao banheiro.*

LeBron olha para o corredor antes de acenar com a cabeça para Joanna e sair andando.

— Jeeves, por favor, diga que ele não foi me procurar no banheiro.

— *Eu adoraria obedecer, mas parece que é exatamente para onde ele se dirige.*

Confiro o relógio. Faltam dois minutos.

— Vamos lá, vamos lá, vamos lá.

Por mais que eu ranja os dentes e deseje que acelere, sei que aquele tempo é o que vai levar. Infelizmente, LeBron descobrirá que não estou no banheiro bem antes disso.

— Jeeves, diga a Jo que ela precisa enrolar.

— *Entendido.*

Na tela, vejo Joanna correr atrás de LeBron. Ele para e ela sorri.

— *Joanna está perguntando por que LeBron está a sua procura. Ele disse que trouxe seu novo cartão de acesso. Ela disse que pode pegar em seu nome. Ele disse que vai contra as regras da empresa e que você precisa assinar pelo recebimento. Agora, ela está fazendo comentários pejorativos sobre o nojo do seu intestino e recomenda que ele espere por você na sua sala.*

— Uau. Ok. A coisa piorou rápido.

Vejo LeBron olhar para o banheiro e de volta para Joanna. Ele confirma com a cabeça e fala alguma coisa.

— *Ele disse que volta daqui a cinco minutos.*

— Ótimo! É só o que preciso.

Vejo a barra de progresso ir se aproximando devagar do cem por cento.

Enquanto isso, no celular, vejo LeBron chamar um elevador. Até que ele franze a testa e volta para olhar a porta da sala dos servidores.

— Ah, merda. Jeeves.

Ele vai se aproximando, pegando o cartão de acesso.

— Jeeves, se você tiver como distrair esse cara, a hora é agora, ou a gente vai se ferrar.

— *Entendido. Aguarde.*

Um ruído de guincho altíssimo sai do poço do elevador, seguido de um alarme.

LeBron corre até os elevadores e pega o celular.

— *Brincar com os freios de emergência não vai distraí-lo por muito tempo, Toby. Você precisa sair daqui.*

— Só um segundo, tenho que limpar os registros de download.

— *Não dá tempo. Ele já concluiu que o alarme do elevador foi por erro do sistema.*

— Você pode apagar se eu for embora?

— *Só se deixar o notebook conectado para me permitir acesso, mas assim ele descobriria e o encontraria de qualquer forma.*

— Puta que pariu, caralho.

Arranco o cabo do servidor e o enfio na mochila com o notebook antes de sair correndo.

— *Rápido, Toby.*

— Não consigo correr mais rápido.

Abro a porta e saio antes de fechá-la em silêncio. Dei apenas dois passos na direção dos elevadores quando LeBron vira a esquina e praticamente tromba comigo.

— Ah, oi — digo, tentando não soar tão ofegante quanto me sinto. — LeBron, certo? Tudo bem?

Ele olha para mim e depois para a porta atrás de mim.

— Sua namorada falou que o senhor estava no banheiro.

— É, isso. Acabei de sair — digo, com um tapinha na barriga. — Não estou me sentindo muito bem, para ser sincero, então vamos para casa.

Vejo que Joanna está se aproximando.

— Meu bem, está pronta?

Ela chega e pega minha mão.

— Pronta. Vamos levar você para deitar.

LeBron analisa meu rosto e sei que vê o suor escorrendo pela testa.

— O senhor parece nervoso, sr. Jenner.

Seco o suor.

— Não estou nervoso, estou com dor de barriga. Provavelmente com febre, também — digo, tossindo um pouco. — Espero que seja só uma intoxicação e não uma virose — digo, tossindo de novo, mais perto dele. — Não quero passar nada para ninguém.

Isso parece ter o efeito desejado, porque ele se afasta um passo antes de tirar um cartão de acesso do bolso.

— O sr. Russell pediu que eu trouxesse um cartão para o senhor — diz, antes de tirar o celular do bolso e apontar para a tela. — Assine aqui, por favor.

Assino, mesmo que o garrancho mal seja legível.

— Ótimo. Mais alguma coisa?

Ele olha de novo para a porta da sala dos servidores, e depois para mim.

— Por hora, não. Tenham uma boa noite.

— Obrigada, LeBron. Vamos tentar.

Ele dá espaço para passarmos, e viramos a esquina na direção dos elevadores.

Dr. Love **353**

— Tudo bem? — sussurra Joanna, apertando o botão do elevador.
— Ainda não tenho certeza.

Quando entramos no elevador e a porta se fecha, solto um suspiro tenso.

— Jeeves, qual é a situação?
— *Seu download foi completo, mas o software não acabou de limpar os registros. Se alguém conferir, saberá do hack.*
— O que LeBron está fazendo agora?
— *Ele está verificando a sua sala. Claramente não confia em você. Só um minuto...*

Depois de uma pausa, ele acrescenta:
— *Má notícia. Está chamando o gerente de TI para verificar os servidores.*
— Merda.

O elevador para no lobby e eu pego a mão de Jo, saindo pela rua e a puxando comigo.

Quando sigo na direção do metrô, Joanna aperta minha mão.
— O que está fazendo? Gerald está nos esperando no carro.
— Daqui a poucos minutos, LeBron saberá que hackeamos o servidor e começará a nos procurar. Neste trânsito, nos alcançaria a pé. Melhor pegar o metrô e ir até um lugar seguro.
— Ele vai nos procurar no apartamento.
— Exatamente.
— No que você está pensando?
— Algum lugar que espero que eles não conheçam.

Pego o celular e ligo para Eden enquanto descemos para a estação.
— Oi, Toby. Tudo bem?
— Tivemos um contratempo. Preciso de um favor.

Olho ao meu redor antes de tocar a campainha do apartamento de Nannabeth. Em um segundo, Eden abre a porta e nos puxa para dentro.
— Entrem. Qual é a situação?

Ela fecha a porta e nos conduz à sala, onde Moby Duck, sentado no sofá, assiste ao Animal Planet.

Confiro se estamos a sós.

— Onde está Nannabeth?

— Na laje, regando as plantas. Podemos conversar abertamente.

— Ok. Não tivemos tempo de despistar e o chefe de segurança da Crest nos descobriu. Ele chamou toda a equipe de segurança, que está vasculhando a cidade atrás de nós.

— Não chamaram a polícia?

Jo sacode a cabeça em negativa.

— Conhecendo meu pai, ele tentará cuidar disso internamente antes de recorrer à polícia. Não vai querer explicar que informação foi roubada, visto que o implicaria em um monte de atividades ilegais.

Pego o notebook e tiro o cartão SD.

— Isso é tudo que conseguimos hoje. Parecem anos de documentos jurídicos e relatórios confidenciais. Também vi uma pasta recheada de informações para chantagem de políticos e servidores que ele suborna. Em outras palavras, é nossa mina de ouro.

Deixo o cartão na mesinha para guardar o notebook.

Eden olha para nós.

— E aí, qual é o plano?

Jo olha a rua pela janela.

— O único jeito de acabar com isso é publicar sua matéria e detalhar todas as provas que temos. Então, entregamos tudo para a promotoria e esperamos meu pai e a empresa entrarem em colapso.

Eden leva as mãos à cintura.

— Ótima ideia, mas nem acabei de organizar todos os relatórios de segurança das obras, muito menos analisar esse novo grupo de arquivos.

Moby Duck pula do sofá e enfia o bico em uma tigela de larvas na mesinha. Faço carinho nas penas dele enquanto tento pensar em um jeito de descobrir como resolver essa situação.

— Ok — digo. — Vou pedir para Jeeves nos ajudar a organizar e selecionar o que temos. Isso deixará você livre para escrever a matéria. Talvez Max possa organizar as fotos do evento de ontem, e aí no fim da semana já devemos ter provas o suficiente para publicar. Que tal?

Eden concorda com a cabeça.

— Pode ser, é um bom plano.

— Será que Nannabeth deixa eu e Jo dormirmos aqui por uns dias? Pode demorar um pouco.

— É claro — diz Eden, apontando o corredor. — Podem dormir no quarto em que eu morava com Asha. A gente levou as camas embora, mas Nan o transformou em um quarto de hóspedes bem confortável, com uma cama queen caprichada. Imagino que vocês, morando juntos, topem dividir.

Eu e Jo nos entreolhamos, e sei que ela está pensando na última vez que dormimos juntos. Aparentemente, a memória ainda a assusta, porque seu desconforto é palpável.

— Vamos dar um jeito — digo, para Jo e Eden. — Qualquer coisa, eu durmo no sofá.

Eden faz uma careta.

— Acho improvável, grandalhão. Olha esse negócio — diz, apontando o sofá antigo de três lugares, com braços de madeira ornamentados. — Cabe metade de você e o resto no chão — fala, e olha para Jo. — O que foi? Vocês não podem deitar juntos? — pergunta, estreitando os olhos. — Puta merda, vocês transaram? É por isso que tá esse climão?

— Nossa, Eden, não — digo, esfregando a testa. — Por que você sempre acha que climão é por causa de sexo?

— Porque as pessoas ficam esquisitas com sexo — responde, olhando entre nós dois. — Também ficam esquisitas por falta de sexo — acrescenta, estreitando os olhos. — Talvez seja esse o problema. Já pensaram em molhar o biscoito? Uma trepada boa faria bem para vocês.

Estou prestes a discutir quando a voz de Jeeves sai do meu celular.

— *Toby, temos um problema.*

— O que foi?

— *Estou monitorando os sinais telefônicos de vários seguranças da Crest, e parecem estar convergindo em sua posição.*

— Quê? Como assim?

— *Não sei, mas parece que devem ter como rastreá-los.*

— Qual a distância?

— *Quatro quadras. Temos que encontrar imediatamente o que estão rastreando.*

Joanna olha ao redor, até que uma ideia lhe ocorre. Ela se aproxima, enfia a mão no bolso esquerdo da minha calça e tira o cartão que LeBron me deu.

— É isso que estão usando. Merda!

Sem hesitar, ela corre até o banheiro e, um segundo depois, ouvimos a descarga. Ela volta, ainda com expressão preocupada.

— Jeeves, o que estão fazendo? — pergunta. — Ainda estão vindo para cá?

— *Um momento. Aguardo a mudança de curso.*

Ficamos em silêncio pelo que parece uma eternidade. Finalmente, juro ouvir alívio na voz de Jeeves quando ele diz:

— *Parece que funcionou. Agora estão seguindo uma das maiores conexões de esgoto do Brooklyn.*

Eden suspira.

— Ok, que susto. Não sei se nasci para essa parada de espiã — diz, sacudindo os braços. — Antes que qualquer outra coisa aconteça, vamos começar o upload dos dados para Jeeves, para acabar com isso.

— Pode deixar — digo, me virando para pegar o SD da mesinha, mas paro abruptamente. — Cadê o cartão?

Olho para Eden, que levanta as mãos.

— Nem olhe pra mim. Não mexi.

Eu me ajoelho e procuro no carpete.

— Estava bem aqui. Não pode ter desaparecido magicamente.

Jo se junta a mim no chão e esfregamos o carpete todo estampado, em busca do cartãozinho.

Nós dois nos paralisamos quando Moby Duck parece tossir e depois grasnar alto.

Jo e eu o olhamos, e depois para as larvas que caíram na mesa, e, por fim, nos entreolhamos.

— Não acha que ele...?

O pato tosse de novo, e Eden solta um grunhido antes de se abaixar na altura dele.

— Moby, sua minimáquina gorda de comer! Não sabe diferenciar larvas de cartões de armazenagem?

Moby grasna, um pouco indignado e tosse de novo.

— Merda.

Eden suspira e abaixa a cabeça.

— Como a gente faz para um pato vomitar? — pergunta Jo, enquanto digita no celular.

— Está procurando no Google?

— Claro. Como mais vamos descobrir?

— Bom, podem me perguntar.

Congelamos ao ouvir a voz conhecida atrás de nós. Todos nos viramos de uma vez e vemos Nannabeth ali de pé, com as mãos na cintura, pequena, mas assustadora.

— Mas, antes de eu falar qualquer coisa a respeito desse encrenqueiro guloso, sugiro que alguém me explique o que está acontecendo — acrescenta.

Capítulo trinta
De coração aberto

Sentados ao redor da mesa da cozinha de Nannabeth, nos revezamos para contar a longa e complicada história da Construtora Crest e de por que estamos nos esforçando tanto para derrubá-la. Nan escuta enquanto prepara chá e sanduíches, e, quando acabamos, há todo um banquete posto na mesa para nós.

— Então deixe eu ver se entendi bem — diz ela, ao se sentar. — Marcus Crest é *seu* pai — fala, apontando Jo, que concorda com a cabeça. — Mas você o odeia porque ele é um desgraçado desalmado e você passou a maior parte da vida adulta tentando dar um jeito de destruí-lo.

— Em suma, é isso.

— E o seu pai — continua, apontando para mim — foi gravemente ferido pela Crest, então você passou os últimos cinco anos arranjando um jeito de se vingar.

Confirmo com a cabeça, mastigando um sanduíche de bacon delicioso.

— Isso.

— E você, minha neta querida… — acrescenta, apontando Eden. — decidiu se meter e escrever uma matéria explosiva delatando um dos homens mais poderosos de Nova York, o que pode levar a um processo avassalador.

Eden toma um gole de chá.

— Bom, dito assim, parece má ideia...

— E agora — continua Nannabeth, se recostando na cadeira — vocês estão todos aqui, me enfiando nessa bagunça e entupindo meu pato com cartões de memória.

Ela olha para cada um de nós.

— Entendi bem? — pergunta.

— Tecnicamente, sim — diz Eden, cautelosa. — Mas não queríamos envolver você, Nan. Especialmente não queríamos que Moby confundisse um chip de plástico com uma larva. Honestamente, essa parte é culpa dele mesmo.

Todos olhamos para Moby, sentado na própria cadeira, aparentemente nem um pouco incomodado pelo objeto estranho em seu corpo. Quando nos olha, ele grasna alto.

Eden segura a mão da avó.

— Se isso for estressante demais, podemos ir a outro lugar. Só precisamos tirar o cartão de Moby.

Nan sorri.

— Ah, querida, não é estressante. É a coisa mais emocionante que me aconteceu desde que saí do coma. Só queria entender bem as histórias, porque, francamente, vocês têm questões sérias a resolver — diz ela, e olha para Joanna. — Especialmente você, mocinha.

Jo engole em seco.

— Como assim?

Nan serve mais sanduíche em nossos pratos.

— Bom, você dedicou a vida toda a destruir seu pai, e, se tudo der certo, a missão logo estará completa. O que você vai fazer depois disso? Qual será seu propósito? Mais importante ainda, quem será *você* quando tudo isso acabar? Já pensou?

Jo abaixa o sanduíche e limpa a boca com o guardanapo.

— Hum... acho que não.

— Pois devia. Se acha que derrubar seu pai vai magicamente fazer você se curar, sinto muito, não é o que vai acontecer. Toby ajudar a derrubá-lo também não vai curar o pai dele. Eden contar a história não vai curar as outras vítimas de Crest. Não me entendam mal, vocês estão fazendo uma coisa boa, mas não é um milagre que consertará a vida de todos que ele machucou. Só vale a pena considerar isso.

Todos nos calamos, pensando no que ela disse. Não sei bem o que achei que fosse acontecer quando a matéria saísse. Talvez eu imaginasse que meu pai finalmente recebesse a indenização devida, mas nem isso pode curá-lo. Crest levar uma porrada do carma seria o primeiro passo em uma longa jornada para muita gente, e, pela expressão de Jo, ela é quem enfrentará o mais longo trajeto.

— Enfim — diz Nan, servindo mais chá —, não tem muito mais que vocês possam fazer hoje, porque Moby só vai evacuar o cartão amanhã, no mínimo. Então é melhor se acomodarem e tentarem relaxar. Eden, você deveria buscar roupas e outros itens necessários para Joanna e Toby, já que eles passarão alguns dias aqui e não podem correr o risco de ir para casa. Concorda?

Ela olha para mim e para Jo, e concordamos com a cabeça.

— Seria ótimo — digo.

Jo pega o celular.

— Vou fazer uma lista para você, Edie — diz. — Obrigada.

Acabamos a refeição em relativo silêncio. Nannabeth tagarela, mas Jo, especialmente, fica quieta de um jeito que nunca vi antes.

Depois do jantar, ajudamos na arrumação, e, por fim, Eden sai para buscar nossas coisas. Quando ela se vai, o resto de nós leva Moby para nadar no laguinho da laje. É uma noite fresca de outono, então Nan empresta a Jo um de seus cardigãs grossos. Enquanto Nan e eu ficamos sentados em cadeiras dobráveis ao lado do laguinho de Moby, Jo caminha pela extensa horta da laje, admirando as plantas e cheirando as flores.

Nan e eu ficamos um tempo em um silêncio amigável, felizes de ver Moby nadar, até que ela olha para Jo, que parou do outro lado da laje para admirar a cidade. Acompanho seu olhar, e sinto a preocupação por muitas de suas ações. Sei que os acontecimentos da última semana foram estressantes, mas, até hoje, não tinha notado o peso que ela sentia por reencontrar o pai. Tudo que quero fazer é ir até ela e ajudá-la se sentir melhor, mas, mesmo se tentasse, provavelmente acabaria só piorando tudo. Apesar do avanço de hoje no escritório, tenho a sensação clara de que ela está lutando e perdendo uma batalha desde que dormiu ao meu lado. Parece que partes dela vão recuando, se preparando para o dia em que eu for embora. Sei o que é o que preciso fazer, mas pensar em ficar sem ela me faz querer socar a parede e vomitar ao mesmo tempo.

— Toby, o que você está fazendo?

Quando me viro, vejo que Nan me observa.

— Como assim?

—Ah, você sabe muito bem, querido. Você se apaixonou por aquela moça, mesmo que ela tenha cem por cento de chance de te destruir.

Respiro fundo.

— Na verdade, é só noventa e três por cento. Noventa e cinco, se considerar a nossa atração do caramba.

Nan ri, aquela gargalhada particular de senhora e se recosta para ver Moby nadar.

— Como a senhora sabe? — pergunto, também olhando o pato.

— Que você a ama? Está na sua cara. Você está doente de tanto sentir. Essa paixão toda vai queimar você se não tiver para onde ir. Melhor começar a se preparar para lidar com isso assim que possível.

Coço o maxilar, desconfortável pelas verdades jogadas na minha cara. Nannabeth sempre foi assustadoramente astuta, mas, geralmente, seu poder de observação é dirigido às netas. Esta experiência é nova e desconfortável.

Respiro fundo.

— Ela me olha do jeito que olho para ela?

Apesar de ela ter admitido, bêbada, sentir o mesmo, parte de mim não confia que é a verdade.

Nan ri de novo e se inclina para a frente.

— Meu filho, ela te olha *exatamente* com a mesma expressão apaixonada, é esse o problema.

— Não entendo. Se a gente se ama, por que a probabilidade diz que não podemos ficar juntos?

— Podem ficar — diz Nan, me olhando como se eu fosse um pouco burro. — Mas agora, não. Não antes de ela resolver as questões dela.

— Sei que ela está passando por dificuldades, Nan, ela foi honesta quanto a isso. Mas não faço ideia do que está no cerne de suas questões.

Nan olha para trás, para Jo, e depois para mim.

— Você já se perguntou por que ela corre de um lado para o outro o dia todo fazendo um milhão de coisas? Por que se esforça tanto para conquistar as coisas? Por que trabalha que nem burro de carga para ajudar todo mundo, priorizando as necessidades alheias?

— Parte disso é por ela ser uma boa pessoa, de bom coração, mas... é. Sei que tem mais coisa aí.

— Toby, tem alguma coisa no passado dessa moça que ela nunca contou a ninguém. Algo que a machucou tanto que ela nunca se recuperou. Acredite em mim, conheço os sinais. Tudo que ela faz agora, tudo que fez desde o acontecimento misterioso... ela está tentando se provar digna.

Eu me aproximo, tentando falar mais baixo.

— Digna do pai? Porque isso já era. Ela me falou que já desistiu de tentar ganhar a aprovação dele.

Uma brisa leve agita o cabelo de Nan e, à luz fraca das poucas lâmpadas da laje, ela parece uma senhora sábia de conto de fadas.

— Muitas vezes, fazemos coisas e fingimos que são dirigidas a outras pessoas, mas isso é só uma mentira que contamos para nós mesmos. Essa mocinha tem um buraco enorme no peito que só vai se fechar quando ela notar que não é culpa dela o pai não a amar. Ela precisa entender que *sempre* foi digna de amor. Até ela se convencer, vai continuar afastando as pessoas mais próximas. Nunca será inteiramente honesta com os amigos, nem com você. É o conselho mais velho que tem, mas é a verdade, juro por Deus: se você não se ama, como pode amar outra pessoa?

Olho para Jo, tão pequena e solitária do outro lado do jardim.

— Como eu faço para ela se amar?

— Não faz. Aí é que está: ela precisa passar por isso sozinha. Tudo que você pode fazer é estar presente para oferecer apoio. Fazer com que ela entenda que você está do lado dela para o que quer que aconteça. Pode encorajá-la, claro, mas todas as escolhas difíceis que ela precisa fazer... bom, estão na mão dela.

Não é o que quero ouvir. Quero saber qual é o problema e como resolver. É meu modus operandi. Encontrar a equação, identificar as variáveis e calcular a solução. Dizer que não posso ajudar é que nem dar um chutão no meu saco e ir embora. Dizer que não posso ajudar Jo, especificamente? Essa é uma dor especial.

— Toby, você é uma boa pessoa, e sei que isso não é o que quer ouvir, mas estou dizendo para o seu próprio bem. Você provavelmente acha que o vínculo de vocês é tão especial que tem o poder de vencer a probabilidade. Mas isso não é verdade.

— Espera. A senhora não disse que podemos ficar juntos se ela se resolver?

— Sim, mas isso não é vencer a probabilidade. É *mudá-la*.

Algo estala no meu cérebro e fico irritado por não ter notado antes. Nan está querendo dizer que a matemática vai funcionar a nosso favor se Jo decidir viver de modo diferente. Eu não tinha considerado essa possibilidade. O instinto de afastar as pessoas pode ter influenciado as respostas de Jo no questionário, e pode ser por isso que nossa nota foi tão baixa antes. A verdade é subjetiva, e, se alguém mudar de perspectiva, sua verdade também pode mudar.

— Toby? — pergunta Nan, sorrindo para mim. — Trate de segurar isso que está pensando. Mudar o destino de alguém é uma corrida de distância, não de velocidade — diz, puxando o casaco para fechá-lo mais. — Você sabia que, antes de Moby, eu tive um gato?

— Não.

— Ela se chamava Cinnamon — conta, pegando a garrafa térmica que trouxe para se servir de café. — Ela era um bichinho magrelo e pulguento, morava no beco atrás do prédio. Eu levava comida para ela todos os dias, mas ela era arisca e não comia enquanto eu estivesse por perto. Fui paciente. Todo dia, esperava e chegava um pouquinho mais perto, e, finalmente, ela confiou em mim a ponto de comer na minha frente. Então, de comer enquanto eu estava sentada ao seu lado. E, finalmente, enquanto eu fazia carinho nela. Levou meses para ela confiar em mim, mas um dia ela simplesmente subiu a escada comigo e se fez em casa. Foi assim que eu soube que íamos ficar bem. Eu deixei ela entrar no meu coração, e ela me deixou entrar no dela. Não podia ter pressa, precisei deixar ela ditar o ritmo. É isso que você precisa fazer com Joanna.

Ainda estou cético.

— Então você não acha que almas gêmeas devem sempre se encaixar sem esforço? Ou nem acredita que existem?

Ela bebe o café, e me olha, segurando a xícara.

— Pergunta difícil. Acredito que existem, sim, mas se acho que todo casal feliz foi predestinado? Não.

— Seu marido foi sua alma gêmea?

Ela ri.

— Ah, George era um homem maravilhoso, e fico agradecida por todos os bons anos que tivemos juntos, mas nosso amor nunca foi devastador, de dar frio na barriga.

— Então por que se casaram?

— Nosso amor pode não ter sido Um Grande Amor, mas a gente ainda se amava mais do que amava qualquer outro, então nos pareceu boa ideia — diz, tomando um gole de café e olhando para o horizonte. — Algumas pessoas se casam porque… bom, porque se sentem sozinhas. Não é para encararmos essa jornada sozinhos. Às vezes, quando esticamos a mão no escuro, queremos que alguém a segure. Que faça a gente se sentir seguro. Sentir que somos um "nós", não um "eu" — fala, voltando a me olhar. — George pode não ter feito meu mundo arder, mas sempre fez com que eu me sentisse segura e amada, e, visto que não tinha mais ninguém, isso me foi suficiente.

Inclino a cabeça para trás, observando as estrelas.

— Eu projetei um app para ajudar as pessoas a encontrar suas almas gêmeas, mas ele provou que Jo não era a minha, apesar de eu sentir que sim. Agora a senhora diz que talvez ela seja, só não neste momento. Como vou saber o que fazer?

Ela me olha de relance.

— O que você quer fazer?

— A senhora já sabe a resposta.

Ela se senta mais para a frente.

— O problema das pessoas que botam fogo na nossa alma é que, às vezes, a alma não sobrevive. Alguém pode ser sua alma gêmea e ainda te fazer mal — responde, com uma expressão mais intensa. — E alguém pode não ser sua alma gêmea e ainda ser a melhor coisa a te acontecer. Entende?

Concordo com a cabeça.

— Então a senhora basicamente quer dizer que eu devo tentar e, se for destruído, pelo menos terei feito o meu melhor.

Ela se recosta e me abre um sorriso cheio de paciência, com um toque de condescendência.

— Toby, nada nesta vida é cem por cento certo ou cem por cento errado. Compatibilidade não é uma coisa inflexível e predestinada. Pode ser fluida e misteriosa, que nem tentar agarrar uma cobra. Ser compatível não é um direito divino, é o resultado das nossas escolhas. Mas todo relacionamento em sua vida, todos que importam, pelo menos, é um jardim. Se quiser que cresça e floresça, precisa cuidar dele todo dia, de diversas formas. Pode ter os canteiros na melhor posição do mundo, mas nem por isso estará livre de ervas daninhas. Não é o destino que mantém as pessoas juntas. É o esforço que fazemos.

Ela se levanta, e Moby deve saber que acabou a hora de nadar, porque ele vem até a beirada do laguinho, sai e se sacode.

— Vem, mocinho — diz ela, o pegando no colo. — Agora vou levar esse monstrinho lá para baixo para dormir, porque ele tem que fazer um bom cocô de manhã. Sugiro que você passe um tempo cuidando do jardim antes de ir se deitar.

— Pode deixar. Obrigado — digo, me curvando para dar um beijo na bochecha dela. — Alguém já te falou que a senhora é incrível?

— Não recentemente, mas é sempre bom ouvir. Boa noite, Toby.

— Boa noite, Nan.

Eu a vejo ir até a escada e descer. Em seguida, vou até Jo, que ainda está parada que nem uma estátua, admirando as luzes da cidade.

Paro ao lado dela.

— O que está fazendo?

— Observando.

— O que está achando?

— Nada mal.

Enfio as mãos nos bolsos e acompanho seu olhar. Ela está virada para o rio, e, admito, daqui de cima, a cidade é mesmo linda.

— Você está quieta — falo, me aproximando mais. — Quer conversar?

Ela alonga o pescoço.

— Acredite se quiser, até gostaria, mas não consigo. Não sei o que estou sentindo, então não consigo descrever.

— Ok, mas, quando você souber, estarei aqui para ouvir.

Ela se vira para mim e, após um momento de hesitação, avança um passo e me abraça.

— Você é o melhor amigo que já tive. Queria ter deixado isso claro mais cedo.

— Você sabe que melhores amigos podem contar tudo um para o outro, né?

— Sei. Só tenho que aprender a fazer isso.

— Ok. Vou esperar.

A gente se afasta, e ela volta a olhar a paisagem.

— Obrigada.

— E, Jo?

— Hmm?

— Só para deixar claro, estou apaixonado por você.

Ela se vira para mim, confusa.

— Quê?

— Eu te amo. Achei que você devia saber.

Eu me viro para voltar à escada.

— Espera aí — diz, me alcançando e me segurando pelo braço. — Você não pode só dizer que me ama e ir embora.

— Por que não?

— Porque é… bom, é…

— É o quê?

— Falta de educação.

— É? Apesar de me esforçar para me manter distante e não fazer nenhuma besteira, preciso admitir que estou perdidamente, inegavelmente, desesperadamente apaixonado por você. Por que isso seria falta de educação?

— Porque... você... — tenta dizer, puxando mais o cardigã, como se fosse protegê-la do que está sentindo. — A gente combinou que não pode... e nossa nota... meu histórico... e você... você...

Eu me aproximo e seguro o rosto dela com as duas mãos.

— Jo, perdoe o linguajar, mas nosso combinado pode ir tomar no cu. Essa é minha verdade, e não vou mais fugir dela. Foda-se nossa compatibilidade. Fodam-se as dúvidas e o raciocínio. Foda-se a lógica de por que não devemos ficar juntos. Eu te amo. Estou *apaixonado* por você. Te desejo com todo meu ser e, se você pedisse, eu te carregaria até lá embaixo agora mesmo e faria amor gostoso com você até o amanhecer. Mas você precisa falar o que sente para que isso aconteça. Precisa encontrar o muro atrás do qual esconde o seu coração e derrubá-lo, tijolo por tijolo, porque só assim pode funcionar. Precisa me querer mais do que quer guardar seus segredos. Mais do que quer esconder sua vergonha. Precisa me querer mais do que quer se negar felicidade. Sei que não é fácil, mas... é a escolha que você precisa fazer. Então, quando estiver pronta, estarei aqui.

Eu me abaixo e a beijo suavemente, testando cada grama de paciência no meu corpo e tentando não deixar que o beijo se transforme em algo forte e urgente. Quero que ela confie em mim. Preciso que ela dite o ritmo. Que veja que, mesmo que ela mantenha o coração fechado para mim, eu a deixo entrar no meu.

— Quando estiver pronta, pode me procurar.

Eu a beijo de novo, tentando transmitir toda a ternura que sinto, todo o amor. Ela retribui o beijo, hesitante, mas sei que ainda não está pronta. Essa honestidade toda já é demais. Mesmo antes de nos afastarmos, sinto que ela se retrai.

— Vou descer — digo, com um suspiro. — Eden já deve estar voltando com as roupas, então vou tomar um banho e dormir. Você devia vir também. Dormir comigo. Nada de sexo, só dormir. Você precisa descansar mais, Jo. Está exausta. Qualquer que seja seu medo, prometo proteger você até que acorde.

Dou um último beijo nela, suave e demorado, e me viro para descer, a deixando sozinha para pensar no luar.

Estou pegando no sono na cama, com a camiseta e cueca que Eden trouxe das compras, quando noto um movimento no quarto.

— Jo?

Abro os olhos e a vejo à luz fraca da luminária na mesinha de cabeceira, de regata e short de pijama, o cabelo ainda úmido do banho.

Fecho os olhos de novo, tentando me forçar a dormir. Abri o jogo para ela hoje e, se ela me rejeitar, não tenho pressa para ouvir essa resposta. Estou cansado demais para lidar com dor de cotovelo.

Ela anda mais um pouco pelo quarto, e finalmente sinto um movimento na coberta e na cama quando ela se deita. Sinto o cheiro de sabonete e seu calor, e, apesar de ter me instalado bem no canto da cama para deixar espaço para ela, em segundos ela está grudada em mim, a cabeça aninhada no meu peito, abraçando minha cintura.

— Oi.

A voz dela é baixa e hesitante, como se ela não soubesse se pode me tocar.

Eu a abraço para tranquilizá-la, e ela relaxa.

— Oi. Bem-vinda ao quarto de hóspedes de Nannabeth, que não cobra extra pela presença de um homem grande e quente na sua cama.

Ela fica deitada alguns segundos, respirando. Eu a olho e distingo seu rosto, meio na sombra. Ela está me olhando, de testa franzida.

— Você é o único homem que já fez os pesadelos pararem, sabia? — diz, baixinho. — Sempre que fecho os olhos, há quase uma década, tenho o mesmo pesadelo recorrente, e por isso parei de dormir... mas com você... — fala, tocando meu rosto. — Não tenho nada. Só uma noite boa, inconsciente, sem sonhos. Por quê?

— Essa é uma pergunta de verdade? Ou é retórica?

— As duas coisas. Muito de você faz meu corpo arder em chamas, mas também é só você que cala as vozes dentro de mim.

— Não entendo.

— Claro que não. Passei tanto tempo te afastando que me surpreende você não ter desistido de mim. Todas as mentiras. As verdades pela metade. As omissões diretas. Você merece mais do que isso — diz, fazendo carinho no meu peito. — Mas ainda há coisas que não te contei, porque... não encontrei as palavras certas. São coisas que nunca quis contar para ninguém... até você aparecer.

— Estou ouvindo. Se quiser me contar, estou aqui.

Ela respira fundo.

— Ok, lá vai — diz, e me olha. — Quando eu tinha quinze anos...

Ela hesita, e eu aperto seu braço de leve, para lembrá-la de que ela está em segurança.

— Quando eu tinha quinze anos — continua —, um grupo de homens invadiu a cobertura do edifício Crest e me sequestrou. Não me machucaram, mas... me tiraram da minha cama e me levaram embora.

Não sei bem o que eu esperava. Talvez alguma história de violência doméstica de Crest, mas certamente não isso.

— Puta que pariu, Jo.

Ela se levanta um pouco, apoiada no cotovelo.

— Eram homens que meu pai tinha roubado. Um monte de empreiteiros que meu pai passou anos enrolando no tribunal. Estavam prestes a perder o negócio e sentiam que não tinham opção além de uma tentativa desesperada de recuperar o dinheiro devido.

— Então eles te sequestraram para pedir resgate?

— Sim. Mas, no começo, eu não fazia ideia do que estava acontecendo. Eu era uma adolescente apavorada e, apesar de não terem me agredido, me mantiveram trancada em um quartinho por mais de uma semana até me soltarem.

— Então é esse seu pesadelo?

Ela estremece.

— Sempre que durmo, sinto meia dúzia de mãos me agarrando e uma na minha boca. Revivo o pavor de quando ataram minhas mãos e meus pés e me amordaçaram... de quando me enfiaram em um baú, onde eu mal respirava, para me carregar.

— Meu Deus.

Sinto a ansiedade dela aumentar.

— De ficar trancada no baú... no carro, saindo da cidade... depois naquele quartinho, naquela cela — continua, e eu faço carinho nas costas dela para acalmá-la. — Foi... foi quando desenvolvi a claustrofobia.

— É claro. Nossa.

Ela se levanta mais um pouco, se sentando de pernas cruzadas, e, depois de respirar fundo algumas vezes, solta uma gargalhada nervosa.

— Me sinto muito idiota de carregar esse trauma por tantos anos, visto que os caras foram razoavelmente decentes comigo.

— Nem fodendo — digo, me sentando e me recostando na cabeceira. — Homens grandes e assustadores te sequestraram de madrugada. Você era criança. É claro que ficou traumatizada.

Noto que estou falando alto demais no apartamento silencioso, e abaixo um pouco o tom:

— O que aconteceu com eles?

Ela afasta o cabelo do rosto e ajeita atrás da orelha.

— Nada. Um dia entraram no quarto e me vendaram, então me soltaram perto de uma estação de metrô no Queens. Voltei para casa de metrô, e foi só isso.

— Eles não foram presos?

— Não. No carro para o metrô, ouvi eles falarem do que deu errado. Quando ligaram para meu pai para pedir duzentos mil dólares de resgate, ele desligou na cara deles.

Eu me endireito, a raiva enchendo todas minhas artérias de magma.

— Ele... fez o quê?

Ela confirma com a cabeça e, pela sua expressão, fica claro que a lembrança dói.

— Disseram que estavam com a filha adolescente dele e... ele se recusou a negociar. Mesmo quando ameaçaram me machucar, ele não cedeu.

Dr. Love 371

Ela olha para a janela, evitando meu olhar de propósito.

— Ele nem ligou para a polícia — continua. — Não quis que a notícia chegasse nos jornais, com medo de afetar as ações.

Ela pestaneja, com dificuldade de falar. Quero abraçá-la e pedir para ela parar, mas sei que é importante ela botar tudo para fora agora, para aquilo parar de envenená-la.

Ela abre um sorriso amargo.

— O filho da puta muquirana, que tem bilhões em bens, não pagou meros duzentos mil para me salvar — diz, e seu tom fica mais emocionado. — Que tipo de pai faz isso, Toby? Que tipo de *pessoa*?

— Ele não é um pai, nem uma pessoa. É um monstro. É óbvio que você passou a vida toda tentando derrubá-lo.

Tanto nela faz sentido agora. Por que ela guarda tanto rancor. Por que quer machucá-lo para compensar a própria mágoa.

Ela olha para as mãos, mexendo na beira do lençol.

— Quando entrei na cobertura, ele me abraçou e perguntou se eu estava bem, mas não prestou muita atenção na resposta. Botou as mãos nos meus ombros e disse que seria melhor se ninguém soubesse, que seria uma vergonha para nós dois. Depois disso, mesmo que ele tivesse aumentado a segurança, eu não conseguia mais dormir no meu quarto nem estar perto dele.

Ela tensiona o maxilar por alguns segundos, eu seguro e aperto sua mão.

— Ele soltava uns comentários aqui e ali, falava que seu instinto de não fazer nada estava certo, porque me soltaram sem tirar um centavo dele. Quando falei que era muito arriscado, que eu poderia ter sido estuprada ou assassinada, ele me olhou como se eu fosse boba por questionar sua decisão — diz, e me olha. — Foi nesse momento que eu soube que precisava ir embora. Guardei tudo que podia numa mala, peguei os quinhentos dólares em espécie que tinha e dei no pé.

— O que ele fez quando descobriu que você tinha ido embora?

Ela ri, com lágrimas nos olhos.

— Nada. Levou duas semanas para ele me ligar, e só fez isso porque minha professora de piano tinha aparecido e eu não estava em casa. Ele nem tinha notado minha ausência. Quando falei que não voltaria, ele ficou furioso, mas só porque pegaria mal na frente dos amigos e dos funcionários — responde, segurando minha mão. — Depois, descobri que ele contou para todo mundo que eu tinha ido estudar em um internato exclusivo na Áustria. Foi fácil assim esconder o meu desaparecimento.

Ela sai da cama, como se o movimento fosse afastar as emoções que lutavam para escapar. Vou até ela e pego suas mãos.

— Sinto muito, Jo. Ele foi um escroto por te tratar assim.

Ela solta um suspiro trêmulo.

— Assim, eu sabia, há anos, que ele não ligava para mim, mas a reação dele ao sequestro... Ainda não entendo o que fiz para ele me odiar tanto.

O rosto dela murcha e eu a abraço quando ela desmorona.

— Você não fez nada de errado. É ele que tem um problema, não você. Nossa, Jo. Qualquer outra pessoa se sentiria abençoada por ter você como filha e moveria o céu e o inferno para recuperá-la. Nada do que aconteceu foi sua culpa.

Ela se afasta.

— Então por que sinto que, se fosse melhor... uma filha melhor, uma pessoa melhor... isso não teria acontecido? Tentei direcionar todo o meu ódio para ele ao longo dos anos, mas sempre tem uma voz no fundo da minha cabeça que cochicha que eu m-mereci.

— Joanna... não. Por favor, não pense isso.

Soluços interrompem as palavras dela, e espero ela continuar.

— Sinto t-tanta vergonha por essa história ainda me dar p-pesadelos. Eu já d-deveria ter superado.

Seco suas lágrimas e, se tivesse como pegar toda a dor dela para mim, para que ela não a sentisse mais, eu o faria em um segundo.

— Trauma não tem prazo de validade. Você não pode escolher o que sentir.

— E você... — diz ela, fungando. — Você apareceu, e agora estou morta de medo de novo.

Faço cafuné nela.

— Você deve saber que eu nunca te machucaria dessa forma.

— Eu sei, mas... — diz, apontando para mim. — Estou com medo do que farei com você. Todo homem de quem me aproximo, todo homem por quem sinto alguma coisa... — fala, me olhando. — Eu os magoo, até que a única opção seja irem embora. E eu não queria fazer isso com você, mas... não sei mudar. Tentei muito ser diferente, mas não consigo. Essa sou eu, e, se não der certo com você, o homem mais incrível que já conheci, já era. Mereço morrer sozinha.

— Isso não vai acontecer. Vem cá.

Eu a puxo para um abraço. Ela encosta as mãos no meu peito, com os dedos tensos, apertando o músculo.

— Olha — digo —, estou aqui. Sempre estarei aqui. Você não pode me afastar.

— Posso — diz, se virando para mim, dor e frustração nítidas em seu olhar. — Sinto que estou te afastando o tempo todo, e odeio isso. Quero te afastar agora mesmo.

A pressão das mãos dela no meu peito aumenta, mas eu não a solto.

— Então pare. Sempre que quiser me afastar, me puxe para mais perto. Sempre que quiser fugir, corra na minha direção.

Eu afasto o cabelo dela do rosto e a encorajo a me olhar nos olhos. Ela sustenta o olhar, mas vejo como é difícil.

— Jo, seu pai te prejudicou, e vai continuar a te prejudicar sempre que você sabotar um relacionamento que poderia te fazer feliz. Não o deixe vencer. Deixe *eu* vencer, porque sou o oposto dele. Ele não conseguiu te amar? Foi ele quem saiu perdendo. Eu não consigo parar de te amar, nem tentando. E, apesar do que pensa, você merece todo o amor do mundo. Só precisa acreditar. Permita-se ser amada. Permita que *eu* te ame.

Ela me olha, o medo ainda presente em seu rosto.

— E se eu não conseguir?

Encosto a testa na dela e fecho os olhos, respirando fundo.

— E se conseguir?

Fico ali, com a boca logo acima da dela, os músculos tensos e o peito tão cheio de emoção, que parece que minha pele vai explodir. Ela é macia sob minhas mãos, mas sua tensão é palpável e, agora, parece dividida entre me beijar até não aguentar mais ou sair correndo noite afora e nunca mais voltar.

— Toby...

O tom de súplica implora para que eu a beije, mas não posso. O que acontecer a seguir precisa ser decisão dela, e rezo para todos os deuses para ela escolher a mim.

Ela corre os dedos no meu cabelo e me puxa, e fecho os olhos quando ela me beija suavemente.

— Eu te desejo tanto — cochicha ela. — Desde que nos conhecemos, eu te desejo.

— Sinto a mesma coisa. Mesmo quando me disse que não podíamos ficar juntos, te desejei tanto que chegava a doer.

Ela me beija de novo, mais insistente, capturando meus lábios enquanto cada célula do meu corpo pega fogo. Ela me beija outra vez, e agora não há nem sinal de hesitação. Ela se aperta contra mim, como se tentasse entrar na minha pele, e, quando abre a boca doce, eu gemo de alívio pela pólvora da nossa paixão, que soltava fumaça há semanas, finalmente explodir.

— Nossa... Joanna.

Eu a abraço e me levanto com ela, a beijando com ferocidade. Ao mesmo tempo, ela envolve minha cintura com as pernas, e eu ando, a carregando, até a parede. Eu a encosto na parede, tentando, sem sucesso, não fazer muito barulho.

Ela geme quando me esfrego nela, e estou tão duro que a fricção dói. Quando mexo o quadril e aperto com mais força, os gemidos dela ficam mais altos e suplicantes.

— Shh — digo. — Precisamos fazer silêncio.

Ela se remexe no meu colo.

— Você não está ajudando.

Continuo a beijá-la até abaixá-la, deixando-a de pé, e, quando sinto suas mãos quentes explorando a pele por baixo da minha camiseta, minha respiração entra em curto-circuito.

— Eu amo seu corpo — sussurra ela, sem fôlego. — Preciso de mais.

Ela levanta o tecido e, em um segundo, tiro a camisa. A roupa mal caiu no chão antes de ela beijar meu peito, explorando com lábios e língua.

— Caralho.

Inclino a cabeça para trás e apoio as mãos na parede para me equilibrar enquanto ela me beija cintura abaixo, me enlouquecendo. Quando fecha a mão ao redor do meu membro através da cueca, solto um gemido alto, e minhas pernas quase cedem.

— Ai... meu Deus. Joanna... espera.

Eu a puxo para cima e a beijo, ávido por dar mais prazer a ela antes que ela me faça perder a cabeça. Enfio a mão por baixo da regata dela, e estou prestes a pedir permissão para despi-la quando ela dá um passo para trás e tira a própria blusa. Fico atordoado por um segundo ao vê-la seminua na minha frente. Eu a olho e ela sorri antes de pegar minhas mãos e levá-las a seus lindos seios. Assim que a toco, qualquer capacidade mental que ainda me resta desaparece em uma onda de desejo animal pré-histórico.

Eu acaricio sua pele aveludada e me abaixo para cobri-la de beijos, primeiro em um seio, depois no outro.

— Gostosa... para... caralho.

Fecho a boca ao redor de um mamilo e enfio a mão por dentro do short dela.

—Ah, nossa... Toby.

Ela encosta a cabeça na parede e eu me demoro, explorando o que ela gosta. Quanta pressão usar. Quanta velocidade nos dedos. Ela ofega e agarra meus ombros, apertando vez ou outra, me dando sinais de prazer.

Quando ela começa a fazer sons mais curtos e tensos, me ajoelho diante dela, segurando o short.

— Posso?

— Nossa, sim.

Puxo o short para baixo e, quando ela acaba de tirá-lo, pego uma de suas pernas e apoio no meu ombro, para provar a parte dela com a qual sonho há tanto tempo.

—Aaahhhhh... Ai, meu Deus, Toby. Aaaaah, meu Deus.

Fecho os olhos e saboreio o gosto dela, os gemidos incríveis, o jeito como ela corre as mãos no meu cabelo e puxa os fios quando estou fazendo algo de que gostou. Ela contém um gemido quando a seguro pela bunda para puxá-la ainda mais para perto.

— Ai.... Ah... Toby.

Aumento a sucção, língua e lábios em sincronia, e, quando a olho, seu rosto é um espetáculo, contorcido de prazer e entrega total.

— Ai, meu Deus, espera... — ofega ela, puxando meu cabelo. — Espera... ainda não.

Ela me puxa para cima, e eu seco a boca com o dorso da mão antes de ela me dar um beijo forte e desesperado.

— Toby...

Ela me empurra para a cama. Quando minhas pernas batem no colchão, ela puxa minha cueca para baixo. Eu chuto a peça para longe e paro para registrar sua reação a me ver nu. Sua expressão é tão carinhosa, transborda tanto fascínio, que sinto o peito apertar. Ela me encoraja a me sentar na beirada da cama e, em seguida, se ajoelha entre minhas pernas, beijando minha barriga, me apertando, de início de leve, e com mais força quando solto palavrões cochichados e sibilados.

Fico hipnotizado ao vê-la, a mulher mais linda que já conheci, beijar meu corpo. Me amar como a amo.

Enquanto a observo, inebriado, ela desce a boca quente por mim, e finalmente a sensação de leve sucção me deixa cego e me rouba até os pensamentos mais simples.

— Ah... Caraaaalho...

Eu me apoio com as mãos atrás das costas e jogo a cabeça para trás, tentando me conter desesperadamente enquanto ela lambe e chupa, ainda me segurando com a mão, girando, subindo e descendo.

— Meu Deus...

Fecho os olhos com força, o sangue vibrando pelas veias, os músculos tremendo, o coração à toda, como um trem descarrilhado.

— Jo... ai, meu Deus, Joanna...

Bem quando acho que não aguento mais, ela sobe no meu colo, me beijando, me deixando respirar. A gente se cola, peito a peito, e a observo enquanto ela se posiciona acima de mim, estonteante ao luar, como Afrodite me fitando.

Eu a seguro pelo quadril e a olho nos olhos.

— Tem certeza?

Ela se abaixa um pouco para me beijar antes de cochichar junto à minha boca:

— Tenho certeza de que, neste momento, nunca desejei nada mais do que desejo você. Hoje, preciso de cada parte de você, Toby. Por favor.

Um nível de desejo que nunca antes senti me reduz aos instintos mais básicos, mas um pequeno obstáculo ainda me impede de me entregar.

— Jo, e proteção? Eu não... não trouxe nada.

Ela acaricia meu rosto.

— Tudo bem. Estou segura.

Sem palavras de tão aliviado e agradecido que estou, a puxo para mais um beijo. Nós nos perdemos por longos minutos, mas, quando ela finalmente senta em mim, afastamos o rosto para nos olhar um pouco, chocados por aquele novo mundo de sensações e êxtase.

— Ah... Toby.

Ela rebola um pouco e eu afundo mais a cada movimento da pélvis. Não sei o que ela sente, mas, mesmo se for uma fração mínima do que eu sinto, seu coração já está mil vezes maior.

Ela me olha ao se mexer, se apoiando nos meus ombros.

— Diga que me ama de novo.

Levo a mão à cabeça dela para puxá-la para um beijo.

— Joanna, eu te amo tanto que mal consigo respirar.

Quando ela começa a rebolar com vontade, nenhum de nós consegue falar, e nos agarramos enquanto os fios do prazer se tensionam e esgarçam. Nós nos movemos em sincronia, às vezes guiados por ela, às vezes por mim, e, em todos os meus anos nesta terra, nunca senti nada tão indescritivelmente correto quanto estar dentro dessa mulher magnífica. Eu me deito e a vejo se mexer em cima de mim e, pela sua expressão, fica claro que ela sente o mesmo. Não há como nos recuperarmos disso. Parece que nossos corpos foram feitos para este momento. Mais importante ainda, nossas almas foram feitas para isso. É fazer amor em sua forma mais pura e, por tudo na vida, não sei como desperdicei tempo com qualquer outra coisa.

É porque você não tinha ela. Nunca mais duvide de que vocês devem ficar juntos.

Eu a viro de barriga para cima e continuo aumentando o ritmo. Ela me olha nos olhos quando chegamos ao nosso ponto máximo, e estamos tentando fazer o máximo de silêncio, mas cada respiração ofegante e gemido abafado me ensurdece.

Quando os barulhos dela ficam mais urgentes, abaixo a mão para encontrá-la com os dedos enquanto continuo a meter.

— Toby... Nossa, sim. Assim mesmo. Ai, meu Deus!

Quando ela joga a cabeça para trás e se aperta ao meu redor, não consigo mais me conter. Meto mais algumas vezes quando meu orgasmo me dilacera, e, finalmente, enfio o mais fundo que posso enquanto as ondas de êxtase dela se somam à minha. Seguro ela pelos ombros, e nós dois prendemos a respiração. Então, depois de instantes longos de prazer, desabamos na cama, um emaranhado suado e exausto, completamente satisfeitos, sem fôlego.

Ficamos deitados muito tempo, ofegantes e relaxados, incapazes de processar completamente o que aconteceu, e, quando finalmente tenho energia para olhá-la, descubro que ela já adormeceu nos meus braços.

Capítulo trinta e um
Sinais de alerta

Sempre ouvi falar que uma noite de sexo incrível com a pessoa dos nossos sonhos pode mudar nossa vida, mas nunca entendi o conceito de fato até agora. Deitado aqui, com Joanna me abraçando, finalmente faz sentido. Para mim, até agora, era como se minhas células vibrassem na frequência errada e de repente tivessem se alinhado. Me sinto ao mesmo tempo completamente sereno e capaz de correr para o meio da rua e levantar um carro.

Considerando a quantidade de orgasmos que tive durante a noite, também me sinto extremamente desidratado.

Saio da cama e visto a cueca antes de descer o corredor até o banheiro. Lá dentro, fecho a porta e me abaixo para beber direto da torneira. O gosto da água não é o melhor, mas dá para o gasto, e, quando acabo, ligo o chuveiro e entro.

Eu me lavo atordoado, ainda exausto de prazer, mas não cansado. Quando ouço uma batida leve na porta, sei que é Jo antes de ela abrir um pouco a porta e mostrar seu lindo rosto.

— Bom dia.

Se meu sorriso fosse maior, quebraria meu rosto.

— É um bom dia mesmo.

— Posso entrar com você?

— Claro.

Ela entra e se despe antes de subir na banheira. Eu a puxo para um beijo, e as coisas esquentam por alguns bons minutos antes de voltarmos à tarefa original: nos lavar.

Quando acabamos, nos embrulhamos nas toalhas e escovamos os dentes com as escovas novas. Nenhum de nós dois consegue parar de sorrir, mas, quando abrimos a porta e vemos Nannabeth no corredor, com uma expressão de graça, nossos sorrisos murcham.

— Bom dia, jovens — diz, como se nos ver juntos no banheiro fosse a coisa mais natural do mundo.

— Hum... bom dia, Nan — digo, horrorizado por ela me ver neste estado.

— Ah, Toby, relaxe — diz ela, com um aceno. — Vi mais homens seminus nessa vida do que jantei comida quente. Não vou desmaiar só de ver seu peito másculo.

— Bom saber.

— Bom dia, Nan — diz Jo, ajeitando a toalha, e noto o olhar que Nan lhe dirige.

— Ora... senhorita Joanna. Parece que teve uma noite interessante, né? Como está se sentindo?

Jo me olha de relance e contém um sorriso.

— Hum... ótima.

Nan a olha com entendimento.

— Posso apostar que sim. Estão com fome?

Confirmamos com a cabeça, e já detecto o aroma distinto de bacon frito escapando da cozinha.

— Que bom — diz Nan, se afastando para abrir caminho. — Podem ir se vestir enquanto eu acabo de preparar o café.

A gente começa a andar, mas Nan levanta a mão.

— Ah, e antes que eu me esqueça... — diz, tirando do bolso do macacão um cartão SD preto e pequeno. — Achei que precisariam disso. Moby fez o favor de evacuá-lo no passeio matinal — explica, me entregando o cartão. — Não se preocupe, já foi lavado.

Pego o cartão.

— Fantástico, Nan. Muito obrigado.

— Não me agradeça. Agradeça à sua alteza penuda. Ele ficou tão satisfeito que parecia até que tinha posto um ovo de ouro.

Moby vem bamboleando da outra ponta do corredor, e para por um instante na nossa frente.

Aceno para ele com o cartão.

— Obrigado, Moby.

Ele solta um quá-quá satisfeito antes de seguir caminho até a sala. Nan vai atrás.

— É melhor ligar a novela dele, senão vai reclamar.

Quando voltamos ao quarto, imediatamente pego o notebook e conecto o cartão enquanto Jo vai se vestir. Mando o computador fazer upload dos arquivos para o servidor de IA.

— Jeeves pode analisar os arquivos enquanto a gente toma café. Aí...

Quando levanto o rosto, me calo de tanto choque ao vê-la de lingerie inacreditavelmente sexy. É de um tom de lilás claro e, por um segundo, nem me lembro o que ia dizer.

— Toby?

Fecho a boca e engulo em seco.

— Foi mal. Você aí. Lingerie. Só... uau.

Ela põe as mãos na cintura.

— Você passou horas me vendo pelada, mas é isso que te choca?

— É, foi mal. Não tem explicação.

Ela revira os olhos e sorri antes de vestir calça jeans e camiseta.

— Acabe isso aí logo e se vista. Vou ajudar Nan na cozinha.

Quando ela sai do quarto, meu cérebro volta a funcionar, e abaixo o notebook antes de revirar as sacolas que Eden trouxe em busca de roupa confortável.

— Jeeves, está recebendo todos os arquivos?

— *Sim, Toby. Começarei a análise assim que possível. Ontem à noite concluí a análise do outro grupo de arquivos. Procurei informações de identificação em cada arquivo específico e conectei as obras com relatórios de acidentes que levaram a ferimento ou morte. Em seguida, vasculhei os registros do tribunal em busca de processos judiciais. Compilei uma lista do que encontrei e enviei tudo para Eden.*

— Ótimo. Por curiosidade, o acidente do meu pai estava na lista?
— *Sim. Vou cruzar as informações do caso dele com os relatórios judiciais que estão chegando agora, em busca de provas de admissão de delito. Além disso, Max enviou as fotos do evento da Junta Comercial, e estou no processo de conectar os funcionários do governo com as informações da pasta de chantagem de Crest.*
— Excelente — digo, abotoando a calça jeans e vestindo uma camiseta e um cardigã. — Me diga se achar algo interessante.
— *Entendido.*

Vou à cozinha, onde encontro Nan e Jo, já sentadas à mesa com pratos de comida.
— Sirva-se — diz Nan, apontando as panelas no fogão. — Bacon, ovos, cogumelos ao alho e torrada. Também tem suco fresco na mesa.

Fico com água na boca.
— Sensacional. Obrigado, Nan.

Não tinha notado a fome que sentia até ver comida. Minha barriga ronca que nem um urso saindo da hibernação.

Sirvo meu prato e me junto às mulheres, que estão falando de Asha e seu novo autor.
— Estou dizendo, Nan — diz Jo —, eles vão acabar juntos. Estou sentindo nos peitos.
— Concordo. Sei que eles são almas gêmeas desde que eram crianças. Só precisavam de um tempo de distância para notar. Mas é claro que você não pode dizer a Asha que sei sobre Jake. Não quero que o fato de ele manter contato comigo esse tempo todo atrapalhe a situação.

Joanna bebe o suco de laranja.
— Não se preocupe. Não entendo como eles não resolveram isso antes.

Nan seca a boca com o guardanapo.
— Bom, encontrar a pessoa certa não é tão fácil. Às vezes, precisamos aprender lições antes das peças se encaixarem. Foi isso que aconteceu com Jake e Asha. Os dois eram tão incrivelmente teimosos que levaram tempo demais para descobrir isso.

Ela olha para mim e para Jo.

— Sabe — continua —, é difícil encontrar nosso lugar neste mundo, e ainda mais difícil encontrar nossa pessoa. Mas, quando encontrarem, não a soltem e não fujam. Façam dela seu sol e sua lua. Comecem e acabem o dia a venerando. Entenderam bem?

Ela olha para Jo ao dizer essa última parte, e não deixo de notar a tensão que toma a postura de Joanna imediatamente.

— Nan? Toby? Jo? — ecoa a voz de Eden no corredor.

— Aqui — dizemos em uníssono.

Eden chega à cozinha, carregando a bolsa do notebook, e sorri.

— Bom dia, belos fugitivos. Como passaram a noite?

Não faço ideia de que expressão passa por meu rosto, mas, imediatamente, Eden cobre a boca com a mão e contém uma exclamação.

— Ai, meu Deus, você transou!

Em seguida, olha para Jo, que parece horrorizada.

— E *você* transou!

Eden solta um gritinho.

— Puta que me pariu, meus dois melhores amigos treparam que nem animais ontem!

Estou prestes a quebrar o segredo como se fosse um ovo de pato, mas Nan faz um ruído de desdém.

— Claro que não, Eden, e pare de implicar com eles. Foram hóspedes perfeitos, deitaram antes das dez e passaram a noite de porta aberta. Agora, pegue isso aqui — diz, passando uma tigela de alface com aveia para Eden. — Vá dar o segundo café da manhã de Moby enquanto esses dois me ajudam a limpar a cozinha.

A expressão de Eden murcha.

— Droga. Nan, você vive dizendo que um dia vou herdar sua intuição incrível, mas nunca acontece.

— Paciência, querida. Quem espera, sempre alcança.

Eden segue para a sala, onde a ouvimos travar uma conversa unilateral com Moby.

Nan se aproxima de mim e Jo.

— Melhor manter seu relacionamento discreto por enquanto. Se acham que eu sou intrometida, nem me comparo a Eden. Vocês devem evitar falar disso até terem certeza, certeza *mesmo*, de que estão os dois nessa. Entenderam? Não quero que Eden crie esperanças com esse casal e se decepcione poucas semanas depois. A lamentação dela seria insuportável.

Concordamos com a cabeça e, apesar de eu odiar mentir para Eden, é verdade que decepcioná-la seria pior. Por enquanto, o plano de Nan parece a melhor opção.

Jo abre um sorriso pequeno, mas há algo no olhar dela que me deixa nervoso. Parece que ela já começou a duvidar do que aconteceu entre nós, e o medo faz tudo que comi pesar como um tijolo de chumbo no estômago.

Passamos a manhã fazendo a ponte com Jeeves para transmitir o que ele encontrou nos arquivos, e eu e Jo cuidamos de imprimir tudo que Eden sente ser relevante para sua matéria. Na hora do almoço, a sala já está cheia de pastas e montes de papel, e Eden começou a mapear os elementos da reportagem em post-its de cores diferentes e colá-los na parede.

Ela se afasta para olhar os quadrados coloridos e suspira.

— Gente, essa matéria é gigantesca. Muito maior do que imaginei inicialmente. A quantidade de funcionários públicos que Crest suborna é insana. Pelo amor de Deus, será que tem alguma pessoa íntegra trabalhando pro governo?

Eu me recosto no sofá e massageio as têmporas. A atividade da noite, junto à minha falta de sono, está começando a pesar, e um sinal de dor de cabeça se inicia no lobo frontal.

— Eden, você acha que devemos entregar isso ao procurador-geral do estado antes de publicar na imprensa? E se estivermos quebrando a ordem das coisas?

Ela põe as mãos na cintura.

— E se o procurador-geral estiver na mão de Crest? Toby, neste estágio, a única coisa que podemos fazer é botar isso no mundo para Crest não pagar ninguém para esconder a história. É o que ele faz há décadas, e precisa acabar.

— Concordo. Só quero garantir que não estamos fazendo mais mal do que bem.

Jo se levanta e se espreguiça.

— Se eu precisar ser identificada como delatora, me disponho. Ontem fiz Brad me registrar como funcionária para o caso de precisarmos justamente desse tipo de proteção. Toby, já que você recebeu um cartão de identificação, também estará registrado. Precisamos garantir que o máximo de publicações compartilhe essa história. Se for publicada só pela *Pulse*, meu pai pode alegar que é um olhar enviesado e processar a revista por difamação, e, acredite, ele vai usar todos os advogados que conseguir encontrar para enterrar vocês em processos. Se toda a mídia espalhar a história, ele perde esse poder. Não pode processar todo mundo, mesmo que quisesse.

Eu me inclino para a frente, apoiando os cotovelos nos joelhos.

— Ótima ideia.

Eden franze a testa.

— Como assim? Entregar a história para todo mundo? E a minha exclusiva?

— Você pode soltar a primeira bomba, e, enquanto isso, a gente organiza um servidor público com todas as informações dos arquivos da Crest, acessível a todos os veículos de mídia da cidade. Melhor ainda, do mundo. A gente abre quando sua matéria estiver praticamente publicada. Quando eles fizerem a própria pesquisa e escreverem as matérias, sua reportagem já estará publicada, e todo mundo se juntará ao ataque. Isso obrigará a polícia a se envolver, e, quando Crest notar que a casa está pegando fogo, já estará no meio das ruínas da própria vida.

Jo me olha cheia de desejo.

— Nossa, como seu cérebro é sexy.

Eden concorda com a cabeça.

— Ela está certa, e, se estivesse aqui, Max não se incomodaria por eu admitir — diz, pegando o notebook e se sentando na poltrona grande perto da janela. — Se funcionou para Rona Farrow, pode funcionar para mim. Ok, preciso de um tempo sozinha para trabalhar nisso, então que tal vocês se juntarem a Nan e Moby na laje um pouco? Ah, e podem pedir comida? Daqui a uma hora vou estar faminta.

— Claro. Pode deixar.

Saímos do apartamento e subimos a escada que leva à laje. Só demos alguns passos quando Jo me empurra contra a parede e me beija. Sou pego de surpresa, mas, em segundos, retribuo o beijo como se estivesse me afogando e ela fosse o oxigênio.

— Passei a manhã querendo fazer isso — diz ela, sem fôlego.

— Jura? Escondeu bem.

— Precisei esconder. Eden é mais intuitiva do que reconheço, e acho que Nan está certa a respeito de sermos discretos por um tempo.

— Eu ando escondendo muita coisa de Eden. Nitidamente sou um péssimo melhor amigo.

— Você é um ótimo melhor amigo, Toby, mas tem muita coisa rolando agora. Você acha que a gente devia dar uma esfriada até essa história do meu pai passar?

O tijolo de chumbo na minha barriga ressurge.

— É isso que você quer? Dar uma esfriada? Porque me beijar assim não é um bom jeito de conseguir isso.

Ela pensa por alguns segundos e, nesse tempo, meu coração se encolhe até ficar do tamanho de um amendoim, e lateja com tanta dor que temo pela minha saúde cardíaca.

— Jo... seja honesta. Quer dar um tempo nisso? Ou parar de vez?

Ela sobe mais um degrau, para ficarmos quase cara a cara.

— Não, não quero mesmo, porque até pensar em ficar longe de você fez meu corpo todo doer. Só quero que a gente tenha cautela. Não conte para Asha nem Eden. Não exponha em público. Por enquanto.

— Por quanto tempo?

— Até parecer a hora certa.

— E se nunca parecer a hora certa?

Ela ignora a pergunta e pega minha mão, me puxando escada acima. O mau agouro que senti mais cedo retorna. Um relacionamento secreto pode parecer excitante, mas é como um ladrão na madrugada. Pode ir e vir sem ninguém saber que esteve ali.

Capítulo trinta e dois
Tentar

Eu me espreguiço e aperto os olhos diante da luz do sol entrando pela janela do quarto. Ainda está cedo, mas dormi mal, e, quando tateio a cama e noto que está vazia, entendo o porquê.

Eu me sento e suspiro. Pela terceira noite seguida, Jo não dormiu comigo. Vem para cama comigo, para fazer amor por horas e me deixar louco, mas, quando apago, ela se levanta e vai embora, e não sei o porquê disso.

Será que os pesadelos dela voltaram? Será que não sou o encantador de sonhos que ela achou que eu fosse?

Ou será que há algo mais profundo em jogo?

O sexo entre nós é de bater recordes, mas, no fim das contas, sexo é a parte fácil. Acontece o tempo todo. Mas deixar alguém entrar no nosso coração? Nos abrir sobre nossas vergonhas e nossos medos? Isso sim é a coisa mais difícil do mundo.

Depois da confissão incrível da outra noite, achei que Jo tivesse vencido seu medo de intimidade, mas está claro que este não é o caso. Tenho a impressão de que dormir no meu colo talvez a deixe vulnerável demais, faça ela precisar demais de mim. Para uma mulher que passou a vida adulta inteira treinando para ser uma das pessoas mais autossuficientes do planeta, esse tipo de dependência deve incomodar fundo.

Ela está me afastando, como disse que faria, e, por mais que eu seja um gênio cabeçudo, não faço a menor ideia de como impedi-la.

— Jeeves, você sabe onde está Joanna?
— *Sim, Toby. Ela está na laje, vendo o sol nascer.*
Vou me sentar na beirada da cama.
— Por quê?
— *Suponho que seja devido ao visual agradável, pois humanos apreciam essas coisas.*
— Não, quero saber por que ela está na laje e não aqui, comigo?
— *Não sei.*
— Então chute. Use seu poder de processamento imenso para analisar qual a merda que eu estou fazendo e me ensinar a consertar, porque, honestamente, estou perdido. Não posso perdê-la, mas, por algum motivo, sinto que estou indo para esse caminho.

Há uma pausa, e posso jurar que Jeeves está tentando dar um jeito de não me decepcionar.

— *Toby, você gosta de vídeos de animais abandonados?*
Abaixo a cabeça entre as mãos.
— Que tipo de pergunta é essa? Do que você está falando?
— *Estou falando dos vídeos que as pessoas compartilham em que um cachorro abandonado, por exemplo, é encontrado e resgatado, e, por mais que tenha sido maltratado, com um pouco de paciência e amor se torna um animal doce e amoroso.*
— Ah. Sei, gosto, sim. Prova que amor cura tudo.
— *Precisamente. É por isso que esses vídeos fazem tanto sucesso. Expõem a teoria de que nenhuma criatura é danificada a ponto de não ser curada pelo poder do amor. É claro que essa teoria é falsa. É verdade no caso de cachorros, pois seus cérebros são simples e é fácil reprogramá-los para esquecer os traumas passados e acolher a felicidade presente. Humanos são praticamente o oposto. Seus cérebros são complexos e incrivelmente frágeis, e vocês começam a criar conexões de pensamento negativo após um trauma. Quanto mais tempo se passa sem lidar com o trauma, mais esses pensamentos se fixam.*
— Eu sei como funciona reforço neural, Jeeves. Qual é o seu argumento?
— *Os processos negativos de Joanna não podem mudar sem uma transformação mental considerável. Ao longo dos anos, o cérebro dela foi*

programado, repetidas vezes, para pensar de certa forma, e, perdoe-me pelo que direi, várias noites de sexo muito entusiasmado com você não vão mudar a programação.

— Então o que eu faço?

— *Nada. Você não é qualificado. Mas soube de diversos métodos de tratamento que podem auxiliar. Devo pesquisar mais a fundo?*

Saio da cama e me visto.

— Se achar que podem ajudar, sim. Me conte o que descobrir.

— *Combinado.*

Visto a calça jeans e pego uma manta de tricô na cadeira do quarto antes de ir para a laje. Jo está na ponta oposta, apoiada na balaustrada e admirando o nascer do sol, como Jeeves disse que estava. Eu a abraço por trás, nos envolvendo com a manta. O sol da manhã banha tudo em luz dourada, e nós admiramos a vista impressionante.

— Bom dia — digo, ao pé do ouvido dela. — Não dormiu?

Ela se recosta em mim, com a cabeça no meu ombro.

— Um pouco. Estou meio sem prática.

— É só isso?

Já espero que ela me dê uma resposta vaga, mas não é o que acontece.

— Não é só o sono, mas acho que você já sabe — responde, pegando meus braços e apertando mais. — Eden está quase acabando o artigo, o servidor está pronto e... não sei. Acho meio esquisito que minha missão de vida esteja acabando, agora que vou derrubar meu pai.

— Isso é ruim?

— Não, mas... — diz, sacudindo a cabeça. — Nannabeth leva jeito para ver coisas que mais ninguém vê. Que nem o que ela falou sobre mim e meu pai outro dia — explica, se aproximando mais da barreira de concreto e apoiando as mãos. — Nem notei como a minha vida estava orientada ao redor dele. Todo dia, de um milhão de jeitos diferentes, ele afeta minhas decisões, mesmo que eu não repare — fala, se virando para mim. — Se o ódio por ele não ditar mais todas minhas ações, qual é o meu propósito? Quem sou eu?

Apoio as mãos na barreira também, uma de cada lado dela.

— Você ainda é Joanna, só que tem menos vingança na lista de afazeres. É a filha de um empresário que logo estará destronado — digo, beijando uma bochecha dela. — A melhor amiga de duas irmãs incríveis do Brooklyn — continuo, beijando a outra —, uma assistente editorial notável — acrescento, com um beijo em sua testa — e a dona de um dos currículos mais incrivelmente diversificados da história.

Paro com a boca perto da dela.

— E você é a mulher que me possui, em mente, coração, corpo e alma — digo, roçando a boca na dela. — Não é o suficiente?

Ela retribui o beijo, mas posso sentir sua insegurança por trás da paixão.

— Quero que seja.

— Já é meio caminho andado.

Não acredito mesmo no que digo, mas quero acreditar, e desconfio que Jo esteja na mesma situação. Se boas intenções fossem barras de ouro, estaríamos cheios da grana. Porém, vai ser preciso mais do que isso para as coisas funcionarem entre nós. Jo avançou muito no processo de desabafar seus segredos, mas isso não apaga o dano que eles deixaram para trás.

Eu me recosto na cadeira e fecho o notebook de Eden.

Ela está parada na porta da sala, me olhando e roendo a unha.

— E aí? — pergunta, cheia de expectativa.

Sacudo a cabeça, impressionado.

— Está maravilhoso, Eden. Sério. É a melhor coisa que você já escreveu.

Ela dá um soquinho no ar.

— Eu sabia! E entendeu todas as conexões que eu fiz?

— Completamente. Ajuda você ter caprichado nos "supostamente" ao redor das acusações, para Derek e os advogados não surtarem.

— Ainda topa fazer os gráficos interativos para o site?

— Claro. Quase terminei. Jeeves vai renderizar tudo para mim e mandar para você e Derek.

— Ótimo — diz ela, se largando no sofá. — Levou cinco dias, mas finalmente chegamos lá. Agora é torcer para, quando sair, você e Jo não precisarem mais ficar trancados aqui.

Não tenho me incomodado de estar trancado aqui com Joanna, mas acho que ela não sente o mesmo que eu. Ela está muito inquieta nos últimos dias. Acho que é em parte por não estar habituada a passar o dia inteiro no mesmo lugar, e por querer sair para correr no parque, mas a outra parte é por não poder correr para lugar nenhum. Ela está habituada à liberdade, e ficar ali comigo... bom, ela não é o tipo de pessoa que gosta de ser cerceada.

— Falando na Jo — diz Eden, olhando para o corredor. — Cadê ela?

— Foi malhar na laje. Ela e Moby correram um pouco, e agora acho que ele está nadando enquanto ela faz ioga.

Eden se levanta e começa a tirar os post-its da parede e jogá-los no lixo.

— Você notou como ela anda tensa? Eu achei que ela estaria mais feliz de ver o pai prestes a apanhar.

— O relacionamento dela com o pai é muito complicado.

Eden solta um ruído de desdém.

— Ah, é, nem imagino como deve ser isso.

Conheço bem os problemas de Eden com o pai, então noto seu sarcasmo.

— Toby, você percebe que é o único no nosso círculo de amigos cujos pais ainda estão casados? Quer dizer, eu e Asha: mãe morreu, pai é um babaca ausente. Max: mãe morreu, pai é um criminoso. Jo: mãe morreu, pai é um filho da puta sociopata. Você é o único que não tem problemas sérios com o pai e que ainda tem mãe.

— Verdade, mas eu também apanhei na escola todo dia por anos, e isso você não viveu.

— É, e a ironia é que, agora que você é uma montanha, alguém teria que ser louco para te enfrentar.

Ela acaba de arrumar a parede e começa a pegar as pastas de pesquisa e guardá-las em uma caixa de arquivo.

— Acho que todos sofremos do nosso jeito — continua. — E todos carregamos os efeitos disso. Quando penso nos meus mecanismos de defesa anteriores, é um milagre que eu tenha conseguido ficar com Max. Quase estraguei tudo por causa dos meus traumas com o meu pai.

— É, e falando nisso... — digo, deixando o notebook de lado. — Como você passou de jurar que não namoraria ninguém a se algemar a Max? O que mudou para isso acontecer?

Perguntando para meu amigo.

Ela reflete por um segundo.

— Acho que, quando Nan sofreu o acidente e acabou em coma, notei que, mesmo que pudesse fazer tudo sozinha, não queria mais.

— Tá, então foi causado por um acontecimento estressante.

É bom saber.

— Max te encorajou a tomar essa decisão? — pergunto.

— Um pouco. Ele principalmente insistiu para eu parar de afastá-lo.

Isso eu já fiz.

— Mas foi você quem decidiu no fim das contas, né?

— Isso. Ele se manteve distante, mas me mostrou que se importava e estava disponível. Certa noite, eu estava cansada de ficar sozinha e fui buscá-lo. O resto, como dizem, é história.

— Hmmmm.

— Qual foi a do interrogatório, amigo?

— Nada. Só estou interessado no funcionamento de relacionamentos.

Ou no não funcionamento, no meu caso.

— É, pois ouça e aprenda. Assim que essa matéria sair, vai ser minha missão juntar você e Joanna.

— Quê? Por quê?

— Não um com o outro, seu tonto, obviamente vocês não fazem um bom par.

Obviamente.

— Mas preciso achar parceiros que mereçam o quanto vocês são incríveis. Sabia que tem um cara no banco de dados do FPS que marcou noventa e um com a Jo?

Sei e odeio isso.

— Soube, sim.
— Acho que preciso juntar esses dois.
— Uhum, sei.

Vou encontrar o perfil dele e apagar todinho antes de permitir que isso aconteça.

Nan entra com uma bandeja de lanchinhos, que deixa na mesa de centro.

— Do que estamos falando? Relacionamentos? Parece interessante.
— É, Nan, eu estava dizendo que preciso arranjar namorados incríveis para Jo e Toby.
— Ah, é? — pergunta Nan, me olhando pelas costas de Eden. — E o que Toby achou da ideia?
— Demonstrou uma falta de entusiasmo definitiva.
— Chocante.

Eden tampa a caixa de arquivo e a levanta do chão.

— Ok, tenho que ir à *Pulse* bater boca com Derek para publicar essa matéria amanhã, mas converse com Toby, tá, Nan? Quero ver ele feliz e, no momento, ele não está feliz.
— Claro, querida.

Eden se abaixa para dar um beijo na bochecha de Nan e se despede de mim com um aceno antes de sair.

Nan me oferece uma tigela de pretzels.

— Então, Toby, me diga por que não está feliz. Eu imaginaria que, de tanto sexo, você estaria flutuando a três metros do chão.

Aperto os olhos com os dedos.

— Nan, por favor me diga que não nos escuta.
— Não muito, mas o assoalho é velho. Range muito — diz ela, e faz um gesto para eu deixar para lá. — Não tem problema. Vocês são adultos e consentiram, fico feliz por se divertirem. Mas por que sinto que não é tudo tão bom quanto parece?

Estico as pernas e cruzo os tornozelos.

— Nossa, não sei. Estamos nos divertindo muito juntos, mas, às vezes, ela se fecha. Parece que só aguenta intimidade em doses curtas. Todo dia me sinto cada vez mais próximo de Maria Antonieta, fico esperando a guilhotina descer — digo, recostando a cabeça na cadeira. — Só quero amar ela pelo máximo de tempo possível, mas talvez não seja o destino.

— Toby, às vezes você pensa demais.

— Só às vezes?

— Que bom que você reconhece seus defeitos. De qualquer forma, essa relação com Joanna será um risco, mas você precisa decidir se está disposto a aceitá-lo.

— Ela precisa fazer o mesmo.

— Sim, mas você só é responsável pela própria decisão, não pela dela. Quer apostar tudo nisso? Aposte. Porém, precisa saber que ela ainda pode escolher ir embora. É esse o perigo do amor. Mesmo com as melhores previsões, *sempre* será um risco. Amor não pode ser possuído e domesticado que nem um gato vira-lata. Às vezes vai ser um leão enorme que arranca seu coração e te devora no café da manhã. Mas você não pode viver um grande amor sem entender isso e entrar na jaula de toda forma. Não dá.

— Então aquela história toda do gato...?

Ela revira os olhos.

— Toby, amor normal é que nem um gato, óbvio. O que você e Joanna têm não é nada normal. É épico. Um amor enorme, que nem um leão gigantesco.

— Bom, é, mas a senhora não para de mudar de comparação, então fica muito confuso.

Ela finge irritação, mas sorri antes de me passar um copo de chá gelado.

— Pare de implicar com esta senhora e vá levar um chá para sua leoa. Ela está se exaurindo lá em cima. E vocês dois precisam decidir se estão dispostos a jogar os dados ou deixar a mesa para trás.

— Agora tem uma mesa também? Onde foi parar o leão?

Ela ri e me expulsa, então subo à laje. Posso estar brincando, mas é só para disfarçar o quanto estou apavorado com a possibilidade de não darmos certo.

Jo está no tapete de ioga, os braços acima da cabeça, equilibrada em um pé só. Quando me ouve chegar, se vira e sorri.

— Oi.

Ela vem até mim e me abraça, e eu a abraço de volta com a mão livre, para beijá-la. O beijo é um pouco mais forte do que eu planejava, mas ela retribui com a mesma paixão. Esses momentos me garantem que ela está tão investida nisso quanto eu. Só queria que fossem menos fugazes.

— Nan fez chá gelado para você.

— Ela é ótima.

— É, menos em metáforas de relacionamento.

Jo franze a testa.

— Hum?

— Deixa para lá.

Vamos até o laguinho e nos sentamos. Moby grasna e começa a nadar mais rápido, se exibindo. Jo beberica o chá e eu a olho, hipnotizado pelo toque de sua boca no vidro frio.

— Eden falou que o artigo deve sair amanhã.

— É, eu sei.

— Então a gente deve poder voltar para casa, né?

Ela apoia o copo no caixote entre nós.

— Nossa, espero que sim.

Notando o que disse, ela tenta voltar atrás.

— Quer dizer, não é por sua causa — fala. — Só... sabe. Estar no nosso próprio espaço. Estou com saudade das minhas coisas.

Concordo com a cabeça.

— É, eu entendo — digo, e a olho. — Mas vai ser estranho, voltar ao apartamento como um casal e não colegas.

Como eu temia, ela praticamente se encolhe quando uso o termo "casal".

Eu me viro para observar Moby. Ele pelo menos parece feliz.

— Toby...

— Tudo bem, Jo.

— Não está nada bem.

— É verdade, não está. Mas o que vamos fazer? Por favor, me diga, porque, agora, minhas ideias acabaram — digo, me levantando para andar em círculos e aliviar a frustração. — Quando disse que te amava, te dei uma opção: podia me escolher ou continuar deixando seus mecanismos de defesa estragarem seus relacionamentos românticos. Achei que, ao se abrir, ao contar sua história, tinha tomado uma decisão, mas não é o caso, é?

— Não é tão simples.

— Não é mesmo. Antes de fazermos amor, eu tinha uma chance infinitesimal de sobreviver a sua perda. Agora essa chance se foi. Acha que posso voltar a não amar você? Acha que posso sair com outra mulher sem compará-la com você? Porque, vou te dizer, vai ser difícil para caralho alguém superar você.

Ela se aproxima e me abraça, e eu suspiro, a abraçando como se nunca fosse soltar.

— Estou tentando, Toby, estou mesmo.

— Eu sei que está — digo, afundando o rosto no pescoço dela. — Desculpa. Só não achei que estar comigo fosse ser tão difícil para você.

Ela me aperta mais forte, as mãos no meu cabelo.

— Seu gênio bobo. Estar com você é a única coisa que me parece certa. Esse é o problema.

No dia em que sai a matéria sobre a Construtora Crest, todo mundo na *Pulse* está em polvorosa. Cheguei ao escritório sem ver ninguém me seguindo, mas Derek contratou segurança a mais, por via das dúvidas. Assim que a matéria foi publicada, Jeeves abriu o servidor de pesquisa para todos os jornalistas do mundo, e agora instaurou-se um frenesi enquanto portais compartilham a reportagem de Eden e freneticamente escrevem as próprias matérias.

É claro que Crest começou cedo a turnê de negação, com uma coletiva de imprensa no saguão do seu edifício, onde chamou a matéria toda de invenção. Porém, agora há uma montanha de provas públicas que o contradizem, e, considerando a reação das pessoas, não há jeito dele se safar. Até agora, Jo e eu fomos mantidos na discrição, mas isso pode acabar mudando se Crest decidir revelar quem invadiu os servidores.

De qualquer forma, estou me preparando mentalmente para qualquer coisa que possa acontecer: Crest nos crucificar; Jo me abandonar; um meteoro gigantesco atingir a terra. Decidi que a chave para sobreviver a tudo isso é o poder supremo e soberano de estar pouco me fodendo. Tentei me importar. Vamos tentar outra coisa por um tempo.

Agora, Derek, Eden e eu estamos perto das janelas da frente da *Pulse*, vendo nossos seguranças afastarem repórteres e paparazzi do prédio. Não sei por que vieram até aqui. A história é pública, e está pronta para ser espalhada. Qualquer jornalista razoável saberia disso e iria embora.

— Você nos meteu em mais uma bagunça, Tate — diz Derek, cruzando os braços no peito.

Eden revira os olhos e sorri.

— Ah, não finja que não está amando isso. Ao contrário do que previu, os anunciantes estão interessadíssimos, a quantidade de leitores e assinaturas aumentou bastante e há um monte de fotógrafos aí fora divulgando a marca mais do que você seria capaz de pagar.

Derek sorri, e, honestamente, isso é tão raro que chega a ser esquisito.

— Não há mentira nenhuma nisso, Tate. Devo admitir que, se você não fosse comprometida e inteiramente repelida por mim, eu poderia beijá-la.

Ele volta à própria sala, e Eden e eu ficamos vendo o espetáculo por mais alguns minutos.

— Será que você e Jo estão protegidos de LeBron e os capangas?

Dou de ombros.

— Quando voltamos ao apartamento mais cedo, não vimos nem sinal deles. Acho que Crest evitará fazer qualquer coisa que atraia mais atenção no momento. E ele certamente não quer assediar ninguém que pode ser chamado para depor contra ele no tribunal. Além de reclamar que isso tudo é mentira, desconfio que fique mais quieto por um tempo. E, mesmo se não ficar, Jeeves está de olho. Vamos saber seu próximo movimento antes que ele possa agir.

Eden me dá o braço e apoia a cabeça no meu ombro.

— Nem sei agradecer pela ajuda que você e Jo me deram, Tobes. Foi um verdadeiro trabalho em equipe.

— Você sabe que eu faria qualquer coisa por você. É claro que, pelos próximos cem anos, você é quem vai pagar a conta no Tar Bar.

— Desde que você tope beber uísque medíocre de dezoito dólares, deixa comigo.

— Combinado.

Voltamos ao meu cubículo e, quando me sento, ela para e me olha.

— Tobes?

— Hmmmm?

— Você está bem, né? Assim, esse negócio de espionagem foi pesado, e você e Jo tiveram que aguentar o estresse todo. Quer conversar sobre alguma coisa?

Bom, estou perdidamente apaixonado por Joanna e vivo no medo mortal de ela me abandonar e despedaçar meu coração em um milhão de cacos, mas, fora isso, tô de boa.

— Não. Tá tranquilo.

— A gente se vê mais tarde no bar?

— Se vê, sim.

Nós nos despedimos e, considerando os dias de folga inesperados, passo a maior parte do dia respondendo e-mails e escrevendo umas poucas centenas de palavras. São quase cinco e meia quando finalmente posso parar de trabalhar e volto ao apartamento.

Ligo para Jo a caminho do metrô. Pela terceira vez hoje, ela não atende. Sei que ela tem uma montanha de trabalho para fazer, especialmente porque Asha e o novo autor estão dando um trabalho daqueles, mas mal posso esperar pela próxima dose dela. Depois de passar uma semana vinte e quatro horas por dia juntos, oito horas sem nenhum contato se provam uma tortura.

Quando volto ao apartamento, está silencioso, mas, no meio do corredor, ela sai do quarto e me vê. Pela expressão em seu rosto, fica claro que está sentindo tanta abstinência quanto eu, e eu avanço a passos largos antes de beijá-la com todo grama de paixão em meu corpo.

— Nossa, que saudade.

— Idem.

Continuo a beijá-la ao pegá-la no colo e levá-la para a cama. Assim que a ponho de pé, ela ataca minhas roupas, tentando tirá-las o mais rápido possível. Faço o mesmo, mas ainda parece demorar demais para estarmos pele com pele.

— Toby...

O desejo é nítido em sua voz, e meu desejo vibra por cada artéria exausta e músculo tenso.

Ela se deita na cama e eu mal me contenho antes de subir nela e me encaixar entre suas pernas. Nenhum de nós está interessado em preliminares. Nossos corpos gritam para se unir e, quando a penetro, nós dois soltamos um gemido longo de alívio, como se o tempo separados fosse uma doença, e essa fosse a única cura.

— Meu Deus, Jo... Como eu te amo...

Nós nos mexemos juntos, em perfeita sincronia. Ela toca meu rosto e me olha nos olhos, e percebo tanta emoção ali que não acredito que já duvidei do que Jo sente por mim. Ela me observa como se eu fosse a coisa mais fascinante que já viu, e só fecha os olhos quando seu corpo está tão tenso de prazer que ela não aguenta mais.

Ela goza segundos antes de mim e, depois das ondas de tremer o corpo, ficamos ali deitados, ainda conectados, sem nos sentir prontos para voltar a nos separarmos tão cedo.

Finalmente, acabamos indo tomar banho juntos, e nos vestir separados. Quando volto ao quarto dela, Jo está passando maquiagem, e me sento na cama, esperando.

— Imagino que você tenha tido um dia doido — digo, me sentindo mal por só agora termos essa conversa.

— É. Meu pai tentou me ligar umas cinquenta vezes e o trabalho está uma loucura por causa do livro do Professor Feelgood.

— Está se sentindo bem com a publicação da matéria?

— Dentro do possível. Achei que sentiria mais satisfação ao ver aquele filho da mãe na fogueira, mas, até agora, está mais para uma sensação vaga de conquista.

— Bom, acho que nós dois merecemos comemorar hoje. Eden vai pagar, e um monte de gente da *Pulse* vai estar lá também. Até chamamos um pessoal da Central do Romance.

Ela se vira para mim.

— Toby...

Uma tensão na voz dela me faz parar abruptamente.

— O que houve?

Só então noto uma mala imensa feita e esperando perto da porta.

— Não vou ao Tar Bar.

Ando até a mala.

— Jo, o que está acontecendo?

Acabamos de fazer o que talvez seja o sexo mais incrível que qualquer humano já viveu, e agora ela vai embora? Considerando o tamanho da mala, não é uma viagem curta.

— Toby...

Seguro a alça da mala com tanta força que o plástico range.

— Jo, sério, que porra é essa?

Meu coração está a mil, pânico latejando nos meus olhos. Lá se vai a tentativa de estar pouco me fodendo.

Ela avança um passo, hesitante.

— Vou passar um tempo fora.

Respiro fundo, tentando manter a voz firme.

— Como assim, "fora"?

Ela vai fugir. De mim. É isso.

— Esse foi um beijo de despedida? Uma trepada de pena, antes de você fugir?

— Não, Toby... — diz, vindo pegar minhas mãos. — Não é nada disso.

— Então, por favor, me diga o que é antes que eu enlouqueça.

Estou enjoado. Mesmo sabendo que ela fugir era uma possibilidade, não estou nem vagamente preparado para a realidade. Ela se tornou parte da minha vida. Vou me desfazer sem ela.

Ela me beija para chamar minha atenção.

— Relaxa.

Funciona. O pânico logo é substituído pelo tesão intenso.

— Não vou fugir, prometo — insiste.

— Então o que está acontecendo?

Ela entrelaça nossos dedos e olha para baixo, corando.

— Vou procurar ajuda. Tratamento para o meu trauma — diz, e me olha para avaliar minha reação. — Jeeves me contou que vocês conversaram sobre isso, e… acho um bom plano. Não quero continuar a repetir os mesmos padrões autodestrutivos pela vida toda, e, para termos qualquer chance de funcionar, preciso fazer isso.

Ela parece apavorada, e entendo o motivo. Expor essa parte de si para mim já foi difícil. Agora ela terá que fazê-lo na frente de desconhecidos.

— Tem um lugar na Dinamarca. Uma clínica de ponta, no meio do nada, com resultados incríveis para pessoas que sofrem de vício e transtorno de estresse pós-traumático. Disseram que sou uma ótima candidata ao programa.

— Quanto tempo isso vai levar?

— O programa é de duas semanas. Enquanto estiver lá, vou continuar trabalhando para Asha, mas só em meio período.

— Vou poder te ligar?

— Não. Fora alguns telefonemas de trabalho e tempo limitado no computador, vou estar desconectada. Querem que eu tenha o mínimo de contato possível com o mundo externo.

Meu corpo já dói só de pensar em me despedir.

— Jo, mal aguentei ficar sem você hoje. Como vou sobreviver a duas semanas?

— Eu sei. Me sinto da mesma forma — diz, tocando meu rosto. — Mas, se não fizer isso… — fala, sacudindo a cabeça. — Nossa chance de fracasso de noventa e três por cento? É culpa minha. É *toda* minha. Eu a sinto todos os dias. E, apesar de saber, até o fundo da alma, que você é a pessoa certa para mim, eu ainda poderia estragar tudo de um jeito que nenhum de nós se recuperaria. Quero deixar o passado para trás para ter o futuro incrível que desejo com você.

Concordo com a cabeça e a puxo para um abraço. Ela me agarra, apertando minhas costas com os dedos, e sei que ela pensou em tudo, exceto em como vou deixá-la partir.

Com esforço, ela se afasta e pega a bolsa.

— Você também deveria tirar um tempo de folga. Visitar seu pai. Sei que você perdeu a cirurgia, mas pode acompanhar a recuperação. E sua irmã adoraria sua presença na estreia da peça — diz ela, vindo me dar um beijo leve. — Você passou meses cuidando de todo mundo. Cuide de você um pouquinho.

É tentador. Meu plano era mesmo voltar para casa depois do lançamento do app, e, com Jo longe, a última coisa que quero é ficar no apartamento que me lembrará dela sem parar.

Ainda assim, antes de nos despedirmos, preciso que Joanna entenda o que está deixando para trás.

Toco o rosto dela e a beijo com tudo que tenho, e, quando nos separamos, a memória do beijo está marcada na minha alma.

— Eu te amo, Toby, mais do que tudo.

— Eu também te amo.

Depois de um último abraço, empurro a mala dela até o elevador, e, quando as portas se fecham, fico paralisado de dor por longos minutos, contendo o impulso de correr atrás dela.

Capítulo trinta e três
Nada melhor que o lar

— De novo!

Minha irmã ri, correndo até o outro lado do quintal. Minha mãe nos observa, sorrindo mais do que a vejo sorrir há muito tempo. Acho que ela tem muito mais pelo que se alegrar agora. A cirurgia do meu pai foi um sucesso e, apesar de ele ainda estar internado para se recuperar, ganha mais mobilidade a cada dia. É claro que, ao chegar aqui, descobri que Joanna arranjara para ele uma equipe de reabilitação incrível que está fazendo milagres. Ele ainda tem dificuldade para falar, mas está ficando mais claro, e até conseguiu se apoiar em barras para andar. Dizer que os fisioterapeutas estão impressionados com o progresso dele é até eufemismo.

— Mãe! — grita April. — Canta a música!

Minha mãe ri, e começa a cantarolar a música de *Dirty Dancing* enquanto April vem correndo com toda a velocidade na minha direção.

— Ninguém coloca a April de lado! — grito, antes de pegá-la quando ela pula.

Eu a ergo acima da cabeça e ela ri, esticando os braços para os lados, enquanto eu a giro. Do canto do olho, vejo minha mãe pegar o celular para filmar o momento.

— Ok — digo, ofegante, a abaixando um minuto depois. — Pronto. Agora acabou. Dez vezes é meu limite.

— Aaaaaaaah!

— Amanhã faço mais, prometo — digo, alongando o pescoço e massageando o ombro. — Mas agora preciso que você prove o quanto me ama buscando um refrigerante na geladeira pra mim. Sem açúcar, por favor — peço, e me largo na cadeira ao lado da minha mãe. — Preciso manter meu corpo de bailarino em boa condição.

April ri e beija minha bochecha.

— Até parece. Pelo menos hoje não precisa ir à academia.

— Exatamente. Levantamento de irmã já basta.

Ela corre para dentro de casa e minha mãe sorri para mim.

— Você não faz ideia de como é bom ter você em casa, querido. Sentimos saudades.

Eu dou um beijo na bochecha dela.

— Eu também senti saudades. De vocês e da comida.

Ela ri e eu suspiro ao pensar em como me sinto melhor depois de passar um tempo com elas. Nada recarrega minha bateria como a minha família. Além da tensão constante da ausência de Jo, faz séculos que não me sinto bem assim.

— Falta pouco para Joanna voltar, né?

Confirmo com a cabeça quando April me serve um copo de Coca-Cola diet com gelo.

— É, só mais uns dias.

— Você está com saudade dela? — pergunta April, se sentando para beber o próprio refrigerante.

— Muito.

Só de pensar, minha barriga dá uma cambalhota.

— Então Joanna é sua namorada — diz April —, mas ninguém sabe? Você não contou para Eden nem ninguém?

Sacudo a cabeça em negativa.

— Ainda é novidade e queremos esperar o momento certo.

— Mas você volta para Nova York na quarta, né? Quase uma semana depois de Jo voltar?

— Isso.

— Por que não vai vê-la antes?

— Bom — digo, me debruçando na mesa —, este fim de semana vai estrear uma peça e ouvi falar que a atriz principal é incrível, então achei que valia dar um pulo aqui para ver.

April já sabia que era o motivo para eu estar ali, mas, ainda assim, sorri.

— E você vai comprar flores para mim? Toda atriz principal precisa ganhar um buquê na estreia.

— Vou comprar flores, sim. Ou isso saiu de moda? Talvez eu arranje um buquê de matinho de calçada orgânico e natural.

— Toby! — exclama ela, com um tapa no meu braço. — Quero lírios, por favor. Gosto do cheiro.

— Tá bom. Acho que posso comprar uns lírios normais e sem graça.

Minha mãe ri.

— E Toby vai ficar mais uns dois dias depois da estreia para trazer seu pai de volta do hospital.

April revira os olhos.

— Está querendo ganhar o troféu de Melhor Filho e Irmão, é?

— Na verdade, é isso mesmo, e sinto que esse ano vou conseguir — digo, cruzando os dedos. — Espero poder contar com seus votos.

Meu celular toca, e eu olho a tela antes de me levantar.

— Licença, é a Eden. Já volto.

— Manda um oi para ela! — diz April.

Entro em casa para atender.

— Ora, oi, melhor amiga! Ligou para dizer que está com saudade? De novo?

— Sabe que estou. Como ousa passar tanto tempo com alguém além de mim? Que egoísmo.

— Eu sei, peço perdão. Como vai Nova York?

— Ocupado. Recebeu os pedidos de entrevista sobre o FPS?

— Uhum. Fiz algumas por vídeo essa semana e já acabei as por escrito.

— Ótimo. Parece que todo mundo quer tirar casquinha do dr. Love. Recebemos dezenas de pedidos todo dia. Raj se ofereceu para responder por você, mas ninguém achou uma boa ideia — diz ela, antes de abaixar a voz. — Eu o encontrei mexendo nas coisas na sua sala outro dia e, quando perguntei o porquê, ele disse que estava tentando melhorar o Kama Sutra.

— Ai, meu Deus. Por favor, tranque a porta da minha sala.

— Já tranquei. Tem notícias da Crest?

Eu me sento no sofá e apoio os pés na mesa de centro.

— Não. Jeeves falou que a promotoria-geral está organizando tudo para emitir intimações, mas você sabe como as rodas da justiça demoram. Provavelmente vai levar anos para qualquer coisa emocionante acontecer. Porém, pelo lado bom, quando as ações dele caíram, um investidor agressivo surgiu e comprou uma porcentagem majoritária da empresa.

— Uau. Então ele perdeu o negócio?

— É o que dizem. Só vai oficializar quando o conselho diretor se reunir e removê-lo formalmente, mas, pelo que soube, ele está prestes a ser demitido.

Ela solta uma exclamação triunfante.

— Ninguém merece isso tanto quanto esse babaca. Aaah, antes que eu me esqueça... você volta na quarta, né?

— Isso, por quê?

— Nan vai dar uma festa surpresa para Asha e quer que você e Jo estejam lá.

— Hum... é uma boa ideia? Sua irmã não é notória por odiar aniversários?

— É, mas já é hora dela superar. E aí, topa?

— Claro. Que horas?

— Você precisa chegar às sete para se esconder.

— Vou tentar.

Só vou buscar meu pai no hospital às três e, sabendo como é o trânsito na volta para Nova York, vai ser apertado, mas consigo dar um jeito.

Pigarreio e assumo meu tom mais casual.

— Você tem falado com Jo?

— Não, mas Asha fala rapidinho com ela todo dia. Aparentemente, o retiro é incrível, mas ela está animada para voltar.

Meu peito treme e dói, e eu daria meu braço só para ouvir a voz dela. Ela chegará em Nova York antes que eu, então espero que, assim que ela volte a se conectar, a gente possa passar várias horas no telefone. Talvez eu possa convencê-la a me ligar no FaceTime. Pelada.

— Bom, vai ser ótimo vê-la... hum, e você, e todo mundo, quando eu estiver de volta.

Que sutil, Jenner.

— Mal posso esperar para te ver também.

Há um ruído, e ouço a voz grave de Max no fundo.

—Aaaah, tenho que ir — diz ela. — Max chegou com umas fantasias.

— Do trabalho, né, Eden? — pergunto, e ela faz um silêncio suspeito. — É do *trabalho*, né?

— Claro, Toby! Te amo! Tchaaaau.

Ela desliga, e eu vou me encostar no batente da porta dupla do quintal. April está usando o ancinho como microfone, cantando em uma língua que não reconheço, mas que provavelmente é coreano. Ela está no meio da música quando seu celular toca e ela imediatamente larga o ancinho para atender.

— Oi, Britney! É, quer vir amanhã?... Claro! Só vi vinte e sete vezes!

Ela acena para mim e minha mãe e sai correndo para o quarto antes de fechar a porta.

Sacudo a cabeça e vou me sentar ao lado da minha mãe.

— Como você criou uma filha tão tímida? Ela precisa mesmo se abrir.

Minha mãe sorri.

— Não me pergunte de onde veio ela ou meu filho genial. Acho que dei sorte.

Ela pega o refrigerante abandonado de April e dá um gole.

— Então — diz —, me conte mais sobre essa mulher incrível que capturou seu coração.

Cruzo as pernas e me recosto.

— Bom, é uma longa história, mas nos conhecemos no banheiro masculino de um bar depois de ela ser assediada, e, pouco depois, descobrimos que nossa compatibilidade era quase zero.

—Ah. Uau. Vai ser uma boa história para contar aos netos.

Suspiro.

— Pois é.

Capítulo trinta e quatro
Amor leve

Eu aperto a buzina do carro alugado enquanto o trânsito de volta para Nova York se arrasta a passo de tartaruga. Sinto minha pressão subir a cada minuto.

— Larga de bloquear o cruzamento, seu escroto!

Minhas janelas estão fechadas, mas espero que o babaca que me olha com desdém da Mercedes saiba fazer leitura labial.

— Se eu me atrasar para encontrar minha mulher, vou encontrar você, hackear suas contas no banco e zerar seu crédito.

Ele me mostra o dedo do meio antes de mudar de pista, e contorno o carro dele com a velocidade de um piloto de Fórmula Um.

Preciso chegar em casa para encontrar Joanna antes da festa de Asha, porque, se eu não puder fazer amor com ela antes de vê-la em público, as coisas vão se tornar constrangedoras bem rápido.

Quando chego ao prédio e estaciono na garagem, já passaram das seis. Apanho as minhas malas correndo antes de entrar no elevador e apertar o botão incessantemente até parar no nosso andar.

— Jo?! — grito, correndo pela porta que Jeeves convenientemente abriu. — Joanna?!

Quase corro até o quarto dela e, quando noto que ela não está, largo as malas no chão e pego o celular para ligar para ela.

— *Toby, Joanna tentou ligar quando você estava na garagem, mas o* telefonema não completou. *Ela pediu para avisar que irá encontrá-lo na festa. A última reunião do dia está demorando. Ela chegará o mais rápido que puder.*

Suspiro e seco a testa.

— Está de brincadeira?

— *Não estou.*

— Não podia ter me contado antes de eu botar os bofes para fora correndo até aqui?

— *Podia, mas achei divertido vê-lo correr.*

Eu me sento na beirada da cama de Joanna e abaixo a cabeça.

— Não acredito que não vou vê-la antes da festa. Bati recordes de velocidade para chegar a tempo.

— *Percebi. Entre a casa do seu pai e este endereço, você somou duas infrações em radar de velocidade e três por avançar o sinal vermelho.*

Eu me largo na cama.

— Claro. Posso confiar que você vai dar um jeito de apagar as multas?

— *Já apaguei.*

— Você é o melhor do mundo, Jeeves.

— *De fato. Sou o único Jeeves.*

Estico a mão para pegar um dos travesseiros de Joanna, apertá-lo no rosto e fungar.

— Ai, meu Deus.

Minha memória sensorial bota fogo no meu corpo todo, e gemo de frustração.

— *Você está perdendo, Jeeves. Se entendesse o perfume incrível dessa mulher...*

Eu me levanto e jogo o travesseiro na cama antes de seguir para meu quarto.

— *Imagino que vá tomar um banho antes de sair.*

— Pode apostar. Vou tomar um banho e tanto.

— *Iniciando o programa de Banho Particular de Toby imediatamente.*

***

Para variar, deixo Gerald me levar à festa, e, sentado no conforto luxuoso do Escalade, não consigo deixar de pensar nas conversas que tive com Jo desde que ela voltou do seu retiro. Apesar de ainda soar como a mesma mulher que conheço e amo, também soa diferente. Há uma nova abertura na maneira como fala, como se, de certa forma, suas fronteiras estivessem expandidas. Até agora, ela dormiu todas as noites, sem um pesadelo.

Estou muito feliz por ela.

Ela descreve o tratamento como se tivesse reprogramado seu cérebro. Os pacientes participavam de meditação diária e rituais terapêuticos, e, nas palavras de Joanna, "tomavam um monte de alucinógenos" usados em contexto clínico para expurgar hábitos negativos e construir conexões saudáveis. Ela também disse que trabalhou as questões que tinha com o pai, e estava mais do que pronta para fechar esse capítulo doloroso da vida. Algo na voz dela ativou meu radar, mas devo confiar que foi sincera.

De qualquer forma, ela parece acreditar que a terapia a ajudou de formas significativas, mas só me sentirei totalmente à vontade quando ela estiver na minha frente e declarar que seu amor por mim foi o único aspecto que não se reprogramou.

Depois do trânsito arrastado pela ponte até o Brooklyn, finalmente paramos diante do prédio de Nannabeth. Estou animado e ansioso, me perguntando se Jo já chegou.

Gerald se vira no assento.

— Sr. Jenner?

— Gerald, por favor, você sabe que isso me incomoda. Me chame de Toby.

— É claro, Toby. A srta. Cassidy deixou isso para o senhor. É um presente e um cartão para a srta. Asha.

Pego o envelope e uma caixa pesada.

— O que é?

— Acredito que seja a primeira edição de uma série de livros de que a srta. Asha gosta.

— É claro. Joanna sempre encontra o presente perfeito.

Eu me despeço de Gerald e subo correndo até o apartamento de Nan. Quando bato na porta, ela me faz entrar com urgência. Para minha enorme decepção, não há nem sinal de Jo.

— Graças a Deus você chegou — diz Nan, me empurrando pelo corredor. — Deixe o presente no quarto de hóspedes. Preciso da sua ajuda.

Obedeço e volto correndo.

— Do que precisa, Nan? Meu talento com computadores? Minha proeza técnica? Meu conhecimento enciclopédico de todos os problemas nos filmes mais recentes de *Star Wars*?

— Não exatamente.

Ela me leva à laje e aponta um fio comprido de luzinhas pisca-pisca largado no chão.

— Preciso da sua ajuda — diz. — Essas luzes devem ser presas naquelas varas ali e as outras podem ficar nos arbustos e nos canteiros.

Ela tira um pen drive do bolso e acrescenta:

— Ah, e pode botar essas músicas naquela jukebox que eu aluguei? Comece com a playlist de jazz, e, mais tarde, vou mudar para as outras músicas.

— Hum... claro. Tranquilo.

Devo admitir que, depois da pressão do FPS e do estresse extremo da espionagem da Crest, fazer um pouco de trabalho braçal é uma boa variada.

Nan me deixa lá e, em meia hora, o jardim está todo coberto de luzinhas. Eu me afasto para admirar. Está mesmo lindo. Sigo para a jukebox, onde boto todas as músicas e abro a playlist que Nan sugeriu. Jazz suave escapa pelos alto-falantes, intensificando o clima romântico.

Jo vai amar isso tudo. Eu só queria que ela estivesse aqui para ver. Maldita reunião que a mantém longe. Será que ninguém entende o quanto preciso vê-la? Como senti saudade de abraçá-la?

Estou prestes a descer quando Nan volta.

— Ah, uau, Toby, parabéns. Está quase tudo pronto.

Um homem alto chega pela porta e reconheço o autor e amigo de infância de Asha, Jake, da noite do lançamento do FPS.

— Toby, você já conhece Jacob Stone? Jake, este é Toby, amigo da Eden.

— Conheço — digo. — Nos vimos há umas semanas. Oi, cara.

Nós nos cumprimentamos com um aperto de mão.

— É bom te ver — digo.

— Você também — responde ele, com um gesto de cabeça.

Jake está carregando uma caixa debaixo do braço, para a qual eu aponto.

— Presente de aniversário?

Ele lança um olhar nervoso para a caixa.

— É, só espero que ela goste.

— Ah, pare de besteira — diz Nan, abanando a mão. — Nós dois sabemos que o presente dela é você, Jake. O resto é só enfeite.

Jake sorri, mas ainda parece duvidar. Ele se vira para mim.

— Agradeço pela sua ajuda, Toby, e sua presença. Asha vai amar. Se eu conseguir fazer isso tudo sem surtar, vai ser uma noite divertida.

— Com certeza.

Ele vai até o meio do jardim, onde fica um banco e deixa a caixa ali com cuidado.

Eu me volto para Nan.

— Parece que vocês têm um plano. Precisa que eu faça mais alguma coisa por aqui?

— Não — diz ela. — Mas Eden e Asha logo vão chegar, então pode se esconder atrás da escada, se quiser. Vamos jantar lá embaixo por mais ou menos meia hora, e aí Asha vai subir e descobrir Jake. Espere meu sinal, ok? Jake precisa entregar os presentes antes de nos revelarmos.

A expressão de alegria dela me indica que não está me contando tudo. Ainda assim, obedeço.

— Claro. Nada de gritar e dar um susto prematuramente.

Ela me dá um tapinha no braço e desce, com a cara de uma adolescente animada. Sorrio e dou a volta na escada, para me esconder. Nan usa essa parte do terraço para guardar os apetrechos de jardinagem, e vejo uma variedade de vasos vazios e ferramentas debaixo de uma tenda improvisada ao lado da caixa d'água. Ando até a lateral do prédio e olho para a vista. É mesmo magnífica. Confiro o relógio e depois o celular. Estou prestes a mandar uma mensagem para Jo, perguntando se ela está vindo, quando ouço um barulho atrás de mim.

— Toby?

Eu me viro e vejo que Max se aproxima.

— Oi — diz ele. — Acho que é esse nosso esconderijo secreto, né?

Sorrio e confirmou com a cabeça.

— Por enquanto. As irmãs Tate já chegaram?

— Uhum, acabaram de chegar. Entrei de fininho logo atrás. Nan te contou tudo?

— Não, mas, pela animação, suponho que Jake vá pedir Asha em casamento.

Max apoia os cotovelos na barreira de concreto e cruza as mãos.

— Isso. E se Eden e Nan conseguirem não abrir o jogo antes, vai ser um pequeno milagre.

Eu rio.

— Você precisa dar aula de atuação para elas, cara.

— Eu tentei. Foi um desastre. Ah, bom. Vamos ter que ver o que vai rolar.

— Toby?

A voz de Joanna causa calafrios no meu corpo todo, e sinto que me viro em câmera lenta para vê-la parada a poucos metros dali. Ela me olha, sorrindo, como se tivesse recebido o direito a três desejos, mas, ao notar que Max está ali, sua expressão murcha.

— Ah, Max. Oi.

Max ri.

— Uau, Jo. Estou emocionado com o entusiasmo desse cumprimento.

Ela sorri para ele.

— Desculpa. Só não te vi nas sombras.

Depois de abraçar ele rápido, ela se vira para mim.

— Oi.

Meu coração bate tão forte que juro que metade do bairro vai ouvir.

— Oi.

Ela vem me abraçar, e tento me manter tranquilo, visto que Max não sabe que estamos juntos. Ainda assim, acabo a apertando com muita intensidade, e ela pigarreia antes de se desvencilhar.

— Bom te ver, Toby.

— Você também, Joanna.

Nossa. Falando em de aulas de teatro... Somos tão convincentes quanto os "atores" dos comerciais baratos que passam de madrugada.

— Dia cheio? — pergunto, enquanto Max nos olha, franzindo a testa.

— Sim — diz Jo, olhando para Max, e depois para mim. — Muito cheio. Muito... trabalho.

Max faz cara de graça e enfia as mãos nos bolsos.

— Fascinante.

— O que foi? — pergunta Jo, na defensiva.

Max nos olha.

— Vocês dois fingindo que não estão completamente caidinhos um pelo outro. A Eden já sabe? — pergunta, mas logo sacode a cabeça. — Claro que não, porque, se fizesse a menor ideia de que os melhores amigos estão se apaixonando, já teria falado disso até cansar.

Jo une as mãos em prece.

— Max, por favor, não conte nada para ela.

— Por que estão tentando esconder? É uma notícia maravilhosa. Eden vai ficar em êxtase.

— Eu sei, mas hoje é a noite de Asha e não quero que nada a distraia disso. Prometo que conto amanhã.

— É mesmo? — pergunto.

— É — diz Jo, enfática. — Quer dizer, *nós* contamos.

Sorrimos. Acho que parte de mim não acreditava que chegaríamos à fase pública, mas estou muito feliz de perceber que errei.

Jo se vira para Max.

— Deixe Eden se concentrar em Asha hoje. Se ela tiver mais notícias românticas, vai explodir.

Max concorda com a cabeça e olha para a escada.

— É verdade. Vamos deixar ela lidar com um acontecimento por vez. Não só seu segredo está seguro comigo hoje, como ainda vou passar uns minutos de papo com Jake, para vocês terem um pouco de... tempo à sós. Sinto a tensão sexual emanar dos dois.

Ele anda até o outro lado do terraço e, assim que some de vista, Jo e eu nos olhamos, o ar entre nós praticamente brilhando de eletricidade.

Tudo que quero é beijá-la, mas preciso garantir que sua nova perspectiva seja de verdade, e não apenas uma fase passageira.

— Como está se sentindo?

Eu soo desesperado para caralho, mas não consigo me conter.

Ela avança um passo curto, e para.

— Incrível, Toby. Como uma pessoa nova.

— Não totalmente nova, espero. Quer dizer, eu estava apegado à Jo antiga.

Avanço, mas só um pouco. Tentar não tocar sua pele dói.

— Você está linda, por sinal — digo, e respiro fundo. — Esqueci que apenas olhá-la pode paralisar meu coração.

— Toby...

O jeito que ela fala meu nome me dá calafrios. É cheio de dor e prazer, como se estar comigo fosse tão intenso que chega a doer. Sei como é.

— Joanna.

Quando amamos alguém assim, sem conseguir imaginar viver sem a pessoa, tudo muda. A gente vê a pessoa amada com novos olhos. Até diz seu nome de outra forma. Parece que, de repente, se transformou em uma palavra preciosa que precisa ser pronunciada com toda a cautela. Uma prece pessoal e particular.

— Precisamos conversar.

Ela diz calmamente, mas o idiota profundamente paranoico dentro de mim, que ouviu essa frase em términos demais, imediatamente fica tenso.

— Ok. Preciso atacar o estoque de bebidas de Nannabeth para me preparar para más notícias?

Por favor, Jo. Você está com meu coração em mãos. Seja gentil.

— Não acho má ideia, mas preciso saber se você acha.

Faço que sim com a cabeça.

— Ok.

Posso parecer calmo, mas não me sinto nada calmo. Cerro as mãos ao lado do corpo, tentando respirar, para meu coração não explodir pelo peito.

— Você soube que o meu pai perdeu o controle majoritário da empresa? — pergunta.

— Soube. Também soube que ele está de saída.

— Já saiu. Foi confirmado hoje.

Levanto as sobrancelhas.

— Uau, ok. Eu não sabia.

— Ninguém sabe. Por isso estou contando para você primeiro. Eu sou honesta agora, e tudo o mais — diz, respirando fundo. — Meu representante tinha uma ordem de comprar ações da Crest sempre que o valor caísse. A pessoa que comprou a parte do meu pai fui eu.

— Ah... puta que pariu.

Não é bem a última coisa que esperava ouvir hoje, mas é quase.

— Que bom, né? — pergunto.

Ela faz que sim.

— A reunião que tive hoje foi com o conselho diretor. Votaram pela saída do meu pai e pela minha entrada. Sou a nova CEO da Crest.

— Meu Deus, Joanna. Que incrível!

Quero correr até ela, mas me contento com dois passos em sua direção.

— É mesmo? Esperava que você achasse isso, mas não sabia se você pensaria que eu não estava fechando a porta do passado. Que ainda estava perdida na vingança, sei lá.

— É isso?

— De jeito nenhum. Por tempo demais, meu pai machucou as pessoas que deveria ajudar e destruiu várias vidas. Eu não podia mais ver isso acontecer. Ele tinha tanto potencial para fazer o bem na cidade, mas o desperdiçou com esse legado idiota e mesquinho de acumular riqueza. Eu pretendo mudar isso.

Ela é tão magnífica que sinto frio na barriga.

— Qual é seu plano?

— Usar a Construtora Crest de dois modos — diz, levantando os dedos. — Um, construir apartamentos de luxo que venderei por preços exorbitantes para gente rica, e, dois, usar o lucro para financiar projetos de habitação popular em todos os bairros de Nova York.

Frio na barriga de novo. Gelo, quase.

— Que sensacional.

— Não é? Tive muito tempo para pensar enquanto estava fora, e os terapeutas insistiam para eu descobrir qual era meu propósito agora que meu pai não era mais o meu foco. Notei que o que mais gosto de fazer é ajudar os outros.

Eu me aproximo, quase a alcançando, tão orgulhoso que quero bater no peito e gritar ao mundo que essa mulher incrível é minha.

— E aí você sairia do emprego na Whiplash para ser uma magnata imobiliária em tempo integral?

Toco os dedos dela, e ela prende a respiração.

— Ainda não sei. Acho que ficaria entediada com um trabalho só.

Entrelaço os dedos com os dela, e minha respiração fica ofegante quando meu corpo reage.

— Você é maravilhosa, Joanna. Sabia?

Ela leva as mão ao meu peito.

— Foi você quem me inspirou. Se não tivesse me dado aquele ultimato quando estava me sentindo perdida...

— Ultimato? — rio. — Eu tinha enxergado mais como um discurso motivacional.

Ela ri.

— Ah, não, foi um ultimato bem grandão e apavorante, mas era exatamente o que eu precisava. E a única pessoa que eu aceitaria que falasse assim comigo é você.

— Então...

Hesito com a boca diante dela, flutuando em um mar de hormônios de dar calafrios.

— Estamos bem? — pergunto.

Ela acaricia meu rosto, me arrepiando ainda mais.

—Ah, não. Não estamos bem, Toby Jenner. Estamos espetaculares.

Finalmente cedemos à atração magnética e, por longos minutos, nos perdemos no beijo mais extraordinário que já vivi.

— Meu Deus, como senti saudades.

Ela me beija como se tivéssemos passado meses separados.

— Não tanto quanto eu.

Nós nos beijamos furiosamente, tentando compensar o tempo de distância, mas, em certo momento, notamos que precisamos parar, pois, se as coisas avançarem, os apartamentos com vista para o terraço verão mais do que é prudente ou legal.

Eu me afasto e abro um pouco de espaço, não só para ajeitar o terno e a gravata, mas também para me acalmar antes de termos que interagir com outras pessoas.

— Ok... uau... me dá um minuto.

Ando para um lado, e Jo, para outro.

Ela respira fundo e solta um muxoxo de sofrimento.

— Toby, estou com tanto tesão que dói. Isso é inaceitável.

— Estou na mesma.

Sentir tanto tesão sem alívio é uma tortura especial. Quando a olho e vejo sua boca ainda inchada do beijo, minha situação não melhora.

— Cacete... caralho.

Vamos lá, Toby, respira fundo. Desvio o rosto e olho os apetrechos de jardinagem, mas saber que ela está próxima ainda é meu maior foco.

— Tem algum assunto incrivelmente anti-excitante para conversar? — pergunto.

Ainda a ouço andar atrás de mim.

— Hum... ontem depilei a virilha à cera.

Aperto os olhos com força.

— *Anti*-excitante, Jo. Nossa.

— Não achei nada excitante. Doeu para cacete.

Continuamos a andar em círculos e descobrimos que não falar provavelmente é melhor. Finalmente, o ar frio da noite ajuda e, quando volto a respirar, me viro para ela. Fico surpreso ao ver que ela está do outro lado do terraço.

— Achei que era melhor ficar o mais longe possível — diz.

— É, bom plano.

— Ainda me sobrou algum batom?

— Nem um pouco.

Ela tira brilho labial do bolso e retoca.

— Pronto. Nada de beijos. Viemos por Asha, não por nós.

— Certo. Nada de beijos.

É claro que dizer isso me faz querer beijá-la ainda mais. Felizmente, Max volta e se posiciona logo atrás da escada.

— Eden acabou de avisar que Asha está vindo. Venham para cá, senão ela vai nos ver.

Nós dois nos encaminhamos para a posição de Max e nos apertamos contra a parede ao lado dele.

— Aliviaram a tensão? — cochicha ele.

Sacudo a cabeça em negativa.

— Nem um pouco.

Ele sorri com malícia.

— Por que sinto que vocês vão embora cedo?

Joanna encosta a cabeça na parede.

— Ninguém nunca esteve mais certo.

Max ri baixinho, e todos nos paralisamos ao ouvir passos na escada.

— É ela — sussurra Jo. — Ela vai surtar ao ver Jake.

Sorrio por ela estar tão feliz pela amiga. Se há alguém que qualquer um iria querer ao seu lado para torcer por sua felicidade eterna, é Joanna.

Depois de alguns minutos, ouvimos vozes. Não escuto bem o que dizem, mas parece que Jo ouve, porque fica com lágrimas nos olhos.

— Ai, meu Deus. Que coisa linda.

Depois de mais conversa, espreito pelo canto e vejo Jake ajoelhado e Asha cobrindo a boca com as mãos. Acho que é o grande momento, e, assim que Asha aceita e Jake a abraça, Eden e Nan aparecem para nos buscar e nos encorajar a sair do nosso esconderijo.

Quando viramos a esquina, noto que a escada está cheia de gente. Alguns dos convidados imagino serem colegas de trabalho de Asha, mas também tem gente da Central do Romance, e vizinhos de Nannabeth. Todos sobem ao terraço de fininho, e Jo e eu ficamos na frente do grupo, junto a Eden, Max, e Nan.

Neste ponto, Asha está chorando, mas, depois de Jake botar o anel no dedo dela, Nan começa a aplaudir e ela se vira, totalmente surpresa ao nos ver.

— Você não tem permissão de ficar brava comigo — diz Nan, chorando de felicidade. — Você vetou uma festa de aniversário. Não falou nada sobre um noivado surpresa.

Asha chora e ri ao mesmo tempo, gesticulando para nos aproximarmos. Depois de eu e Jo abraçarmos ela e parabenizarmos Jake, ajudamos a transformar a área na frente do lago de Moby em uma pista de dança, e Nan vai até a jukebox mudar para a playlist romântica.

Me viro para Jo, que parece tão emocionada quanto Asha.

— Dança comigo?

Ela olha de relance para Max e Eden, que já estão na pista.

— Você vai conseguir dançar comigo sem mostrar para todo mundo o quanto me ama?

Eu a puxo para perto e falo ao pé de seu ouvido:

— Provavelmente não, mas vamos tentar.

Dançamos por um tempo, e acho que nunca estive tão feliz. Meu pai está melhorando, minha mãe e minha irmã estão vivendo uma ótima vida, minha carreira está em crescimento e estou apaixonado pela mulher mais incrível do mundo. E pensar que, há poucos meses atrás, nada disso era verdade.

Jo mexe no cabelo da minha nuca e solto um gemido baixinho.

— Quanto tempo precisamos ficar aqui antes de poder ir embora? — murmuro. — Horas? Minutos?

Jo olha ao redor.

— Acho que segundos. Está todo mundo tão feliz que nem vão notar que saímos.

— Jura?

— Juro. Olha, até a Nan está dançando com o sr. Lester, do terceiro andar.

Quando me viro, vejo que é verdade, e, honestamente, Nan e o sr. Lester combinam bem. Eu me pergunto se Nan vai ter uma segunda chance de se apaixonar. Se alguém merece, é ela.

Olho para Eden e, quando a vejo aninhada no peito de Max, de olhos fechados, pego a mão de Jo e a puxo para a saída.

— Vem. Essa é a nossa chance.

Descemos correndo e saímos do prédio, e, visto que o trânsito está horrível, vamos pegar o metrô para voltar a Manhattan. O trajeto é repleto de olhares carregados e beijos roubados, e, quando chegamos à segurança do elevador, não consigo mais me conter, então a empurro contra a parede e a beijo. Cedo demais, as portas se abrem e a pego pela mão e a conduzo pela entrada.

— Espera, Toby... — diz ela, me fazendo parar. — Quero mostrar uma coisa.

— Aqui? — pergunto. — Os vizinhos não vão notar?

Ela sorri, pega minha mão e me leva à varanda. Confusão me atinge quando vejo a mesa posta com toalha engomada e talheres de prata, a área toda iluminada com centenas de velas.

— Joanna... Uau...

— Queria fazer isso mais cedo, mas me atrasei por conta da reunião boba do conselho. Espere aqui.

Ela entra em casa e volta um minuto depois com dois pratos cheios de comida gourmet. Minha barriga ronca.

— Eu sabia que você não ia comer antes de sair. Está com fome?

— Morto de fome em todos os sentidos, mas, ok, comida primeiro.

Nós nos sentamos para comer e, apesar do ar estar pesado com nosso desejo de estar juntos, por alguns minutos, fico contente de ter tempo para olhá-la um pouco.

— Já falei que senti saudade? — pergunto, pegando a mão dela, que levo à boca para beijar os dedos. — Por favor, nunca mais vá embora.

Ela pressiona o dorso da minha mão na bochecha.

— Definitivamente não está nos planos.

Depois de me olhar por alguns segundos, ela tira o celular.

— Toby, sabe o que eu falei sobre, desde o tratamento, eu ter muito mais controle das minhas reações negativas?

— Sei, e é uma ótima notícia.

— É, porque, pela primeira vez na vida, sinto que não preciso provar nada. Aceito que você me ame e que eu mereça o amor, e isso… — diz, sorrindo. — Esse sentimento é melhor do que qualquer coisa que já senti.

Ela abre o FPS no celular.

— Enfim — continua —, quando voltei, senti que finalmente era minha melhor versão. Alguém que não precisava duvidar das minhas decisões. Que não precisava magoar ninguém antes de me magoarem.

— Jo, o que você quer dizer?

Ela aponta o celular.

— Eu refiz o questionário com essa nova perspectiva, e quer saber?

Meu coração pula até a garganta.

— O quê?

— Deu uma nova nota.

Meu Deus do céu. É o momento com o qual sonhei tantas vezes.

— Ok.

Agora vou receber a confirmação de que sempre fomos perfeitos um para o outro, só precisávamos de um pouco de esforço. Finalmente, Jo será revelada como minha única alma gêmea, e poderemos viver felizes para sempre, seguros com o fato de que, de todos neste mundo, pertencemos um ao outro.

Ela aperta o botão, e há um apito leve quando o número surge na tela. Ela vira o aparelho para eu ver.

Quando registro o resultado, faço tanta careta que minha testa dói.

— Como assim?

Deu quarenta e dois por cento. É uma melhoria enorme, sim, mas não chega nem perto da compatibilidade de almas gêmeas.

Jo sorri e guarda o celular.

— Foi exatamente o que pensei da primeira vez que vi, mas aí me toquei de que o número não importa — diz, se levantando e vindo se sentar no meu colo. — Toby, não tenho bola de cristal, e sei que, de acordo com a matemática, não temos a menor chance de dar certo. Mas também sei que te amo mais do que achei que era capaz de amar alguém, e, por mais complicado que seja o amor, ele também pode ser bastante simples. Porque o amor não é perfeito. É difícil, estressante e assustador, mas, apesar disso tudo, eu *escolho* você. Não me importa o que a matemática diz. O que quer que a vida jogue na nossa frente, como quer que nos teste, todo dia em que acordar respirando, escolherei você, de novo e de novo, até a vida toda ficar para trás.

Ela se abaixa e me beija, e é o beijo mais doce e íntimo que trocamos.

— Eu escolho você, Tobias Matthew Jenner — diz. — E, para sermos felizes juntos, é simples: é só me escolher também.

Emoção enche meu peito, e tento contê-la ao olhar essa mulher maravilhosa que mudou minha vida de tantas formas.

— É claro que escolho você, Joanna. Todos os dias, pelo resto da vida.

Nós nos beijamos e nos abraçamos e, depois de alguns minutos, eu a levanto do meu colo e me levanto, antes de enfiar a mão no bolso do paletó em busca do anel de ouro que guardei ali mais cedo. É o anel de noivado da minha avó. Depois de eu falar maravilhas de Jo para minha família durante toda a viagem, minha mãe me deu o anel sem hesitar um segundo.

Devo ter escondido bem minhas intenções, porque, quando tiro a joia, Joanna contém uma exclamação.

— Juro por Deus — digo — que decidi fazer isso há semanas, pouco depois de você ir embora, na esperança de que, depois de completar o tratamento, você ainda ia me querer tanto quanto quero você. Não estou copiando o noivado de Asha e Jake.

— Toby...

— Jo... — digo, e respiro fundo. — Aprendi a amar com meus pais. Eles sempre me deram o melhor exemplo de como é amar alguém com todo seu coração e alma, mas eu duvidava que sentiria isso eu mesmo. Quando eu era pequeno, minha mãe me disse que todos nascemos cheios de amor, mas que, às vezes, há quem o roube e quem o desperdice. A decisão mais importante que tomamos é a de a quem dedicar nosso amor. O meu amor é seu. Todo. E não imagino que vá mudar. Por favor, me faça o homem mais feliz do mundo e passe a vida comigo.

Ela põe a mão no bolso e tira um anel de ouro gravado, parecido com o meu.

— Se me desse mais alguns minutos, eu ia pedir você em casamento.

Eu a puxo para um abraço apertado e, pela centésima vez desde que a conheci, meu coração parece grande demais para caber no peito. Depois de colocarmos os anéis, eu a olho, maravilhado.

— Você sabe que Eden vai ter um piripaque quando contarmos a ela.

— Ela vai se recuperar. Precisa ficar boa para ser minha madrinha.

Jo ri, apesar de estar chorando.

— Ai, meu Deus, e Asha vai ser minha madrinha também. Agora só precisamos que Max peça Eden em casamento para fazermos uma festa tripla da qual Nova York falará por décadas.

Nós nos beijamos, até mal conseguir respirar, e então a viro, para nós dois olharmos a cidade, eu com o braço na cintura dela, a cabeça em seu ombro.

— Tem mais uma coisa que quero que você veja. Jeeves...

As luzes nos prédios de frente para nós piscam, e Jo contém um grito quando as janelas iluminadas, juntas, escrevem: "Toby Ama Jo".

— Foi ideia do Jeeves.

Jo fica admirada.

— Jeeves, você está virando um romântico?

— *É possível, Joanna. Por quê? Conhece alguma IA charmosa para me apresentar?*

Jo sorri e pega minha mão.

— Vem. Está esfriando, mas minha cama é muito quente.

Ela me leva para dentro, e nem chegamos à sala antes de começar a me beijar e puxar minhas roupas. Descemos o corredor devagar, deixando um rastro de roupas para trás, e quando chego à porta do meu quarto perco a paciência e a jogo por cima do ombro.

— Toby!

Ela ri quando a carrego para dentro, mas só até eu despi-la e me ajoelhar entre suas pernas. Então, suas exclamações passam a ser palavrões e gemidos.

Fazemos amor a noite toda, em quase todo cômodo, e, quando o sol nasce, dormimos algumas por horas antes de começar de novo.

Naquela noite, enquanto ela dorme, sem pesadelos, aninhada no meu peito, admiro seu lindo rosto e sinto vontade de chorar pela perfeição absoluta deste momento. Parece que tive esse sonho corrente a vida toda, cheio de imagens e sentimentos que só agora entendi.

Então, compreendo o milagre de estarmos aqui, juntos.

Na faculdade, li uma citação que dizia "Às vezes o universo nos dá exatamente o que queremos, e, na maior parte do tempo, como somos autodestrutivos, cuspimos aquilo bem na cara do universo", e poderia ter sido esse o nosso destino.

Se Jo não tivesse a coragem de enfrentar seu passado, teríamos acabado antes mesmo de começar.

Eu acreditava que sofrimento nos tornava frágeis, mas não é verdade. As almas mais fortes do mundo têm cicatrizes em cima de cicatrizes. Podem não ter saído incólumes de suas batalhas, mas, em questão de superar o que a vida trouxe, saíram vitoriosas toda vez. Essa é a verdadeira força, e o que vi em Joanna. Sei que, por mais que ela me ame, eu a amo ainda mais. Não me refiro a "mais" em termos quantificáveis. É mais do que qualquer dificuldade que teremos pela frente. Mais do que qualquer briga ou desentendimento bobo. Mais do que a noite mais escura ou o amanhecer mais tênue.

É essa a vida.

Quando encontrar alguém que sabe, no fundo da alma, ser a sua pessoa, e ela amar você de volta, corram na direção um do outro com a força de asteroides em colisão no espaço. Deixe regras, opiniões, dúvidas e lógica desmoronarem a seu redor para estarem juntos. Porque esse tipo de amor é raro e precioso, e só existe para quem tiver a coragem de lutar por ele.

Em suma, a força mais poderosa do universo é o amor.

Acredite em mim, eu sei bem.

*Quem diz que o amor verdadeiro
é fácil nunca o sentiu,
porque não há nada fácil em amar
uma pessoa que é tão necessária
para você quanto respirar.
Não há nada fácil em sentir
tanto pavor de perdê-la que você toma
mil decisões erradas antes de perceber
que arriscar tudo é a única correta.*
— Professor Feelgood

Agradecimentos

Queridos leitores, faz um tempo.
Peço mil desculpas por este livro chegar a seus olhos (muito) depois do esperado. Os últimos anos foram difíceis para todos nós, então agradeço sinceramente a generosidade e paciência com que vocês encararam meu trajeto pelo caminho complicado de botar a história de Toby e Joanna no mundo. Todo autor acredita ter os melhores leitores do mundo, mas acredito mesmo que seja verdade no meu caso. Nem sei dizer como fico comovida pelas mensagens quase constantes de amor e apoio que vocês me mandaram. Vocês nunca entenderão a importância que tiveram para mim nos meus momentos mais desafiadores. Por favor, saibam que tenho gratidão eterna por cada um de vocês.

Como de costume, acabar este livro foi um trabalho em grupo, e eu não poderia fazer isso sem uma equipe incrível.

Para minha agente, Christina, além de Hannah e de toda a minha família na Jane Rotrosen Agency, obrigada pelo apoio e paciência de sempre. Agradeço de verdade a todos vocês.

Para minha editora e amiga, Caryn — é cafona dizer que você é o vento sob minhas asas? Dane-se, digo mesmo assim. Eu não poderia fazer isso sem você, meu amor, e, mais importante, não iria querer fazer.

Para minha linda melhor amiga, Andrea — obrigada pelo entusiasmo sem fim pelos meus personagens. Você deixa meu coração mais feliz todo dia.

Para minhas leitoras iniciais fabulosas, que ainda pegam erros em capítulos que já revisei dezenas de vezes — Ngaire, Kendra, Marty, Anne e Sara —, vocês são estrelas.

Para Regina Wamba, que fez todas as capas originais da série Masters of Love — você é incrível. Obrigada por dar vida a meus homens lindos.

Para Jenn e toda a equipe da Social Butterfly PR — obrigada por me trazer de volta ao mundo dos livros depois de tanto tempo afastada.

Para todas as editoras estrangeiras que foram tão pacientes na espera deste livro, agradeço eternamente pela gentileza e fé.

Para todas as blogueiras e resenhistas e as participantes do meu grupo fechado de leitoras que me contaminaram de entusiasmo por este livro — admiro muito vocês. Seu amor e apoio constantes são uma benção e uma maravilha.

E, finalmente, um enorme obrigada para a minha família incrível. Meu querido marido, Jason, que continua a ser o melhor do planeta (e brigarei com quem discordar), e meus lindos meninos, Xander e Kyan, que são dois dos jovens mais impressionantes que conheço. Os últimos anos foram difíceis para todos nós e envolveram uma quantidade enorme de esforço, sacrifício e resiliência, e sou eternamente agradecida por ter vocês e seu pai como minha estrela-guia e meu porto seguro.

Obrigada a todos por lerem.

Venham me encontrar nas redes sociais para bater um papo.

Com amor,
Leisa

Este livro, composto na fonte Fairfield,
foi impresso em papel polen natural 70 g/m² na gráfica BMF.
São Paulo, Brasil, dezembro de 2022.